本书为 2014 年度国家社科基金项目
"国民革命时期革命文学史料整理与研究"（批准号 14BZW118）成果之一，
受该项目及厦门大学人文学院资助出版。

国民革命时期
广州革命文学史料选编

王烨 / 编

社会科学文献出版社
SOCIAL SCIENCES ACADEMIC PRESS (CHINA)

编选说明

一、国民革命时期的革命文学运动史料文献，至今尚无全面、系统的汇编成果问世。本书为国民革命策源地广州的革命文学史料选编，主要收入国民党宣传部主办的《广州民国日报》《广州国民新闻》、黄埔军校主办的《黄埔旬刊》《黄埔生活》《黄埔日刊》、中山大学主办的《中山大学日刊》和出版的《国立广东大学演讲录》、创造社主办的《洪水》《创作月刊》、钟敬文编选的《鲁迅在广东》及《汉口民国日报》《中央副刊》等刊载的相关史料文献。

二、本书依据"大文学观"进行史料整理，由"广州的革命文学运动史料""广州的革命文学社团史料""'南下'广州的新文学作家""'革命与文学'的论争""'恋爱与革命'问题讨论"等组成。"广州的革命文学运动史料"辑录广州革命文学运动的理论史料，"广州的革命文学社团史料"辑录黄埔军校"血花剧社"、国民党妇女部"民间剧社"的社团史料，"'南下'广州的新文学作家"辑录创造社作家、鲁迅在广州的活动史料，"'革命与文学'的论争"辑录国民党清党后广州青年文学研究社、南国文学社与革命文学社的文学论争史料，"'恋爱与革命'问题讨论"辑录广州革命青年之间的"恋爱问题"讨论史料。因受篇幅限制，本书未能收入广州的革命文学创作史料。

三、原文的繁体字、异体字均改为现行简体字。为保持文献的历史真实性，不尽符合现行语法规范的字句，一般不予改动。原文明显的文字及标点错漏，则由编者订正。原文疑似的错字后加〔　〕标出拟改文字，衍字用（　）标出，遗漏文字用〔　〕补足，无法辨识的文字以□表示。

目 录

广州的革命文学运动大事记（1921～1927） ······················· / 001

一 广州的革命文学运动史料

革命文学运动
　　——爱好文学和反对太戈尔的诸君公鉴 ··············· 许金元 / 011
文学与革命的文学 ······································· 泽　民 / 013
革命文学论 ··· 顾仲起 / 017
艺术家的责任与主义 ····································· 黄剑芬 / 022
孤　鸿 ··· 郭沫若 / 025
文艺家的觉悟 ··· 沫　若 / 035
革命与文学 ··· 郭沫若 / 041
创作剧本之商榷 ··· 徐谷冰 / 049
革命文艺谈 ··· 袁　裕 / 051
革命文学与他的永远性 ··································· 成仿吾 / 054
"现代青年"副刊发刊的话 ································· 余鸣銮 / 057
完成我们的文学革命 ····································· 仿　吾 / 060
打倒低级趣味 ··· 仿　吾 / 065
文艺战的认识 ··· 仿　吾 / 067
谈谈广东革命政府底下的艺术 ····························· 俞宗杰 / 069
谈谈革命文艺 ··· 谢立猷 / 073
无声的中国 ··· 鲁　迅 / 075
中国文学家对于英国智识阶级及一般民众宣言 ··················· / 080
大家喊起来 ··· 李贡烈 / 085

革命与文艺 ···································· 谢立猷 / 087

老调子已经唱完

　　——二月十九日在香港青年会讲演 ·············· 鲁　迅 / 090

革命时代底文学 ················· 鲁迅先生 讲　吴之芊 记 / 096

图书宣传与文字宣传 ······················ 谢立猷 / 101

黄埔学生与创造社 ························· 沸　浪 / 104

二　广州的革命文学社团史料

（一）血花剧社 ·································· / 109

（二）民间剧社 ·································· / 124

三　"南下"广州的新文学作家

（一）创造社作家在广州 ······················· / 137

（二）鲁迅在广州 ······························ / 168

四　"革命与文学"的论争

谈谈广州文坛 ···························· 赵华玲 / 231

写在《谈谈广州文坛》之后 ···················· 赵　攻 / 233

关于《写在谈谈广州文坛之后》 ················· 赵华玲 / 234

革命与文学 ······························ 罗　西 / 236

再谈《关于写在谈谈广州文坛之后》 ·············· 赵　攻 / 241

我对于罗西君《革命与文学》之商榷 ·············· 冯金高 / 243

给"不亦乐乎"罗西 ························ 赵　攻 / 248

一封可以公开的信 ·························· / 250

论驾乎《广州文学》之上的政治文学派 ············· 罗　西 / 253

答赵华玲君几句话 ························ 圣　裔 / 261

看了两篇"革命文学"的笔战后 ················· 伟　毫 / 262

对于讨论"革命与文学"者的一个小贡献 ············ 圣　裔 / 266

读了《论驾乎〈广州文学〉之上的政治文学派》之后 …… 莫 云 / 268

我也来谈谈革命文学的问题 ……………………………… 翁君杰 / 271

我的革命文学观 …………………………………………… 邝和欢 / 273

文学同革命究竟有什么关系呢? ………………………… 昶 超 / 277

我底革命文学观 …………………………………………… 顾 瑶 / 281

论真正的革命文学 ………………………………………… 莫 云 / 284

文学和革命的关系 ………………………………………… 剑 芒 / 288

谈几句革命文学 …………………………………………… 笑 吾 / 291

至情文学论 ………………………………………………… 罗 西 / 292

读了剑芒君的《文学和革命的关系》生出的疑问 ………… 家 祥 / 295

五 "恋爱与革命"问题讨论

恋爱与革命 ………………………………………………… 张 威 / 301

读了《恋爱与革命》以后 ………………………………… M. S. / 303

再论恋爱与革命(驳 MS 君) …………………………… 张 威 / 305

革命青年的恋爱问题 ……………………………………… 徐谷冰 / 307

对于《读了〈恋爱与革命〉以后》的几句话 …………… 林雨山 / 309

三论恋爱与革命 …………………………………………… 张 威 / 312

革命的恋爱论 ……………………………………………… 愤 花 / 314

驳祖俭君的革命与恋爱 …………………………………… 炮 兵 / 318

恋爱与革命 ………………………………………………… 沈中德 / 320

革命青年的恋爱观 ………………………………………… 梁道祥 / 323

革命与恋爱 ………………………………………………… 吴善珍 / 325

恋爱与革命问题

　　——驳祖俭君 …………………………………………… 杨啸伊 / 327

我对于革命与恋爱的一点意见 …………………………… 龚厚斋 / 329

卷入漩涡

　　——谈革命与恋爱 …………………………………… 咸 宜 / 333

我的恋爱观

　　——恋爱与革命问题 ………………………………… 童炳荣 / 336

再来谈一谈恋爱与革命

　　——答子衡君愤花君和炮兵君 …………………………… 祖　俭 / 338

恋爱与革命问题的我见 …………………………………………… 袁　乾 / 342

读了《革命青年的恋爱问题》以后 …………………………… 林雨山 / 344

革命青年不应该恋爱吗

　　——看了《革命青年的恋爱问题》后的感想 …………… 毅　锋 / 347

领教了

　　——读"恋爱与革命问题专号三"以后 ………………… 炮　兵 / 349

烟云密布中的"恋爱与革命问题" …………………………… 轰　雷 / 352

反主张革命时期而可能恋爱者 ………………………………… 王森芳 / 354

给愤花君《革命的恋爱论》一个反响 ………………………… 任　敏 / 356

恋爱是革命成功的母 …………………………………………… 萧宜林 / 359

再论恋爱与革命

　　——答炮兵君 …………………………………………… 童炳荣 / 362

恋爱与革命 ……………………………………………………… 李迪功 / 364

黄埔学生的恋爱与革命问题 …………………………………… 楚　女 / 367

读了《黄埔学生的革命与恋爱问题》以后 …………………… 董树林 / 371

该死的张竞生 …………………………………………………… 惜 / 373

再谈恋爱问题 …………………………………………………… 慎　予 / 374

读《再谈恋爱问题》后

　　——对慎予君讲几句话 ………………………………… 炜　权 / 378

读了《读再谈恋爱问题后》书后

　　——答炜权先生 ………………………………………… 慎　予 / 382

站在革命的立场上来谈谈恋爱问题 …………………………… 慎　予 / 384

后　记 ……………………………………………………………………… / 394

广州的革命文学运动大事记
（1921～1927）

1921 年

2 月 13 日，《劳动与妇女》周刊在广州创刊，沈玄庐任主编，主要撰稿人为陈独秀、谭平山、陈公博等，4 月 22 日停刊，共出 11 期。

3 月，广州共产党小组成立，陈独秀、谭平山先后任书记，共有党员 9 人，把《广东群报》、《劳动与妇女》及后来迁至广州的《新青年》作为其机关刊物。

8 月，中国共产党广东支部成立，谭平山任书记，陈公博负责组织，谭植棠负责宣传，隶属中共中央局领导。

1922 年

3 月 14 日，广州社会主义青年团重新成立，选举谭平山为书记。

5 月 1 日，中国劳动组合书记部在广州召开第一次全国劳动大会，通过《八小时工作制》《罢工援助案》《全国总工会组织原则》等决议案。

5 月 5 日至 10 日，中国社会主义青年团第一次全国代表大会在广州召开，通过《中国社会主义青年团纲领》《中国社会主义青年团章程》，选举施存统为团中央书记，高君宇、施存统、张太雷、蔡和森、俞秀松为团中央执行委员会委员。

1923 年

1 月 1 日，广东省海丰县农民协会成立，彭湃任会长。

2 月 21 日，孙中山在广州重建大元帅大本营，任陆海军大元帅，在广州建立革命政权。

4 月 10 日，大元帅大本营宣传委员会成立，陈独秀为委员长。

6 月，《广州民国日报》创刊，孙仲瑛任社长兼编辑主任，叶健夫任营业部主任，吴荣新、甘乃光、汤澄波、黄鸣一等任编辑。1924 年 7 月，该报由国民党广州特别市党部接管；10 月 28 日，被国民党中央宣传部接管，成为国民党中央党部机关报，陈孚木任社长。

6 月 12 日至 20 日，中共三大在广州召开，通过《关于国民运动及国民党问题的议决案》《中国共产党第三次全国代表大会宣言》《中国共产党党纲草案》《中国共产党中央执行委员会组织法》等，选举陈独秀、毛泽东、蔡和森、谭平山、罗章龙五人组成中央局。

6 月 15 日，《新青年》季刊在广州出版，瞿秋白、彭述之先后担任主编，1926 年 7 月停刊。出版宣言提出"要收集革命的文学作品"，"与中国麻木不仁的社会以悲壮庄严的兴感"。

6 月 17 日，广东新学生社成立，社会主义青年团广东区委书记阮啸仙任社长，出版《新学生》半月刊。

9 月，中共中央领导机关由广州迁到上海办公，任命谭平山为中央驻粤委员。

1924 年

1 月 20 日至 30 日，国民党一大召开，确立联俄、联共、扶助农工的革命政策，决定在上海、北京、汉口、哈尔滨、成都等五个城市设立执行部。

2 月，中共广州地委成立，负责人为冯菊坡、阮啸仙、彭湃等。

3 月 8 日，国民党中央妇女部组织召开庆祝"三八"国际妇女节大会。

5 月 5 日，中国国民党陆军军官学校成立，蒋介石任校长，廖仲恺任党代表，6 月 16 日举行开学典礼。

5月5日，国民党中央党部决定成立农民运动委员会，领导广东乃至全国的农民运动。

6月24日，孙中山签署并公布《农民协会章程》，号召全国贫苦农民组织"农会"以谋"自卫"，允许"农会"在遇特殊事件时成立"农民自卫团"。

6月30日，国民党决定开办"中国国民党农民运动讲习所"，为广东及全国农民运动培训干部。1924年7月至1926年8月，讲习所共举办六届，毕业797名学员。

6~7月，创造社作家成仿吾到广州，被聘为国立广东大学理学院物理和德语教授。

8月1日，《广州民国日报》"学汇"副刊创刊，被誉为"美丽的天使"和"污泥中的孤莲"。从10月1日起，先后转载许金元《革命文学运动》、沈泽民《文学与革命的文学》、魏金枝《非战文学的原理和革命》，倡导革命文学运动。

9月初，广州、香港两地工会为声援上海南洋兄弟烟草公司工人罢工举行罢工。

10月10日，中共广州地委组织群众团体举行警告商团示威大会，在示威游行中，商团开枪射击，当场打死群众20多人，酿成"双十惨案"。

10月下旬，中共广州地委改组为中共广东区执行委员会，周恩来任委员长兼宣传委员，陈延年任组织委员，阮啸仙任农民委员，工人运动委员由冯菊坡、刘尔崧担任，蔡畅任妇女运动委员，领导两广、福建西部和南部、香港的党组织，先后创办《农工旬刊》《人民周刊》《我们的生活》等刊物。

11月11日，国立广东大学举行成立典礼，邹鲁任校长。孙中山病逝后，广州国民政府为纪念孙中山将其改为"国立中山大学"。

11月13日，孙中山启程北上与北洋军阀"共商国是"。12月4日抵达天津便感身体不适，25日确诊为肝病。扶病进京后，入北京协和医院诊治，1925年1月26日手术时发现为肝癌。

12月，顾仲起考入黄埔军校，为黄埔三期陆军教导团学生。顾仲起发起成立革命文学研究会，在《广州国民新闻》上创办"时代文艺"副刊。

1925 年

1月18日，黄埔军校"血花剧社"成立，蒋介石任社长，李之龙任总务主任，杨其纲任秘书。4月25日，该社扩大为"黄埔俱乐部"，下设政治、经济、美术、戏剧、音乐、体育等组。1926年5月，剧社因受命随军北伐宣传再次改组，改设剧务、总务、理财、电影四科，蒋介石任社长，余洒度、王君培、王慧生、余埔、李超、关巩等任执行委员，蒋先云、张维藩、李靖源任候补委员，伍翔、廖开、赖刚、顾仲起、黄天玄任监察委员。1926年10月，剧社进入武汉，奉命接收武汉三镇最大游艺场所"汉口新市场"，将它改造为"中央人民俱乐部"。1926年12月，蒋介石下令将"血花剧社"改属"黄埔同学会"，关巩担任总务主任，1927年3月1日，剧社由武汉迁往南昌。

2月，孙甄陶、甘乃光等组织"文学周刊社"，在《广州民国日报》创办"文学周刊"，倡导革命文学。

3月12日，孙中山在京病逝，广州国民党党部成立"大元帅哀典筹备委员会"。19日，北京政府内务部准许为孙中山举行国葬。

3月25日，国民党中央执行委员会决议以每年阳历3月29日为"黄花岗殉难烈士纪念日"。

5月1日，第二次全国劳动大会在广州召开，成立中华全国总工会，通过《中华全国总工会总章》，选举林伟民为委员长，刘少奇、刘文松为副委员长，邓中夏为秘书长兼宣传部长，李森为组织部长，孙云鹏为经济部长。

5月1日，广东省第一次农民代表大会在广州召开，通过《经济问题决议案》《农民自卫与民团问题决议案》《农民协会今后进行方针决议案》等，成立广东省农民协会。

6月19日，省港大罢工爆发。

7月1日，广州国民政府正式成立，汪精卫任主席，廖仲恺任财政部长，胡汉民任外交部长，许崇智任军事部长。

8月20日，廖仲恺被国民党右派分子暗杀。

10月，国民党中央妇女部和广东省党部妇女部联合创办的《妇女之声》旬刊创刊，邓颖超主持工作，黎沛华、刘衡静等协助工作，1927年停刊。

10月，国民党中央妇女部与广东省党部妇女部共同组织成立"民间剧社"。国民党中央妇女部干事张婉华任剧社主任，主要演员有马景云、陈惠芳、赵雪如、黄居仁、冯金高、曾国钧、陈俊生等。

12月5日，国民党中央执行委员会机关报《政治周报》创刊，毛泽东任主编，1926年6月5日停刊，共出14期。

12 月 20 日，广州国民政府宣布撤除邹鲁国立广东大学校长职务，委任顾孟余为国立广东大学校长，暂由陈公博代理。

1926 年

1 月 1 日至 20 日，国民党二大在广州召开。

1 月 20 日，国民党广东省执行委员会青年部主办的《广东青年》创刊。原为月刊，5 月改为半月刊。

3 月 3 日，成仿吾离开上海去广州，被国立广东大学聘为理学院兼文科院教授。经方鼎英介绍，先后兼任黄埔军校政治教官、兵器研究处技正，经孙炳文介绍加入国民党。

3 月 18 日，"三一八"惨案爆发。北京政府当晚召集内阁特别会议，决定通缉徐谦、李大钊、李煜瀛、易培基、顾兆熊等"首要"分子，北京一些激进知识分子南下广州。

3 月 18 日，郭沫若、郁达夫、王独清离沪赴粤，3 月 23 日抵达国立广东大学。郭沫若担任文科学长，郁达夫担任英国文学系教授兼系主任，王独清担任文学系教授。

3 月 20 日，"中山舰事件"爆发。

4 月 1 日，创造社出版部广州分部成立，成仿吾任主任，地址设在昌兴街 42 号二楼。

4 月 21 日，国立广东大学发生风潮，要求罢免郭沫若等改革者的职务。该风潮至 6 月平息。

5 月 12 日，《广州民国日报》"新时代"副刊设置"恋爱与革命问题专号"，发起"恋爱与革命"讨论，共出五期。

5 月 15 日，国民党二届二中全会召开，通过了《整理党务案》，蒋介石获任国民党中央常务委员会主席（由张静江代理）、中央组织部长（由陈果夫代理）、军人部长、国民政府军事委员会主席等要职。

6 月 1 日，郭沫若主编的四川革命同志会会刊《鹃血》创刊。

6 月 4 日，国民党中央执行委员会临时全体会议通过出师北伐案。5 日，任命蒋介石为国民革命军总司令，负责筹备北伐总司令部。

6 月 20 日至 23 日，国民革命军总政治部在广州召开政治工作会议，决定组织北伐军宣传队，推举李富春、恽代英、林伯渠制定《革命军宣传队组织条例》。

7 月 9 日，总司令部就职典礼及北伐誓师典礼举行，国民革命军正式出师北伐。

7 月 21 日，郭沫若任国民革命军总政治部宣传科长兼行营秘书长，随军北伐。

7 月 24 日，黄埔同学会主办的《黄埔潮》周刊创刊。

7 月，郑伯奇受郭沫若之邀从日本归国，到国立广东大学担任文科院教授。后经恽代英介绍，任黄埔军校政治教官兼入伍生部政治教官。

9 月 1 日，中国社会主义青年团广东区委会机关刊物《少年先锋》旬刊创刊。

9 月 15 日，国民党中央妇女部举办妇女运动讲习所，何香凝任所长，蔡畅任教务主任。

10 月初，"倾盖社"在岭南大学成立，出版《倾盖周刊》，成员有钟敬文、刘谦初、杨成志、董秋斯、蔡咏棠等。

10 月 10 日，黄埔同学会主办的《黄埔旬刊》创刊。

10 月 14 日，国民党中央决定国立中山大学实行委员制，戴季陶任委员长，顾孟余任副委员长，徐谦、丁惟汾、朱家骅任委员。

11 月 1 日，广东学生联合会主办的《广州学生旬刊》出刊。

11 月 8 日，国民党中央政治会议决定将国民政府及中央党部迁至武汉。此后，国民党中央委员和政府委员开始北上。12 月 7 日，国民党中央通电宣布在广州的中央党部和国民政府停止办公。

11 月 30 日，郁达夫正式辞去国立中山大学教授及出版部主任，12 月 15 日离开广州去上海。

1927 年

1 月 18 日，鲁迅由厦门抵达广州，任国立中山大学文学系主任兼教务主任。25 日下午，国立中山大学学生会举行欢迎会，朱家骅向学生介绍鲁迅"确是一个战斗者，革命者"。

2 月，创造社作家成仿吾、何畏、王独清联合鲁迅发表《中国文学家对于英国智识阶级及一般民众宣言》。

3 月，国民党青年组织的革命文学社成立，出版《这样做》旬刊、《广州国民新闻》"新出路"副刊，主要成员为孔圣裔、冯金高、许培干、许松生、林侠子、马景会、莫云、丁鸿浩、王基树、方楫、邓染原等。

3 月 25 日，鲁迅主持的北新书屋开业。

4 月 8 日晚，鲁迅应黄埔军校学生邀请，前去演讲《革命时代的文学》。演讲记录稿刊于 6 月 12 日《黄埔周刊》第 4 期。

4 月 15 日，李济深在广州发动"四一五"政变。政变发生后，创造社作家王独清、郑伯奇、成仿吾等先后离开广州。

4 月 15 日下午，鲁迅出席国立中山大学召开的各主任紧急会议，讨论配合政府"清党"问题。会后，鲁迅决定辞去国立中山大学一切职务，4 月 21 日正式提出辞职。

4 月 22 日，中共广州市委成立，吴毅任市委书记，周文雍任工委书记，徐彬如任宣传部长，麦裕成任组织部长。

5 月，南京政府任命戴季陶为国立中山大学校长，朱家骅为副校长。

6 月 2 日，《广州国民新闻》副刊"新出路"刊发赵华玲《谈谈广州文坛》，引发革命文学社和南中国文学社之间的"革命与文学"论战。

6 月 6 日，鲁迅收到国立中山大学委员会回信，允鲁迅辞职。

7 月 30 日，成仿吾受黄埔军校委派出国采购军用化学器材，借机离开广州去日本，动员日本的创作社社员归国。

8 月，郭沫若参加南昌起义。起义失败后，经香港回到上海，后遭蒋介石通缉，1928 年 1 月 24 日去日本避难。

9 月 27 日，鲁迅同许广平离开广州，前往上海生活。

12 月 11 日，中国共产党发动广州起义。

12 月 31 日，中共中央发出通告，令共产党员一律退出国民党、退出国民党军队中的政治工作，绝对实行反国民党的工作，犹豫不退者开除党籍。

| 一 |

广州的革命文学运动史料

革命文学运动

——爱好文学和反对太戈尔的诸君公鉴

许金元[*]

现在中国的文学团体真多极了，东也一个，西也一个，阿大会做几首"花呀月呀"的新诗，阿二也会做几篇肉麻当有趣味的小说，靡靡之音，全国都是。我们就看时报的"瀑布"栏里，十首诗，九首半是喊着"爱人呀！"的。（现在比较地好了些。）

呀，诸君！这是什么的时机？这是什么的地方？国门内外，到处都是豺狼虎豹；如此危险，还容得你闭着眼睛高吟"风月爱人"吗？风流诗人呀，我告诉你，你底神经是麻木的，你底家仆在那里私通外盗，你还要昏头昏脑地只顾在这里唱曲子"寻快乐"吗？"靡靡之音"的文学在今天中国的环境之下，是决不需要的。因为这种文学，在现在中国这样的环境里，只能使人们颓废、无聊、消极、自杀……人人如此，结果只是促短了国家的寿命。诸位，睁开眼睛来看呀，这是怎样的世界？这又是怎样的国家？没有几月，英国人新发明了"死光"，要杀人；我们还要在这里高唱"呀！甜蜜的梦呀"吗？

被压迫的国家都不需要这种文学，在两重压迫底下的我们，尤其不需要它。文学，是可以指导人生的，现在我们中国所最需要的，是提倡革命文学（Peustluionauary Literature），鼓舞国民性；以期国民革命早日成功，真民国早日出现。

---

* 许金元（1906～1927），江苏苏州人，中共党员。1923年考入杭州之江大学，加入国民党和社会主义青年团，与同学发起组织革命文学社团"悟悟社"。1924年夏离校回苏州，协助筹建国民党苏州市党部，中共苏州支部成立后转为共产党员。1926年被派往国立中山大学学习。1927年4月回南京，不久被国民党杀害。

我并不反对"靡靡之音"文学底本身存在价值，因为靡靡文学和革命文学是同样地包括在文学门类之内，而占着水平线的地位的。但是在今天中国的环境之下，前者于国家是含有危险性的，是所不需要的；后者是能挽救危险而鼓舞民族性的，是所极需要的。所以，我们应该竭力提倡后者。

现在，国内到处都弥漫着靡靡文学的气焰，我们应该起来提倡，宣传，作"革命文学运动"。

有许多人识得太戈尔派的文学，不合于现代中国底需要，而起来反对。但是，你们只是消极地反对这派的文学，就算了吗？你们何不更进一步，积极地来提倡适应于现中国底需要的革命文学？

以上许多话里，也许有些说得太含感情，而我想诸君总不致会"以辞害意"。我曾在前两期的"教育世界"里做了《"风流才子"式的文学者还不醒悟吗?》一文，希望大家注意这件事；想不到就像掷一粒石子到无底的洞里去，一无回音。这次我仍旧抱着热烈的希望——希望大家读了这文之后，对于这问题能有所讨论和主张。

为提倡革命文学起见，我已和几位同志发起了一个团体，名字是"悟悟社"。章程附刊本栏，函索者请寄信至杭州闸口之江大学。

金元附言十三，五，二七

——原载《民国日报·觉悟》1924 年 6 月 2 日
——《广州民国日报·学汇》1924 年 10 月 1 日转载

文学与革命的文学

泽　民[*]

　　我常觉得，诗人没有什么特别的地方，只是在人类间，他是最真挚的人。我们在社会上应酬，可以满面笑容的说假话；诗人是不行的，怎样的人只能做怎样的诗。诗之于诗人，仿佛"镜花缘"里面君子国人脚下的彩云一样，是怎样的人便有怎样的颜色，一毫也不能假借。君子国里的人做了坏事，脚下的彩云变作一团黑气了；他们觉得害羞，便用绫锦将它罩起，诗人的诗对于诗人心灵的暴露，更加严厉些。它不等到诗人干了坏事的时候才将它暴露出来；它并且要宣布诗人心里最深奥处的秘密，要赤裸裸地宣布他对人类的态度，他对各种诱惑的可能的倾向。所以小泉八云曾说："诗人的起码条件，须他不是一个坏人。"

　　但是诗人单是一个好人还不够（所以说是"起码"）。他必须是具有对人类的绝大的同情的人：他必须具有一个活泼敏慧的心；他必须像奥斐纳丝的琴一样，任何微弱的风，都可以在上面奏出弦音。换一句明白的话说，诗人于忠厚的性格之外，必须具有绝伟大绝细腻的人格，然后加以表现的天才，技术的修养才可以成为一个诗人。

　　但是这样的人格又决不是凭空生出来的。才能的优劣，一部分关于遗传；思想的正谬，同情的广狭，大部分关于人生的经验。在过去的历史中间，阶级的偏见无情地将人们的心灵践踏着，很少数的人能从这里脱离出来，以成就他们的伟大。嚣俄，歌德，海涅，拜伦，托尔斯泰，这些，我们都承认他们是伟大的心灵了，然而他们的同情的泉源不过是基督教或变

　　* 泽民（沈泽民）（1900~1933），浙江桐乡人，1921年初加入共产党，1922年5月当选中国社会主义青年团第一届中央委员，1924年当选中共上海地委委员，1926年春赴莫斯科中山大学学习。归国后当选中共中央委员，1931年4月任鄂豫皖分局书记，1933年11月病逝。

相的基督教而已；狭义的爱国主义的狂热，偏妄的自然崇拜与精神崇拜使他们的同情成为空虚的慰藉，渺茫的希冀。尚且，他们的作品不能普及于全人类，而只得着少数人的欣赏与了解。因为人类中的大部分正在私产经济的铁锁链之下作牛马的生活，一小部分识字而且闲空的人呢，他们的心灵被阶级利害关系所生出的各种偏见和恶劣的口味占据了，宁甘于极下等的小说，却不愿看伟大的作物［品］。所以第三四流的小说或剧本一销数百万，而不朽的文艺作品只及他们十分之一。这种状况，我们将来是要铲除的！我们并且不以过去的文艺成绩为满足，要从社会生活的澈底翻造中把人类——全人类——的心灵解放出来，使他们在宇宙中发挥空前的光耀！把人类从阶级的偏见中救出来，从长时间的苦作中救出来，从无智识的黑暗中救出来，涵养他们在靡漫全人类的忘我一体的社会意识中间；大多数的人们，不但不是屈服在一副过重的血汗制下面，竟能每天于优良的环境内工作数小时后，得到一个极闲暇的休息时间；又因为社会设备的完全，教育的普及，人人得有了充分的准备去享受文学创作文学；那时候，从牛马似的奴隶生活中间释放出来的天才要有多少？这些天才所发挥的人类最高情绪将如何的伟大？所以我们生在现代而爱好文学鉴赏文学，不过像乞儿玩耍他自己所手制的胡琴而已，决谈不上艺术；艺术是将来的东西，在现在这种剥削奴隶的时代，并没有艺术。

　　就是在现在，我们显然看出，在文学方面像在各种方面一样，已有挺生一种新的精神的必要了。一个极大的变动正在涌起：社会的全组织正在瓦解；旧的阶级已自己走到他的灭亡的道路，新的阶级正在觉醒起来凝聚他自己的势力。像罗丹所雕刻铜器时代的人一样，世界的无产者正从沉睡中醒来，应着时代的号声的宣召，奔赴历史所赋与他们的使命。从黑暗到光明，从苦痛到解除苦痛；这一个暴风雨的时代啊！正是自有人类历史以来最富有色彩，动作，和音声的时代——一个大活剧的时代！对于这种民众的反抗精神，有哪一个大文学家能替它留一个影片呢？这个影片，若是能够留下来，虽不能算为文学之终极的造诣，终能胜过一切过去时代的文学。并且这种文学，也正是我们现在所需要的文学。因为我们晓得，文学者不过是民众的舌人，民众的意识的综合者，他用锐敏的同情，了澈被压迫者的欲求，苦痛，与愿望，用有力的文学替他们渲染出来；这在一方面，是民众的痛苦的慰藉，一方面却能使他们潜在的意识得了具体的表现，把他们散漫的意志统一凝聚起来。一个革命的文学者，实是民众情绪生活的组织者，这就是革命的文学家在这革命的时代中所能成就的事业！

但是，说到这里，我又要提起篇首所说过的那一句话："诗人没有什么，不过是人类间最真挚的人。"诗人只能诉说他心中所有的苦闷，所有的愉乐；除了他心中所有以外，他什么也不能。诗人若不是一个革命家，他决不能凭空创造出革命的文学来。诗人若单是一个有革命思想的人，他亦不能创造革命的文学。因为无论我们怎样夸称天才的创造力，文学始终只是生活的反映。革命的文学家若不曾亲身参加过工人罢工的运动，若不曾亲自尝过牢狱的滋味，亲自受过官厅的迫逐，不曾和满身泥污的工人或农人同睡过一间小屋子，同做过吃力的工作，同受过雇主和工头的鞭打斥骂，他决不能了解无产阶级的每一种潜在的情绪，决不配创造革命的文学。

现在，花红柳绿的文学作品出了那么多，无聊的感叹陷害许多青年于一种消沉怅惘的情绪中，固然是应该为我们所反对的了；但是革命文学的呼声虽然喊得那么热闹，我们也未必就能怎样乐观。因为这般主张创造革命的文学的人，依然是坐在屋子里主张，并不曾走出门去先把自己造成一个革命者！

真真的革命者，决不是空谈革命的：所以真真的革命文学也决不是把一些革命的字眼放在纸上就算数。我记得商务印书馆《小说月报》的编译者郑振铎先生曾有过一件趣事。他是和我相仿的意思主张过"血与泪"的文学，于是"血与泪"的文学家纷纷投稿了，但是投去的大部分创作中毕竟却是些外面敷着血和泪的文章，并没有一篇真算得血泪的文学。"血"和"泪"竟成了新的装饰品了，它们的效用和"风""花""雪""月"一样！这种现象断然是要不得的！本来，郑先生所提倡的"血"与"泪"的文学，意思并不完全和我一样，据我看，郑先生的"血""泪"虽然 Figurative 得很，可是并不曾把"血泪"的真实意义指示出来，换言之，就是郑先生所提倡的，并没有把文学的阶级性指示出来，也没有明白指示我们需要一种新的文学。现在纷纷起来主张革命的文学的人，出发点似乎是稍近一点了。可是他们的方法依旧是错误的，就是，他们并没有注意到生活与文学。他们的错误的地方，也有一种共同的形式的。这形式是，他们在理论上都是承认中国非国民革命不可的人，他们主张反对国际帝国主义，反对军阀，主张全世界弱小民族的联合；他们因而看不惯这些在文学方面的所谓靡靡之音。但是，我们要注意，单抱有这种信仰与见解的人，止是一班政治家，却不是文学家呵！这无怪近来"觉悟"投稿的革命诗中，只见些论文似的讲帝国主义侵掠中国的道理的散文，却并没有好诗了。为什么？因为现代的革命泉源是在无产阶级里面，不走到这个阶级里面去，决不能交通他们的情绪生活，决不能产生革命的文学！

现在，主张革命文学的人，我相信他们都是有革命思想的青年。现在，他们虽然是坐在屋子里研究，将来一定要走到战线上去为革命而流血的。青年的文学家们呵！如果如此，未来的一代伟大文学的创作的使命就在你们肩背上了！不要犯"幼稚病"！不要望空徘徊！起来！为了民众的缘故，为了文艺的缘故，走到无产阶级里面去！

——原载《民国日报·觉悟》1924 年 11 月 6 日

——《广州民国日报·学汇》1924 年 11 月 14 日转载

革命文学论

顾仲起[*]

谁也知道：文学是负有指导社会改造社会暗示人生教训人生之大责。我们更知道：文学是时代生命之产儿，表现社会背景之结晶。换言之：在每一种时代形式之内，在每一种社会条件之下，就有每一种时代形式及每一种社会条件色彩之文学产生了出来。如此，一个文学者，或是一个文学家，他所研究的文学是如此，他所工作的文学也是应如此。

从这种的公式或原则理论了下来，那末，中国现在所需要者是些什么文学呢？所产生的又应当是何等样的文学呢？这一点，我们不能不说中国现代之文学，是在时代潮流中开倒车了！中国现在所产生之文学，无论是诗歌小说等，都给了我们极大之失望：不是青年们压迫在经济势力下无抵抗之呼声，就是沉醉呻吟于爱人怀抱中之作；不是皮相沉淡之描写，便是干枯无味的无聊之品。总之：谈不上时代表现的几个大字。

一般的青年写出了几十篇小说，便是小说家了！做了三四册诗集，便是大诗人了！其实这些没有深刻社会现况之观察，只是个人发牢骚之品，不是我们的需要，并且我们有否认排斥之必要。

假使，要说中国现在的文学坛，是适应我们社会状况的著作品，那末中国现况之危险可怖，也足以使我们伤心了！而在这种过渡期中的梦人痴汉，颓废青年，更是使我们读了文学之作，而感着了中国现在都是已失去

---

* 顾仲起（1903～1929），江苏如皋人，1925年初考入黄埔军校，毕业后任黄埔军校潮州分校文书，秘密加入共产党，后参加北伐。"马日事变"时遭拘捕，由湖南逃到武汉，后潜回家乡，被当地反动势力拘捕。1928年到上海，加入太阳社并脱党。后随中共江苏省委书记王若飞去如皋开展农运，任如皋县农民暴动总指挥，失败后逃往天津避难。1928年6月初潜回上海，后因失恋及苦闷跳江自杀。

了知觉与意识的人生呀!

要知道:现在的中国已是荒寞垂死的时候了!军阀们横暴于内,因地盘,因权利,若过去的江浙,过去的奉直,以及现在的川局,以及未来的广东的东江,真使我们惊心吊胆了!人民受了这种惨劫,至于拉夫,抽捐,纵火……更是每次战争所不能免的了!我们再看列强的帝国主义者,何时何地不是逞着了野心在所谓次殖民地所谓远东病夫的中国,而置中国人民于死地呢?勾结国内军阀以自戕其民的是那一个?供给军阀们的武器以使中国人自相残杀的又是谁人?中国所有的大工场,纱厂,其施设者不是帝国主义者吗?人为刀釜,我为鱼肉,这种经济侵略的政策,又何得使中国不亡呢?又何得使人民不穷呢?美国以用之于德国的"道威斯"之计划,现在帝国主义者又转而用之于中国了!他若海关权,铁路管理权,领事裁判权,试问那一项不是使中国人陷于死地的呢?再看此次上海"五卅"的大惨杀大流血案,也足以使我们证明帝国主义者之野心了!之蛮横了!之无人道了!又看汉口青岛广东相继而起的流血案,不是帝国主义者用之于吾民的吗?上海日本纱厂的工人,因求解放压迫的苦痛而罢工,自为我们所表同情的事,即要求不当,亦可诉之于公理,却为什么要惨杀我的同胞呢?若汉口,若广东,他们为援助上海的工友们而举行示威运动,他们是在我们中国的地方,他们是为的公理而举行游行,为什么又要被你们帝国主义者之残害呢?唉!帝国主义者的真面孔呀!你们距做人的一步还远呢,你们又何尝知道什么叫做人呢!

要之:时至今日,是我们民众应当自觉的时候了!假使热血还在体内畅流的人们,当然会领略得我们的环境了!

既如此,我们的文学者,或是我们的文学家,其应有的工作为如何?其研究的态度又应怎样?无论如何,一个文学家所必具之条件,总不能反乎社会之背景,时代潮流之趋向,我们的产生,我们的作品,都要适应于我们的所需要呀!

现在我们的需要是革命了!革军阀的命,革帝国主义者的命!而我们适应于环境之需要的文学,也就是要有一点革命的色彩了!

中国自辛亥革命,满清推倒以后,一时的热潮便冷得零度以下了!以当时一般人之心理,都以为满清推倒以后,革命便算成功了!我们不必再去谈革命二字了!继者袁氏之称帝,张氏之复辟,曹吴之窃位,段氏之登台，以致造成了今日之北洋军阀派，而处于北洋军阀淫威之下的各省，虽横遭军阀之痛劫，帝国主义者之侵害，然而一句反抗的口号也不敢唤出来，至于打倒军阀，打倒帝国主义者之口号，我没有听得说过。而报纸上杂志上，更不敢有这类口号之作品。所以，在北方的青年，以及文人，对于政治固然缺乏常识，而国家观念更是没有，他们没有看看国家是怎么的，在过渡时代之今日，国家与我们有若何之关系，他们简直是一个无国家的无政府主义者了！这样的长久处下去，人民的痛苦，只是越过越深，青年的思想也弄成了一个虚无主义者。即研究经济政治社会学者，也只是成了纸上谈兵，空口白话，不能适应于国情，未来亚东中国人类灭亡的危险，又是何等的可怖呀！

一个人之所工作者，第一是眼光不能不看清楚了！要是我们的环境是如此的危险，而我们的文学家是如此的莫明其妙，在描写着发挥着他个人片面之观感，或是个人之生命，这个就和印度的一位亡国奴的大诗人太果尔一样的可笑和可怜了！以太氏生于亡国的环像［境］之中，目见亡国之苦痛，以及英人之压迫，而太氏据［居］然不知所谓国家观念，优哉游哉，为诗文以自得，其与中国人之吟风弄月的习惯，可算是同病了！太氏之诗与小说，以及戏剧，都是充满了欢呼与喜乐，其可爱之点在此，其可痛之点亦在此！

有人说太氏是一位达观大同主义的文学家，与甘地的无抵抗主义正相同。其实，我说太氏是肯定的亡国主义观，甘地正是适应于祖国国情的不合作主义制。英人虽有称道太氏为印度之诗圣者，但是太氏如果是一位唤醒祖国民众的大诗人，那末，或者其于祖国之关系，要比现在还大。而英人其对于太氏之尊敬，又当不同于现在了。

总之：太氏之作品，其艺术与诗人天才之情能，为我所绝对赞美，不过，以太氏之所处的地位，而言其工作者，实不适应于我最始之所要求。

我不希望中国有这样的大诗人，我更不希望中国有这样的文学家。如果中国而出了这流文学作者，真是中国之不幸。

被压迫而含有反抗的呼声之作，伟大流畅而含有鲜血淋漓的描写之品，鼓吹民众快醒，狂叫青年到民间去的热烈之著，是我们中国现在的国情上环境上的需要了。

打倒军阀，打倒帝国主义的口号，便是我们的文学家创作之资料了。

奋斗，牺牲，革命，更是我们的文学者所应有的勇气了！贫民黝黑而皱纹的脸，地主肥而大的手，工人劳动过度神经丧失的形骸，资本家肥胖而得意的肉躯，以及军阀的刀，枪，炮，贫民的泪，血，声，洋大人的大肚子，高鼻子，中国人的黄面孔，瘦骨头，都是我们文学院里的陈列品了。

文学家呀！文学者呀！以及在那里埋头文学园中想做一个未来的文艺创作家的青年呀！我望你们起来，我望你们从枯燥无聊的叹声中起来，我望你们从梦寐恍惚中起来，我望你们从沉醉在爱人的怀抱之甜蜜的香气里清醒过来，我望你们从斜阳荒冢之深处清醒过来，我望你们从压迫与桎梏的窟里清醒过来呀！

你们清醒过来，向着了，在那里压迫我们，在那里侮辱我们，在那里欺负我们，在那里残害我们，在那里用枪瞄准我们，在那里用刀预备刺杀我们——我们的敌者，我们的仇人——军阀，政客，官僚，资本家，帝国主义者，去冲锋，去刺杀，唤起了我们亲爱的同胞，我们亲爱的民众，一同起来去冲锋，去刺杀！我们为着了我们的解放与自由，与平等，不能不去向着我们的敌者，我们的仇人，去冲锋，去刺杀呀！

将后，我们的热血，我们的唤声，便要充盈了在我们的文学作品里呀！我们中国的《木兰歌》，俄国的《前夜》，《灰色马》，是我们的需要了！

虽然，有好多的不识时务者，在那里高叫大同主义，但是在这现在的过渡时期中，我们为了我们的祖国，我们为了我们祖国四万万的同胞，我们不能不以文学做我们的工具，使青年鼓起勇气来，去以男儿之血，洒上主义之花了！

要是我们不是一位天生的革命文学家，我们因为处在茫然的环境中，不知道革命是现代潮流之需要，不知道革命为进化之原则，而不主张革命，那末，就请你和印度亡国奴的大诗人，太果尔做一个兄弟吧！不然，就请你停止你不关痛痒的著作吧！

今年第七号的《小说月报》，西谛先生是如此的努力，一个人包办出了一个革命文学专号。我们在南方的青年，是如何的呼唤呀！我们更感望西谛先生为如何呢？我们很希望《小说月报》能这样永远的继续下去。

我们中国人的通病，就是怕热〔势〕力的淫威，往往因为势力之压迫便不敢反抗了，甘于做他们的走狗了！丧去了良心了！我希望研究文学者，拿出一点自动的自决的精神来。

几年前，我们曾听得拿着文学家的旗帜，在前面走的文学者，在那里高唱民众文学，但是结果一点成绩也没有，所谓民众文学的成绩在那儿？这点，总可见得我们中国人不努力，五分钟的热度了！而其最大缺点，就是在于中国的文学家，艺术家……素来与民众都是间隔的，不明了民间之状况。我们记得苏维埃俄罗斯在一九一九年以后，因失耕而天荒，造成俄国经济之破坏与危险现象，而一般男女青年，便舍去书本，脱去美服，到民间去耕田耙地，做皮匠，木匠，工人，兵士等生活了！他们一面是一位自食其力者，一面又是一位民间的宣传家：俄国之所以有今日的苏维埃政府，这班青年，未尝无莫大之力量的存在。

所以在今日谈革命文学，同时我们也要鼓吹青年到民间去呢！

我希望所有的一切做文学工作的同志们，做一位革命的文学者，同时又做一位文学的革命家。

同志们，时候到了，再等一会儿就要亡国，就要被高鼻子，大胖子，来奴视我们，牛马我们，我们快起来，做革命文学的工作吧！

——载《鉴赏周刊》第 21 期，1925 年 10 月 27 日

艺术家的责任与主义

黄剑芬[*]

　　一个艺术家，（就美术范围而言）当他发觉一种特殊美的时候，他的精神就深深地无形中的贯注在这种美里便［边］。因为他想，这种特殊的美，委实令人看见，就会发生一种美感；有时回忆的时候，精神上还得会回复他当时的快乐；这实在能够予人们以一个安慰，使到枯燥的人生里，得到多一种美的调和，这是多么可喜的一个现象。

　　但是，艺术家，他终日干美的生活，干美的工作，或许会时常感觉得到美之所在点，因而得到快乐与安慰，若是照一般人来说，他们终日为别的事情所纠缠，所思想的，奔走的，完全是在美范围之外，所以艺术家所能感觉得到的美，他们或许不懂得去领略，这因为他们对于美的观念，太薄弱的原故。

　　艺术家因为这一件事情，他时常发生一种感想，想到一种美，或是特殊的美，它里便［边］是藏有快乐和安慰的，我们艺术家，应该令到各个人都得享受这一种权利，以示共民众同享受快乐和安慰的意思。换一句说，就是艺术家感觉美而得到的快乐与慰安，应当持一个大同主义，使到各个人都能和我感觉美而得到快乐与慰安。

　　艺术家既然有这一种感想，他就不能不要写些作品出来，介绍自己感觉得到的美，给与一般民众来赏识；贡献自己因感觉美而得到的快乐与安慰，给与一般民众来享受。这实在是艺术家应有的义务，应有的责任。

　　但是，一个艺术家，他发见得到的美，有时未必就是真美；艺术家以

---

　　* 黄剑芬，国民党员，广州市公安局秘书。

为值得介绍和贡献的时候，民众们也未必就懂得赏识享受；纵使贡献之美是有快乐和安慰底价值，然因艺术家是个人的，个性的，以个人的，个性的，感觉得到的美，能否吻合民众的心理？能否使民众觉得艺术家贡献之美，就是美呢？这几种事情，实在能使艺术家贡献美的一番诚意，未免会感到失望，因失望而把他贡献美的工作，变了怠缓，甚而至把他的责任，完全放弃。

同时，艺术界里还会得将这个艺术家乘机下了许多批评，因批评而生出纠纷，失败者更不能不将他的工作变了怠缓，更不能不将他的责任完全放弃。现在艺术界分出许多派别，弄得乱七八糟，未始不是这个原故，这实在是艺术前程的一个大障碍物，也是社会进化途中的一块大礁石，我以为关心艺术界的人，应要谋一个解决的办法，消除艺术家相互的纠纷，再谋尽一个完全的责任。

销除艺术家相互的纠纷，再谋尽一个完全的责任，这的确〔是〕值得我们讨论的一个问题。我们因为讨论这个问题起见，就不得不要联想及根本的纠纷，试想一个艺术家，为何会受人攻击而至于失败，这因为他单纯的去做美的工作，而没有保护他工作时间的卫兵的原故；他单纯的只晓得尽他的责任，而没有一个指导者来纠正他的错误的原故；——也就是根本的一个原因。那末，那个保护他的卫兵是谁？纠正他的指导者又是谁呢？我敢决断一句说："就是'主义'。"

现在我且举出一个例子："譬如一个青年，他是抱有革命思想的，欲做革命的工作，假使他不晓得依着三民主义，或是社会主义等去做，则他工作的时候，拿着甚么去做目标呢？既无目标，则工作的结果，能否令得到人家满意？不问可知了。"所以我们现在要明白，不独做革命家，艺术家，要有一个主义，就是无论那一家人，要是他在社会工作的时候，都应该要有一个主义，须知"主义"，它是具有无限的魔力，它能够消除任何纠纷，能够保护艺术家工作时间的安全，能拘〔够〕担保艺术家不向错误的路去跑，能够帮助艺术家尽一个完全的责任，使他的工作底于成功。

由此，我们可以知道，艺术家的责任与主义，是有一个密切的关系，要是想尽责任，而没有认定一个主义，就此可希望得到成功，正是瞽者跑路，他想不倚靠一枝竹，而跑远远的一个目的地，休想有达到之一日。艺术家也是如此，他一方面负了一个责任之中，同时还须要认定一个主义，一方面固然要尽介绍美和贡献美的责任，使民众们感受了一个美化；而一方面又要宣传自己所主张的一个主义，使民众们再感受了一个主义化。这才不辜负了自己所做的工作，所尽了的一个重大责任。

———载《广州民国日报·批评与创作》1926 年
4 月 14 日、15 日

孤　鸿

郭沫若[*]

芳坞哟，我又好久不写信给你了。你到了广州写过一封信来，我记得回覆过你一张明片，但是是几时写的我也忘记了。你最近从澳门写来的信，我直到现在还没有答你，你没以为我是已经饿死了，或者是把你忘记了罢。芳坞哟！人的生命，说坏些时，就好象慢性气管枝炎的积痰，不是容易可以喀吐得掉的，而在这空漠的世界上还有你这样使我永远不能忘记的人，也正是我不肯轻易地把这口积痰吐出的原故呢。

你是晓得的，我此次到日本来的时候只带了三部书来，一部是《歌德全集》，一部是河上肇氏的《社会组织与社会革命》，还有一部便是屠格涅甫的《新时代》了。我来日本的原因：第一是想写出我计划着的《洁光》，第二是来眄望我的妻儿，第三是还想再研究些学问。我最初的志愿是想把《洁光》写成后便进此地的生理学研究室里去埋头作终身的研究。我以为这是我们最理想的生活。我们把纯粹的自然科学的真理作为研究的对象，忘却了人世间的一切的扰乱纷繁，我们的天地是另外的一种净化了的天地。我以为我们有多少友人都是应该走上这条路来，把自己的一生献给真理的探求，我们于自然科学上必能有所贡献，我们大汉民族的文明或者能在二十世纪的世界史上要求得几面新鲜的篇页。但是哟，芳坞，这种生活却要有两个条件作为前提呢。第一的物质条件如像从事于研究的地方和工具，我们在国内虽不能寻求，我们还可以求诸国外；但是研究者自身的生活的保障，至低限度的糊口的资粮，这求之于国外，比在国内是还要困难的了。再说到精神的条件上来，譬如渊博的先觉者的指

* 郭沫若（1892～1978），四川乐至人，创造社作家。1926 年 3 月 18 日赴广州，任国立广东大学文科学长。1926 年 6 月加入国民党，参加北伐，任北伐军政治部宣传科长。

导——这或者也可以说是物质的条件，因为是外在的，可以作为工具看待——我们在国内虽不能寻求，我们也可以求诸国外；但是研究者自身的精神的安定，这几乎是唯一的前提：没有安定的精神决不能从事于坚苦的学者生涯，决不能与冰冷的真理姑娘时常见面。我们现在处的是甚么时代呢？时代的不安迫害着我们的生存。我们微弱的精神在时代的荒浪里好象浮荡着的一株海草。我们的物质的生活简直像伯夷叔齐困饿在首阳山上了。以我们这样的精神，以我们这样的境遇，我们能够从事于醺醍［醍醐］的陶醉吗？

甚么人都得随其性之所近以发展其才能，甚么人都得以献身于真理以图有所贡献，甚么人都得以解脱，甚么人都得以涅槃，这真是最理想的世界最完美的世界。这种世界是一个梦想者的乌托邦吗？是一个唯美主义者的象牙宫殿吗？芳坞哟，不是！不是！我现在相信着：它的确是可以实现在我们的地上呢！科学的社会主义所告诉我们的"各尽所能各取所需"的时代，我相信是终久能够到来；"个人之自由发展为万人自由发展之条件的一个共同团体"，我相信是可以成立。这种时代的到来，这种社会的成立，在我们一生之中即使不能看见——不待说是不能看见——我们努力促进它的实现，使我们的同胞得以均沾自然的恩惠，使我们的后继者得以早日解除物质生活的束缚而得遂其个性的自由完全的发展，——这正是我们处在这不自由的时代而不能自遂其发展的人所当走的唯一的一条路径呢！

芳坞哟，我们是生在最有意义的时代的！人类的大革命的时代！人文史上的大革命的时代！我现在成了个彻底的马克思主义的信徒了！马克思主义在我们所处的这个时代是唯一的宝筏。物质是精神之母，物质文明之高度的发展和平均的分配终是新的精神文明的胎盘。芳坞哟，我们生在这个过渡时代的人是只能做个产婆的事业的。我们现在不能成为纯粹的科学家，纯粹的文学家，纯粹的艺术家，纯粹的思想家。要想成为这样的人不消说是要有相当的天才，然而也要有相当的物质。在社会革命未实现以前能成为这样纯粹的人格的天才，我们自然赞仰，但他们不是有有钱人的父亲，便是有有钱人的保护者，请看意大利文艺复兴期中的一群大星小星罢，请看牛顿，歌德，杜尔斯泰，更请看我们中国最近所奉为圣人的太戈儿罢！他们不是贵族的附庸，便是贵族自己，他们幸好有这种天幸才得以发展了他们的才能；没有这种天幸的人只好中途半端地饿死病死了！古今来有几个真正的天才能够得遂其自由的完全的发展呢？芳坞哟，我现在觉悟了。我们所共通的一种烦闷，一种倦怠——我怕是我们中国的青年全体所共通的一种烦闷，一种倦怠——是我们没有这样的幸运以求自我的完成，而我们又未能寻出路径来为万人谋自由发展的幸运。我们内部的要求与外部的条件不能一致，我们失却了路标，我们陷于无为，所以我们烦闷，我们倦怠，我们飘流，我们甚至常想自杀。芳坞哟，我现在觉悟到这些上来，我把我从前深带个人主义色彩的想念全盘改变了。我改变了我研究生理学的决心也就是由于这种觉醒。这种觉醒虽然在两三年来早在摇荡我的精神，而我总犹缠绵枕席，还留在半眠的状态里面，我现在是醒定了，芳坞哟，我现在是醒定了。以前没有统一的思想，于今我觉得有所集中。以前矛盾而不能解决的问题，于今我觉得寻着关键了。或者我的诗是从此死了，但这是没有法子的，我希望它早些死灭罢。

我最初来此的生活计画，便是移译《社会组织与社会革命》一书。这书的移译本是你所不十分赞成，我对于这书的内容虽然也并不能十分满意，如他不赞成早期的政治革命之企图，我觉得不是马克斯的本旨，但我译完此书所得的教益殊觉不鲜呢！我从前只是茫然地对于个人资本主义怀着的憎恨，对于社会革命怀着的信心，如今更得着理性的背光，而不是一味的感情作用了。这书的译出在我一生中形成一个转换的时期，把我从半眠状态里唤醒了的是它，把我从歧路的彷徨里引出了的是它，把我从死的暗影里救出了的是它，我对于作者是非常感谢，我对于马克斯列宁是非常感谢，我对于援助我译成此书的诸位友人也是非常感谢的呢。我费了两个月的光景译完了此书，译述中我所最感惊异的是我们平常至少是把他们当成暴徒看待了的列宁和突罗次克①诸人，才有那样致密的脑精，才是那样真挚的学者！我们平常读书过少，每每爱以传闻断人；传闻真是误人的霉菌，懒惰真是误解的根本，我们东方人一闻着"过激派"三字便觉得如见毒蛇猛兽一样，这真是传闻和懒惰的误事呢。书成后卖稿的计画生了变更，听了友人的要求将以作为丛书之一种，遂不得不变成版税，然而我们这两月来的生活，却真真苦煞了。

---

① 突罗次克，今通译为托洛茨基。——编者注

　　我自四月初间到此，直到现在已经四阅月了，我的妻儿们比我更早来两月，我们在这儿，收入是分文也没有的，每月的生活费，一家五口却在百圆以上，而我们到现在终竟还未至于饿死，芳坞哟，你怕会以为是奇事罢？奇事！真个是奇事呢！一笔意外的财源救济了我们的生命。我去年回国的时候，所不曾领取的留学生的归国费，在今年四月突然可以支领了，而且我们四川省的归国费还是三百圆——我为这三百圆的路费在四月底曾经亲自跑到东京：因为非本人亲去不能支领。我在东京的废墟中飘流了三天，白天只在电车里旅行，吃饭是在公众食堂（东京现在有市营的公众食堂了，一顿饭只要一角钱或一角五分钱），晚来在一位同乡人的寓所里借宿。我唯一的一次享乐是在浅草公园中看了一场《往何处去》的电影。芳坞哟，这场电影真是使我受了不少的感动呢。感动我的不是奈罗的骄奢，不是罗马城的焚烧，不是培茁龙纽斯的享乐的死，是使徒比得逃出罗马城，在路上遇着耶稣的幻影的时候，那幻影对他说的一句话。奈罗为助长他读荷马的诗兴，下命火烧了罗马全城，待他把罗马城市烧毁之后，受着人民的反对却嫁罪于耶稣教徒，于是大兴虐杀。那时候使徒比得在罗马传教，见奈罗的淫威以为主道不行，便从罗马城的废墟逃出。他在路上遇见了耶稣的影子向他走来，他跪在地下问道：——主哟！你要往何处去？——耶稣答应他说：你既要背弃罗马的兄弟们逃亡，我只好再去上一次十字架！……啊，芳坞哟，这句话真是把我灵魂的最深处都摇动了呀！我回想起我实行自我的追放，从上海逃到海外来，把你一人钉在十字架上！我那时恨不得立地便回到你住的那 Golgotha 山，我还要陪你再钉一次十字架。我在观音堂畔的池边，在一座小小的亭子上坐着追悔了一点钟工夫的光景，阴郁的天气，荒废的东京，一个飘流着的人，假使我能够飞呀！啊……

　　总之三百圆的意外的财源到了手了，除去来往的路费还剩二百五十圆，偿清了前欠已经所余无几了，而《社会组织与社会革命》一书又只能抽取版税，我们五月以后的生活费简直毫无着落了。啊，幸亏上天开眼，天气渐渐和暖了起来，冬服完全没有用处，被条也是可以减省了，我们便逐渐把去交给一家质店替我们保管，这座质店，说起来你该会记起的，便是民国七年的九月你同你的乡人来福冈医病的时候，你最初来访问过我的那座质店呢。我们那年初来，贪图便宜，在那儿质店的小楼上替店主人看管过两个月的库质。这家质店主人的一对夫妇还能念着旧情，或者也是我的不值钱的"医学士"招牌替我保了险，我们拿去的东西他们大抵都要，也还不甚刻薄，我的一部《歌德全集》当了一张五圆的老头票，《社会组织与社会革命》的原本，刚好译完便拿去当了五角钱来。但到五月尾上我们二十圆一月的房金终竟不能全付了。好在米店可以赊账，小菜店也还念五六年来的主顾，没有使我们绝粮，只有无情的房主人几乎每天都要来催问房金。本来我们住的房子是稍为贵得一点，因为是在海边，园子里我们种了些牵牛花，大莲花，看看都要开了。两株橘树开了花，已经结起青色的果实，渐渐地也在长大起来。我的女人时常说，看在孩子们的分上，房金虽是贵得一点，但是有花有木，有新鲜的空气，也觉得对得着他们。所以我们总厚着脸皮住着。但到六月尾上来，所期望的上海的一笔财终断了，房主人终竟把我们赶出来了。六月里我又重温习了一遍《王阳明全集》，我本打算做一篇长篇的王阳明的研究，但因稿费无着，我也就中止了，白白花费了我将近一月的工夫！

我们现在是住在甚么地方呢？你猜想得到么？我们就住在六年前住过的这家质店的仓库的楼上呀！纵横不过二丈宽的一间楼房，住着我们一家五口。立起来差不多便可抵着望板。朝东北一面的铁格窗，就好象一座鸟笼一样。六年间的一个循环，草席和窗壁比从前都旧得不成形状，但是房钱却比六年前贵得将近一倍了，从前是六圆一月的，如今竟要十圆了。但是守仓库的人也变了，多添了几根脸上的绉纹，多添了两个孩子。六年前我们只有一个和儿，现在是三个了。六年前我初来此地进大学时，膺受过的一场耻辱时常展开在我眼前。

那是八月初间的时候，我们从冈山到福冈来，在博多驿下了车，人力车夫把我们拖到医科大学前面的一座大旅馆的门前。医科大学前面的"大学街"，你该还记得罢，骈列着的都是旅馆，这些旅馆专靠大学吃饭，住的多是病人。我们初进旅馆的时候，下女把我们引上楼，引进了一间很清洁的楼房里。但是不多一会下面的主人走来，估量了我们一下说道：——这间房间是刚才有人打电话来订了的，你们请到楼下去。——楼下还有好房间吗？——是的，楼下的房间比楼上还好。……我们跟着走下楼来。

"比楼上还好"的房间是临街的一间侧室，一边是毛房，一边是下女的寝处。太不把人当钱了！这明明是要赶我们出去！我们到的时候是午后，我不等开晚饭便一人跑出店去，往那人生面不熟的地方去另找巢穴。

我只是问人向海边走去的路径，我第一次在青松白沙间看见了博多湾，正是在夕阳西下，红霞涨天的时候。我这位多年的老友，在第一次便和我结下了不解的交情，我的欢心挤掉了我在旅馆里所受的奇辱。我便在松原外面找着了这家质店的房子。

傍晚走回旅馆的时候，晓芙是因为坐火车疲倦了，或者还是因为受了侮辱，已经抱着和儿睡了。我的一份晚饭还留在房里。我饿了，吃起饭来。全不声张地走进来一位店里的"番头"。"番头"拿着号簿来要我报告名姓年岁和籍贯。他对我全没有些儿敬意，我却故意卑恭地说：

——我是支那人，姓名不好写，让我替你写罢。

——那吗，写干净一点！（命令的声音。）

我把我的写好了，他又指着帐中睡着的晓芙。他说：

——这位女人呢？是你甚么人？

我说：是我的妻子。

——那吗一并写清楚一点！

我也把晓芙的名姓（我没有用她日本的真名）都写了。最后他问我们到此地的理由，我说来进大学。他又问进大学去做甚么事（这位太不把人当钱的"番头"不知道是轻蔑我的衣装，还是轻蔑我是华人，他好像以为我是进大学去做苦工的了），但我还是忍着气，回答他说：我进大学里去念书。——啊，真是奇怪！我这一句话简直好像咒语一样，立刻卷起了天翻地覆的波澜！

"番头"恭而且敬地把两手撑在草席上，深深向我磕了几个头，连连地叫着：

——喂呀，你先生是大学生呀！对不住！对不住！

他磕了头便跳起来，出门大骂下女：

——你们搅的甚么乱子啊？大学生呢！大学生呢！快看房间！快看房间！啊，你们真混账！怎么把大学生引到这间屋子?!……

下女也涌起来了，店主人夫妇都涌起来了，晓芙们也都惊醒了。

大学生！大学生！连珠炮一样地乱发。下女们面面相觑，店主人走来磕头。这儿的大学生竟有这样的威光真是出于我的意料之外。我借大学生的威光来把风浪静制着了。"房间可以不必换，纵横只有一夕的工夫呢。"

第二天我们一早要出旅馆，店主人苦苦留住吃了早饭。走的时候番头和下女替我们运搬行李，店主人夫妇和别的下女们在门前跪在一排，送我们走出店门……

这场悲喜剧好像还是昨天的事情一样。六年间的一场旧戏重上舞台，脚色添了两个，也死了一个了。猴子面孔的跛脚的质店主人，粉脂一样的他的肥妇，这还是当年的老脚，但是他们之间有一位可爱的女儿死了。六年前她才九岁，她看见我们的时候总爱红脸，我说她是早熟的姑娘；现在她已经死了五年了。

这儿到箱崎有半里路的光景，你是晓得的，我们全靠"医学士"的招牌吃饭的人，每天清早便打发和儿到箱崎的米店和小菜店里去赊小菜赊豆腐。昨天晚上和儿病了，今晨是我走到箱崎去赊米。我枉道过我海边上的旧居，仍然空着没有赁出，园子的门是开着的，我走进去看时，大莲花被人拔去了，牵牛花也不见了，园角上新标出两株嫩苗，但还没有开花。只是青色的橘子孤寂地长大了好些。回来的时候，晓芙在楼下洗衣，小的两个儿子在一旁戏水。上楼，看见和儿一人仍然睡在窗下，早晨的阳光照进窗来，洒在他的身上。消化不良的脸色，神经过敏的眼光，他向着我，使我的心子丝痛了起来。窗限上一个牛奶桶里栽着的一株牵牛花，开着一朵深蓝色的漏斗——这是移家来时，和儿自己种活了的。——牵牛花哟！我望你不要谢得太快了罢！我的眼泪汹动了起来，我走去跪在他的旁边，执着他的小手，我禁不住竟向他扯起诳来：

——和儿，我到箱崎去的时候，到我们从前住过的房子去来。大莲花不晓得是甚么人扯去了，牵牛花还一朵也没有开，我听见牵牛花好像在说：因为可爱的孩子们都不在，所以我们不开花了。你看，你在这儿，你这栽活了的牵牛花，便在向你开花。

我这样的话竟收到了意外的效果，孩子得着安慰，微笑了一下——啊，可怜的微笑，凄切的微笑哟！

我的生活状态本来不想写给你，使你徒扰心虑，但一写又不禁写了这许多。你念到这儿或者会问我："你在七月里做了些甚么呢？你那样怎么过活去呢？你还不想离开日本吗？"芳坞哟，待我来慢慢答覆你。

我手里还留着一本书，便是德译的屠格涅甫的《新时代》，这本勒克兰版的小书当不成钱，所以还不曾离开我的手里。这书是你的呢，你还记得么？民国十年的四月一日，你从大学毕业回国，我那时因为烦闷得几乎发狂，对于文学的狂热，对于医学的憎恶，对于生活的不安，终逼着我休了学，丢下我的妻儿和你同船回去。我们同睡在三等舱的一只角上。从门司上船后便遇着风波，我一动不动地直睡到上海，你却支持着去照应头等舱里你友人的家眷。那时你带着一部德译的《易卜生全集》和屠格涅甫的两本德译的小说，一本是《父与子》，一本便是这《新时代》，你可还记得么？我第一次读《新时代》便是这个时候。这本书我们去年在上海不是还同读过一遍吗？我们不是时常说：我们的性格有点像这书里的主人公"涅暑大诺夫"吗？我们的确是有些相像：我们都嗜好文学，但我们又都轻视文学；我们都想亲近民众，但我们又都有些贵族的精神；我们倦怠，我们怀疑，我们都缺少执行的勇气，我们都是些中国的"罕牟雷特"。我爱读《新时代》这书，便是因为这个原故呢。

穷得没法了，做小说没有心绪，而且也没有时间。我只好把剩下的这本《新时代》的德译本来移译，我从七月初头译起，译到昨天晚上才译完了，整整译了四十天。我在四十天内从早起译到夜半，时时所想念起的只是四年前我们回国时的光景，我们去年在上海受难的一年的生活，但那时我们是团聚着的，如今你飘流到广东，我飘流到海外了。在上海的朋友都已云散风流，我在这时候把这《新时代》译成，做第一次的卖文生活，我假如能变换得若干钱来，拯救我可怜的妻孥，我也可以感着些清淡的安乐呢。啊，芳坞哟，我望你也替我欢喜些罢。

《新时代》这书，我现在所深受的印象，不是它情文的流丽（其实是过于流丽了，事件的展开和人物的进出是过于和影戏类似了），也不是其中主要人物的性格，却是这里面所流动着的社会革命的思潮。社会革命两个主要的条件：政治的条件和物质的（经济的）条件；屠格涅甫是认得比较鲜明，他把"马克罗夫"代表偏重政治革命的急进派，把"梭罗明"代表偏于增加物质生产力的缓进派。他促成了马克罗夫式的失败，他激赏着梭罗明式的小成，他的思想我看明明是修正派的社会主义的思想。但是五十年后的今日，成功的却是"马克罗夫"，"匿名的俄罗斯"成为了列宁的俄罗斯了。屠格涅甫的预言显然是受了欺骗！但是这是无损于这书的价值的。社会主义的社会制度之实现终不能不仰给于物质条件的完备，在产业后进的国度里，社会主义的政治革命即使成功，留在后面该走的路仍然是梭罗明的道路，仍然要增进生产力以求富裕。列宁把社会革命分为三个时期，第一是准备（宣传）时期，第二是战斗时期，第三是产业经营时期。目前的俄罗斯革命只走完第二步，还有第三步的最长的一个时期才在刚好发轫呢。

芳坞哟！农奴解放后的七十年代的俄罗斯不正像满清推倒后的二十年代的我们中国吗？我们都是趋向着社会革命在进行，这是共同的色彩，而这书所叙的官僚生活把"扑克"换成"马将"，把雪茄换成鸦片，不正是我们中国新旧官僚的撮影吗？淡巴菇的青烟，弗加酒的烈焰，一样地烧着我们百无聊赖的希望着真明人主出现的中华民国的平民。而涅暑大诺夫的怀疑，马克罗夫的躁进，梭罗明的精明，玛丽亚娜的强毅，好的坏的都杂呈在我们青年男女的性格中。我们中国式的涅暑大诺夫，中国式的马克罗夫，中国式的梭罗明，中国式的玛丽亚娜，单就我们认识的朋友中找寻也能举出不少的豪俊了。我喜欢这本书，我决心译这本书的另一原因，大约也就在这儿，我们在这里面可以照出我们自己的面影呢。但这书所能给与我们的教训只是消极的，他使我们知道涅暑大诺夫的怀疑是无补于大局，马克罗夫的燥〔躁〕进是只有失败的可能，梭罗明的精明缓进，觉得日暮路遥，玛丽亚娜的坚毅忍从，又觉得太无主见了，我们所当仿效的是屠格涅甫所不曾知道的"匿名的俄罗斯"，是我们现在已经明了的"列宁的俄罗斯"。

我现在对于文艺的见解也全盘变了。我觉得一切技俩上的主义都不能成为问题，所可成为问题的只是昨日的文艺，今日的文艺和明日的文艺。昨日的文艺是不自觉的得占生活的优先权的贵族们的消闲圣品，如像太戈儿的诗，杜尔斯泰的小说，不怕他们就在讲仁说爱，我觉得他们只好像在布施饿鬼。今日的文艺，是我们现在走在革命途上的文艺，是我们被压迫者的呼号，是生命穷促的喊叫，是斗士的咒文，是革命豫期的欢喜。这今日的文艺便是革命的文艺，我认为是过渡的现像，但是是不能避免的现像。明日的文艺又是甚么呢？芳坞哟，这是你几时说过的超脱时代性和局部性的文艺。但这要在社会主义实现后，才能实现呢。在社会主义实现后的那时，文艺上的伟大的天才们得遂其自由完全的发展，那时的社会一切阶级都没有，一切生活的烦苦除去自然的生理的之外都没有了，那时人才能还其本来，文艺才能以纯真的人性为其对像，这才有真正的纯文艺出现。在现在而谈纯文艺是只有在年青人的春梦里，有钱人的饱暖里，玛啡中毒者的 Euphorie 里，酒精中毒者的酩酊里，饿得快要断气者的 Hallucination 里呢！芳坞哟，我们是革命途上的人，我们的文艺只能是革命的文艺。我对于今日的文艺，只在他能够促进社会革命之实现上承认他有存在的可能。而今日的文艺亦只能在社会革命之促进上才配受得文艺的称号，不然都是酒肉的余腥，麻醉剂的香味，算得甚么！算得甚么呢？真实的生活只有这一条路，文艺是生活的反映，应该是只有这一种是真实的。芳坞哟，我这是最坚确的见解，我得到这个见解之后把文艺看得很透明，也恢复了对于它的信仰了，现在是宣传的时期，文艺是宣传的利器，我彷徨不定的趋向，于今固定了。

芳坞哟，我要回中国去了，在革命途上中国是最当要冲。我这后半截的生涯要望有意义地送去。我在九月内总想归国一行，妻孥要带着同去，死活都要在一路，我把这《新时代》一书译成之后，我把我心中的"涅暑大诺夫"枪毙了。

好久不曾写信给你，今天趁势写了一长篇，从正午写到夜半了。妻儿们横三倒四地在草席上睡着，我在他们的脚上脸上手上打了许多血淋淋的蚊子。安娜床畔放着一本翻开着的《产科教科书》——可怜的"浅克拉玛殊玲"哟！——《新时代》中的女性我比较的喜欢玛殊玲，我觉得这人最写得好。一张高不满一尺的饭堂，一盏黄电［孤黄］的孤［电］灯，一个乱发蓬蓬的野人……头是屈痛了，鸡怕要叫了罢？我们相会的地点不知道是在上海，不知道是在岭南，也不知道我们还有没有相会的时期。我们有闲还是多写信罢。

十三年八月九日夜

——载《创造月刊》第 1 卷第 2 期，1926 年

文艺家的觉悟

沫　若[*]

　　我最近在《洪水》上做了几篇关于社会思想上的文章，赞成我的人不消说是很多，而反对我的人也有一小部分。

　　在这小部分的反对者里面，有的在思想上根本是和我立在敌对方面的人，如像有一派迷恋于英雄思想的国家主义者和一派无政府主义的青年，他们在口头笔上都在向我中伤。他们说："你是一个文学家，你写写诗，做做小说也就够了，要谈什么主义哟！"这样的话我觉得真是好笑：好象一种主义是应该有一种什么包办的人才来专卖的一样，而他们的国家主义或者无政府主义也好像只该得由他们一些包办的人才来谈谈，是应该把"文学家"摒诸化外的了。真是笑话。他们有的把国家主义者的克莱曼梭奉为先生，有的把无政府主义者的克鲁泡特金奉为神明，然而克莱曼梭是做过小说的人，克鲁泡特金是做过诗的人，他们好象是不曾晓得的一样。他们以一点浅薄的学识，狭溢［隘］的精神，妄想来做民众的指导者，一有人指摘了他们的不是，他们便弄得耳烧面热，手忙脚乱，逢人便信口弄其雌黄，真是可怜可悯。这类的人我不愿意和他们饶舌，我始终劝他们多读两本书，把自己的见识稍稍恢宏了一点，然后再来鼓吹，也免得徒是欺人欺己呢。

　　还有是很表同情于我的人，他们看见我近来莫有做小说，莫有写诗，只是没头于社会思想的论述，他们很在替我悲哀。他们觉得我的天职是在做个文人，我一把文学的生活抛弃了，就好象我们中国的文学界上也遭了一个很大的损失的一样。这样亲切的同情不消说我是非常感谢，但我自己

　　* 沫若（郭沫若）（1892～1978），四川乐至人，创造社作家。1926年3月18日赴广州，任国立广东大学文科学长。1926年6月加入国民党，参加北伐，任北伐军政治部宣传科长。

也实在有点不敢拜领。我在文学上究竟有了多少造就，我自己实在很惭愧，我不敢夸一句大口。我从前是诚然做过些诗，做过些小说，但我今后也不曾说过就要和文艺断缘。至于说到我的思想上来，凡为读过我从前作品的人，只要真正是和我的作品的内容接触过，我想总不会发见出我从前的思想和现在的思想有什么绝对的矛盾的。我素来是站在民众方面说话的人，不过我从前的思想不大鲜明的，现在更加鲜明了些，我从前的思想不大统一的，现在更加统一了些罢了。但是要说从事于文艺的人便不应该发表些社会思想上的论文，这是无论在那一国的法律上都不会有这样的规定的。要说从事于文艺的人便不应该感染社会思想，这简直是根本上的一个绝大的错误。这个错误的观念在社会上很有巨大的势力，而在一般嗜好文艺的青年的心里，尤为容易先入以搅乱他们的志趣。我觉得这不是一个等闲的问题，所以我在这儿很想来讨论一下。

第一，一个人的精神活动决不是单方面的。他有道德的情操而同时也有审美的情操，他有感情的活动而同时也有智识的活动。这种种的活动既是同出于一人，他们的因果总是互为影响的，这在推论上是理所当然，而在实际上也是事所必然。并且一个人的种种精神活动能够彻底融洽，互为表里，就是一个人的智情意三方面的发展均能完满无缺而成为一个整然的谐和，这在一个人的成就上可以说是最为理想的。那吗一个人虽已从事于文艺的活动，又何尝不可以从事于思想上的探讨呢？假使他思想上的信条和他文艺上的表现尤能表里一致时，那吗他这一个人的思想我们可以说不至于蹈虚，而他这个人的文艺是有他整个的人格作为背境的。这样的文艺正是我们所理想的文艺，怎么能够说从事于文艺的人便不应该感染社会思想呢？

而且一个人生在世间上，只要他不是离群索居，不是如像鲁滨孙之飘流到无人的孤岛，那他的种种的精神活动，无论如何是不能不受社会的影响的。他的时代是怎么样，他的环境是怎么样，这在他的种种活动上，形成一些极重要的决定的因数［素］，他又不能和这些影响脱离，犹如不能和自己的呼吸运动与血液循环脱离是一个样子。便单就文艺而论，所以一个时代便有一个时代的文艺，一个环境便有一个环境的文艺。生在影戏还未发明的时代的诗人，他不会做出捧电影明星的诗；时常和电影明星相往还的人，他自然还做出什么"亲王"、什么"女士"的文艺了。这是必然的因果，不是人力所能左右的。

固然人的气质各有不同，人的经验也各有不同，即使同一时代，同一环境的人，他们所受的社会的影响是不能完全一致的，譬如青年人和老年人，粘液质的人和神经质的人，他们的感受性便是各有不同的。但这所谓不同只是量的不同，不是质的不同。就是在同一的时代，同一的环境之下当然感受同一的影响，只是这影响的程度有深有浅，意识到这种影响的程度有明有暗而已。

那么生在社会思想已经发生了的时代和环境里面的作家，怎么能够不感染社会思想的影响呢？

本来从事于文艺的人，在气质上说来，多是属于神经质的。他的感受性比较一般的人要较为锐敏。所以当着一个社会快要临着变革的时候，就是一个时代的压迫阶级把被压迫阶级凌虐得快要挺而走险，素来是一种潜伏着的阶级斗争快要成为具体的表现的时候，在一般人虽尚未感受得十分迫切，而在神经质的文艺家却已预先感受着，先把民众的痛苦叫喊了出来，先把革命的必要叫喊了出来。所以文艺每每成为革命的前驱，而每个革命时代的革命思潮多半是由于文艺家或者于文艺有素养的人滥觞出来的。譬如一七八九年的法兰西大革命，这是欧洲第三阶级的市民对于第一阶级第二阶级的王族和僧侣的阶级斗争之最具体的表现，而在一七八九年之前有意大利文艺复兴之思潮以为先导，而在法兰西本国亦有卢梭，佛鲁特尔等文艺家作为自由思想的前驱。第三阶级革命成功以后，资本家逐渐发展起来，世界的财富逐渐集中于少数人的手中，于是又产生出无数的无产的第四阶级的民众。资产阶级日日榨取无产阶级，现在已经又达到第四阶级革命的时候了。主张第四阶级革命的思想，现在我们就简称为社会思想。这种社会思想的前驱者，如像马克斯，他年青的时候本是想成为一个诗人，如像早死了的雪莱（他的早死马克斯很替他悼惜，称他为无产阶级革命的前驱），在我们中国怕只有晓得他是诗人的；更如像一九一七年俄国革命的大头，列宁与突罗次克，他们对于文艺的造诣比我们中国任何大学的文科教授，任何思想界的权威者还要深到，决不象我们专靠主义吃饭的人（不仅是共产主义者）只能做几句"之乎也者"的闹墨式的文章呢。

我们所处的时代是第四阶级革命的时代，我们所处的中国尤为是受全世界的资本家压迫着的中国。全世界的资本家把他们自己的本国快要榨取干净了，不得不来榨取我们，每年每年把我们的金钱榨取二万万海关两去，而且他们把他们的机器工业品来，同时又把我们旧有的手工业破坏了，于是民穷了，业失了，平地添出了无数的游民了，而在这个食尽财空的圈子里面又不能不争起糊口的资料来，于是才发生出无数循环不已的内争。一些丧尽天良的军阀，一些狗彘不如的匪兵，我们都要晓得，这就是外国资本家赐给我们的宏福，这就是资本主义赐给我们的宏福呀！我们现在甚么人都在悲哀，我们民众处在一个极苦闷的时代，我们要睁开眼睛把这病源看定！我们自己是不能再模糊的了，我们是已经把眼睛睁开了的人，究竟该走那一条路，这是明明白白的。我们虽然同是生在一个时代，不消说也有许多不自觉的人，有的是托祖宗的宏福生下地来便是资产家，有的愿做资产家和外国人的走狗，有的在做黄金的迷梦想于未来成为一个资产家，有的是醉生梦死的冗人，这些人不消说他是不会感受甚么痛苦的；他所感受的痛苦宁是反面的痛苦，他是怕革命时期的到来要破坏他们的安康，所以社会思想在他们看来完全是洪水猛兽。他们在我们中国是新生的第三阶级，他们根本上和外国资本家是一鼻孔出气的人。中国的革命对于外国的资本家是生死关头，对于本国的资本家也是生死关头，他们的利害是完全共通的。要他们这样的人才是没有祖国的，他们的国家就是一个无形的资本主义的王国。只要他们的资产家的地位能够保持，中国会成为怎样，中国人会成为怎样，他们是不管的。你不相信吗？中国人谁都在希望着关税的独立，然而上海滩上的靠着买空卖空吃饭的大商人，大买办，正在极力反对呢。哼，哼！真是在做梦！有人还要闹甚么全民革命，有人还要闹甚么反对阶级斗争！阶级斗争他要反对，他说阶级是没有的。阶级真个是没有的吗？外国人拼命地在榨取我们，我们也眼睁睁地在受人榨取，军阀们拼命地在屠戮民众，民众也眼睁睁地在受人屠戮，坐汽车的老爷们在坦坦的马路上大事其盘旋，而马路的工人们在辘轳前汗流浃背，有钱的人随随便便地吹掉了几筒"加里克"的香烟，做香烟的工人们一天做了十六点的工辛辛苦苦地还做不上半筒"加里克"的烟钱，阶级真个是没有的吗？喝醉了酒的人要说他自己没有喝醉，发了疯的人要说他自己没有发疯，明明看着两个阶级在血淋淋地斗争着的人，要说是没有阶级，要起来反对阶级斗争，这种喝醉了酒的英雄，发了狂的"三K党"，你把他有甚么法子呢！

总之我们现代是社会思想磅礴的时代，是应该磅礴的时代，我们生在现代的人，尤其是生在现代的文人，看你该取一种甚么态度？

你生下地来就是资产家的儿子，你生下地来就是一位"Happy Prince"吗？那你要去建筑你的象牙宫殿，你要把文艺当成葡萄酒，玫瑰花，鸦片烟，你要吟吟风弄弄月，你要捧捧明星做做神仙，你尽管去，尽管去，你的工作和我们全不相干，可你要晓得，你的象牙宫殿不久便会有人来捣蛋！

你生下地来不一定就是资产家的儿子，而且你假如还是饱尝过人生苦世界苦的人，只要你没有中黄金毒，你不梦想做未来的资产家，你不是酒精中毒者，你没有发疯，你没有官瘾，你不是什么"棒喝团""三K党"的英雄，那你谦谦逊逊地只好来做一个社会思想的感染者。你的文艺当然会是感染了社会思想的文艺，你的文艺当然会含着革命的精神。

这儿没有中道留存着的，不是左，就是右，不是进攻，便是退守，你要不进不退，那你只好是一个无生命的无感觉的石头！一个超贫富的超阶级的彻底自由的世界还没有到来，这样的世界不能在醉梦里去寻求，不能在幻想里去寻求，这样的世界只能由我们的血，由我们的力，去努力战斗而成实有！这样的世界不是乌托邦，不是死后的天堂，不是西方的极乐，这是实际地在现实世界里可以建设的，我们正要为这个理想而战！你们同情于我的青年朋友哟，你们既同情于我便请不要为我悲哀，你们如要为我悲哀，那你们顶好是和我对敌！真正的友人我是欢迎的，真正的敌人我也是欢迎的，我不高兴的是半冷不热的这种无理解的同情——不消说，无理解的敌对，我也是不敢恭维的（北京城里有些比较有进步思想的先生们说我是国家主义者，我真不知道是何所见而云然）。我在这儿可以斩金截铁地说一句话：我们现在所需要的文艺是站在第四阶级说话的文艺，这种文艺在形式上是写实主义的，在内容上是社会主义的。除此以外的文艺都已经是过去的了。包含帝王思想宗教思想的古典主义，主张个人主义自由主义的浪漫主义，都已过去了。过去了的自然有他历史上的价值，但是和我们现代不生关系，我们现代不是赏玩骨董的时代。我们现代不消说也还有退守着这些主义的残垒的人，这些人就是一些第三阶级的斗士，他们就是一些不愿沾染社会思想，而且还要努力扑灭社会思想的。这是我们的敌人。还有一些嗜好文艺的青年，他们也大多是偏袒于这一方面的。他们年纪既轻，而且还有嗜好文艺的余暇，大约总是资产家或者小资产家的少爷公子。他们既没有尝历过人生的痛苦，也没有接触过社会的暗黑面，他们的环境还是一个天堂，他们还不晓得甚么叫社会思想。不过他们的不晓得，和不想晓得乃至晓得而视为危险物的不同，他们只要有接触的机会，只要想有接触的机会，他们总有一天会觉悟的。本来我们现在从事于文艺的人，怕没有一个可以说是纯粹的无产阶级的。纯粹的无产阶级的文艺家中国还没有诞生。我们是稍能懂得一两国的语言，至少能自由操纵这些四方四正的文字的人，都可以说是祖宗有德，使我们读了十年二十年的书在前面去了的。所以有人说我不穷，我也不想作些无聊的辩护，不过我自己就算没有穷到绝底，社会上尽有比我穷到绝底的人，而且这种人还占社会上的大多数，那就无论他是怎样横暴的人，他不能来禁制我替这些穷到绝底的人说话——他要禁制我说话，除非是把我杀了！所以我们所争的就要看你代表的是那一方面。你是代表的有产阶级，那你尽管可以反对我，我们本来是应该在疆场上见面的人，文笔上的饶情我是不肯哀求，我也是不肯假借的。在现代的社会没有甚么个性，没有甚么自由好讲，讲甚么个性，讲甚么自由的人，可以说就是在替第三阶级说话。你假如要说"不许我有个性，不许我有自由时，那我就要反抗"，那吗刚好，我们正可以说是同走着一条路的人。你要主张你的个性，你要主张你的自由，那你要先把阻碍你的个性，阻碍你的自由的人打倒。而且你同时也要不阻碍别人的个性，不阻碍别人的自由，不然你就要被人打倒。像这样要人人能够彻底主张自己的个性，人人能够彻底主张自己的自由，这在有产的社会里面是不能办到的。那吗，朋友，你既是有反抗精神的人，那自然会和我走在一道，我们只得暂时牺牲了自己的个性和自由去为大众人的个性和自由请命了。这样堂堂正正的大路，我们有甚么悲哀的必要，我们有甚么畏缩的必要呢？

朋友们哟，和我表同情的朋友们哟！我们现在是应该觉悟的时候了！我们既要从事于文艺，那就应该把时代的精神和自己的态度拿稳。

我们现在所需要的文艺是站在第四阶级说话的文艺，这种文艺在形式上是写实主义的，在内容上是社会主义的。——我在这儿敢断金截铁地说出这一句话。

民国十五年三月二日夜

——载《洪水》第 2 卷第 16 期，1926 年 5 月 1 日

革命与文学

郭沫若[*]

我们现代是革命的时代，我们是从事于文学的人。我们所从事的文学对于时代有何种关系，时代对于我们有何种要求，我们对于时代当取何种的态度，这些问题是我想在这儿讨论的。

我们先来讨论革命与文学的关系。

革命与文学一并列起来，我们立地可以联想到的，便是有两种极端反对的主张。

有一派人说：革命和文学是冰炭不相容的，这两个东西根本不能并立。主张这个意思的人更可以分为两小派：一派是所谓文学家，一派是所谓革命家。

所谓文学家，尤其是我们中国人的所谓文学家，他们是居住在别外一种天地的别外的一种人种。他们的生涯是风花雪月，他们对于世事是从不过问的。世事临到清平的时候，他们或许还可以讴歌一下泰平，但一临到变革的时候，他们的生活便感受着一种胁威，他们对于革命，比较冷静的，他们可以取一种超然的态度，不然便要极力加以诅咒。这种实例无论是旧式的文人或者新式的文人，我们随处都可以看见，在他们看来，文学和革命总是不两立的。

的确也会是不两立的。文学家对于革命极力在想超越，在想诅咒，而革命家对于文学也极力在想轻视，在想否认。我们时常听着实际从事于革命的人说：文学！文学这样东西于我们的革命事业究有甚么？她只是姑娘小姐们的消闲品，只是堕落青年在讲堂上懒爱听讲的时候所偷食的禁果罢

---

* 郭沫若（1892～1978），四川乐至人，创造社作家。1926 年 3 月 18 日赴广州，任国立广东大学文科学长。1926 年 6 月加入国民党，参加北伐，任北伐军政治部宣传科长。

了。从事于文学的人根本是狗钱不值的。

文学家极力在诅咒革命，革命家也极力在诅咒文学，这两种人的立脚点虽然不同，然而在他们的眼光里，文学和革命总是不能两立的。

文学和革命根本上不能两立，这是一种极普遍的主张，事实上是如此，而且理论上也的确是如此。然而和这种主张极端反对的，是说文学和革命是完全一致！

文学是革命的前驱——在革命的时代必然有一个文学上的黄金时代——这样的主张我们也是时常听见的。

我们且先从历史上来求它的证据罢。譬如一七八九年法国革命之前产生了不少的文学家，如像佛尔特尔，如像卢梭，他们都是划时代的人物，而且法国革命许多批评家和历史家都是说由他们唤起来的。又譬如一九一七年的俄国革命也是一样。在俄国革命未成功之前，俄国正不知道产生了多少文豪，这其中反革命的当然不能说是没有，然而勇敢地作为革命的前驱，不亚于法国佛尔特尔和卢梭的也正指不胜屈。

回头再说到我们中国罢。譬如周代的变风变雅和屈子的《离骚》，都是在革命时期中所产生出的千古不磨的文学。而每当朝代换易，一些忠臣烈士所披沥的血泪文章，至今犹传诵于世的，我们也可以说是指不胜屈的了。

是这样看来，文学和革命也并不是不能两立，而且是互为因果，有完全一致的可能。主张这种见解的人，自然不能说是全无根据。

那吗我们对于这两种不同的主张，怎么才可以解释呢？

同是一个问题而发出两种不同的主张，而且这两种主张都是证据确凿，都是很合理的。我们要怎样才可以解释呢？

这个问题好像是很难解决的问题，但是我们只要把革命的因子和文学的性质略略讨论一下，便不难迎刃而解了。

革命本来不是固定的东西，每个时代的革命各有每个时代的精神，不过革命的形式总是固定了的。每个时代的革命一定是每个时代的被压迫阶级对于压迫阶级的彻底反抗。阶级的成分虽然不同，反抗的目的虽然不同，然而其所表现的形式是永远相同的。

那吗我们可以知道，每逢革命的时期，在一个社会里面，至少是有两个阶级的对立。有两个阶级对立在这儿，一个要维持它素来的势力，一个要推翻它。在这样的时候，一个阶级当然有一个阶级的代言人，看你是站在那一个阶级说话。你假如是站在压迫阶级的，你当然会反对革命；你假如是站在被压迫阶级的，你当然会赞成革命。你是反对革命的人，那你做出来的文学或者你所欣赏的文学，自然是反革命的文学，是替压迫阶级说话的文学；这样的文学当然和革命不两立，当然也要被革命家轻视和否认的。你假如是赞成革命的人，那你做出来的文学或者你所欣赏的文学，自然是革命的文学，是替被压迫阶级说话的文学；这样的文学自然会成为革命的前驱，自然会在革命时期中产生出一个黄金时代了。

这样一来，我们可以知道文学的这个公名中包含着两个范畴：一个是革命的文学，一个是反革命的文学。

我们得出了文学的两个范畴，所有一切概念上的纠纷，都可以无形消灭，而我们对于文学的态度也就可以决定了，文学是不应该拢统的反对，也不应该拢统的赞美的。这儿我们应该要分别清楚，我们无论是创作文学的人或者研究文学的人，我们是应该要把自己的脚跟认定。每个时代的每种文学都有她的赞美人和她的反对人，但是我们现在暂且作为第三者而加以察观的批判的时候，究竟那一种文学真是应该受人赞美，那一种文学真是应该受人反对呢？我们要解决这个问题，在先有探求社会构成的基调和社会发展的形式之必要。

文学是社会上的一种产物，她的生存不能违背社会的基本而生存，她的发展也不能违背社会的进化而发展，所以我们可以说一句，凡是合乎社会的基本的文学方能有存在的价值，而合乎社会进化的文学方能为活的文学，进步的文学。

社会构成的基调究竟是在甚么呢？我敢相信，我们人类社会的构造是在求最大多数人的最大幸福。假使最大的幸福是被少数人垄断了的时候，社会生活是无从产生，而已成的社会也会归于瓦解。在这已成的社会中，最大多数的不幸的人一定要起而推翻这少数的垄断者，而别求一合乎这个构成原理的新的社会，这就是该个社会中的革命现象。

但是社会中的革命现象，自从私有财产制度产生以后是永远没有止息的，社会中的财富渐次垄断于少数人的手中，所以每次革命都要力求其平，而使大多数人得到平等的机会。所以社会进展的形式是辩证式（dialectics）的。就是甲的制度失掉了统制社会的权威，必然有乙的一种非甲的制度出而代替，待到时代既久非甲的乙渐次与甲调和而生出丙来，又渐次失掉了统制社会的权威，又必然有非丙的丁出而代替。如此永远代替，永远进展起去，其根基都在求大多数人的幸福的生活。所以在社会的进展上我们可以得一个结论，就是凡是新的总就是好的，凡是革命的总就是合乎人类的要求，合乎社会构成的基调的。

据这样看来，我们可以说凡是革命的文学就是应该受赞美的文学，而凡是反革命的文学便是应该受反对的文学。应该受反对的文学我们可以根本否认她的存生，我们也可以简切了当地说她不是文学。大凡一个社会在停滞着的时候，那时候所产生出来的文学都是反革命的，而且同时是全无价值的。我们中国的八股，试帖诗，滥四六调的文章之所以全无价值，也就是这个原故了。

那吗我们更可以归纳出一句话来，就是：文学是永远革命的，真正的文学是只有革命文学的一种。所以真正的文学永远是革命的前驱，而革命的时期中总会有一个文学的黄金时代出现。

所以我在讨论文学和革命的关系的时候，我始终承认文学和革命是一致的，并不是不两立的。

文学和革命是一致的，并不是两立的。

何以故？

以文学是革命的前驱，而革命的时期中永会有一个文学的黄金时代出现故。

那吗文学何以能为革命的前驱，而革命的时期中何以会有一个文学的黄金时代出现呢？这儿是我们应该讨论的第二步的问题。

大凡的人以为文学是天才的作品，所以能够转移社会。这样的话太神秘了，我是不敢附和的。天才究竟是甚么，我们实在不容易擵捉。我看我们在这儿不要在［再］题外生枝了，我们让别人拿去作恭维的话柄，我们让别人拿去作骂人的工具罢。我们要解决这个问题，另外当求一种比较不神秘的合乎科学的根据。

我们人类的气质（Temperament）是各有不同的，从来的学者大别分为四种：一种是胆汁质（choleric），一种是神经质（melancholic），一种是多血质（sanguinic），一种是粘液质（phlegmatic）。神经质的人感受性很锐敏，而他的情绪的动摇是很强烈而且能持久的。这样的人多半倾向于文艺。因为他情绪的动摇强而且持久，所以他只能适于感情的活动而且是静的活动。因为他的感受性锐敏，所以一个社会临到快要变革的时候，在别种气质的人尚未十分感受到压迫阶级的凌虐，而他已感受到十二分，经他一呼唤出来，那别种气质的人也就不能不继起响应了。文学能为革命的前驱的，我想怕就在这儿。文学家并不是能够转移社会的天生的异材，文学家只是神经过敏的一种特殊的人物罢了。

文学在革命时代能够兴盛的原故也可以用心理学上的根据来说明。

我们知道文学的本质是始于感情终于感情的。文学家把自己的感情表现出来，而他的目的——不管是有意识的或无意识的——总是在读者心中引起同样的感情作用的。那吗作家的感情愈强烈愈普遍，而作品的效果也就愈强烈愈普遍。这样的作品当然是好的作品。一个时代好的作品愈多，就是那个时代的文学愈兴盛的表现。革命时代的希求革命的感情是最强烈最普遍的一种团体感情，由这种感情表现而为文章，来源不穷，表现的方法万殊，所以一个革命的时期中总含有一个文学的黄金时代了。

更进，革命时期是容易产生悲剧的时候，被压迫阶级与压迫者反抗，在革命尚未成功之前，所有一切的反抗都是要归于失败的。阶级的反抗无论由个人所代表，或者是由团体的爆发，这种个人的失败史，或者团体的失败史，表现成为文章便是一篇悲剧。而悲剧在文学的作品上是有最高级的价值的，革命时期中容易产生悲剧，这也就是革命时期中自会有一个文学上的黄金时代的第二个原因了。

以上我把革命和文学的关系略略说明了。这儿还剩着一个顶大的问题，就是所谓革命文学究竟是怎么样的文学，就是革命文学的内容究竟怎么样。

这个问题我看是不能限制在一个时代里面来说话的。社会进化的过程中，每个时代都是不断地革命着前进的。每个时代都有每个时代的精神，时代精神一变，革命文学的内容便因之而一变。在这儿我可以得出一个数学的方式，便是

$$革命文学 = F（时代精神）$$

更简单地表示的时候，便是

$$文学 = F（革命）$$

这用言语来表现时，就是文学是革命的函数。文学的内容是跟着革命

的意义转变的，革命的意义变了，文学便因之而变了。革命在这儿是自变数，文学是被变数，两个都是 XYZ，两个都是不一定的。在第一个时代是革命的，在第二个时代又成为非革命的，在第一个时代是革命文学，在第二个时代又成为反革命的文学了。所以革命文学的这个名词虽然固定，而革命文学的内函〔涵〕是永不固定的。

我们现在请就欧洲的文艺思潮来证明革命文学的进展罢。

欧洲的文艺思潮发源于希腊，希腊的人本主义输入罗马而流为贵族的享乐主义，在五九〇年，罗马法王恪雷戈里一世即位之前，罗马皇帝及其贵族们的专擅，淫奢，使一般的民众不能聊生，而生出厌世的倾向。应时而起者便是基督教的禁欲主义。所以在当时的革命是第二阶级的僧侣对于第一阶级的王族的革命，而在文学上的表现便是宗教的禁欲主义的文学对于贵族的享乐主义的文学的革命。宗教的禁欲主义的文学在当时便是革命文学。

宗教渐渐隆盛起来，第二阶级的僧侣和第一阶级的王族渐渐接近，渐渐妥协，渐渐狼狈为奸，禁欲主义与享乐主义苟合而产出形式主义来。形式主义在文学上最鲜明的表现便是所谓古典主义。在这时候与第一阶级和第二阶级的联合战线相反抗的，便是一般被压迫的第三阶级的市民。当时一般的市民失掉了个性的自由，在两重的压迫之下行将窒息，所以一时个人主义和自由主义的思潮应运而起，滥觞于意大利之文艺复兴，而爆发于一七八九年之法兰西大革命。这时候在文艺上的表现便是浪漫主义对于形式主义的抗争。浪漫主义的文学便是最尊重自由，尊重个性的文学，一方面要反抗宗教，而同时于别方面又要反抗王权，意大利文艺复兴期中的诸大作家，英国的莎士比〔亚〕，米尔顿，法国的佛尔特尔，卢梭，德国的歌德，许尔雷，都可以称为这一派文学的伟大的代表。这一派文学，在精神上是个人主义自由主义，在表示上是浪漫主义的文学，便是十七八世纪当时的革命文学。

然而第三阶级抬头之后，以个人主义自由主义为核心的资本主义渐渐猖獗起来，使社会上新生出一个被压迫的阶级，便是第四阶级的无产者。在欧洲的今日已经达到第四阶级与第三阶级的斗争时代了。浪漫主义的文学早已成为反革命的文学，一时的自然主义虽是反对浪漫主义而起的文学，但在精神上仍未脱尽个人主义与自由主义的色彩。自然主义之末流与象征主义神秘主义唯美主义等浪漫派之后裔均只是过渡时代的文艺，她们对于阶级斗争之意义尚未十分觉醒，只在游移于两端而未确定方向。而在欧洲今日的新兴文艺，在精神上是彻底表同情于无产阶级的社会主义的文艺，在形式上是彻底反对浪漫主义的写实主义的文艺。这种文艺，在我们现代要算是最新最进步的革命文学了。

我们这样把欧洲文艺思潮的进展追踪起来，可以知道革命文学在史实上也的确是随着时代的精神而转换的。前一个时代有革命文学出现，而在后一个时代又有革革命文学出现，更后一个时代又有革革革命文学出现了。如此进展以至于现世，为我们所要求的革命文学，其内容与形式是很明了的。凡是表同情于无产阶级而且同时是反抗浪漫主义的便是革命文学。革命文学倒不一定要描写革命，赞扬革命，或仅仅在文面上多用些炸弹，手枪，干干干等花样。无产阶级的理想要望革命文学家点醒出来，无产阶级的苦闷要望革命文学家实写出来。要这样才是我们现在所要求的真正的革命文学。

现在再说到我们自己本身上来。我们自己处在今日的世界，处在今日的中国，我们自己所要求的文学是那一种内容呢？

我看我们的要求和世界的要求是达到同等的地位了。资本主义逐渐发展，看看快要到了尽头，遂由国家的化而为国际的。资本主义的国际化便是我们现刻受着压迫而力谋打倒的帝国主义。随着资本主义的国际化而发生的，便是阶级斗争的国际化，所以我们的打倒帝国主义的要求，同时也就是对于社会主义的一种景仰。我们现在除反抗帝国主义的工作外，当然也还有许许多多的国民革命的工作，但在我看来，我们对内的国民革命的工作，同时也就是对外的世界革命的工作。譬如我们中国的军阀，他们完全是由帝国主义派生出来的，他们的军饷是帝国主义的投资，他们的军火是帝国主义的商品，他们的爪牙兵士是帝国主义破坏了我们中国固有的手工业，使一般的人陷为了游民，而为他们驱遣去的鱼雀。所以我们要彻底打倒军阀，根本也非彻底打倒帝国主义不行；所以我们的国民革命同时也就是世界革命。我们的国民革命的意义，在经济方面讲来，同时也就是国际间的阶级斗争。这阶级斗争的事实（须要注意，这是一个事实，并不是甚么人的主张！）是不能消灭的。我们中国的民众大都到了无产阶级的地位了，表同情于民众，表同情于国民革命的人，他们根本上不能不和帝国主义反抗。不表同情于民众，不表同情于国民革命的人，如像一些军阀，官僚，买办，劣绅等等，他们结局会与帝国主义联成一线来压迫我们（实际上已经是做到这步田地的了）。那吗我们的革命，不根本还是以无产阶级为主体的力量对于他们有产阶级的斗争吗？所以我们的国民的或者民族的要求，归根是和他们资本主义国度下的无产阶级的要求完全一致。我们要要求从经济的压迫之下解放，我们要要求人类的生存权，我们要要求分配的均等，所以我们对于个人主义的自由主义要根本划除，我们对于浪漫主义的文艺也要取一种彻底反抗的态度。

青年！青年！我们现在处的寰境是这样，处的时代是这样，你们不为文学家则已，你们既要矢志为文学家，那你们赶快要把神经的弦索扣紧起来，赶快把时代的精神提着。我希望你们成为一个革命的文学家，不希望你们成为个时代的落伍者，这也并不是在替你们打算，这是在替我们全体的民众打算。彻底的个人的自由，在现代的制度之下也是求不到的，你们不要以为多饮得两杯酒便是甚么浪漫的精神，多诌得几句歪诗便是甚么天才的作者，你们要把自己的生活坚实起来，你们要把文艺的主潮认定！你们应该到兵间去，民间去，工厂间去，革命的漩涡中去，你们要晓得我们所要求的文学是表同情于无产阶级的社会主义的写实主义的文学，我们的要求已经和世界的要求是一致，我们昭告着我们，我们努力着向前猛进！

民国十五年四月十三日草成于广州

——载《创造月刊》第 1 卷第 3 期，1926 年 5 月 16 日

创作剧本之商榷

徐谷冰[*]

近来新时代和国花栏内，接连登载了一些创作的剧本，和研究戏剧的文字。政治训练部也正在征求剧本。在这种热闹情形中，可以窥见戏剧在革命宣传中的重要了。

不过在文艺比较落后的中国，戏剧界实在贫乏得可怜，我们想要找到几本适合时代与环境的剧本，和剧本作法的书籍，几如"凤毛麟角"。因此我敢于大胆地提出这一问题于阅者之前，作公开的讨论。我们要研究这一问题，劈头就要明白戏剧是什么。

原来文学的内容，是小说诗歌剧本，剧本居文学的第三位。近世因戏剧家努力的结果，和戏剧自身所给予人们的价值的证明，已经翻转来站在第一位了。戏剧既占文学的重要位置，那末，我们更当进一步研究文学是什么。文学的界说，从来学者各异其词，而文学是"发表国人思想感情，使之影响于人们而起感应的一种工具"这个大概没有人反对的。根据这个界说，我们可以得知戏剧的作用也不能外此。或者还要更进一层。因为戏剧是戏剧家现身说法，思想感情之表现，比较深刻而浓厚，所影响于人们的效力较大，而人们所起的感应，亦较显着，戏剧之所以居文学第一位而为四大社会教育之一的缘故，恐怕也就在此一点了。戏剧所负的使命，既有这么大，那末戏剧家的能力艺术，不可不要有适当的修养，若戏剧家没有修养，缺乏热烈的同情正确的思想和高尚的艺术，我们可以断定他所作的剧本和表演的戏剧，对于社会人生，决不会发生什么良好的影响。所以戏剧家的修养，可说是创作剧本表演戏剧的先决问题，但这一问题，与现

---

[*] 徐谷冰，生平不详。

社会的环境和一般民众的知识，有密切的关系，不可不作联带的研究。我们知道现在的社会，是敌人——帝国主义与军阀——围攻的社会，一般民众的知识，大多数未有达到水平线，客观现实的需要，是国民革命，一般民众的责任，是共同起来担负国民革命的工作，但是要怎样才能实现这个要求呢？那末，平民化的革命宣传，占了最重要的一部，戏剧既是宣传的利器，自然卸不掉这个使命。但同时戏剧却是戏剧家的化身，若戏剧家没有革命的素养，平民的态度，又可断言其不能担负这种使命，由此看来，戏剧家必得先革命化平民化，才能产出适合环境与人生的剧本了。

以上是专就剧本内容方面讲的，现在再从形式方面略为说说：剧本的体例，原来有数十幕一本的，有数幕一本的，有独幕的。数十幕的一本，现在已不多见，且为一般人所厌弃，不必再谈。数幕一本的，现在还很盛行，不过较独幕的稍逊罢了。独幕剧何以这样盛行呢？一因现时人事日繁，时间贵乎经济，独幕剧适能合乎这个要求。二因布景简单，轻便易举。三因易于维持观众的注意力。革命的宣传，似以独幕的为佳，因为革命民众的时间，是应该经济的，手续是应该简便的。必如此才能合乎民众的要求。不过创造独幕剧本，比较创作多幕剧本要难，因为一个整个的事实，要于一幕中充分表现出来，是很难的事，所以独幕剧本的作者，第一要具有最经济的手段，才能指出剧中最高的最精的一点；第二须谨守"三一律"，尤以时间一致为最重要，若时间的距离太远，便失了独幕剧的主要精神。作者对于戏剧，本没有什么研究，仅凭一时的直觉，写了一些，甚望阅者加以指示与批评。

——载《广州民国日报·新时代》1926 年 6 月 4 日

革命文艺谈

袁 裕[*]

　　生活就是激烈的斗争，人间就是炮火连天的战场，从自有人类历史以来，世界上无时无刻不在演着流血的惨剧。一切艺术的情热，生命的活跃，不是在这斗争流血里直接产生的，就是因斗争流血而更增高其情热和活跃的程度。

　　从客观上说，如果文艺是表现人生的，作者就是这人生战场上的观战者。外界所给与作者的刺激和印象，当作者为创作冲动而创作的时候，一定会把他们艺术化的反射出来。所以这种作品中自然有浓厚的人生战场的背景，——一切强者的呐喊，弱者的呻吟，胜者的放肆，败者的屈服，也自然而然的流露笔底，活现纸上了。

　　从主观上说，如果文艺是发挥自我的，作者就是这人生战场上的实际参战者。文艺的作者，在生之行程上比任何战士都勇敢，悲壮的烈火，随时燃烧着他的生命的火花，使他意识地或无意识地立在自己阶级的利益上而奋斗，而创作。所以这种作品中，一定有大勇无畏的精神，爆发反抗的革命性。

　　无论怎样，只要是真正伟大的文艺作品，一定含有充分的革命精神的，卢梭的《忏悔》，屈子的《离骚》，不就是对付当时社会环境的手枪炸弹么？所以我们提倡革命文艺，并不是在文艺园地里重新播种，却是使文艺园地里的枯苗复活。

---

* 袁裕（1906～1941），又名袁国平，湖南宝庆人，1925年10月考入黄埔军校，年底加入共产党。1926年参加北伐，任国民革命军第四军左翼宣传队队长，后先后参加南昌起义、广州起义。长征期间，任红三军政治部主任、红军陕甘宁支队第1纵队政治部保卫局局长。抗战时期任新四军政治部主任，在"皖南事变"中牺牲。

在资本主义的社会中，文艺之园，是被重封密锁着的，只有资本家的姨太阔少，才能够自由自在的徜徉其中，里面的园丁，也尽是被姨太阔少所收买的拜金文丐，我们晓得文艺之花是需要普遍的温和阳光，和深情的甜蜜甘露，才会结果的。资本主义社会能够给他以普遍的温和阳光，和深情的甜蜜甘露么？不！决不！在资本主义化的现代，正如《共产党宣言》中所谈的：“人和人中间，除了明目张胆的自利，刻薄寡情的现金主义，再也找不出甚么别的连结关系。宗教的热忱，义侠的血性，儿女的深情，早已在利害计较的冰水中淹死了。”想想在这样的社会中除了以黄金的溶液，作文艺之花的灌溉外，还有什么！唉！醉生梦死在黄金白银前的艺人呵！你们的情绪在那里！你们的灵感在那里！

的确，这并不是有意刻薄我们，只看鼎鼎著名的诺贝尔奖金，不是已成了世界文坛上群狗所争之食吗？整千整万的文人，都以得诺贝尔奖金为荣。于是他们的努力，并不是为文艺，更不是为人生，却是实实在在为了黄金的灿烂呵！把黄金当成了文艺的代价，这是何等的卑污可耻！然而他们并不会感觉到这是卑污可耻的一件事，依旧穷年穷月的苦思闷想，勾心斗角的去迎合资产阶级的嗜好。他们横竖知道被资本家所赏识的就是文坛上的胜利者——像太戈尔就是一例。

不幸呵！这文艺的厄运，我们现在应认定资本主义的文艺，已经快要死灭了，提倡革命文艺，就是文艺的复活运动。天才的作家呵，你们应赶快脱离传统因袭的束缚，走到这自由的创造路上来，大胆地呐喊前进，努力打破文艺之园的重封密锁，开始文艺革命化的工作。千万不要自囚在狭的笼里，不问时代，不问环境，欺人自欺的喊着“忠实于文艺，即忠实于人生”，而在另一方面，却不知不觉的为资本家的文化代收买政策所骗，竟做了他们精神上的工银劳动者。

同时还有一个问题，就是在万恶的现代社会中，虽不被资本家所收买，也很容易消失了我们的生之勇气，而走入了创作的歧途。许多颓废的作者，都抱着消极悲观的态度，浪费了他们的天才，去求酒精的陶醉，和性欲的满足，因此醇酒和妇人就成了他们唯一的描写对象。固然，社会的罪恶，使我们不得不在狂饮狂吻的生活里度日，把生命的奔流，图一个肉感的痛快，然而我们既不能毅然决然的自杀，就应该鼓着勇气，往腐水中去寻求幽香，坟墓中去吹嘘新生，使我们的自身和作品，融化在革命的当中。

但是文艺革命化，并不是文艺庸俗化，绝不容革命的概念，消灭了文艺的本性。所以诗歌还是诗歌，小说还是小说，戏剧还是戏剧；不要把诗歌变成了口号，小说变成了宣言，戏剧变成了化装演讲。要是这样，不但蹧蹋了文艺，而且也不能唤起人们的革命情绪。亲爱的读者，须知易卜生对于社会改造上的贡献，和他对于艺坛上的贡献，是有同样的伟大呵！

于中央军校政治三队

——载《广州民国日报·新时代》1926 年 6 月 10 日

革命文学与他的永远性

成仿吾[*]

文学的内容必然地是人性（human nature）。两足的这个怪兽，他的头脑虽然已经发达到了相当的程度，已经可以做种种复杂的思惟，但是他的思惟，他的一切，总不免要带上这"人间的"一个规定。"人间的"东西最易于使他明白，最易于使他首肯，而且也最能使他感到兴趣。所以文学的内容必然地是人性。

人性是进化的。现在这两足怪物的天性可以分为积极与消极的两类：

积极的——真实，正义，仁爱等；

消极的——虚伪，不义，嫌恶等。

在原始时代文化幼稚的时期，人类的天性是偏于消极的一方面，或则消极的与积极的两方面相等。文化进步的时候，人类知道积极比较消极的更合于生活改良的目的，所以这积极的一类便因为这合目的性（Zweck-malssigkeit）的缘故，渐渐被主张起来，渐渐占了优胜的地位。到了现在，这积极的一类已经在人类精神之中固定，已成至当不易之真理。

文学以人性为他的内容，但他同时也帮助了人性的分化。人性之中的积极的一类所以能有现在的优越的地位，文学的感化的功劳实在不小。但在一般的文学里面，人性只是被包含着，是无意识的。对于人性的积极的一类，有意识地加以积极的主张，而对于消极的一类，有意识地加以彻底的屏绝，在这里有一种特别的文学发生的可能。这便是所谓革命文学。

文学是这样可以分为一般的与革命的两类。但革命文学不因为有"革

---

　* 成仿吾（1897～1984），湖南新化人，创造社作家。1924 年赴广州，任国立广东大学物理、德语教授，后回湖南。1926 年 3 月初再赴广州，任国立广东大学理学院兼文科院教授，6、7 月间加入国民党，后到黄埔军校任政治教官、兵器研究处技正。

命"二字便必要革命这种现象为题材，要紧的是所传的感情是不是革命的。一个作品纵然由革命这种事实取材，但他仍可以不是革命的，更可以不成文学。反之，纵然他的材料不曾由革命取来，不怕他就是一件琐碎的小事，只要他所传的感情是革命的，能在人类的死寂的心里，吹起对于革命的信仰与热情，这种作品便不能不说是革命的。

革命是一种有意识的跃进。不问是团体的与个人的，凡是有意识的跃进，皆是革命。人类在自然的状态是在暗中推移着；是在被时空两形式所构成的种种关系移动着。由暗中推移着的，或被移动着的，进而为有意识的能动的跃进，这里必先有可惊的伟大的智识。然而，那是热烈的情意，那使我们出而行动的。

革命的文学家，当他先觉或同感于革命的必要的时候，他便以审美的文学的形式传出他的热情。他的作品常是人们的心脏，常与人们以不息的鼓动。

广义地说时，文学在某种意义上多少总可以说是革命的。但是我们现在不妨依常识的见解仍将文学分为一般的与革命的。这是合理的见解，因为特殊的必有一般的才能觅到他的理解与归宿。

关于文学的永远性，可疑与可议之处很多。然而，假使我们以人性为文学的内容，则人性有永远性的时候，文学也必有永远性（当然假定他有审美的形式）。人性是进化的，上文已经说过。进化的现象常暗示一个进化的主体，这主体是有永远性的。我们称人性的这种主体为真挚的人性，或永远的人性。所以，假使我们以这种真挚的人性为文学的内容，则文学具有审美的形式的时候，他必有永远性。所以关于文学一般的永远性，我们可以得一个简明的公式：

（真挚的人性）＋（审美的形式）＝（永远的文学）

关于一般的文学既然如此，则关于革命文学的永远性，因为革命文学究不过在一般文学之外多有一种特别有感动力的热情，所以也可得一简明的公式：

（真挚的人性）＋（审美的形式）＋（热情）＝（永远的革命文学）

遍观自古流传下来的一般文学作品，我们可以决定他们所以能留存至今，所以有永远性的原因，在于有真挚的人性与审美的形式。而历来的革命文学，我们也可以决定他们所以至今是革命的，所以能是永远的革命文学的原因，在于多有这热情可以依然激荡我们的心境。

但是这里我们必须明白时代效力（time effect）的真意。有人会说拜伦（Byron）的《哀希腊》，在希腊已经独立自由了的现今，已经不能使我们感到他原来的热力。这是完全错误了的。一个作品自成一个世界，他是不受时代效力的影响的，只要他能给我们一种实在感，受时代效力的影响的，是那进化的人性。现在的我们是挟带着现在的人性的。我们遇着异样的人性发现时，我们必发生异样的感觉，或则滑稽感。所以永远的文学的内容必须是永远的真挚的人性。

从古至今，多少天才的心血的结晶被时辰的潮汐淘汰得无踪无影！我们由上述的理论，可以知道这里面的原因不外是作者的观察不曾透入或追踪到永远的真挚的人性，或则他的形式不能引起他人的美感，或则没有使人震撼的热力。

归究起来，如果文学作品要是革命的，它的作者必须是具有革命的热情的人；如果要是永远的革命文学，它的作者还须澈底透入而追踪到永远的真挚的人性。但是永远的人性，如真理爱，正义爱，邻人爱等，又可以统一于生之热爱。我们须热爱人生。而我们维持自我意识的时候，我们还须维持团体意识；我们维持个人感情的时候，我们还须维持团体感情。要这样才能产生革命文学而有永远性。

——载《创造月刊》第 1 卷第 4 期，1926 年 6 月 16 日

"现代青年"副刊发刊的话

余鸣銮[*]

本副刊出版差不多已经过两个年头，由"自由评论"而"新时代"，而"批评与创作"，而"思潮"，刊名也改换了四次，他过去的历史怎么样，他对于思想界有什么贡献，这统通想都已在读者洞鉴之中，用不着我们盲三瞎四再来赘说一番。我们不愿追忆过去，我们但知注重现在，计虑未来。

我们今天已把这个刊物改变了，从前是为一般人立言，现在我们却只对最有希望的青年群众说话，因此，易名为"现代青年"。这个刊物的发刊，是想唤起一般青年注意解决他们自身的问题，并"引导他们杀开一条血路出来"。这是一个最简单而最重要的意思。

我们感觉得现在一般的青年，除了浪漫颓废，自暴自弃的不算而外，还有许多青年受过去的传统思想的束缚，他们爱折衷，喜调和；他们最缺乏的，便是一定的主张；他们最厌闻的，便是鲜明的主义；他们最富的是灰色的心理，模棱的态度。又有一种惰性的青年，他们也喜欢跟着人谈主义，居然以有主义的青年自命，然而他们嗜剽窃，好盲从，对于主义未曾经过一番深刻的研究，未曾有澈底的了解；他们最善良的不过是把主义口头禅化罢了。除了上述两种而外，在青年队伍中占最大多数的还是下面所说的那一种青年：他们受帝国主义和军阀的压迫，家庭制度的束缚，旧礼教旧思想的钳制，所以他们在社会任何方面都感觉着异常烦闷与痛苦，革命性和革命的需求，自然是很丰富而热烈的，主张革命，澈底改造现状，

---

[*] 余鸣銮，广东人，广东高等师范学校毕业，与同学组织"知用学社"，创办"知用中学"，曾任广东农民运动讲习所干事。1926年12月担任《广州民国日报》"现代青年"副刊主编，并任黄埔军校政治教官。

他们也许是赞同的。不过他们处在这社会改造思想庞杂蜂起的时候，没有择善固执的能力，故此还是迟疑莫决，还在徘徊于十字街头。以上几种青年，其病都在找不出一条正当的路径，对于这一类的青年，我们很愿意在本刊指示他们以一条正当的路径。这条正当的路径是什么？就是我们的革命领袖，东方被压迫民族导师孙中山先生外察大势，内审国情所创造出来的孙文主义。

"朋友！你应该确信罢！"

"朋友，你应该确信，目前的社会，只有革命才是你的出路！"

"朋友，应该确信，我们总理所指示的国民革命，才是一条最正确的路途，最有神效的药方，马克斯列宁，固有其相当的价值，但是现在在中国的环境，我们总理决不是一个'骑瞎马的盲人'，决不是一个必杀人的庸医，而是一个'能观察环境的高明的革命领导者'，是一个社会生理学家，不是病理学家，朋友！你应该确信罢，是真能领导中国革命的，舍了国民党之外，实在没有办法的，朋友，你应该确信罢！"

我们平日所引为最痛心的，便是一般青年，不是游骑无归，埋首盲从，便是一塌糊涂，莫名其妙。穷其原因之所在，就在没有充分的革命理论为其行动的根据。世界革命的导师列宁说："没有革命的理论，便没有革命的行动。"这是一句最有经验而不可易的名言，因为没有革命理论的行动，是必趋于乖谬的，和那种不能实行的空的理论，同是一样无效有弊的东西，理论与行动，是应当一致并存的，勉强分开，反成大错，所以我们希望一般青年都要研究革命的理论。此后本刊，也很愿意在此途努力！

我们还感觉得有许多青年很富于狭隘自私的劣根性，他们受了部落思想的迷惑，国家主义的欺蒙，结果很容易不知不觉跑入了反革命的途径，言之至堪痛心。我们想救治这种青年毛病，便非要扩大他们的眼光不可，所以有令他们注意国际政治的必要。大家都晓得，我们现在的革命和从前闭关时代的革命不同，故必须有国际革命的策略，我们想确定国际革命的策略，便不能不首先要明了国际政治的实情。在中国一般人都是不大注意国际政治的。他们以为国际关系不如国内事情直接于本身有切肤之痛，故不肯加意去考究，这样的态度，在现代人类交际频繁，国际生活复杂的时候，不独不对，而且很属蚀亏，平时不研究国际事情，一遇国际关系上有事变发生，既不明其原因之所在，自不能想出适当的应付的方法。对于国际最低限度必要的智识，既然缺之，还谈什么国民外交？还谈什么监督政府的外交政策？我们有见及此，以后特在本刊努力介绍国际的智识。

现在一般学校学科，未免太过残缺不完了，尤其是对于社会科学太不注意，故不能帮助青年学生以应付解决社会的问题；而一般教员，大都能力浅薄，本属颓唐，更不能指示青年学生以思想应走的路向，所以他们很容易发生学问饥荒，很容易彷徨无措，我们为救济这种青年学生的缺憾起见，特在本刊另辟"答问"一栏。青年同志们！如有什么自己难于解答的问题，请告诉我们，我们当尽我们能力之所及，代你们解答，以副你们之所望。

本刊发刊的最重要的旨趣，既如上述，其他还有革命的文艺，学术的专著，我们亦当以其余力尽量贡献于诸君。

以上不过是我个人主观的意见。青年朋友们！你们所需要的是什么？你们对于本刊有什么批评？我们正在等着你们的复示，我们很恳切地和乐意地接纳你们的意见。

——载《广州民国日报·现代青年》1926年12月27日

完成我们的文学革命

仿　吾[*]

　　两年前下了坚绝的决心，不问出版界情状的我，这两年来少受了许多无名的闷气，真是心身都很安泰，自己觉得这样再好没有了。这次重游岭南，因为创造社出版部的关系，却不得不常常与现在的出版界接触。这对于我是一种莫大的灾难。但是小心翼翼的我却也早已节节布防，非曾经别人看过证明了不妨看看的书，我是决不使灵魂去冒险，就是不妨看看的书，我也只看看一两行，便专去考察它们的外形的进步，因为根据已往的经验，我已经知道了它们的外形委实要比它们的内容充实。这一点是我们出版界的一大进步。而特放异彩的是志摩的古装复辟，他的忠肝义胆应可光耀日月。不过志摩这人有的是钱，有的是闲暇，论起他的高怀逸志来，就是恢复竹书与结绳也不足多怪。所以倒是刘半农博士的古装书功劳犹不可没。他的意思大约是不让志摩专美，这种竞进的精神尤为难能可贵。

　　据我的推测，外形既然进步，内容也应该长进，我以为内容充实的程度至少也应该有外形的十分之一。可是最近因为友人的恶作剧与自己的好奇心，看了几本书的结果，却真叫我后悔不及。内容的空虚，文字的丑恶，都不见得比从前好了几多，反而从前所幸有的努力于表现的一种纯洁的态度已经无处可寻，磅礴着在的，在创作上是时代错误的趣味的高调，在评论上是狂妄的瞎说的乱响。

　　本来我们的文艺界自从国语文学运动以来，仅在黎明时期有过纯粹努力于表现的一个时候；那时候的作品虽然不免幼稚，但是大家的努力，就

---

　　* 仿吾（成仿吾）（1897～1984），湖南新化人，创造社作家。1924年赴广州，任国立广东大学物理、德语教授，后回湖南。1926年3月初再赴广州，任国立广东大学理学院兼文科院教授，6、7月间加入国民党，后到黄埔军校任政治教官、兵器研究处技正。

好像许久被人把口封住了的一旦得了自由的一样，都是集中在自我的表现的。不过这个时期统共还不上一二年，大家的表现力就被一阵小诗的手淫消耗了一大部。自从经过了这小诗的手淫之后，我早就叹息那些时髦的作家太早把精力乱费了一个干净，早就预料他们没有恢复表现力的可能，没有振作的希望。但是我没有想到他们会这么早就堕落到趣味的一条绝路上去的。

这真是出人意想之外，实在太早了。年青的我们，我们应有热烈的感情，应有热爱真理的勇气；我们应努力于自我的表现，我们应当阐明真理。趣味是苟延残喘的老人或蹉跎岁月的资产阶级，是他们的玩意，我们年青的作家太早就堕落到这个地步，这真是出人意表的怪状。

最奇怪的是同样被趣味麻醉着的评坛的瞎说。新近看到的几种小刊物里头，时常有些奇怪的文字使你不得不哑然失笑。在他们的评论的字里行间，真理好像是过于微细，致被筛了出去。每个评论者是一个暴君，每篇评论是一部律令。谁能不服从他？谁胆敢加以反驳？然而他们的背后其实仍是趣味这怪物在捣鬼，就好像每个军阀后面必有外国的资本帝国主义在捣鬼一样。

趣味这东西含有对于某种事物有特别嗜好的意义。这是必然的，因为普遍的趣味是一个没有意义的名称，而趣味如果普遍化，也就不能成为趣味。

但是一个创作家，或一个读者，或一个批评家，他如果保有特别的嗜好，他是不能为适当的观察，或不能容真实的感受，或不能为正确的评论。

我想只要是能够反省的人，当他遇着趣味这种臭气，或则在趣味的氛围气中彷徨了一阵之后，一定要发出三个疑问来：

一，这是文艺的正轨吗？

二，这是在中国文学进化的过程上应该如是的吗？

三，我们现在所需要的是不是这样的文学？

我想只要是能够反省而对于文艺有相当的理解，对于时代有真正的认识的人，我想他对于这三个疑问的解答一定是三个相同的"不是"。

文艺是生活基调的反映，我们由文艺可以知道产生这种文艺的生活基调，就如我们由工业制造品可以知道产生这种工业制造品的人民的人情风俗。我们由现在那些以趣味为中心的文艺，可以知道这后面必有一种以趣味为中心的生活基调，换句话，就是必有一种有特别嗜好的作者，有同类嗜好的刊行者与读者，他们的同类的特别嗜好成为了一种共同的生活基调，才有了这样以趣味为中心的文艺。而这种以趣味为中心的生活基调，它所暗示着的是一种在小天地中自己骗自己的自足，它所矜持着的是闲暇，闲暇，第三个闲暇。

事实上我们现在寻得着这文艺上的三宝，看得到他们所谓趣味的真相，而他们的福地我们访得着是那个讨赤的首都，一个白化的都会。那儿有我们的周作人先生及他的 Cycle，那儿有我们的北新书局，那儿有我们的无数的，没有课上的大学堂里念书的，未来的文人学士。景象萧条的白都，连学校的门都是紧闭着的，城外的战云是密布着，城内的居民是伤尸般的呆望着，这时候我们的周作人先生带了他的 Cycle 悠然而来，扬着十目所视的手儿高叫道：

"做小诗罢！俳句罢！

使心灵去冒险罢！

读古事记罢！徒然草罢！

…………

…………"

这时候刘半农博士不知道几时跑了回来，扬着鞭儿，敲着他的瓦釜，大叫了一声：

"读何典罢！"

在这时候，我们的鲁迅先生坐在华盖之下正在抄他的小说旧闻，而我们的西滢先生却在说他那闲话。北新书局呢，老板不消说是在忙着编纂，排印工人不消说是在黑黢黢的铅字房里钻动。大学堂里念书的呢，他们是在耽读着，著述着，时时仍在仰着头等待什么人再给他们一点天启。这些光景我们都不难想像。

现在这种以趣味为中心的文艺是这样发源出来，是这样合流着，以至于有今日的泛滥。我们已经看见有许多不成话的小刊物钻了出来效颦，甚至一种刊物非以趣味为中心不能使读者满足。

至于评论一门，素来就多是瞎说的，但从前的瞎说多半是因为幼稚无知，很老实地信口胡说，而近来的瞎说却多在趣味这美名之下的胡说霸道。"我喜欢这种作品"，"我不喜欢他的作风"，这样的话便是评论的根据。本来批评家是世界上最可怜的一种动物，对于一种东西自己喜欢不喜欢，他是没有自决的自由的。他是好像一个天秤，黄金要秤量，粪土也要秤量的。现在我们的批评的揭竿起来，高叫"还我自由"，这种革命比什么为自由解放的斗争的功劳还要伟大，我们的批评家的勇气真是可钦可爱。假如我将来要做一个批评家，我是要感恩戴德没齿不忘的。

但是我们站在文艺的立脚点，看清楚我们的时代，并且意识着文艺进化的过程，深自反省的时候，我们对于这种荒淫后的荒淫究竟能不能予以肯定？

疲倦后一时的优游，长途上一时的驻足，对于这些，趣味常有生理上更新的效力；然而假使是长期的晏安，这便是永远的堕落。我们知道鸦片与 Cocaine 有一时兴奋的效用，但是朝夕与它们接近的时候，可以使你成为一个烟鬼。凡所谓趣味都是这样的，它是路旁的一个迷魂阵。

我们的文学界几时紧张过来以至于要有一时的休息？在新文艺进化的过程上我们为什么要钻入迷魂阵中去自己骗自己？我们现在的时代许不许我们效颦于 Bourgeois 强自舞文弄墨呢？我们怎样能够问心无愧？专就文艺而论，这究竟是不是一个文艺的修行者所应走的正路？

北京的周作人先生及他的 Cycle，北新书局及大学堂里念书的，他们的生活也许本来就奏着那样的 Rhythm 才有那样的文艺出现。对于他们的生活，我们是不宜过问。但是没有趣味的我们，而且不幸而吸不着北京那种空气的我们，我们是不能不有所反省。

但是我们只要一加反省，就一定对于那些趣味家的态度感着不满。第一，他们的态度是游玩的，不诚实的；这是由趣味那东西的本性可以明白的。第二，他们常把自己没入于琐碎的现象之中而以感着所谓趣味为目的，他们不能把一个个的现象就整个的全体观察，所以他们的态度是非艺术的。

我们同着小朋友游行过的人，每每会感到一种偶然的不快，就是遇着街上有什么特别事故的时候，小朋友总要钻进里面去游玩半天，把你撇在街头不理，一定过些时候才欣欣然跑出来。小朋友是在寻找趣味，他是不知道观察的方法，他是忘记了一切，当然也忘记了他的老朋友。这种态度是享乐的而不是艺术的。

至于那些胡说霸道的批评，做那些文字的人根本是没有艺术的良心的。他们只是凭自己的一知半解，或凭自己劣等的感情，出出风头，报报恩怨的。这种行为毕竟是无益于己，无损于人，时间到临的时候，他们终须抱头鼠窜，隐迹吞声的。

综观数年来的新文学，我们不得不联想到我们纷扰不宁的国事，因为二者都是不曾立在正当的基础之上，不曾找着一个目标，天天总是在崎岖的荒郊中乱窜乱走。现在已经是我们应该起来革命的时候！

我们应该反省。我们不应该尽管在崎岖的荒郊中乱走乱窜。我们要立在正当的基础之上，我们要找着我们的目标。我们要明白我们以前把可惜的光阴在荒淫中虚掷了，我们不曾去求过目标，我们简直不曾努力过。我们现在是应当努力，努力本身便是有价值的，不努力便是堕落，便是死。

我们应该反省。我们不应当自己骗自己，也不应当受他人的骗。我们要拿出勇气来打倒这种不诚实的，非艺术的态度。这几年来在荒淫中把精力消耗了的我们，应当向着目标加倍的努力。我们应当恢复纯粹的表现的要求，我们应当仍努力于新的形式与新的内容之创造。

真诚的同志们！永远的同道者！我们起来，打倒一切不诚实的，非艺术的态度！我们要看清楚时代的要求，要不忘记文艺的本质！我们要完成我们的文学革命！

（附白）关于本文如有讨论，作者极愿领教，但讥谩讽骂之文字恕不答覆。

——载《洪水》第 3 卷第 25 期，1927 年 1 月 16 日

打倒低级趣味

仿 吾[*]

趣味有高低之别，这句话在纯粹主观的论者或许会摇头反对起来，但是只要稍能反省的人，我想总不至于全然否认。不过趣味有高低却不一定与社会阶级的高低为正比例。反之，就一般而论，越是在社会生活上阶级较高的人们，他们的趣味越是低级，比较那些阶级较低的人们更要低级。我们的军阀官僚，议员政客不必说了，常常有许多大学教授，专门学者，他们的低级的趣味常常使人见了瞠目，大学学生更不必论。这里面的原因，当然要数这一个，但是，他们的全心身已经为种种欲望所薰融，他们的全心身已经俗化，所以低级的趣味恰合了他们的脾胃。所以趣味的高低与阶级的高低差不多可以说是没有什么必然的关系。

进化程度的高低显然使趣味生出高低之别（当然这又是客观的说法，若就主观的说时，人固自乐其乐）。在进化程度相同的同一民族，趣味的高低与各人的教养有大关系。大抵趣味的高低可以暗示各人所受的教养是不是完善。

所以趣味的高低与资产阶级 Bourgeois 对无产阶级 Proletariat 的问题无甚关系。在这两种对立的阶级之中，趣味的高低毫无必然的关系存在；他们间的趣味的不同是在性质与种类方面。各阶级的趣味大抵种类不同，至少各阶级的中心趣味是绝少同类；偶然种类相同，性质绝少同样；偶然性质相同，这趣味的高低也毫无必然的关系。大抵资产阶级的趣味多豪华的种类，而无产阶级的趣味多醇朴的种类；它们的性质，一是虚伪的，游玩

---

[*] 仿吾（成仿吾）（1897～1984），湖南新化人，创造社作家。1924 年赴广州，任国立广东大学物理、德语教授，后回湖南。1926 年 3 月初再赴广州，任国立广东大学理学院兼文科院教授，6、7 月间加入国民党，后到黄埔军校任政治教官、兵器研究处技正。

的，而一是诚实的，认真的。

决定趣味的高低问题的主要因子是各人所受的教养是不是完善。有人会说现在无产阶级既然没有受教养的机会，那么，他们的趣味必定会比资产阶级为低。这种说法错在没有把我们现在的教育与资产阶级社会的实情看得明白。我们现在的教育完全是资本主义的，这种教育只会养成虚伪的资本主义的趣味；我们现在的资产阶级社会也只配养成种种低级的趣味。我们现在的教育是极不完善的，它的成绩不过使一些虚伪的所谓教育家成了名，同时把一些无识的青年割了势，成为一些小资产阶级者 Petit – Bourgeois。社会是极伟大的一个教养的势力，但它的机关，旧的已无须说，新的如青年会之流也只能养成一些浮在社会表面的狗男女。

所以现在资产阶级的教养是虚伪的不完善的，它的趣味全体是低级的。而它的趣味的种种特征之中最使人痛恨的是奢侈与独占。这种奢侈欲与独占欲便是资产阶级的趣味之一种。一句话，现在的资产阶级的趣味是低级的，现在的资产阶级完全生不起优美的心情，感不到崇高的共感。

优美的心情与崇高的共感，这些是要有完善的教养才能养成的。现在的资产阶级不足语此，而随流扬波的大学教授，专门学者亦不足以语此。

高级的趣味需要完善的教养，这不是一朝一夕所能办到的。我们现在最要紧的是要把一切低级趣味打倒。

一切低级的趣味，它们的最重要的特征是虚伪的与游玩的。这两种低级趣味的特征最显明地表现在时下的出版物作品上。这是正当地反映着时代，是适合时代的要求的。饱食暖衣的阶级与时髦的青年说说新式的清谈，写写游戏的文字，这是国家承平无事之秋解暑消闲的妙品，虽不是我们所需求，要不失为适合时代的盛事。

但是觉悟了的青年，我相信不久就会感到这里面的矛盾而起来拒绝这种低级的趣味。觉悟了的青年将要努力修养，培植优美的心情而感受崇高的共感。觉悟了的青年将要从新兴的阶级学得诚实的，认真的态度，而打倒一切低级的趣味。

——载《洪水》第 3 卷第 26 期，1927 年 2 月 1 日

文艺战的认识

仿 吾[*]

　　苏俄决定了他们的外交政策及经济政策的时候，同时他们也决定了一种艺术政策。他们认定了文艺为第三战线的主力。听说他们这第三战线也已经充实到了相当的程度，他们的政策已经着着成功，数年来的文艺作品的成绩已经大有可观了。

　　文艺在人类社会素来有一种伟大的势力，这种事实从前是很少有人注意到的，不过这种事实是不论那一个时代都很明显的。现在我们是应该看清这一点，应该用了十分的意识来发挥这种伟大的势力。

　　但是这第三战线的战略与目标是与第一第二战线上的完全不同的。我们这种征战的目的不仅在击破而在于获得，我们要获得人类一颗颗的赤心。这是我们这种文艺战的特色，也是他所以能有如此伟大的势力的原故。

　　我们要获得人类一颗颗的赤心，我们是在为达此目的而作战。但是我们要如何下手，我们把什么去达到这个目的——这里我们遇着了一个当面的难问。

　　当然，我们要先击破这旧的世界，扫除一切的障碍，我们要尽量吸取着自由的空气，保持自由的精神，而且我们也要联合起来造成一条联合战线，也要泅入大众恢复大众的意识。

　　然而这些仍不免是枝叶的。我们是要以我们的赤心去获得人类一颗颗的赤心。我们是再无别的方法，也无别的工具。这是对于我们的使命有相

---

　　* 仿吾（成仿吾）（1897～1984），湖南新化人，创造社作家。1924年赴广州，任国立广东大学物理、德语教授，后回湖南。1926年3月初再赴广州，任国立广东大学理学院兼文科院教授，6、7月间加入国民党，后到黄埔军校任政治教官、兵器研究处技正。

当的认识的人必然达到的结论，而且我们前进愈深愈会确信不疑的。

只有心能够获得心。我们的艺术要以我们的心之鼓动为原动力。一切舞文弄墨从头脑而非从赤心出来的制作，我们要加以鄙弃。从这里我们可以知道应当如何去努力修养，应当在什么地方用力。

我们要看清楚第三战线的目标，要明白我们的着力处。

——载《洪水》第 3 卷第 28 期，1927 年 3 月 1 日

谈谈广东革命政府底下的艺术

俞宗杰[*]

广东革命政府在被压迫的民族中实行指导，力求一切所有锁镣的人向着光明的行程中解放出来，这是抱同情而具有热望的青年所景仰的。到过这里的人们，假使严密地考察这边新运动的工作，决无如反赤派那样宣传的厉害而可恐怖呵！现在没有见到广东的实在情形，倒被革命的呼声遮掩过去了；要是革命政府底下的内容果真如我的目见耳闻，那就要替革命政府担着寒心咧。

国民党努力在民众前面指导革命，我们不仅钦佩就完了，还得匡助他们的不逮呢。他们在经济的组织中打出血路来建设新的社会，固然是重大的任务。我以为统治一切行为的思想革命是不可忽略的。辅导人民改革思想达到新生命去享乐，这个职务还得革命的学术家赶紧出来，帮助新政府完成新建设，这也是我希望革命运动者应特别注意的！

上面一段话，不过是我的拢统感想；这里我要谈谈较具体的事情——革命政府底下的艺术。

我还是初到广州的一位旅客，言语未曾通晓，自然看不到广东的真相，故现在我只谈谈有形的艺术——绘画，比较的不致说的太错吧。可是我所见的绘画仅限于粤秀公园游艺会及六榕寺国画研究会所陈列的。那是很有限，决不便以此代表全广东，想来好的名著当然有不少遗漏未曾展览吧。我现在所谈的，仅是在两个会中游览时得到那种瞬间的印像，随着感想发表些意见。不敢说是批评。

---

* 俞宗杰（1896~1981），浙江新昌人，毕业于绍兴省立第五师范学校。1919 年到北京求学，先后考入铁路职工训练学习班、直隶省立工业专门学校。1926 年底到广州，任国立中山大学预科算术教师。广州国民党"清党"时返乡，1928 年 2 月起任新昌县教育局局长。

在粤秀公园游艺会中，关于美术的陈列，可分为字，画，绣品和写真等。其中尤以图画的数量为最大，其他很少。我看了这里的画，推想到这里一般人士对于艺术的志趣，与国民革命运动的趋向，虽然不敢说违背，但是与革命的工作恐未多大的帮助与影响吧？这就是我对于广东的艺术家深抱遗憾的。

我有一天到六榕寺去玩，在某廊上标着一张"粤秀公园游艺会挥毫处"的字条。后来走进茶座，真是"少长咸集""群贤毕至"，桌上杯盘狼藉，濡墨挥毫，大兴其风流韵事。仔细看了他们的作品，我不免要连连摇头，暗暗叹道："这可以拿到游艺会去展览吗？其实糊壁还不配咧。"故我在未临游艺会开幕期中，对于新政府底下的艺术，奢望中受有很大的打击。等开幕后我去参观，其中陈列，以前见过的劣品，幸已淘汰，仍旧有不少幼稚的作品，摇乱众人的视线。看了这许多的作家中，只有一二人可配称新政府底下的新作家，差强人意。至于国画研究会所陈列的作品，应当别论。他们已经自认站在时代落伍线上做工作，我们应另换副眼光来看他的。

现在我们不在这里讨论国画存废问题及其对于世界的绘画上生怎样的影响；只谈这许多的国画在国画本身的立场上已达到如何程度罢了。国画不会有新的发展，因为重摹仿，把作者的个性与创造力桎梏起来了。所以摹仿的作品中，要检选出类拔萃的艺术制作，这就似砂中淘金一样了。现在游艺会中我们能够得到几幅特殊的作品，这是作者储有创作力的表现，我们很可欣幸的！

论到两个会中的作品，国画研究会是私人的团体，范围有限，自然不能搜罗较富的陈列。在我眼光中百余幅的作品中比较称意的不过六七幅罢了。例如：熊抑倚的《秋山晚意》与《云山雨意》，卢镇寰的《共醉屠苏》，潘铁残的梅石，铁禅的山水，容仲生的《岁朝清供》，李耀屏的《岁朝图》，陈池秀的柳燕，尹如天的牡丹等幅，在会中算是出色的。其实都是陈腐的材料，于艺术上无多大的贡献，在新国民政府底下不须有这种艺术的表现。

粤秀公园游艺会一定是较大的组织，而且公开，应该有丰富的美满的艺术品搜罗起来陈列在会中给游客鉴赏的，结果也不十分美满。我只对二三个作家怀着景仰罢了。会中所陈国画不下千幅，其中有二十几幅值得赞美的，然而要说他是新艺术，我还不敢把这个珍衔恭维他呢！许多作家中，高剑父可说是鸡群独鹤，最具艺术本能的。其次要推高奇峰与陈树人，比较次些为容星哲，汤建猷，方人定，周叔雅等几位。新政府底下的艺术——绘画，只有高剑父尚可以代表，故我在这里要大胆地谈谈他的艺术，请阅者恕我的放肆！

高剑父的画已经超脱了国画的因袭，自己具了创意，这也许是受西洋画派的影响。他的布局，落笔及渲染等法确与专模古法者不同，但又不能不说他是祖传我国几位山水的名家的。这种画派，我在北京时见到林风眠的国画，同属于一个途径的。林君亦粤产，不过是后出，也许是受他的影响，这不敢武断；但是粤中画法有这种趋势，倒可以推测的。

现在我们把高君的国画归纳起来研究。他的笔已经是浑化了的，专事渲染，所以满纸浮动，仓茫漂渺，没有着笔的痕迹，只是一片水墨。例如《云瀑春深》，《碧柳烟波》，《风雨斜阳》，《断桥烟霭》，《绿杨城廓》，《玉山珠海》及《湖庄春晓》等画，极能表现那种天然景象，我们对画，宛入其境，非常尽致的。如《风雨斜阳》，假使以笔势取胜的作家，一定表现不出那种骤雨初霁的天气。现在他只轻描淡濡把那暮景渲染出来，留着一种风雨的余意。又如《云瀑春深》一幅，纸上浓烟飞走，树枝飘摇，骤雨滂沱，飞泉汹涌，画中仿佛透出风声，雨声，泉声，令人惧而不敢伫立，委实是一幅珍贵的作品。他的画也有秀丽的，如《燕舞春风》一幅，见了这幅画，好像我们看梅兰芳演杨贵妃醉酒，把观众的眼睛炫耀得迷醉了。一双燕子在绿烟中飞舞，姿态多少写得轻捷呵！他的写生之笔，可说胜于欧美画家，这是他得力于中国翎毛旧谱的。其他如《一掌山河》，也能表出一种英鸷之势；《睡狮初觉》，也表出狮在倦睡初醒时的雄风，用大笔劈去，更显强劲有势。现在我对于高君的名作，惜未见全豹，在场中又是仓皇留［浏］览，所根据的仅是一些浅薄的记忆，一定要失却真意，况且又是凭个人的爱好而谈的，难免错误的地方，请祈原谅！

至于如陈树人高奇峰及其他诸作品，这里该谈谈，不过现在说的太长了，只好告倦作罢。但是陈树人的《岭南春色》，出价自五元竟竞宝至七十元，可见他的作品是一般士人所敬重的了；可是我在这里附说一句"惜未涤画俗气"；奇峰之画亦次剑父一等啊。总归说起来，许多图画，都是颓废派的作品，没有勇武进取的精神的。我想新政府之下应有许多青年作家像春笋似发扬个性与民众的精神。尤其可深惜的，竟无一张西洋画陈列着，不知何故？也许我去的那天尚没有展览出来吧！末了，我要祝颂一句，□新政府注意民众的新艺术运动！

——载《广州民国日报·现代青年》1927 年 3
月 19 日、21 日

谈谈革命文艺

谢立猷[*]

革命空气充满了的广州，似乎还是枯燥的寂寞的广州了！除了几声热烈的革命呼声外，还少了革命精神的慰安和兴奋热烈的慰藉，所以我们除了最急切需要的革命策略外，还需要一种能使革命的战士更加兴奋热烈的兴奋剂——文艺呵，革命的广州，文艺□算荒凉极了！大约革命的战士，都跨上革命的战线上无暇来顾及革命的文艺了。

革命与文艺，在革命文艺的立场上来讲，与社会革命的进程上，都占有莫大的地位与严重的使命了。文艺是感情的产物，人类同情的呼声；在一个过程的国家社会制度里面，处处都蕴藏着人生的痛苦与悲哀，这种人生悲痛的隐幕，若非被最大的艺术家——文艺家，将它尽情地披露在人生里面，终久是永远地沈伏在社会黑幕里面，所以能真情地毕肖地揭破社会黑幕的假面具，就可算最大的文艺家了。世间也惟有文艺家最深情热爱社会的人类了。

好了，中国的革命，事事都跨上革命的进程上了，都在发荣滋长的前进了。可是革命的文艺，还是寂寞萧然……呵，革命谁都会说以宣传为最关紧要的工作，我以为在革命热烈的进程当中，应该一方面注意到以文艺为宣传革命的工具。现在社会上各阶级所沉伏下的痛苦悲哀，虽已在国民革命的策略上痛下针砭的方针，但终于枯燥的表现，于革命的进程上，终少了兴奋的热烈。呵，我以为几篇农民工人……运动宣传大纲，终不若几篇得力的关于农民工人……描写生活痛苦的戏剧小说诗歌。所以我很希望在革命热潮澎湃当中，能够发现出一个最伟大的文艺家来；

---

[*] 谢立猷，广东平远人，国立中山大学文学院英文系学生，国民党员。

将革命之歌，谱成热烈悲壮的歌声来，将农民工人及各阶级所感受的痛苦，编成最凄惨哀痛的戏剧小说来，呵，末了，我欢欣着鼓舞着唱着革命之文艺之歌来哄骗自己的狂热与兴奋的心情！

呵，寂寞的人间，

暗黑的尘寰！

隐伏着人生的无涯的悲哀呵！

无涯的悲哀的……

只有同情炽热的心灵，——文艺

方可寄托人生无涯的悲哀的心情，

呵，文艺哟！

是人们深处的灵魂，

是人们弱小的微吁呵！

十六，三，十七晚于中大

——载《广州民国日报·现代青年》1927 年 3 月 22 日

无声的中国

鲁　迅[*]

　　（记者按：这篇是鲁迅先生在香港青年会的演讲，由谢铸章，陈叶旋二君笔记，经原讲人审定修正的。香港英国人除了用政治经济的手段以外，还用一种更毒辣的所谓文化侵略。文化侵略四个字却不妥当。第一，文化是有世界性的，英国人的发明，英国人的学说，英国人的文艺，即使在两国间感情极不好的时候，中国人也自然而然的会喜欢他，会接受他，用不着侵略的。第二，现在英国人用以侵略的，其实并不是英国的文化。英国人用以侵略的所谓文化，大抵只有两种。一种是他的语言文字。奴隶为便于服从主人的命令，当然要懂得几句主人的说话。不消说这种说话是极简单极下等的，甚而简单下等到只有也司和诺两个字。这种教育的结果，许多人都有一个极谬误的见解，以为天下只有两种文字，一种叫中文，一种叫英文。所以虽然不是中英两国间的事件，如邮票，如火车票，如商店的招牌，乃至中国文的书报，也都要有一个英文名，他们以为只要能由主人荣赐一个名字，便不愁发生什么意外了。在这种奴隶教育之下，学一辈子也不会与英国文化相接触的，然而他们正希望你不接触，只要你说一辈子的也司和诺便完事。又一种是古的语言文字。他们觉得学习英文的余暇，如果不叫你更进一步，在你自己的古代语言文字里消磨大半生，你还是要与同族人互通情愫的，那便难免不安于奴隶的生活，而图谋对于主人的反抗。于是他们用以夷制夷的方法，请些中国的老八股先生，连思想带文字，都由他包办，总之要弄到你无话可说而后已。这两种现象，凡

　　* 鲁迅（1881~1936），浙江绍兴人，文学家。"三一八惨案"后遭通缉，1926年8月26日离京南下，任厦门大学国文系兼国学院教授。1927年1月16日赴广州，任国立中山大学文学系主任兼教务主任。

是教会学校多少总有一点的，香港自然更甚。但是在香港也有许多急进的同志，发起种种思想改革的运动。二月初的时候，他们到广州来叫鲁迅先生和我去演说，几乎是指定攻击英文的奴隶教育和古文的奴隶教育的。我虽然思想很枯窘，不想说什么话，但攻击这两种东西我倒是喜欢的，所以我也答应随鲁迅先生去凑热闹。可惜讲期是二月十八，我因为同伴的关系，不得不在二月十一日动身来武汉了，终于没有去成。现在见着香港报上登载鲁迅先生的演稿，这样深刻，这样热辣，各地阅者一定非常欢迎的，所以转载在这里，并且序述讲演的背景如右。）

以我这样没有什么可听的无聊的讲演，又在这样大雨的时候，竟还有这许多来听的诸君，我首先应当声明我的郑重的感谢。

我现在所讲的题目是：《无声的中国》。

现在，浙江，陕西，都在打仗，那里的人民哭着呢还是笑着呢，我们不知道。香港似乎很太平，住在这里的中国人，舒服呢还是不很舒服呢，别人也不知道。

发表自己的思想感情给大家知道的，是要用文章的，然而拿文章来达意，现在一般的中国人还做不到。这也怪不得我们；因为那文字先就是我们的祖先留传给我们的可怕的遗产。人们费了多年的工夫，还是难于运用。因为难，许多人便不理它了，甚至于连自己的姓也写不清是张还是章，或者简直不会写，或者说道：Chang。虽然能说话，而只有几个人听到，远处的人们便不知道，结果也等于无声。又因为难，有些人便当作宝贝，像玩把戏似的，之乎者也，只有几个人懂，——其实是不知道可真懂，而大多数的人们却不懂得，结果也等于无声。

文明人和野蛮人的分别，其一，是文明人有文字，能够把他们的思想，感情，借此传给大众，传给将来。中国虽然有文字，现在却已经和大家不相干，用的是难懂的古文，讲的是陈旧的古意思，所有的声音，都是过去的，都就是只等于零的。所以，大家不能互相了解，正像一大盘散沙。

将文章当作古董，以不能认识，不能使人懂得为好，也许是有趣的事罢。但是，结果怎样呢？是我们已经不能将我们想说的话说出来。我们受了损害，受了侮辱，总是不能说出些应说的话。拿最近的事情来说，如中日战争，拳匪事件，民元革命这些大事件，一直到现在，我们可有一部像样的著作？民国以来，也还是谁也不作声，反而在外国，倒常有说起中国的，但那都不是中国人自己的声音，是别人的声音。

这不能说话的毛病，在明朝是还没有这样厉害的；他们还比较地能够说些要说的话。待到满洲人以异族侵入中国，讲历史的，尤其是讲宋末的事情的人被杀害了。讲时事的自然也被杀害了。所以，到乾隆年间，人民大家便更不敢用文章来说话了。所谓读书人，便只好躲起来读经，校刊古书，做些古时的文章，和当时毫无关系的文章。有些新意，也还是不行的；不是学韩，便是学苏。韩愈苏轼他们，用他们自己的文章，说当时要说的话，那当然可以的。我们却并非唐宋时人，怎么做我们毫无关系的时候的文章呢？即使做得像，也是唐宋时代的声音，韩愈苏轼的声音，而不是我们现代的声音，然而直到现在，中国人却还耍着这样的旧戏法。人是有的，没有声音，寂寞得很。——人会没有声音的么？没有，可以说：是死了。倘要说得客气一点，那就是：已经哑了。

要恢复这多年无声的中国，是不容易的，正如命令一个死掉的人道："你活过来！"我虽然并不懂得宗教，但我以为正如想出现一个宗教上之所谓"奇迹"一样。

首先来尝试这工作的是"五四运动"前一年，胡适之先生所提倡的文学革命。革命这两个字，在这里不知道可害怕，有些地方是一听到就害怕的。但这和文学两字连起来的革命，却没有法国革命的革命那么可怕，不过是革新。改换一个字，就很平和了，我们就称为文学革新罢，中国文字上，这样的花样是很多的。

那大意也并不可怕，不过说：我们不必再去费尽心机，学说古代的死人的话，要说现代的活人的话；不要将文章看作古董，要做容易懂得的白话的文章。然而，单是文学革命是不够的，因为腐败思想，能用古文做，也能用白话做，所以后来就有人提倡思想革新。思想革新的结果，是发生社会革新运动。这运动一发生，自然一面就发生反动，于是便酿成战斗……

但是，在中国，刚刚提起文学革新，就有反动了，不过白话文却渐渐风行起来，不大受阻碍。这是怎么一回事呢？就因为当时又有钱玄同先生提倡废止汉字，用罗马字母来替代。这本也不过是一种文字革新，很平常的，但被不喜欢改革的中国人听见，就大不得了了，于是便放过了比较的平和的文学革命，而竭力来骂钱玄同。白话乘了这一个机会，居然减去了许多敌人，反而没有阻碍，能够流行了。

中国人的性情是总喜欢调和，折中的。譬如你说，这屋子太暗，须在这里开一个窗，大家一定不允许的。但如果你主张拆掉屋顶，他们就会来调和，愿意开窗了。没有更激烈的主张，他们总连平和的改革也不肯行。那时白话文之得以通行，就因为有废掉中国字而用罗马字母的议论的缘故。

其实，文言和白话的优劣的讨论，本该早已过去了，但中国是总不肯早早解决的，到现在还有许多无谓的议论。例如，有的说：古文各省人都能懂，白话就各处不同，反而不能互相了解了。殊不知这只要教育普及和交通发达就好，那时就人人都能懂较为易解的白话文；至于古文，何尝各省人都能，便是一省里，也没有许多人懂得的。有的说：如果都用白话文，人们便不能看古书，中国的文化就灭亡了。其实呢，现在的人们大可以不必看古书，即使古书里真有好东西，也可以用白话来译出的，用不着那么心惊胆战。他们又有人说，外国尚且译中国书，足见其好，我们自己倒不看么？殊不知埃及的古书，外国人也译，斐洲黑人的神话，外国人也译，他们别有用意，即使译出，也算不了怎样光荣的事情。

近来还有一种说法，是思想革新紧要，文字改革倒在其次，所以不如用浅显的文言来作新思想的文章，可以少招一重反对。这话似乎也有理。然而我们知道，连他长指甲都不肯剪去的人，是决不肯剪去他的辫子的。

因为我们说着古代的话，说着大家不明白，不听见的话，已经弄得像一盘散沙，痛痒不相关了。我们要活过来，首先就须由青年们不再说孔子孟子和韩愈柳宗元们的话。时代不同，情形也两样，孔子时代的香港不这样，孔子口调的"香港论"是无从做起的，"吁嗟阔哉香港也"，不过是笑话。

我们要说现代的，自己的话；用活着的白话，将自己的思想，感情直白地说出来。但是，这也要受前辈先生非笑的。他们说白话文卑鄙，没有价值；他们说年青人作品幼稚，贻笑大方。我们中国能做文言的有多少呢，其余的都只能说白话，难道这许多中国人，就都是卑鄙，没有价值的么？至于幼稚尤其没有什么可羞，正如孩子对于老人，毫没有什么可羞一样。幼稚是会生长，会成熟的，只不要衰老，腐败，就好。倘说待到纯熟了才可以动手，那是虽是村妇也不至于这样蠢。他的孩子学走路，即使跌倒了，他决不至于叫孩子从此躺在床上，待到学会了走法再下地面来的。

青年们先可以将中国变成一个有声的中国。大胆地说，勇敢地进行，忘掉了一切利害，推开了古人，将自己的真心的话发表出来。——真，自然是不容易的，譬如态度，就不容易真，讲演时候就不是我的真态度，因为我对朋友，孩子说话时候的态度是不这样的。——但总可以说些较真的话，发些较真的声音，只有真的声音，才能感动中国的人和世界的人；必须有了真的声音，才能和世界的人同在世界上生活。

我们试想现在没有声音的民族是那几种民族。我们可听到埃及人的声音？可听到安南朝鲜的声音？印度除了泰戈尔，别的声音可还有？

我们此后实在只有两条路：一是抱着古文而死掉，一是舍掉古文而生存。

十六，二，十八。

——载《中央副刊》1927 年 3 月 23 日第 2 号

中国文学家对于英国
智识阶级及一般民众宣言

这个宣言是我们一种忍无可忍时的表示。本文已经译成英文，直接寄往欧洲了。在这里签名的人都是本人对于无产阶级革命确有信心的，所以特别郑重，凡本人在远处的，都由他底朋友负责代为签名。我们很希望能得到英国方面的回信，同时更希望国内多有些同志来参加。

我们从事于中国无产阶级国民革命的文学家等今致书于英国底无产阶级，Intelligentsia 及一切工人，想对你们表示些意见和希望。

中国人民和英国人民通书的事，恐怕这次才算第一次。因为向来只有"英国皇家陛下"致国书于中国皇帝陛下（现在已没有了）或军阀所拥戴的大总统阁下等事。那种文书虽表面上用许多敬语称呼中国底皇帝或大总统，里面却包含许多使中国人民不能生活的恶毒的条件。那种文书虽能欺骗一皇帝一个大总统或信用这个皇帝或大总统的人民，但一旦人民不信用皇帝或大总统而自己觉醒的时候，那种文书便是引起我们对于英国人生极端的恶感的东西，——自然，我们所仇视的不独是英国一国。但一方面被我们仇视的英国人，也不过一小部分的人才直接受那些文书底恩惠。大部分的英国人不但没有接受那些文书底恩惠，并且倘没有我们提起那些文书的事，恐你们从没有知道过英国和中国之间有那些无聊的文书。我们深知英国人底大部分也为了那些文书直接或间接地牺牲了不少的生命与不少的劳动而并没有得到相当的报酬的。

你们想，那些文书，虽在表面上以种种敬语互相称呼，事实上，除了引起我们底反感之外，有甚么别的效果？那种文书不但不能为两国人民谋好感，谋幸福，并且使两国人民没有接近握手之一日。资本主义天天想把航路缩短，航速增高，用了种种奸诈的方法，表面上对我们予以称扬，暗中却任性抢掠：因之民族感情反天天隔离了。这就是现在我们对你们要表示意见的原因。

我们究竟能让这快要崩解的恶毒的资本帝国主义来离间我们两国底民众么？我们不甘心如此，想你们也不甘心如此。

我们底文书决不像皇帝和大总统两下所结的权利买卖条约。我们没有甚么权利送给你们，想你们也不要我们底权利。并且我们深信你们能痛感你们底支配阶级不替民众造福，专为自己底利益起见而侵略殖民地，甚至引起世界的被侵略民族群起仇视你们之处，你们一定能自觉起来，以严格的态度攻击你们政府底侵略手段而使政府放弃一切在殖民地或半殖民地底特殊权利和地位。你们倘不这样攻击你们底支配者，你们便不得不负一个"直接或间接帮助帝国主义来压迫一切被压迫民族"的污名！但我们深信，英国先驱的无产阶级，你们决不情愿做一个盲目的爱国者而蔑视人类底感情。

我们知道不能再让这离间者介在我们两民族之间了。我们这封信便想尽这个职能。我们想和你们及世界的一切无产民众握手。我们不愿你们底支配者来和我们的军阀握手：因为他们的握手简直是卖我们两方底民众的。

我们这样说了，那些资本主义者或者又要这样说："我看你们真能握手么？"

实在的，我们能握手！我们最近就有一个好例，想你们也已经接到报告了。在这两个礼拜之中，我们广州市欢迎英法美国际工友代表的光景，正是应该载在世界无产阶级运动史上的事件。无论那一次的欢迎会，为了三位工友代表而群集的民众总是十数万。他们只是要知道欧美底无产民众对我们的友谊，只是要亲自听见欧美民众代表给我们的约束和安慰，只是要得和欧美民众握手的机会，遂把无论何种广场都挤满了。他们对于这三位远来的工友代表竟表示无条件的欢迎。无论甚么时候，群众只要一看见这三位工友代表时，他们便举手扬旗欢呼呐喊以吐露他们不能用言语表示的情感。对于这种光景，倘不下泪，也不得不起一种严肃的尊敬。这完全是一个精神的合一（Communion of Souls）。不但是英法美工友代表和广州民众底精神合一，这竟是全世界无产阶级底精神合一。——这种光景，完全是合众一致 Collectivity 的 Extasy。我们从三位代表底一举一动一言一语中可以想到欧美无产民众的感情和意义——我们看见三位代表底后背有无形的一大群无产民众站着——我们遂禁不住向着三位代表后边看不见的大众高呼！

实在的，现在我们能结合起来！现在确是民众和民众不得不结合的时候到了。世界无产民众赶快起来结合去打倒资本帝国主义。欧洲、美洲，以及澳洲、非洲、印度底无产民众，我们现在对你们公言，希望你们大家团结，也和我们团结——希望你们知道承认我们无产民众的中国是你们底Kamarade，希望你们知道你们在中国底 Kamarade 有几万万！我们希望你们把你们在中国底几万万 Kamarades 当做你们和资本帝国主义战斗的联合战线的战友！

实在的，我们是在东方极力向帝国主义进攻的！我们底组织虽没有像你们的完善，经验虽没有像你们的十分充足，但我们底战斗力已经表示到十分之七八了。我们知道孤独的作战是很不容易制胜的。我们承认我们自己底失败，一在我们自己底斗争组织之不完全，二在我们不能和世界各国底无产民众结合。但这种失败，想我们在西方备尝辛苦的 Kamarades 很可以同情我们的，并且，你们一定想到倘和我们共同作战，在西方应援我们时，我们或不至于十分失败。我们也如此：倘你们底总罢工，我们东方底无产民众——虽还不能表示充分的威力——遥遥地应援你们时，你们或者也可以多得些意外的勇气和希望。但这都不过是过去的悔恨。以后我们决定用我们所有的能力来帮助你们，想你们也更可以如我们所愿，尽你们底能力来帮助我们。我们底训练和组织，虽还没有像我们所希望的那样成功，但我们底意志确有建设无产社会的可能。外国来的无知的绅士们到香港，上海，广东，汉口等处观览的时候，他们傲慢的眼光所见的只不过是许多苦力，但是我们底工人，虽在这些绅士们底眼光中看来是苦力，却都是总工会底会员；虽在平时默默无言地劳动，倘一旦总工会表示全体意志的时候，他们底团体意识，他们底团体行动决不是那些傲慢的绅士们所能预料的。我们平时看见工人在货物自动车上，在马路上奔驰时，我们已经觉得将来建设新社会的是他们，但我们更看见他们底团体行动的时候，我们便更觉得他们将来的威力。不管那些向后倒退的帝国主义者向"未来的支配者"怎样开炮，但"未来"究竟是他们的。

我们无产民众底组织，运动意识等正在向前前进，但榨取我们底外国资本家却天天在那儿后退。譬如，香港一岛正是英帝国主义侵略中国的根据地，但察其文化状态则我们敢断言香港底英国人断不能理解他们本国底现在的倾向和将来的形势。老实说，他们已经和本国底现代潮流隔绝了。他们已经不能顺应他们本国底进向了。这自然他们所谓殖民地底进向，他们一定更不愿意顺应，也无能力来顺应。他们底倒退是不可免的，他们迟早都是要被淘汰的了。但是他们帝国主义的自己崇拜却依然如故，依然以从前陈腐的眼光来轻蔑我们，说我们没有造高级文化的能力。在这盲目的自己崇拜的昏睡之间世界形势进展了。等到他们睁开睡眼向外边一看时，他们以为不能创造高级文化的民族竟弄起社会运动的 Demonstration 来了！

"杀！杀！放机关炮！"退后的帝国主义意识便变成 Terrorism，张开它底毒牙了！

它不亲自张牙舞爪的时候，便更有阴险的策略。这一次上海总罢工，军阀孙传芳屠杀我们底工友时，倘不得英国人和法国人暗中或竟公然帮助，决不至于那样残酷！上海军阀之杀人是应该英国人和法国人负责的。他们是借力杀人！他们唆使了军阀来残杀我们，他们还在那儿冷笑旁观！他们这些险恶的人类！我们现在虽不能支持我们流血的罢工，但我〔他〕们底阴险，我们总不能忘记，我们总要和他们决一次人类的总账！

无论怎么样，现在，没有民众支持的军阀总要被打倒的。那时候我们底战线一定和帝国主义直接接触。我们也预知帝国主义一定会用种种阴谋来和我们作战，一定会设法惨杀我们，但对于这种 Terrorism，我们已有全体的决心。我们决不因帝国主义的 Terrorism 而退却。我们现在专等候敌人底态度，我们是决不辞一切的斗争的。我们底斗争总是向着资本帝国主义，我们只有从榨取的资本帝国主义者手里夺回生活，此外再没有别的目的，也再没有别的生路。我们希望英国底无产阶级以满胸的同情来和我们以及全世界的无产民众合作起来，打倒资本帝国主义。此后我们再向东方的资本帝国主义反抗的时候，希望英兰〔国〕底无产民众也响应我们，在你们自己底国内向帝国主义进攻。

我们现在第一要为了打倒资本帝国主义而团结，将来把资本帝国主义打倒之后，我们更可以为世界的生活发展而互相扶助。以后我们和你们交往的时候，必定渐渐增多！你们必能有真确的消息而不被新闻记者所欺骗。我们有种种地方要希望你们把你们底经验和技术指教给我们。现在我们底大生产组织还没有确定，故支配大生产组织的技能和经验还缺乏。我们将来总想设法派工人到欧美去求你们底指教。也望你们常常派人来指教我们和我们合作。总之世界底无产民众在此阶级斗争激烈的时候，不由得不团结起来。孤独的抵抗是容易失败的！我们只要联合起来，我们一点没有损失，我们只有利益！我们希望英国底无产民众和无产的智识阶级联合起来给我们一个同情的回答。

　　签名者：成仿吾，鲁迅，王独清，何畏等。

　　　　　　　　　——载《洪水》第3卷第30期，1927年4月1日

大家喊起来

李贡烈[*]

实在广州的地方太沉寂了，如死去的沙漠一样，听不出甚么声息了！

过去的空气长是冷酷，当然逼着人们畏缩缩地不敢喊出来！

可是春风和煦的场上，任雀儿叫了，又听出甚么新词？

鲁迅刚跑到广州便说："广州的地方太沉寂了！"又谁能说他是无病呻吟呢？

广州的人口实在亦算不少，会叫的人也有很多，大的中的学生大约不下万数，他们是广东的精英，也许是南方或全中国的俊彦，他们若引腔奏出他们的积蓄来，沙沙的音节，或婉转和谐的声调，必能蠢动广州全城！进而震荡全国或全世界！可是他们都噤若寒蝉，多不愿意唱，或者没有功夫唱？

有许多人说，广州的青年学生实在忙碌极了！他们忙读书，同时又忙于革命！昨天是某种纪念节，要去宣传，明日又是某□示威大运动，要去参加巡行，当然闹得没有空闲，干甚么呐喊！但是我又有点怀疑，当我跑到每种纪念大会的场上，好似亦不大多见我青年学生的影子，不参加的学生那里去了？当然不会学着书痴子在房室里埋头伏案，大约有些趁着这个空儿，往街上跑来跑去，有些携着爱人儿在公园树荫下，或影戏院内喁喁谈情，即不然便三五成群，嘈做一块儿，干起甚么玩具，实在一天功夫，亦没多大空闲。

我亲爱的朋友们！回忆从前我们处在军阀淫威底下的情形怎么样？有时我们虽抱着无限积郁，可是我们永不敢呻吟！我们不敢唱自由的歌儿，

---

* 李贡烈，生平不详。

我们尤不敢奏甚么新的调子！恐怕我们有些声息，便是尝刀儿枪儿或铁窗儿的滋味，现在春风来了，我们不用寒栗了，我们应当趁着美好的天然，栽培新的种子，建筑艺术之园，切不可轻轻将良辰放去，须知我们是新艺之园的园丁！是文化之宫的缔造者！我们的责任是如何厚大呀，假使我们不努力向前做去，巨大的工程绝不会早成！

负着新文艺使命的青年们，大家喊起来罢！

一九二七，二，廿七，于中大

——载《广州民国日报·现代青年》1927年4月6日

革命与文艺

谢立猷[*]

　　革命是什么？就是凡一个国家社会制度里面，失掉了时代的需要，和人类生活痛苦的时候，而发生出一种改善的促进的革命思想，而应大多数人民的需求，而达到改进人类生活幸福的目的，这种举动，就谓之革命。

　　文艺是什么？就是人类同情心的表现，感情的呼声；也可以说是人类原性的象征。所以文艺是为热烈的情感所驱使写下来的有表征的篇什；将萦绕在人类心坎底的灵魂，着迹在有物可象的文字里面，这样的说来，就可以说文艺是人类灵魂的寄托了。

　　好了，革命与文艺，我们已有了一个概念的分晰了，就可以讨论到革命与文艺在一个过程的国家社会里面，究竟发生怎么样的关系。大约是有表里的关系罢。

　　革命是改进社会现实生活的现象，而文艺是替代苦闷的社会叫喊出来的声音，所以有这样的社会，才需要这种的革命，有那么的社会，才形成这么革命的文艺；革命是现实的工作，文艺是哄骗鼓舞革命的兴奋剂，革命的工作是干脆的枯燥的，而革命的文艺，是感情的悲壮的能使人类情感化镕陶在革命进程里面，所以革命是需要感情的革命文艺的呼声。文艺是能唤醒同群，是能唤起在黑幕里面久被压伏的凄苦人类，呵，在一个时代需要革命时，就有这么样叫出来的文艺呼声，而叫出来的呼声是沉着的攸攸的溟溟的……是人类只会感着兴奋的热烈的悲壮的……继而澎湃而磅礴而形成为一种革命思潮，而终于为实现的革命。

　　革命谁都会说是一种人类恐怖的现象，因为在过程的国家社会制度里

---

* 谢立猷，广东平远人，国立中山大学文学院英文系学生，国民党员。

面，都隐伏着很坚固的恶劣势力，所以欲用柔和妥协的手段来解决社会经济政治……的问题，恐怕不能这样的软化在转机中，因为社会……各方面，都保持着其原有的活动势力，而革命者非得有破坏的手段，勇敢的进取，是不会得到最后成功的，所以在各个民族集团的国家中，发生出一个革命的需要时，断不免军事的行动，流血的惨剧，在处于革命高潮的国家社会下面的人民，也断免不了流离失所，凄苦惨痛的生活。呵，革命是人类多么不幸的事呀！但，在旧制度封锁下的国家社会制度里面，其所受漫漫的惨痛，永永的悲哀，无涯的渺茫的……人生痛苦的悲幕，实有过于革命行动一时痛快的片断的凄苦，所以最慈悲的革命家，也就是最严酷的革命家了。

呵，在一个国家社会里面，正在紧张着革命热潮下的人民，其所受各阶级的痛苦，真是无涯的渺茫的……痛苦呀！就如中国现在的情形来讲，人民怎样的不能聊生！怎样的受恶劣势力——帝国主义军阀官僚土豪劣绅……的压迫！呵，这是多么凄苦的人生呀！呵，我们——尤其是富于情感的文艺家，应该除了同病相怜外，应有"兔死狐悲"的一种触景生情的悲感！所以我们——尤其是文艺家，对于民间的疾苦，应有同情的热泪，洒向冷酷凄其的人间，应有凄切的声音，谱成热烈悲壮的歌声，来！来！来激起人们普渡的征船。呵，文艺家的眼泪是带有血的纤维，文艺家的歌声是混有吭咽的悲哽的凄调。呵，文艺家是人们伟大的慈母，是人类无上的爱神呀！呵，社会隐沉的悲痛，惟有文艺家是看得见的，也惟有文艺家是最温纯体贴人类心坎底悲哀的。呵，文艺家！在一个革命高潮的社会当中是最需要一个革命的文艺家，因为他能与社会人类的悲哀起共鸣；所以有这么一个革命的时代，方才有这样的一个革命文艺家出现，无革命的时代，就无革命的文艺家，因革命的文艺家是与社会起共鸣同化的结合，社会一切不平的现象，是文艺家呼叫出来的，所以革命的文艺家是受革命环境的洗礼，革命的思想是受革命的文艺家指导的，相依为命，而成为一个整个的革命的文艺家。呵，深情的温纯的慰藉的……人类最伟大的革命文艺家啊！

我们生在现在的时代——事事都闯在革命圈套的国家社会里面，周遭的环境是很明白的坦在我们的眼前了。我们要认清目的，要看清去路，呵，同志们呀！未来的文艺家呀！我们玩弄文艺的时代已过去了，风花雪月的文艺之宫，已成为古物的产物了，我们目下最急切需要的是革命的文艺，是要为各阶级诉苦伸情的代告词了；呵，微笑的歌声，我们是会唱不成功的，因为在地狱里唱起天堂的乐歌，终不会得到人们的同情，或者深恶而痛绝之，为社会人类所摈弃了。呵，我们现在所急切需要的，惟有悲壮热烈的歌声，深情凄苦的血泪，呵，凄苦的文艺家的血泪，是会得到人类同情的应感，或者也会跟着哭，也会跟着兴奋热烈的，呵，同志们哟！未来的文艺家哟！你要认清去路，勿致迷入在欢唱的文艺之宫，致享受冷酷的待遇；你也勿玩弄文艺了，只要走向社会深窟里面，去代为社会撕开深厚的隐幕，则你的歌声，定会得到人类同情热烈的欢迎。呵，末了，我要欢呼着鼓舞着这样的嚷：

革命的时代，

只许有革命的文艺存在；

而革命的时代，

也惟有最深情热爱革命的文艺家。

呵，文艺家哟！

　苦闷的社会，

　是你会致哭的资料！

　凄惨的人类，

　是会哄骗出你的哭声！

呵，革命文艺家哟！

　你是最会哭的，

　你哭出的歌声，

　是会有音调的和谐的悲壮的热烈的歌声呵！

十六，三，廿四晚于中大

——载《广州民国日报·现代青年》1927 年 4

月 9 日、11 日、13 日

老调子已经唱完

——二月十九日在香港青年会讲演

鲁 迅*

今天我所讲的题目是"老调子已经唱完"：初看似乎有些离奇，其实是并不奇怪的。

凡老的，旧的，都已经完了！这也应该如此。虽然这一句话实在对不起一般老前辈，可是我也没有别的法子。

中国人有一种矛盾思想，即是：要子孙生存，而自己也想活得很长久，永远不死；及至知道没法可想，非死不可了，却希望自己的尸身永远不腐烂。但是，想一想罢，如果从有人类以来的人们都不死，地面上早已挤得密密的，现在的我们早已无地可容了；如果从有人类以来的人们的尸身都不烂，岂不是地面上的死尸早已堆得比鱼店里的鱼还要多，连掘井，造房子的空地都没有了么？所以，我想，凡是老的，旧的，实在倒不如高高兴兴的死去的好。

在文学上，也一样，凡是老的和旧的，都已经唱完，或将要唱完。举一个最近的例来说，就是俄国。他们当俄皇专制的时代，有许多作家很同情于民众，叫出许多惨痛的声音，后来他们又看见民众有缺点，便失望起来，不很能怎样歌唱，待到革命以后，文学上便没有什么大作品了。只有几个旧文学家跑到外国去，作了几篇作品，但也不见得出色，因为他们已经失掉了先前的环境了，不再能照先前似的开口。

在这时候，他们的本国是应该有新的声音出现的，但是我们还没有很

---

  * 鲁迅（1881～1936），浙江绍兴人，文学家。"三一八惨案"后遭通缉，1926 年 8 月 26 日离京南下，任厦门大学国文系兼国学院教授。1927 年 1 月 16 日赴广州，任国立中山大学文学系主任兼教务主任。

听到。我想，他们将来是一定要有声音的。因为俄国是活的，虽然暂时没有什么声音，但他究竟有改造环境的能力，所以将来一定也会有新的声音出现。

再说欧美的几个国度罢。他们的文艺是早有些老旧了，待到世界大战时候，才发生了一种战争文学。战争一完结，环境也改变了，老调子无从再唱，所以现在文学上也有些寂寞。将来的情形如何，我们实在不能豫测。但我相信，他们是一定也会有新的声音的。

现在来想一想我们中国是怎样。中国的文章是最没有变化的，调子是最老的，里面的思想是最旧的。但是，很奇怪，却和别国不一样。那些老调子，还是没有唱完。

这是什么缘故呢？有人说，我们中国是有一种"特别国情"。——中国人是否真是这样"特别"，我是不知道，不过我听得有人说，中国人是这样。——倘使这话是真的，那么，据我看来，这所以特别的原因，大概有两样。

第一，是因为中国人没记性，因为没记性，所以昨天听过的活，今天忘记了，明天再听到，还是觉得很新鲜。做事也是如此，昨天做坏了的事，今天忘记了，明天做起来，也还是"仍旧贯"的老调子。

第二，是个人的老调子还未唱完，国家却已经灭亡了好几次了。何以呢？我想，凡有老旧的调子，一到有一个时候，是都应该唱完的，凡是有良心，有觉悟的人，到一个时候，自然知道老调子不该再唱，将它抛弃。但是，一般以自己为中心的人们，却决不肯以民众为主体，而专图自己的便利，总是三翻四覆的唱不完，而国家却已被唱完了。

宋朝的读书人讲道学，讲理学，尊孔子，千篇一律。虽然有几个革新的人们，如王安石等等，行过新法，但不得大家的赞同，失败了。从此大家又唱老调子，和社会没有关系的老调子，一直到宋朝的灭亡。

宋朝唱完了，进来做皇帝的是蒙古人——元朝。那么，宋朝的老调子也该随着宋朝完结了罢，不，元朝人起初虽然看不起中国人，后来却觉得我们的老调子，倒也新奇，渐渐生了羡慕，因此元人也跟着唱起我们的调子来了，一直到灭亡。

这个时候，起来的是明太祖。元朝的老调子，到此应该唱完了罢，可是也还没有唱完。明太祖又觉得还有些意趣，就又教大家接着唱下去。什么八股咧，道学咧，和社会，百姓都不相干，就只向着那条过去的旧路走，一直到明亡。

清朝又是外国人。中国的老调子，在新来的外国主人的眼里又见得新鲜了，于是又唱下去。还是八股，考试，做古文，看古书。但是清朝完结，已经有十六年了，这是大家都知道的。他们到后来，倒也略略有些觉悟，曾经想从外国学一点新法来补救，然而已经太迟，来不及了。

老调子将中国唱完，完了好几次，而它却仍然可以唱下去。因此就发生一点小议论。有人说："可见中国的老调子实在好，正不妨唱下去。试看元朝的蒙古人，清朝的满洲人，不是都被我们同化了么？照此看来，则将来无论何国，中国都会这样地将他们同化的。"原来我们中国就如生着传染病的病人一般，自己生了病，还会将病传到别人身上去，这倒是一种特别的本领。

殊不知这种意见，在现在是非常错误的。我们为甚么能够同化蒙古人和满洲人呢？是因为他们的文化比我们的低得多。倘使别人的文化和我们的相敌或更进步，那结果便要大不相同了。他们倘比我们更聪明，这时候，我们不但不能同化他们，反要被他们利用了我们的腐败文化，来治理我们这腐败民族。他们对于中国人，是毫不爱惜的，当然任凭你腐败下去。现在听说又很有别国人在尊重中国的旧文化了，那里是真在尊重呢，不过是利用！

从前西洋有一个国度，国名忘记了，要在非洲造一条铁路。顽固的非洲土人很反对，他们便利用了他们的神话来哄骗他们道："你们古代有一个神仙，曾从地面造一道桥到天上。现在我们所造的铁路，简直就和你们的古圣人的用意一样。"非洲人不胜佩服，高兴，铁路就造起来。——中国人是向来排斥外人的，然而现在却渐渐有人跑到他那里去唱老调子了，还说道："孔夫子也说过，'道不行，乘桴浮于海'。所以外人倒是好的。"外国人也说道："你家圣人的话实在不错。"

倘照这样下去，中国的前途怎样呢？别的地方我不知道，只好用上海来类推。上海是：最有权势的是一群外国人，接近他们的是一圈中国的商人和所谓读书的人，圈子外面是许多中国的苦人，就是下等奴才。将来呢，倘使还要唱着老调子，那么，上海的情状会扩大到全国，苦人会多起来。因为现在是不像元朝清朝时候，我们可以靠着老调子将他们唱完，只好反面唱完自己了。这就因为，现在的外国人，不比蒙古人和满洲人一样，他们的文化并不在我们之下。

那么，怎么好呢？我想，唯一的方法，首先是抛弃了老调子。旧文章，旧思想，都已经和现社会毫无关系了。从前孔子周游列国的时代，所坐的是牛车。现在我们还坐牛车么？从前尧舜的时候，吃东西用泥碗，现在我们所用的是甚么？所以，生在现今的时代，捧着古书是完全没有用处的了。

但是，有些读书人说，我们看这些古东西，倒并不觉得于中国怎样有害，又何必这样决绝地抛弃呢？是的。然而古老东西的可怕就正在这里。倘使我们觉得有害，我们便能警戒了，正因为并不觉得怎样有害，我们这才总是觉不出这致死的毛病来。因为这是"软刀子"。这"软刀子"的名目，也不是我发明的，明朝有一个读书人，叫做贾凫西的，鼓词里曾经说起纣王，道："几年家刀软刀子割头不觉死，只等得太白旗悬后才知道命有差。"我们的老调子，也就是一把软刀子。

中国人倘被别人用钢刀来割，是觉得痛的，还有法子想；倘是软刀子，那可真是"割头不觉死"，一定要完的。

我们中国被别人用兵器来打，早有过好多次了。例如，蒙古人满洲人用弓箭，还有别国人用枪炮。用枪炮来打的后几次，我已经出了世了，但是年纪青。我仿佛记得那时大家倒还觉得一点苦痛的，也曾经想有些抵抗，有些改革。用枪炮来打我们的时候，听说是因为我们野蛮，现在，倒不大遇见有枪炮来打我们了，大约是因为我们文明了罢。现在也的确常常有人说，中国的文化好得很，应该保存。那证据，是外国人也常在赞美。这就是软刀子。用钢刀我们也许还会觉得的，于是就改用软刀子。我想：叫我们用自己的老调子唱完我们自己的时候，是已经要到了。

中国的文化，我可是实在不知道在那里。所谓文化之类，和现在的民众有甚么关系，甚么益处呢？近来外国人也时常说，中国人礼仪好，中国人肴馔好。中国人也附和着，但这些事和民众有甚么关系。车夫先就没有钱来做礼服，南北的大多数的农民最好的食物是杂粮。有什么关系？

中国的文化，都是侍奉主子的文化，是用很多的人的痛苦换来的。无论中国人，外国人，凡是称赞中国文化的，都只是以主子自居的一部份。

以前，外国人所作的书籍，多是嘲骂中国的腐败；到了现在，不大嘲骂了，或者反而称赞中国的文化了。常听到他们说："我在中国住得很舒服呵！"这就是中国人已经渐渐把自己的幸福送给外国人享受的证据。所以他们愈赞美，我们中国将来的苦痛要愈深的！

这就是说：保存旧文化，是要中国人永远做侍奉主子的材料，苦下去，苦下去。虽是现在的阔人富翁，他们的子孙也不能逃。我曾经做过一篇杂感，大意是说："凡称赞中国旧文化的，多是住在租界或安稳地方的富人，因为他们有钱，没有受到国内战争的痛苦，所以发出这样的赞赏来。殊不知将来他们的子孙，营业要比现在的苦人更其贱，去开的矿洞，也要比现在的苦人更其深。"这就是说，将来还是要穷的，不过迟一点。但是先穷的苦人，开了较浅的矿，他们的后人，却须开更深的矿了。我的话并没有人注意。他们还是唱着老调子，唱到租界去，唱到外国去。但从此以后，不能像元朝清朝一样，唱完别人了，他们是要唱完了自己。

这怎么办呢？我想，第一，是先请他们从洋楼，卧室，书房里蹩出来，看一看身边怎么样，再看一看社会怎么样，世界怎么样。然后自己想一想，想得了方法，就做一点。"跨出房门，是危险的。"自然，唱老调子的先生们又要说。然而，做人是总有些危险的，如果躲在房里，就一定长寿，白胡子的老先生应该非常多；但是我们所见的有多少呢？他们也还是常常早死，虽然不危险，他们也糊涂死了。

要不危险，我倒曾经发见了一个很合式的地方。这地方，就是：牢狱。人坐在监牢里，便不至于再捣乱，犯罪了；救火机关也完全，不怕失火；也不怕盗劫，到牢狱里去抢东西的强盗是从来没有的。坐监实在是最安稳。

但是，坐监却独独缺少一件事，这就是：自由。所以，贪安稳就没有自由，要自由就总要历些危险。只有这两条路。那一条好，是明明白白的，不必待我来说了。

现在我还要谢诸位今天到来的盈意。

（国民新闻记者梁式原注：鲁迅先生被香港的人邀请去演讲，便毫不迟疑地应允了；他的受了伤的脚还没有复原，他便赴约去了。青年会的惯例，凡听讲的都得先期领取入座券，因此，有一班不知什么人领去不少入座券，到时却不到会——可是这种劣拙的捣乱方法终不能使会场冷落。鲁迅先生并没有准备到那里高呼打倒英帝国主义，英帝国主义者究不能不心慌，急忙暗中严密监视他。英帝国主义者也颇聪明，听明白了他的话，他的演词在报上发表就被删节了。这一篇才是他那天所讲的话。香港的同胞们如果真的喜欢听他演讲，也许会少读些经，少好些古，少崇拜些遗老和翰林罢。)

十六，二，十九。

——载《中央副刊》1927 年 5 月 11 日第 48 号

革命时代底文学

鲁迅*先生 讲　吴之荦 记

今天我所讲的题目是"革命时代底文学"，我从前学矿学，叫我开矿，比叫我讲文学容易。我对于文学颇怀疑，天天呐喊，叫苦，鸣不平，有实力的人仍然压迫，虐待，没有方法对付它们。那时候我就想：文学是最不中用的，是无聊的人讲的；有实力的人并不开口，就能杀人，受压迫的人开口讲几句，就要被杀；所以文学是不中用的。鹰捕雀，不声不响者为鹰，吱吱而鸣者为雀；猫捕鼠，不声不响者为猫，吱吱而叫者为鼠；结果，还是开口的被不开口的吃掉。文学家做几篇文章，或能称誉于当时，或者得到几百年的虚名，那些都是没有用处的，对于现实，总是吃亏；所以我对于文学颇怀疑。我没有学过陆军，手中没有枪，虽然我从前学过一点海军；我手中只有一支笔，才有今天这一个题目。

文学家讲文学和革命有关系，但我以为其中关系，颇为寥寥，它们以为文学在革命中可宣传，鼓吹，煽动；但这些文字在文学中底价值很低，不成为高尚的文艺，因为纯洁的文艺作品，不受他人命令，不管利害，自然而然地从心中说出。革命与文学是有关系的，革命时代底文学比普通文学不同，革命来了，文学就变换色彩；大革命可以变换文学色彩，小革命不成为革命，所以不能变换文学色彩。在此地听惯了革命，在江苏浙江谈到革命二字，听的人很害怕，讲的人很危险；其实革命并不稀奇，革命就是社会的改革，因为社会天天改革，人类就天天进步，人类天天进步，社会就天天改革，这样地循环不已，所以人类没有一刻不革命。生物学家告

---

* 鲁迅（1881~1936），浙江绍兴人，文学家。"三一八惨案"后遭通缉，1926年8月26日离京南下，任厦门大学国文系兼国学院教授。1927年1月16日赴广州，任国立中山大学文学系主任兼教务主任。

诉我们："人类与猴子没有异样的，人类与猴子是表兄弟。"为什么人类成为高等动物，猴子仍为猴子呢？这就是因为猴子不革命，——猴子用四只脚走路，一个猴子站起来，用两只脚走路，许多猴子就说："我们底祖先一向是坐的，不许你站！"猴子不但不肯站起，并且不肯讲话，因为它守旧；人类就不然，一个人要站起，一个人要讲话，当时虽受反对，究竟它还要站起，还要讲话，结果它胜利了，大家模仿它。照上例看来，革命并不稀奇，凡是负责任，没有死亡的民族都天天在革命，虽然是小革命。

大革命与文学有什么影响呢？现在分开三个段落来说。

（一）大革命之前，它有一种文学出现，对于种种社会状态，觉得不平，觉得痛苦，就叫苦，鸣不平，在世界文学中关于这类的文学确是不少。这些叫苦鸣不平的文学对于革命没有大影响，因为叫苦鸣不平，没有力量，压迫你们的人仍然不理，老鼠虽吱吱地叫，尽管叫出很好的文学，猫儿吃起它来，还是不客气；所以仅仅有叫苦鸣不平的文学，这个民族没用，因为止于叫苦鸣不平。例如乡下人打官司，失败的方面到了分发冤单的时候，官厅就知道分发冤单的方面没有力量再打官司，马上官司要归了结；所以叫苦鸣不平的文学等于叫冤，压迫者对此觉得很放心。不中用的民族因为叫苦没用，连苦也不叫了，这些民族成为沉默的民族，这些民族快要灭亡了：埃及，阿拉伯，波斯，印度（除泰戈尔一人外），都没有声音了！富有反抗性，蕴藏全副力量的民族，因为叫苦没用，它的声音改变了，由哀音而变为愤怒之音，带有愤怒之音的文学出现，反抗就快来了；因为它很愤怒，所以与革命爆发时代接近的文学每每带有愤怒之音；它要反抗，它要复仇。苏俄革命将起时，曾有此类文学；波兰芬兰虽然复国，因为苏俄革命成功而使之复国，没有经过革命的阶级［段］，因此没有此类文学。

（二）到了大革命的时代，文学没有了，没有声音了，因为大家受革命潮流波及，大家由呼声而转入行动，大家忙着革命，没有闲空谈文学了；再一层，那时候民生凋敝，一心一德找面包吃而加紧革命，那里有心思谈文学呢？守旧的人因为受革命潮流打击，气得发昏，不能再唱所谓它们底文学了。有人说"文学是穷苦的时候做的"，其实未必，穷苦的时候必定没有文学作品的；当我在北京，穷得很，到处借钱，无有文学发表，到薪俸发放时，方坐下来做文章。忙的时候也必定没有文学作品，挑担的人必要把担子放下，才能做文章；拉车的人也必要把车子放下，才能做文章。大革命时代忙得很，同时又穷得很，一部分人和他一部分人斗争，非变换现代社会底状态不可，没有时间也没有心思做文章；所以大革命时代底文学只好暂归沉寂了。

（三）等到大革命成功后，社会底状态缓和了，大家底生活有余裕了，这时候就产生文学。这时候底文学有二。一种文学是赞扬革命，称颂革命，——讴歌革命；因为进步的文学家想到社会改变，社会向前走，对于旧社会破坏和新社会建设，都觉得有趣味，一方面对于旧的制度崩溃高兴，一方面对于新的建设讴歌。当社会没有改变时，以为社会应该改变，非毁灭社会反对社会不可，进步的文学倡出这番议论后，人们都表示同情，大家都实行破坏，信仰的人少，没有影响，信仰的人多，文学竟成为社会运动；运动起来了，社会改变了，所以讴歌革命。另一种文学是吊旧社会底灭亡，——挽歌也是革命后底文学，有些人以为这是反革命的文学。社会虽是改变了，但社会上底旧人物很多，旧人物不能一时变成新人物，它们底脑壳中满藏着旧思想旧东西；这些人在革命时不革命，革命后反革命，因为革命时对于自己没有关系，对于自己没有损失，但是革命后，社会上底一切都改变了，影响到它们自身的一切，回想旧时底舒服，对于旧社会眷念不已，恋恋不舍，因而讲出很古的话，陈旧的话，形成这样的文学。这种文学都是悲哀的调子，表示它心里不舒服；一方面看见新的建设胜利了，一方面看见旧的制度灭亡了，所以唱起挽歌来。怀旧唱挽歌，表示已经革命了；如果没有革命，旧人物正得势，不会唱挽歌的。

不过中国没有这两种文学，——对旧制度挽歌，对新制度讴歌；因为中国革命还没有成功，正是青黄不接忙于革命的时候，没有什么话可说，所以不看见这两种文学。但是旧文学仍然很多，报纸上底文章，旧式的居多；因为中国革命对于社会没有多大的改变，对于守旧的人没有多大的影响，所以旧文学仍能超然物外。广东报纸所讲的文学，都是旧的，新的很少，可以证明广东社会没有受革命影响；没有对新的讴歌，也没有对旧的挽歌，广东仍然是十年前底广东；不特如此，并且没有叫苦，没有鸣不平；止看见工会参加游行，但这是政府允许的，不是因压迫而反抗的，也不过是奉旨革命。中国社会没有改变，没有怀旧的哀词，也没有崭新的进行曲，仅有苏俄已产生这两种文学。苏俄旧文学家逃亡外国，所作的文学，皆是吊亡挽旧的哀词；新文学也正在努力向前走，伟大的作品还没有，但是新作品已不少，它已离开愤怒的时期而过渡到讴歌的时期了。赞美新建设是革命进行后的影响；再往后去的情形怎样，没有前例可知，无从考据，然我想来，平民文学快来了，因为平民的世界，是革命底结果。

现在中国没有平民文学，世界上也没有平民文学，所有的文学，歌呀，诗呀，是给阔人富人看的；它们吃饱了，睡在躺椅上，捧着看。一个才子出门遇见一个佳人，两个人很好，有一个不才子从中捣乱，生出差迟来，但终究团圆了，这样地看看，多么舒服；或者讲阔人富人怎样有趣和怎样快乐。前几年《新青年》载过几遍［篇］俄国小说，描写罪人在野外的生活，大学教授看了不懂，难怪它们不知道天下有这样的下流人，因为它们住在高大的楼房里。如果歌诗描写车夫，就是下流歌诗；一出戏内，有犯罪的事情，就是下流戏。它们戏内底角色，止有才子佳人，才子中状元，佳人封一品夫人，在才子佳人本身很欢喜，它们看了也很欢喜，我们没奈何，也只好替他们欢喜欢喜。直到眼前，有人以平民——工人农民——为材料，做小说做诗，我们称之为平民文学，实质这不是平民文学，因为平民还没有开口。这是另外的人从旁看见平民底生活，假装平民底口吻而说的，因为眼前的文人都有钱，有的虽很穷，总得比工人农民富些，才能有钱读书，才能做文章；你们以为是平民所说的，其实不是，而是冒充；这不是平民小说。平民所唱的山歌野曲，有人写下来，以为是平民之音，因它是老百姓所唱的；其实它们间接受古书底影响很大，它们对于乡下底绅士有田三千亩，羡慕得不了，每每拿绅士底思想，做自己底思想，绅士们惯咏五言诗，七言诗；因此它们所唱的山歌野曲，大半是五言七言，这是就格律讲，还有构思取意，也是很陈腐的，不能称是真正的平民文学。现在中国底小说和诗实在比不上别国，没法奈何，只好称之曰文学；谈不到革命时代底〔文〕学，更谈不到平民文学。现在的文学家都是读书人，如果工人农民不解放，工人农民底思想，仍然是读书人底思想，所以交［必］待工人农民得到真正的解放，然后才有真正的平民文学。有些人说"中国已有平民文学"，其实这是假的。

诸君是战争者，是革命的战士。学文学对于战争，没有益处，止有战余休憩时，拿本诗看看，觉得有趣。在革命时代讲文学，譬如农夫种柳树，待到柳树长大，浓阴蔽日，本可以坐在树阴休息休息，但是农夫一天到晚，耕作不息，止有在正午一十二点钟时候，或者可以坐在柳树底下吃饭，此外没有甚么用处。中国现在的社会问题，止有实地的革命战争，一首诗吓不走孙传芳，一炮就把孙传芳轰走了。他人以为文学至高无上，我个人总觉得怀疑，文学不过是一种消遣品，无非民族底文学表示一民族底文化罢了。

我从前不过做了几篇文章，承诸位到此听讲；我呢，愿意听一听大炮底声音，大炮声音或者比文学底声音好听得多。我的演说只有这样多，感谢诸位好意！

——载《黄埔生活》第 4 期，1927 年 6 月 12 日

图书宣传与文字宣传

谢立猷[*]

　　凡是一个主义在时代环境上发生急切需要的时候，和进行高潮当中，谁都会承认以宣传阐扬主义为最主要工作。所以本党第一次全国代表大会时，便注意到这么样的工作。现在本党的宣传效力，虽能使党的意识深入在民众里面，但党的现在生活很难使民众得到一深刻的认识，而我们训练组织民众也缺少宣传指导的力量。宣传是什么？宣传就是宣传者对于某整个的主义和政策了解，使一般民众得到充分的明了，使民众的信仰力量集中于某整个主义和政策里面，如是的效果，就有赖宣传的力量如何了。宣传的工具，大约可分为三种，即言讲，文字，画报三方面，现在单就文字与画报两方面来讲。

　　文字为宣传的利器自不待说，而连篇累牍的阐明主义和政策的文章，自然不能减少宣传的力量，但一方面也应该注意到民众的宣传范围，什么"三民主义浅说""帝国主义侵略史"……是供一般智识阶级浏览的宣传读物，至农民工人商人……有实际的生活牵扯他，无暇来阅读这类烦琐的读物，这或者也是缺乏阅读的力量，不能如意的浏览这一门主义的刊物，所以我们为要组织民众训练民众，除了口头的宣传工作外，便需要一种用浅显明了简单的文字组成的简短标语。现在本党标语对于宣传的工作上成为极普遍的现象，开一回会，做一次盛大民众运动，都有充分的标语在人们眼前发现，但所书的标语虽切中人们蒙蔽的心坎，但总不能煽动得到人们有深刻的印象（悟），因为里面的语句少不能免赤条条的干枯枯的语气，一看就觉得很平常的在意中溜过去了。譬如在举行各种民众的集会标语，

＊　谢立猷，广东平远人，国立中山大学文学院英文系学生，国民党员。

平淡无奇，人们一看于心里意识上无绝大的感应。我以为凡一个人总有多少艺术的需求，所以我们做宣传工作，言语也好文字书报也好，总要了解民众艺术心理的要求，使民众启发出艺术感情的本能来接受我们宣传的效果，则我们宣传的力量，定会得到最大的收效。我相信凡一个人受宣传之后，总不会机械的毫无感动于中，所以我们宣传工作，完全要得被宣传者的感化深深渗入在人们的心坎里，再我们对于宣传工作上，也少不免和谐戏谑的语句，使被宣传者得到一种愉快的感受，至悲壮的热烈的也得在事实上施行其宣传的目的，总之我们宣传工具使情感深入在民众心坎里面，使紧紧地接受我们宣传的意义。

我校中有一回，大约为要求免费罢，时候也经过好久，在礼堂门首的木牌上还冷冷清清地粘着一片标语，就是"我们不缴费，还可减少我们生活的痛苦，而他们仍是还有肉吃的"（大意是如是），这样的标语虽带几分明嘲暗刺的语意，但却确有整个的意义在里面，因为我们不再这样那样的大书特叫，我们就这样的平平淡淡写过去，自有一番耐人寻索的意义，这不过也就是说：我们不缴费与国库前途不要紧，惟我们要缴费确是与自身有密切的关系。所以我们也可以从语意中得到一个清楚的认识。

其次讲到画报方面了，画报也是为宣传最关紧要的工作，对于某一事要使民众得到深刻的感动，就全靠形神俱肖的画报了，因画报是具有艺术性和普遍性的；譬如在"反对英帝国主义在稔山惨杀民众"大会当中，应于画报方面，搜集多关于惨杀地情景的画片，使民众得到深刻认识英帝国主义的蛮横与打倒英帝国主义急不容缓。则事实上都可得到宣传的效果。画报是含有艺术性的，能使人追索求其中的真意，此虽未受过小学教育，也会得到宣传的效果。画报与标语宣传，实可混合为一；画报可用简明的语句注释，标语也可用个画，使个中意义更明了更显著。这实是宣传上应该注意的工作。

现在本党对于宣传事业，虽未疏懈过一分，但总无人特别注意宣传的工具，我希望为党国努力宣传工作人员，应该十二分注意集中民众意识的统一，不能使民众将信将疑，为一种蒙昧的意识渗入在民众里面，因为民众的信念未坚定易受外境的影响，所以我们唤起民众组织民众，也就是唤起他们蒙昧的意识，这样一来，革命民众，方才不会走到歧途里面。

　　宣传工作除文字言语为最关紧要的宣传工具外，其次标语画报也应该刻不容缓的使它更格外普遍于革命领域内，因为它有持续性的有感情艺术化的，使革命民众渐渐地浸润在革命意识里面，举凡大工厂游艺场集会场所……都要使艺术的宣传标语画报为民众最喜欢接触意识的一种宣传工具，则艺术与革命性的养成，或者可以同时收到两方面的效果了。

　　　　　　　　　　——载《广州民国日报·现代青年》1927 年 6
月 16 日

黄埔学生与创造社

沸　浪[*]

（一）　先举一个例子再说

我有一个好朋友，他是第六期的入伍生，这个人，其意志之坚强，其精神之振作，在从前我差不多是不能用言语形容出来。比方他从前在南昌读书的时候，他曾有个很漂亮而真诚的异性同乡，和他做了很好很好的朋友，说到两下去恋爱起来，那当然不消说；就是谈到结婚，也是可能的；然而他那时觉得要是真个恋爱起来，甚至结起婚来呢，那于他的前途就必然会发生出很大障碍的，因此他就用快刀斩乱麻的手段，坚决地离别了她，而跑来广东，并且当他跑来广东的时候，还有许许多多的亲戚朋友都劝阻他，可是他终竟不被他们劝阻而来了。来了广东以后，他便立刻投考入伍生。当他投考的时候，又有许多朋友劝他不要投考，说入伍是多么苦?! 多么苦?! 然而他竟不怕苦地投考了，不久出了榜，考取了，遂由白面的书生变成了一个雄纠纠的武士了。这样一个有志气的青年，真是一个很好的革命战士，谁料他后来竟会变了，变成个一班臭肉麻的大人先生们所谓的"风流人物"呢? 这件事的原委，要是不说出来呢，恐怕有多少人要怀疑，可是一说出来呢，又怕有多少人要惊奇，不过惊奇也吧［罢］，我还是直截了当地说出来吧：这就是由于他看多了我们在贵国文坛上最出风头的所谓创造社的大人先生们作的或译的所谓文艺! 当他第一次看了创造社出版的文艺的时候，他便于不知不觉中将从前那位漂亮而真诚的贵同乡想起了，接着便相思了；当他第二次看创造社出版的文艺书籍的时候，他便写起情书

---

[*]　沸浪（程兆熊）（1906～2001），江西贵溪人，早年考入国立中山大学物理系，加入国民党。毕业后到黄埔军校工作，任编纂股股长。

了，接着有时流泪了；后来等到他第三次看到创造社出版的文艺书籍——这个好像是郭沫若所译的《少年维特之烦恼》一书——的时候，于是我便于正在编稿的时候，忽然有一封信，好像是天外飞来似的来到我的手里，拆开一看，原来是他老先生寄来的，上面写着这几句乱七八糟的字样："……我现在想投水，投水……"我看了以后吓得一跳，这一惊，真个是非同小可，那时我几乎哭起来了，因此就即刻乘火轮抵广州，再坐汽车到沙河（他的军营所在地）。到的时候，又没有看见他，于是我的心越加慌了，问他的同伴，他的同伴又说是来找我了。真奇怪，如果是来找我，为什么我一路没有遇着他？因为我一路都是留心他的。当时天又下很大的雨，不过也没得法，赶回米，又没见他，于是心越慌了，因此又赶回去，又是电油又用尽了，而雨又越加大了，不过也没得法，再回到广州买电油，买了以后，又赶回沙河，下了车，走到他的军营里，才猛然发现了他，垂头丧气地在床上坐着。他见了我，便对我不快意地笑了一声。他说他一营入伍生不久要出去驻防，还是等到驻防的时候，让土匪打死去吧！因为这不过是或然的事，"其或然数"是很大的，所以我的心脏跳跃的度数才稍微减少了一点。接着我便劝了他许许多多的话，同时还说了许许多多的鼓励话，末了并且还给了一个最诚恳的忠告，说道："请……请以后少看一点创造社的书籍吧！你是中了它的毒。你的责任是负得很重的，这种毒，应当少中一点才好！"

（二）说到本题

上面是一个例子，这个例子，是我亲身所遇的，意思是表明一个很好，差不多有十二分好革命青年，竟中了创造社出版的书的毒。当然，要是黄埔学生仅仅是他一个中了它——创造社的毒，那人家或者可以说，这是由于他的特殊情形，使他如此，与创造社无尤。不过大家要知道，我是一个学科学的人，是稍微有点科学的头脑的，我知道凡事皆须综合许多明确的事实，才能下个结论。因此，我便废［费］了许多时间，在黄埔学生里，做了一个简略的生活调查，结果，黄埔学生，有很多的人身边有创造社出版的书籍，而内中因为看了创造社出版的书籍以至精神萎靡，意志颓唐的人，着实不少。因此我就很觉得黄埔学生与创造社很有一点儿关系，因此便说到了本题——黄埔学生与创造社。

（三） 终结起来是这两句话

创造社的文艺，也许有他们的所谓价值，不过这个我们可以不问，我们所要问的是：黄埔学生的责任是非常重大的，要是他们尽是如上面所举的例子，那样发生关系起来，大家想想，这将怎么办呢？

珍重呵！亲爱的黄埔学生们！你们要赏鉴文艺吗，那就应当赏鉴真的文艺。真的文艺在什么地方了？真的文艺在你们的枪声里，在民众呼声里。

你们的枪声是好过歌德的诗！

民们的呼声是胜似沙士比〔亚〕的剧！

——载《黄埔生活》第 12 期，1927 年

| 二 |

广州的革命文学社团史料

（一） 血花剧社

陆军军官学校血花剧社启事

径启者，敝社于本年一月在广州演剧，筹款救济南洋兄弟烟草公司罢工失业工友，承诸公热心赞助，乐为受票，敝社深为感佩。同人演剧甫毕，仓卒奉命出发东江讨逆，以致票款未能收集。现战事已告结束，敝社总务主任李之龙君特地返省办理一切未竣事宜。其经手售票人员亦将回省着手收款，务望诸公慷慨解囊，将所认之票价照数检交各经手人。本社收齐后，请托中央执行委员会工人部转交上海失业工友。此启。

——载《广州民国日报》1925 年 5 月 27 日、5 月 29 日、6 月 1 日

新剧广告

这次外国人在中国内地惨杀中国人，凡有血气的莫不同声悲痛，香港工友也愤愤不平，纷纷罢工回内地，我们对于罢工期内的工友生活自然应该维持。敝社七月三日起至五日止，在南关戏院演新剧三天，纯为维持香港罢工回内地工友生活募捐。望爱国同胞大家踊跃捐输来看新剧，既可以得着愉快又是爱国的事，真是一举两得，请大家快快来呀！

兹将每日剧目及游艺列左。

七月三日　剧目：恋爱与牺牲；游艺：女子跳舞，女子唱歌，电影。

七月四日　剧目：还我自由；游艺：女子跳舞，女子唱歌，电影。

七月五日　剧目：亡国恨；游艺：女子跳舞，女子唱歌，电影。

中国国民党陆军军官学校血花剧社谨启

——载《广州民国日报》1925 年 7 月 2 日、3 日

批评广州的剧社（八）

笑　霜[*]

　　血花剧社　这社剧［剧社］是黄埔学校的学生组织的，曾在南关排演过好几天。排演的剧本最好的算是《恋爱与牺牲》，和《亡国惨痛》等剧。月前在南关戏院排演，是为罢工工友筹款。后来就少见他们排演了。这因为他们当军人的，不能多得时候出来干这种工作，但在广东地方以军人而组织剧社，要算是破天荒了。不独广东少见军人的剧社，就是中国也少咧。他们了解戏剧的真义，和知道戏剧是一种高尚的艺术，特组织一个剧社来向社会宣传，何等可贵。我很希望他们多编些军人与人民应当怎样融洽，人民与军人应当怎样互助的剧本来排演。那末真是一个军人模范的剧社了。

——载《广州民国日报》1925 年 9 月 17 日

血花剧社再赴潮梅排演

——徇该处人民之请

　　本报专访云：戏剧一道，感人最深。黄埔陆军军官学校校长蒋介石，前为宣传革命主义起见，特由军官学生组织血花剧社，自任社长，推李之龙任总务主任。该社社员于前次革命军出师潮梅时，曾随军抵梅县排演，大得该处人士欢迎，尤以学生界为最。此次革命军再次克复潮梅，该社各员，因事务方剧，未曾随往，梅县人士探悉此情，甚以为憾。因特联派代表赴汕，谒见蒋校长，请饬该社远行来汕开演，以联络感情，并备述该处

---

　　[*]　笑霜，生平不详。

人民倾慕该社之意。蒋校长为徇人民之请，昨特电来省，着该社迅行赴汕，准备排演，以慰人民。李总务主任已添置配景，及化装品物等千余元，通知各社员，刻期开赴汕头，转往潮梅各地区排演云。

——载《广州民国日报》1925 年 12 月 9 日

慰劳统一广东前敌革命军人游艺会

血花剧社　日：革命军来了　夜：还我自由

——载《广州民国日报》1925 年 12 月 22 日

血花剧社消息

血花剧社得该社社长蒋介石提倡，由李主任之龙等开始组成以来，凡前此维持罢工工友、慰劳出征将士及其他公益善举，无不热心表演筹款接济，已大受社会赞许。尤以前次随军出征在梅县公演，更得一般民众之热烈欢迎。此次调赴潮汕公演，每次开幕来观者无不人海人山，颂声四播，广州各界亦纷纷函请李主任转请该社返省。现李主任已接汕头来电，日内即可返省，以慰众望，并拟于阴历年关开演数日，且筹备改组，俾资发展，在省成立一固定办公处，派定专责人员，加置布景化装各物，务使内容益加完美，为党国一特殊宣传之机关，届时必有一番盛况，以娱各界人士云。

——载《广州民国日报》1926 年 1 月 16 日

观《革命军来了》后

梁杰人[*]

戏剧是平民教育的利器，或可说是文化宣传的工具，因为戏剧能够

---

[*] 梁杰人，生平不详。

深深印入群众的脑海里。民众观剧所得的印象,永久不能消灭,最容易被其感化,故处现在帝国主义侵略和军阀专横的时候,欲求民众的觉悟,用戏剧来宣传是最好没有的了。血花剧社便是其的中〔中的〕一员健将。

血花剧社的戏剧,我也曾看过很多。我尤其喜欢那出《革命军来了》的独幕剧,因为这出独幕剧能够给我较深的印像。我对于戏剧是外行的,本来配不上谈剧,不过存在心里,不如说了出来好,所以□我爱说的说了罢。

《革命军来了》这出独幕剧,是表演革命军攻下惠州,杨坤如狼狈逃走时的情形。命意极好,剧情亦没散漫之弊,其尤足道的,便是能够给人深深的印像。全剧是描写军阀的专横和帝国主义的捣乱,及民众受摧残的惨状,是含有很深的意义的。

饰杨坤〔如〕的主角,深得军阀的神髓,能以最短时间,将军阀的坏根性,自然流露出来,使民众——至少我一个看了,能够发出一种憎恶军阀的心思。当他表演拉拢英帝国主义者的时候,又活现一副媚态凶恶的面孔;狼狈逃走时的情形,则更令人鼓掌兴叹了。

总之,这出独幕剧,由我个人直观的观察,处现在之潮流,可算是一出很好的戏剧。或可说是被压民众的呼声,更可说是造梦的群众的兴奋剂。因为它能够将外人的野蛮欺诈、军阀的专横暴虐,及平民的痛苦,一一表现出来,使人看了永不能忘,使人看了生憎恶之感,这些才是戏剧的真谛呵!

——载《广州民国日报·小广州》1926年3月27日

血花剧社紧要启事

本社自去岁正月一日成立以来,一年有奇,以各同志之努力,曾在广州、黄埔、汕头、潮梅、东莞等处工作,颇受军民之欢迎。对于唤起民众联合军民感情,实有圆满之结果。兹以事实要求本社有扩大组织之必要,爰定于五月十八日下午六时,在广九路车站对面邮政局第五号,本社开全体社员大会,讨论改组及以后进行事宜。届时希各社员及以前在本社曾服务二次以上者，一律出席，并须于开会前二日，先到本社报到为要。

五月十一日

社长蒋中正　筹备改组委员王君培、李超、余洒度

——载《广州民国日报》1926 年 5 月 11 日、13 日

血花剧社改组经过情形

中央军事政治学校血花剧社成立以来，将近二年，历在潮梅省城黄埔各地排演新剧，素得民众欢迎。现该社以北伐在即，该社有扩充组织以广宣传之必要，前由余洒度、王君培、李超等筹备改组，已得社长蒋中正同意，业于五月十八日就广九铁路该社开改组大会。结果拟定蒋中正为社长，执行委员为余洒度、□□遁、王君培、王慧生、俞塘、李超、关巩等七人，候补委员为蒋先云、张维藩、李靖源三人，监察委员为伍翔、廖开、赖刚、顾仲起、黄天玄等五人。闻该社常月经费二千元，内分剧务、总务、理财、电影四科，将作大规模之宣传，除每月演剧一次外，另制电影片永□□□□云。

——载《广州民国日报》1926 年 5 月 20 日

征求剧本

启者：本社自成立以来，历在广州潮汕等处表演，颇受军民之欢迎，现更因扩大组织，决定每月公演一次，以应社会之要求，但无优良剧本，殊不足餍世人之观赏。兹特登报征求，国内人士如有宏著见赐，且具有革命性而不抵触本党主义者，本社一律欢迎，其报酬由本社酌定，但来稿概不退回。稿件请寄：广九车站白云楼血花剧社。

血花剧社剧务科启。

——载《广州民国日报》1926 年 6 月 7 日

血花剧社筹备纪念沙基惨杀演剧

联合民间剧社表演《沙基血》一剧

决定今日在海珠戏院开演

血花剧社，自扩大组织以来，其剧务发展，一日千里，对于每次纪念日，必热烈的向民众表演戏剧，借以唤起民众。去年六月廿三日，英帝国主义者在沙基用极凶恶之手段，大屠杀我爱国群众。而今转瞬周年，该社以负有唤醒民众、贯输革命思想之宣传责任，特于是日在海珠戏院演剧，并邀请民间剧社联合表演。闻已编成《沙基血》一剧，内容尽将去年六月廿三日帝国主义者残杀之惨状，及民众被惨杀后之愤激，发挥尽致。是日并请有省立女师等数校学生参加，有爱国主义意味之跳舞，届时定能予观众以深刻之印象，而提起民众反抗帝国主义之精神也。

——载《广州民国日报》1926 年 6 月 23 日

血花剧社纪念沙基惨案演剧情形

昨廿三日，血花剧社在海珠戏院为沙基惨杀案周年纪念，联合民间剧社演戏，已志昨报。查是日所演《沙基血》一剧，其剧情极有意味，至演员亦能现身说法，慷慨林［淋］漓，极能将去年此日之情状，尽量描写出来。故一时令观众如入其境，为之动容。及后有省立女子师范学校学生跳舞，名为解放被压迫弱小民族，及打倒帝国主义等，是极有主义，而寓意极深奥的宣传跳舞者。后更有何部长香凝、钱师长大钧等演说，全场革命空气紧张，极使人脑中有一种深刻的印象云。

——载《广州民国日报》1926 年 6 月 28 日

黄埔观剧后

杨大荣*

剧之道大矣哉！如一举一动，一言一语，无不含有种种色彩，如过火即走情节，如太呆即失剧情，此自然之理！亦戏剧家之所共论也！

近来新剧日盛，各商埠各省县，无不极力提倡。在新剧初兴之际，尚无十分精确，亦不受社会欢迎。故睹者杳杳，一般借为营业者，是以生意异常困窘。后来有学校团体，时而表演新剧，以作宣传，而易风化，久之颇得一般人士之欢心，故亦渐次发达！

余嗜新剧久矣！登台表演者，恒有数次，然未得良师之指导，故无大心得，不过略知一二而已！

本校（中央军校）蒋校长对于新剧一道，甚为赞成，且极力提倡，故年前曾责成政治部组织"血花剧社"，以宣传革命为宗旨，曾于潮汕各处，演过多次，颇受社会欢迎，故获得一时之盛名。近来该社更加扩充，各演员纯属优良份子，均系本校一、二、三、四期学生担任演剧，并于黄埔及广州等处设立两组。黄埔组为现在校之学生担任工作，广州组为已毕业之学生担任工作，共图发展，分途工作，曾亦表演数次，成绩甚佳者，如方继信、龚侠如、张允逊、黄发文等。方君演剧饰闺阁，虽容貌稍差，然表情甚佳，演《青春底悲哀》，饰景儿（婢女），一举一动无不适洽，最可钦者为闻电话声而急跑接电，实属婢女态度。又如与魏禄（听差的）之私语，被贾正经（老爷）撞睹后之痛责，挟打时之态度，及哭声哭容，无不表演尽致，故喝彩者如雷霆之乱耳；又如与魏禄交谈的之哭之怨，更是无以复加；又如演《爱国贼》一剧，方君饰三太太，其一怒一言一惊，亦属尽美尽善，他人之做不出者，方君独能之。至龚侠如君，为演官僚政客，资本家之老手，言动最能动人，时与方君合演，甚受欢迎，故人恒呼之曰"妙配"。张君允逊，演滑稽差伇为其拿手，一举一动，无不合乎差伇动作，与方君合演《青春的悲哀》，渠饰魏禄（即差伇），两个好角，弄在一起，真是

令人拍案叫绝。又如黄发文君，演老家人，及滑稽派，均甚好，惟声音较小，是其短也。其余善者尚多，鄙人不忆及姓名，无法论评，请谅之！

一九二六，黄埔军校二团部

——载《广州民国日报·新时代》1926 年 6 月 28 日

黄埔同学会慰劳前方将士电

（中央社）我军前方将士精神奋发，不数日间克复岳州，后方民众欢声雷动。黄埔军校同学会特致电前方慰劳云，火急，长沙总司令部政治部转各将士均［钧］鉴。迭获捷报，后方民众至为欢忭，岳州既下，吴贼受首之期不远矣。诸将士溽暑遄征，劳苦功高。本会血花剧社特定于九月一、二两日演剧筹款，慰劳北伐诸将士，聊表后方民众之热忱，想诸将士闻之必更奋迅以杀敌也。特电奉闻，黄埔同学会叩。有（廿五）

——载《广州民国日报》1926 年 8 月 27 日

黄埔同学会血花剧社演剧筹款

各校同学公鉴：

今天乃各界拥护罢工周大巡行，暑期留校诸同学届时务希全体参加为要。

广州学生联合会启

慰劳北伐军　地址南关戏剧

二十七晚六时半　演剧　还我自由　婚姻问题

二十八晚六时半　演剧　马上回来　大理石像

每晚均有诗歌跳舞　新奇电影

——载《广州民国日报》1926 年 8 月 27 日

二十年后之血花剧社

稚　晖[*]

近在北方，言国家社会，倘有难解决之事，应到黄埔去，又言此事非到黄埔去不能解决，盖黄埔已成为中国革命之中心点，而人才之盛，集中于其间者，亦至可惊叹。所以黄埔同人之事业，出于军略，政论，党义，学术者，固已震轰海内外，即出绪余，为平日游娱修养之艺事，亦彬彬称盛，血花剧社诸同志所为剧本及评论之作品，亦将与易卜生萧伯讷竞爽。今彼等汇刊诸稿，欲予赘一言，予亦无他言，第曰：黄埔真万能，即改良文艺，亦应到黄埔去，前日黄埔同学会成立时，余允在二十年后，俟世界为黄埔诸公平定，余当八十岁作美文，成《黄埔潮与世界潮》一剧本，供献诸公，想其时血花剧社所设支院，亦已遍全球矣，今日谨志于此以卜之。

——载《血花周刊》第 1 期，1926 年 9 月 1 日

黄埔同学会血花剧社启事

本月四日敝校第四期毕业典礼晚间游艺大会，蒙各艺术大家，省立女子师范林慧灵姑娘跳舞，紫罗兰姑娘歌舞，民间剧社演剧，精武体育会国技等莅场助庆，借增声色，曷胜荣幸，用特登报鸣谢。

——载《广州民国日报》1926 年 10 月 11 日

---

[*] 稚晖（吴稚晖）（1865～1953），江苏常州人，国民党元老之一，国民党一大当选中央监察委员。1925 年后参与反共活动，后支持蒋介石发动"四一二政变"。

黄埔同学会血花剧社　为庆祝苏俄
十月革命开游艺会

在南关戏院开演

（本报专访）黄埔同学会血花剧社，对于唤起民众宣传党务，殊为积极，每于纪念日必表演革命戏剧，作广大之宣传，是故殊得社会信仰。闻本月七日该社为庆祝苏俄十月革命九周〔年〕纪念，特在南关戏院开游艺大会，表演关于世界革命及苏俄政策等新剧。并有各女校及林慧灵姑娘跳舞助庆，紫罗兰歌乐，及市内民间剧社等参加，并闻公开表演，门券除送各团体工会外，如到该社索取时即赠云。（诚）

——载《广州民国日报》1926 年 11 月 6 日

本会血花剧社在前方最近工作情形
——余洒度同志的两次来信

余洒度*

第一封

我离开同学会现在有两个月了。……

我这次到前方来，主要的任务，是来主持本会血花剧社，扩大我们的宣传运动，散布革命的种子于民间，使民众感觉革命的必要，起而参加革命。这样宣传工作，我们认为是国民革命过程中重要的部分，本会血花剧社同志，所以不畏烦苦，长途宣传，也就是因为感觉到了这一点的重要。

本会血花剧社是九月九日由广州出发的，十月二十五才到武汉，中间经过韶州，郴州，衡州，长沙，岳州等处，沿途就地化装宣传。无论在那

---

　　* 余洒度（1904～1934），湖南平江人，黄埔二期生，1924 年秋加入共产党，先后参加北伐及秋收起义。后脱党，1930 年加入中华革命党，后投靠蒋介石，1934 年因"走私罪"被枪决。

一个地方，只要有一时的停止，则宣传一时；如果到了大镇市，则特别长期停留以广宣传。如在韶州、乐昌各停一天，郴州停两天，衡州停三天，长沙停三星期。到汉以后，亦天天与民众接近，不是与他们开联欢会，就是与他们开演讲会；不是与他们开演讲会，就是与他们开游艺会。民众很喜欢与我们接近。我们每初到一个地方，民众并不怎样欢迎；可是在我们离开那个地方的时候，民众却都眷恋我们，好像是不愿意我们走的。当我们演讲的时候，有喜怒的，也有哀痛的，而观众中，亦随之喜怒哀痛。由两面的情态当中，我们也可看出民众对于我们宣传的印象。

二十五日到鄂后，即筹备大规模之宣传。因为武汉三镇，地广人多，地点在中国之中心，民众之伸张，可以影响于全国。于辛亥武昌首义，全国响应，这是值得我们大为筹备的。十月三十至三十一两日，在武昌首义公园开场公演，民众到会者，达万余人。十一月四、五两日在汉口新市场公开表演，民众到者逾万余人。十一月七日为苏俄革命成功纪念日，本会血花剧社担任武汉三镇庆祝游艺会正主任；十二日为总理诞辰，亦为游艺大会主任。在武汉三镇，开游艺大会，异常热闹，并且化装游行。通过租界，帝国主义者的走狗看得眼红，好像哑子吃黄连，只得暗忍。

我们宣传的方法，以现身说法为主，以文字补助现身之不及。现身动作中，加以文字的说明，因此表演情节异常明了，无论是读过书的，或没有读过的，知识高的，或无知识的，对于我们宣传的事实，没有不明明白白的。——以上是我随随便便写的一个简单报告，详细报告，在草拟中，容日当为送来。

革命的敬礼！

第二封

血花剧社由广州出发到现在有两个多月了。在武汉工作一月，武汉民众太多，我们虽借用武汉之极大游乐场，也不能容下武汉的观众。所以我们虽在武汉工作了一月，而武汉的民众还是有许许多多看不到我们的表演。没有看过我们戏的人，都愤愤不平，大有非看一看我们的戏不可的情形，所以每逢我们表演的时候，门外即拥挤不堪，就是用武装的军警来弹压，也不能维持秩序。有时候有入场券（我们每次按场内的容量，分送入场券于各社团民众机关，另登报声明，如有私人要入场券者，可致函本社索取）者，也不能入内。我们由此可以看出引起这种现象的原因：一是武汉民众受军阀摧残太深，加以数十日围城之痛苦，骤然有这样的公开游乐场，自然是很热烈的来参加；一是武汉民众已感觉革命的需要，对于宣传革命的血花剧社这样热烈的参加，即是他们热烈参加革命的表现。

十一月十五日，本社代表数人赴江西晋谒本社社长蒋总司令，我们的任务，一是向总司令请安，二是报告沿途工作情况，三是请示以后工作方针。当时总司令即嘱赴江西工作，这就是我们现在暂时将武汉工作结束，准备赴江西工作的原因。江西的民众受军阀的摧残不亚于武汉，预料江西的观众也是与武汉一样的。余容再续。

余洒度
十一月廿一日

——载《黄埔旬刊》第 7 期，1926 年

血花剧社之扩大宣传

黄埔同学会血花剧社，乃艺术革命化的宣传团体，原为中央军事政治学校所设，现该社奉蒋校长命令，改隶黄埔同学会。该社自创办以来，对于本党革命工作，努力宣传，极有成绩。月前该社应前方民众之要求，及蒋总司令之命令，一部份出发前方工作，作大规模之宣传。在广州之社员，亦更加努力。现闻该社因负宣传革命、提高社会艺术之使命，现更努力工作，扩充社务。最近拟征求女同志作社员，并拟在新年时作大规模之宣传，演剧三日。现正编辑最完美之剧本排演云。

——载《广州民国日报》1926 年 12 月 13 日

血花剧社黄埔分社征求社员启事

血钟的声浪已震动了全世界，在这万恶的社会，革命就是求人生唯一的出路。我们万余的同学，受了血钟的感动，飞关越岭，跑到黄埔武装起

来，我们负起做国民革命的责任，这是多么一回痛快事。

黄埔已经成为国民革命的中坚份子的中心点，但是我们不止靠着冲锋陷阵为我们黄埔的好身手，我们还要将一切——如艺术等等来使社会一切都弄到革命化，换句话说就是要将革命的艺术来改造社会。

艺术可以改造社会，艺术可以美化人生。血花剧社就是应革命艺术而产生的一个孩子，他长大有两岁了。他嘻嘻的笑声，已经由珠江吹到扬子江去，他的成绩虽不敢说怎样伟大，但是至少对于革命也有些微的贡献了。

现在我们组织血花剧社黄埔分社，我们的宗旨就是拿着革命的艺术，来实行总理的"唤起民众"一句话。

亲爱的同学们，"盍兴乎来"，若有艺术的兴趣，就请加入，共同来负"唤起民众"的责任罢。

报名处：本校第二学生队第二十一区队王振声同志，沙河第一学生队第六区队卞泰孙同志。

报名手续请问王卞二同志便知。

——载《黄埔日刊》1926 年 12 月 14 日

血花剧社欢迎党政府委员

血花剧社于昨廿九日下午六时，在新市场大舞台开会，欢迎中央委员国府委员及鲍顾问，各机关各团体到会人数甚形挤拥，会场布置极形辉煌，中央各委员及鲍顾问，因开联席会议，迟至下午九时始联翩到会，直至是晚十一时，始尽欢而散。

——载《广州民国日报》1927 年 1 月 12 日

血花剧社黄埔分社开一次职员联席会议纪事

本校血花剧社黄埔分社，于本月四日假俱乐部开第一次职员联席会议，列席者为李赐九、陈壮民等十三人。由李赐九主席。开会秩序：

1、肃立；2、向总理遗像行三鞠躬礼；3、恭读遗嘱；4、主席报告开会理由；5、讨论事项：1、本社社员每次召集开全体社员大会，每不足人数，应取如何办法案，议决：再召集开全体社员大会，社员之清查，以到该大会者为本社社员，不到者，则前社员之资格无效，但有信申述事故者不在此限。2、关于本社物件经费问题，议决：造预算表，呈请教育长批准，拨发经费办理，当推定陈申傅、卞泰孙、陈壮民造此项预算表。3、本社常费问题（留议）。4、本社社址问题，议决：移大新俱乐部由主任交涉之。5、勤务兵用多少问题，议决：呈请学校拨给勤务兵二名。6、关于剧本问题，议决：本社负责人负完全责任。（［附］编剧股股长辞职事，保留）7、拟定办事细则，议决：由组织股股长起草提出，会议时通过。8、散会。

——载《黄埔日刊》1927 年 2 月 9 日第 253 号

血花剧社征求社员启事

本社宗旨：1、宣传三民主义；2、贯输革命思想；3、唤起民众；4、促成军民合作；5、增进革命军人生活之兴趣。凡我校第六期同学，□□愿加入者，请径往广州同学会俱乐部三楼报名可也。此布。

血花剧社剧务干事启，十，七。

——载《黄埔日刊》1927 年 10 月 14 日第 445 号

血花剧社正式成立

黄埔军校血花剧社，自六期毕业后，以种种关系，未能继续办理，现各社员以该校自林教育长莅校后，各事刷新，血花剧社，为艺术宣传之工具，对于该校尤有深长历史，故前会召集数次开社员大会，一致议决从新筹备整理，以发扬革命精神。特于本月四日下午六时，假座俱乐部开成立典礼大会，并柬请本校特别党部及各级党部来宾共六十余人，随选举职员及各来宾演说。会中尤以特别党部代表李云鹤同志发挥艺术与革命精神，痛快淋漓，极为动听。后高呼口号茶会拍照散会。兹将选出各职员姓名列后：正主任卢志新，副主任秦忠，文牍员叶达开，交际员陈忠才，管理员黄伟，庶务员庞禹廷，音乐股主任王罗延，布置股主任叶云龙，粤剧股主任卢志新，京剧股主任徐志和，化装股主任陈昌绪，技术股主任陈甦。

——载《广州民国日报》1929 年 10 月 17 日

（二）民间剧社

女子提倡民间剧社

本报专访云，现在中央党部妇女部，及省党部妇女部，共同组织民间剧社，宗旨至为光明：以革命之精神，为艺术之表演者，因为深感吾国文化已落后，且受帝国主义压迫，而艺术不能发动，应努力提倡，以唤醒民众。闻已拟具章程，组织甚为完密，并拟征求社员，愿意者到中央妇女部接洽云。（日）

——载《广州民国日报》1925 年 11 月 30 日

民间剧社为援助罢工女工上演《聂嫈》《夜未央》

《聂嫈》郭沫若原著，三月廿三夜（星期二）；《夜未央》，波兰廖抗夫原著，三月廿四夜（星期三）。真正的革命艺术，有血，有泪，有爆炸力！曾经有数百万人为之下泪的艺术！

地址：长堤青年会。券价：优等一元，普通四毫。

——载《广州民国日报》1926 年 3 月 19 日

民间剧社演剧援助女工人

民间剧社现为援助女罢工工人起见，特定于本月廿三、廿四两日，假座长堤基督教青年会演剧筹款。闻此次所演之剧，名为《聂嫈》，为广东大学文科学院学长郭沫若之大作，前曾演过一次，其桥段情节，哀感动人，间有泣下者。尚有一剧，名为《夜未央》，亦为最近某君新编之杰作，现门票现定为每张一元及四毫两种云。

——载《广州民国日报》1926 年 3 月 20 日

筹款援助罢工女〔工〕友

郭沫若先生著的《聂嫈》（即《棠棣之花》），三月三十夜（星期二）。

波兰廖揽〔抗〕夫原著的《夜未央》，三月卅一号夜（星期三）。

全社男女剧员共同拍演。

民间剧社，券价分一元、四角。

地址仍在长堤青年会，以前售出之券继续有效。

——载《广州民国日报》1926 年 3 月 26 日、29 日、31 日

援助罢工之各方消息

慰劳会捐助款项约七千余元
各地商民协会决定实力援助
民间剧社表演名剧筹款捐助

此次省港罢工工友反抗帝国主义之无理残杀，罢工工友为争我民族之生存起见，举行大规模之罢工，至今已将八月。在此八个多月中，经过几多困苦艰难，卒能坚持到底，使英帝国主义种种破坏罢工之阴谋完全失败，并帮助国民政府统一了广东，肃清了反革命。广东各界人民对于罢工工友如许牺牲奋斗，以争全民族之利益，故常以不断的援助，最近复有慰劳会，各地商民协会，民间剧社等种种有力之援助，兹分述如下。

…………

（三）民间剧社。为广东各地革命青年所组织。成立之后，社务进行非常发达。本月三八妇女节，曾于广东大学表演过著名新剧《棠棣之花》，一时名噪。最近该社举行全体社员大会，以罢工工友此次罢工行将胜利，

帝国主义已出尽技能，终必屈服，对于此勇敢牺牲为全民族请命之罢工工友，不可不尽力以为之助，故决议于日间举行名剧表演筹款援助。查该社此次所演剧名为波兰文学大家廖抗夫所编革命名剧《夜未央》，近日徘〔排〕演练习非常忙碌。中央妇女部长何香凝先生及党立宣传员养成所全体女生，均出场充当名角。届时之热烈，定为空前所未有云。

——载《真光》第 25 卷第 3 号，1926 年

民间剧社积极扩张

民间剧社为广州唯一之革命化艺术化的新剧社，社员亦多为革命青年。自成立之后，社务非常发达，并曾于国际妇女节日在广东大学表演近代文学大家郭沫若新编名剧《棠棣之花》，表演时惟妙惟肖。查该社前星期举行全体社员大会，以罢工女工友此次能够如许奋斗，如许牺牲，以为全民族请命，以与帝国主义相抗衡，殊为难得之极，为鼓舞罢工继续奋斗起见，特决议于最近表演广大文科学院郭院长所编之《聂嫈》及波兰文学大家廖抗夫所著之名剧《夜未央》，以资筹款接济罢工女工友。适以日前市上戒严，故改期下星期二、三两晚在长堤青年会内表演。查该社近日对于乐器一节，亦已购置大帮，并定于每星期日全体社员举行音乐实习会一次，聘请音乐大家指导，以资练习。最近对于社员之张罗，尤为急进，并特设征求委员会，专门办理征求事宜，同时又设立一筹款委员会，拟筹大帮款项积极扩张，使成为一大规模之革命的宣传工具云。

——载《广州民国日报》1926 年 3 月 27 日

民间剧社重要启事

径启者，本社已聘定余文法先生教授华乐，其教授时间定每星期日下午二时至三时，星期三晚上八时至九时。凡属本社社员，可先到本社办事处向总务部报名领取学习证，依时来社学习，不另收费。至前日登报，非

社员每月纳费五角，亦得来社学习。案：诸事实难以施行，兹特再行登报取消，各界诸君如有事与本社接洽者，请到财政厅前本社或中央妇女部及省妇女部接洽可也。

——载《广州民国日报》1926 年 4 月 23 日、26 日

民间剧社剧务部启事

《山河泪》一剧剧员现经从新编妥，离表演时间亦近，务请各剧员于每晚六时半到社练习为荷。

——载《广州民国日报》1926 年 4 月 29 日

民间剧社演剧预告

本社不日上演郭沫若先生名著《王昭君》，并得郭沫若先生亲自登场表演。

此剧全用古装，皆由本社自制。

现在积极筹备，各界诸君，请为留意。

——载《广州民国日报》1926 年 5 月 10 日

民间剧社演剧预告

本社不日上演郭沫若先生名著《王昭君》，并请郭沫若先生到场讲演。

此剧全用古装，皆由本社自制。

现在积极筹备，各界诸君，请为留意。

——载《广州民国日报》1926 年 5 月 13 日、15 日

党立红十字会筹款　特请民间剧社表演新剧

五月二十五号夜演《山河泪》，侯曜著编。

五月二十六夜演《智与愚》，陈曙风编；《王昭君》（此剧全用古装），郭沫若编。

地址：长堤青年会。券价：一元，四角。

——载《广州民国日报》1926 年 5 月 19 日、20 日、22 日

民间剧社为党红会筹款演剧

民间剧社自成立以来，将届半载，成绩极可观，历次表演均得社会上许为真正为艺术而工作。

剧社，刻中国国民党红十字会组织救护队，随同大军北伐。该社特于本月廿五、六两晚，假座长堤青年会演剧，所有收入全数拨给红会作北伐费用。闻廿五晚所表演者乃《山河泪》，写韩国独立运动，有血有泪之作；廿六晚所表演为陈曙风新编之《邦无道之愚者》，此剧系合现成之演员编造，实为艺术上最经济之方法，唯此剧末□□君草时已三易稿云。郭沫若先生之著名《王昭君》，亦于是□□，该社上演此剧，特已制备古装，关于点缀上不□□，郭先生允许亲自到场讲演。

——载《广州民国日报》1926 年 5 月 24 日

民间剧社排演名剧

紫罗兰姑娘跳舞

血花剧社双簧

今日长堤青年会开演民间剧社之《山河泪》一剧。闻该剧（社）为革命青年陈曙风君、赵雪如女士担任主演。陈赵二君前曾主演《夜未央》等剧，极得社会之称道。今更加上紫罗兰姑娘跳舞，血花剧社李超、廖开君

之双簧，均为南中国有一无二之艺术家。现为党红十字会而筹款，倍加落力，诚不可不观也。

——载《广州民国日报》1926 年 5 月 25 日

省青年部训育员养成所校友会成立大会情形

昨十六日，省党部青年部训育员养成所校友会，假座九曜坊省教育会开成立大会，事前布置，备极整齐，各种标语旗帜满挂场内，一时革命空气浓厚异常。十二时来宾陆续到会，□时开会。秩序：（一）摇铃开会；（二）奏乐；（三）向国旗、党旗行三鞠躬礼；（四）主席丁汉强同志宣读总理遗嘱，全场肃立；（五）黄县如同志宣布开会理由；（六）宣读祝词；（七）黎所长樾庭、郭教务主任寿华训词；（八）袁振铎同志致答词；（九）演说，省党部青年部谭若水、广大学校毕磊、香港学联会莫伦白、省党部宣传讲习所朱士华、工界罗剑虹，学生则有该会同志何少□等；（十）游艺，女子体育学校葡萄仙子跳舞，徽柔学校、岭峤学校学生跳舞，河南精武体育会国技歌诗跳舞；（十一）拍照；（十二）茶会；（十三）唱国民革命歌，散会。夜间复请民间剧社开演《王昭君》，该会同人合演《到沙场去》二套，并有幻术歌诗助庆，到会人数，比日间更为跻踊云。

——载《广州民国日报》1926 年 6 月 17 日

评民间剧社《棠棣之花》

挹 青*

新剧在广东真算不进步了！近来戏剧社倒不少，然而终提不起新剧的价值来。近日我才知道他们演剧全不注意剧本，而且差不多没有完全的剧

---

* 挹青，生平不详。

本，大家上场，你说你的，我说我的，与剧中人的个性全不相合，这样演法自然不会好，艺术更是说不到。

民间剧社演《棠棣之花》一剧，可算得是我两年来在广东所看的最好新剧了，所以我要来批评一下。只是我先要声明：我并不是一个戏剧家，我的批评只是根据常识来说说罢了。

这出《棠棣之花》剧本是郭沫若编的，大功自然要归郭先生。不过选剧的眼光是民间剧社自己的事。这个剧本富有革命性，而又不失温厚含蓄的感情，结构笔墨都极灵妙；民间剧社能够选出这个剧本，眼光总算不错。

表演方面大致可说是很好，其中尤以店妇和店女为最入微。其余严仲子，聂政聂嫈，盲人父女都还合拍，不过聂政微微缺乏活动和刚毅的态度，聂嫈在第三幕稍欠哀情，在第四幕却又很好。那些兵士表演得最差，竟会对着长官胡言乱说，殊无尊严，那军官也太温柔，大家都不像。其中有一个兵士更染了现在一般演剧人的恶习，好用谑词取乐观众。这一点真是本剧之瑕。

各幕之中都有些少的遗漏，大概是不练习纯熟，或没有人提场之故。总之以一个新成立的剧社而有这样的成绩是很难得的。若果再加研究，多与练习，不难将来替广东新剧界开一个新面目。

——载《广州民国日报》1926 年 6 月 21 日

民间剧社演剧之大观

（中央社）民间剧社定期今晚及明晚在南关戏院演剧筹款，慰劳北伐军人。各情迭纪前报。该社连日筹备情形，极为忙碌，至昨十七日，并移入南关戏院内办事。及布置一切，至此次所奏演各剧，均为该社剧员最近得意之作，表情写意，精妙入微，大足警聋振聩。今晚白话剧为《少奶奶的扇子》，共分四大幕。明晚开歌舞大会，内容更觉丰富，计有歌剧《棠棣之花》、歌舞《革命与恋爱》，古琴瑟雅奏，伍叔葆太史、何□如、□顺之张□夫、陈叔举等音乐大家之古琴瑟雅奏，杨淑娴女士之霓裳舞，陈惠芳女士之羽衣舞，复圣学生之凤舞，余文德、巢彦文盛献三之华乐，女师学生之西洋舞，梁月清、谭坤仪女士之钢琴云。

——载《广州民国日报》1926 年 9 月 18 日

本社全体职员剧员公鉴

现定水①月十七、十八、十九三天，假座南关戏院演剧筹款，慰劳北伐将士。十七早迁往南关戏院办事。凡我职员剧员请于十七日往南关戏院本社办事处领取襟章，以便进行为要。

民间剧社总务部启。

——载《广州民国日报》1926 年 9 月 20 日、21 日

民间剧社启事

启者，敝社此次演剧筹款慰劳北伐将士，蒙诸君踊跃购券，不胜感谢。惟此次筹款事宜结束在即，本社职员业经多次候教，凡前经购券诸君，务请早日惠赐为盼。

九月廿八日
中央宣传部

——载《广州民国日报》1926 年 9 月 30 日

民间剧社表演名剧

二十四晚在教育会开演

（中央社）民间剧社所有表演均得社会之赞赏，而对于公共团体尤能热心报效，本月二十四晚，省港罢工纠察队革命海军将士开联欢大会于教

---

① 不知何意，疑有误。——编者按

131

育会，已得该社答允前往表演《聂嫈》一剧。该剧为文学家郭沫若先生编著，该社曾经全用女演员、古装表演数次，成绩斐然。闻该社此次系改用男女演员共同拍演，且添置贵重古装衣服多袭，务求将时代色彩表演无遗云。

——载《广州民国日报》1926 年 10 月 23 日

纪念孙总理诞日之筹备

（本报专访）昨一日各界纪念孙中山先生诞日筹备大会，在中央党部开第二次会议。……

…………

游艺计划

游艺地点在中山大学。烟火地点：（一）海珠公园，（二）昌华大街尾，（三）天主堂村口。京戏则请绿牡丹、二军剧社、大新京戏班担任，日期十一月十二日。白话剧请民间剧社、血花剧社担任，跳舞请紫罗兰担任，音乐请中华音乐会。……

——载《广州民国日报》1926 年 11 月 2 日

民间剧社重要通告

为通告事本社三月三十日执行委员、监察委员联席会议议决社员登记办法六条如下。

（一）社员现居本市者，由四月五日起至四月二十日止。

（二）社员留居外处者，由四月五日起至五月十五日止，将登记表邮寄回社登记。

（三）登记地点在大东路省党部妇女部，每日上午十时至十二时，下午二时至五时（星期日休息）。

（四）逾期不登记者，即将其社员资格取消。

（五）社员未交基金者，须于登记时补交。

（六）社员未领社章者，须于登记时补领。

为此通告，本社社员须依照办法登记。此布。

——载《广州民国日报》1927 年 4 月 5 日、6 日、8 日

民间剧社启事

现本社改组伊始，一切社务亟待整顿。兹□□于本月二十日改选职员大会，凡我社员希即前来登记，以利进行。除通告外，特登报周知。

登记日期：截至十二月十五日止。（登记地址：财厅前民间剧社）

——载《广州民国日报》1927 年 12 月 9 日、10 日

| 三 |

"南下"广州的新文学作家

（一） 创造社作家在广州

广大学务之近讯·聘郭沫若为文科学长

（本报专访）闻广大拟聘郭沫若为文科学长，查郭乃日本九州帝大医学士，回国后，从事文艺创作，其作品之妙，几乎无人不知，此外如成仿吾、田汉、邓均吾等，有革命精神之文学作家，及批评家，有联缀来粤任广大教授消息。

——载《广州民国日报》1926 年 2 月 3 日

陈公博函催郭沫若等南归
现在广州已充满革命紧张空气
愿全国有思想学者集中努力革命

（本报专访）昨广大校长陈公博致函郭沫若和田汉二君，催其南返。兹录原函如下。

沫若、田汉先生：

我在北京的时候，已经读了不少先生的著作，自从民九回粤之后，创办群报，日与恶浊之社会奋斗，日无暇晷，然而还拿夜间编辑的余时来读先生和国内文学家的文章。十二年渡美，去年回国，无论是在国外求学、在国内工作，现在每天工作时间总在十五小时以上，还是在早夜百忙之中找出一点时间来读先生们的著述。我不敢说我赋有文学的美性，可是在这个紧张干燥的生活里面，总想得着点浪漫或恬静的精神慰藉。广东大学自从政府调查后，教授学生曾有一次的误解，当时政府难于人选，我迫得负

137

起了兼代校长的责任。我当时代校长不过以两个月为期，现在时期，已到教授学生也谅解此次调查的经过，我因工作太多，也提具辞呈了。我个人虽已辞职，然而我们对于革命的教育始终具有一种恳挚迫切的热情，无论何人长校，我们对于广东大学都有十二分热烈的希望，于十二分希望中大家都盼望先生急速南来。我接广大之时，曾听有一位北归的教授说："我是教哲学的，他们讲革命的，我觉着没有什么关系，所以不如北归。"更有一位说："文学与革命，不大连贯，我总愿意读书，不愿革命。"我听这话，很觉骇异，以为不谈哲学则已，若谈哲学，则我们终不能撇去思想来讲哲学。无论何国的革命，其起因都起于思想的变迁，况且我们研究哲学史，所谓今日我们拿来研究的，也无非当日的思想。如果我们拿与人生无关系的思想来研究，才算哲学，我决不敢是认；如果我们说哲学与革命无关，我更不敢是认。至于文学与革命的关系，在各国文学，更无地无时不表现其精神，试问我们研究文学是否专研某国或某时代的文学？如果不是，那吗俄国法国的文学是否要顾及？如说文学与革命不大连贯，岂不是俄法两国的文学在文学界里连位置都没有吗？就我个人而论，虽说我的革命性一半受自父亲的影响，一半胎息于少年的环境，可是我陶练个人的思想自研究哲学始，二十岁以后的行动，全受了文学的影响。现在广州充满了革命紧张的空气，所以我更希望全国的革命的中坚分子和有思想的学者们全集中到这边来，作革命青年的领导，深望先生能刻日南来，作我们的向导者。

二月十日，陈公博于广大

——载《广州民国日报》1926年2月18日

郭沫若不日抵粤　广大已接到郭由沪电告

（本报专访）广东大学新聘任之文科学长郭沫若，及教授郁达夫、成仿吾等，经已再三去电敦请早日南下，除成仿吾君已于日前抵校后，刻该校复接到郭沫若来电，谓准于日内由沪搭新华轮船南来，故预计途程，则于一二日间定可抵步云。

——载《广州民国日报》1926年3月20日

广大学生欢迎郭沫若

廿八日开欢迎大会

（本报专访）全国仰慕之革命文学家郭沫若，及其同志成仿吾、郁达夫等，均已先后抵粤，就广东大学之聘。闻广大各学生，以郭、郁等此次千里南来，深为荣幸，特发起于本星期日（廿八）开一欢迎大会，欢迎郭、郁、成三位，并及其他新来教授黄尊生先生等，届时且请郭先生宣布其整顿文科之计划云。

又记者昨晤郭先生，据云于廿三日抵校，同行者为郁达夫先生，至于文科今后之计划，则因本人初到广州，对于此间情形，不大熟悉，须俟与褚校长及杨寿昌学长详细商订，乃能确定云。

——载《广州民国日报》1926年3月26日

郭沫若先生演说词

甘家□、林二元笔述

各位同志：昨天我们祭了黄花岗上七十二烈士，今天又开会追悼北京殉难民众，我们的悲哀，实非言语所能表现；但我们今天追悼北京殉难烈士们，只悲哀和痛哭是无用的，而且没有什么意义的。我们晓得黄花岗七十二烈士殉难，得了辛亥革命的成功，故我们希望这次北京的烈士们殉难以后，帝国主义和军阀也可以打倒，国民革命可以成功。但完成国民革命这个责任，完全是在我们后死的革命人民，所以我们追悼北京的烈士们，不应只悲哀痛哭，要积极的坚决的负责完成他们所未完之工作——国民革命。北京的烈士们死了！但他们的精神及在革命史上的功绩，是很值得我们追念的。他们在革命史上的功绩：（一）表示我们革命党人能死无畏去和恶势力搏战。诸位知道黄花岗上的精神就是在"能死"二字。彼时民众都愿杀身成仁，牺

139

牲生命，故率能得到辛亥革命的成功。但民国成立以后，这种精神，渐渐消沉下去。于是恶势力在那里一天澎涨一天，而民众所受的痛苦，真卷土重来了。及至去年五卅惨案发生，这种精神乃恢复了。这次北京诸烈士又殉难而死，可见我们民众这种牺牲精神，再接再厉，故此为革命史上最大之成功。（二）揭去卖国军阀的假面孔，使民众认识之而迎头痛击，自孙中山先生提倡打倒帝国主义和军阀的国民革命以来，一般麻木不仁的民众，还不知道这是唯一无上的救国方策，而属望于一般卖国军阀。即一般所谓知识阶级者，如章太炎，胡适之之流，也是如此。章太炎不思吴佩孚是中国最大的国贼，是国民最恶的仇人，而偏偏为他歌功颂德，拍他的马屁，这真莫名其妙！即当段祺瑞在天津时，也很得了一般有智识者的信仰。犹忆前年曹吴倒后，大家都属望于他，大有此公不出，如苍生何之势，以为他大有可为。即他自己也高唱救国救民，然而现在他开排枪杀人，此他的救国之道！此他的救民之道！现在被北京殉难的烈士们，抓破其假面孔，露出他终究还是个穷凶极恶的大军阀！我们现在知道他是个大军阀，我们只有拼死命打倒他，毫无妥协之余地！这是北京烈士们的第二大功。有此大功，故烈士们的精神，与黄花岗上七十二烈士的精神一样，永远不死！北京殉难诸烈士死了！我们后死者应当如何努力完成中国国民革命！但从这次惨杀案的事件，我们得有两大教训是不可不注意的：这次惨杀北京民众虽是段祺瑞，但其远因，就因革命份子内部不能统一，而外侮斯兴。段祺瑞全靠国民军延长其寿命；国民军要他死就要死，要他走就要走，而国民军一二三军内部意见不一，故他得有机会维持地位，而造成这次惨杀。现在奉张依日，吴佩孚依英，夹攻北京，北京已陷入恶势力包围之中，段祺瑞要献媚于英日帝国主义者，乃不惜以民命为其敬礼。故杀北京民众者虽为段祺瑞，而最痛心者为革命份子内部不一致，致肇外害。故此次所得第一个教训，就是我们今后要一致向前革命，不要作无谓的内哄和意气的争闹，我们今后要两手向外打，不要右手打左手，也不要左手打右手！第二为促成北伐。我们要知道中国这个局面，单打倒一两个军阀或帝国主义者是无用的。我们要根本推翻一切恶势力，彻底改造！那末，非国民政府出师北伐不可！现在为与北京诸烈士报仇及消灭弥漫北京一切恶势力起见，更要请国民政府早早出兵北伐，为民请命，打进北京，夺回一切政权，交还人民。这就是今天追悼北京诸烈士最大的意义！故总括起来说，这次我们所得的教训：一为叫我们革命份子内部要统一，一为叫我们请国民政府克日出兵北伐。各位出外面宣传，应将这两点宣告民众，俾知所注意，而早日促成北伐，以为北京诸烈士复仇，及推翻一切恶势力。

——载《国立广东大学演讲录》（第二集），国
立广东大学秘书处出版部印行，1926 年

广大昨日追悼北京死难烈士

郭沫若演说之激昂

出发宣讲者之踊跃

（本报专访）广东大学学生，以段祺瑞此次开枪杀死北京群众，大为愤激，又于昨卅日召集全体开追悼死难烈士大会。由毕磊主席报告此次段氏杀人之野蛮，继请该校文科学长郭沫若先生演说。略谓昨天在黄花岗祭七十二烈士，今日又有追悼北京死难烈士之举，这是何等悲哀的事呢。但是徒然悲哀，是无用的，我们应该很坚决的努力完成国民革命。此次北京民众有种绝大的贡献，就是新时代的青年，有一种牺牲精神。五卅惨案与沙基惨案，为抵抗帝国主义者死了不少，现在北京为抵抗军阀，也死了不少。我们同是青年，就应该有一种干事的精神才是。孙中山先生提倡国民革命，高呼打倒军阀帝国主义的口号，有谁不佩服他的！但是竟有一班所谓智识阶级，如胡适、章太炎等辈，竟腼然为帝国主义者和军阀辩护。最近章太炎竟拍吴佩孚的马屁，这又是何等痛心的事。段祺瑞初上场的时候，讲的话何等漂亮，他做的有什么？只有开枪杀人罢。所以他还是军阀，没有革命的可能性，所以我们对之只有打倒，我们更应使民众知道北京军阀非打倒不可。我们要打倒军阀，就非做革命工作不可，但是我们还有一件很痛心的事，就是革命分子不能团结，和不能北伐。所以我们今后得了一个教训，军阀非根本推翻不可，欲国民革命成功，非将革命分子团结不可，我们今后切不可自己打自己，应该合力去打倒北京的军阀，完成国民革命云云。演时激昂慷慨，全座拍掌之声，有如雷动。周鼎培亦有简单之言说。演毕，乃分队出发演讲，各生皆异常踊跃云。

——载《广州民国日报》1926 年 3 月 31 日

广大东方学报社成立

已举出各部职员

昨日广东大学东方学报社在该校会议厅开成立大会。到会者有褚民谊、郭沫若、郁达夫、王独清、冯天如、李复初、周鼎培等。由主席杨寿昌恭读遗嘱，随即推举各部职员。（一）社长褚民谊。（二）文牍主任李复初，干事李立成、方规。（三）编辑主任郭沫若，干事邝和欢、陈泽枢。（四）出版主任周鼎培，干事吴钦尧、董载泰。（五）发行主任毛盛纲，干事李冀中、梁麟。（六）广告主任黄之徨，干事王昌深、陈时更。（七）理财主任林天凡，干事王韶生、邓鸣。并议决各社员如有专著时，由编辑部认可，得为该社丛书，并请学校奖励之。摄影后散会。闻不日将有学报出版云。

——载《广州民国日报》1926 年 4 月 7 日

寒灰集诗稿

高孤雁[*]

读《女神》诗集
艺术宫中投炸弹，
蓦然平地一声雷！
文妖诗鬼浑潜迹，
创造须从破坏来。

——载《广州民国日报·批评与创作》1926 年 4 月 16 日

---

[*] 高孤雁（1898～1927），原名高炳南，广西龙州人，1925 年冬到广州并加入共产党，后被党组织派往南宁从事革命活动，任中共广西省委筹备小组组长。"四一二"政变后，被捕入狱，1927 年 9 月被国民党杀害。

广大昨日欢迎全省学联会代表

十九日三时，广东大学特别党部、学生会，在该校礼堂共同举行欢迎广东全省学联会代表……广大教授郭沫若先生代表教职员致欢迎词……

——载《广州民国日报》1926年4月20日

广大文科学院风潮续志

（本报专访）广大文科教员黄希声等二十六人，以该科学长蔑视校规、捣乱学程，相举罢课，并请求褚校长将郭学长免职。褚校长接黄希声等函后，以准许学生改选科目之布告，完全出自校长意思，并非郭学长有意捣乱学程，面向黄希声等解释。无奈黄等主张，非去郭氏不可，故竭力排挤；而郭沫若又向校长陈说，谓该教员等故意刁难，任意捏诬，殊觉难与共事，请褚校长予以相当之处分。双方争持，各走极端。学生方面，以学长教员互生意见，于学业前途大有妨碍，故特召集全体同学会议，一致表决，拥护郭学长之革新计划。学校方面，亦召集未罢课之教员五十五人，开科务会议，将罢课教员所任之科目，请各在职教员分担，以免学程停顿。查此事始末于文科全体学生宣言，及郭沫若致褚校长函陈列甚详，特录出以明真相。

▲文科全体学生宣言（略）

▲郭沫若致褚校长函

径启者，昨承示以文科教员黄希声等二十六人，公函陈述校长与沫若四月二十日准许学生改选科目之布告，认为沫若蔑视校章、捣乱学程、侮辱全体教员，竟以罢课要挟之举，请求校长即日辞免沫若文科学长之职，无使为学界之羞等情，细阅之下，不胜愕异，乃该教员等，不待校长处决，不待沫若剖辩，竟于今日将原函公诸报端，以扰乱社会观听，实属存心破坏，毫不以顾全大局为前提，沫若实已忍无可忍。沫若此次奉命来粤，非为素餐而来，力虽棉薄，对于教务之革新，颇思效命，乃该教员等早含敌意，故为刁难，每有施设，动辄掣肘，今复小题大做，任意捏诬，沫若与该教员等，殊觉势难共事。该教员等诬沫若为蔑视校章、捣乱学程，然布告所载，均有先例可援，且经校长署名，何得妄事媾［构］陷？该教员等诬沫若为侮辱全体教员，然而多数教员，仍然照常上课，且行藏一语，本系圣贤心事，该教员等既为文科大学师长，对于简单词句，何至曲解乃尔？该教员等，痛诋沫若为学界之羞，而沫若视该教员等之行为，实欲为国家前途痛哭。夫以师长之资，乃为青年所不容，且复任意罢课，牺牲学生之光阴而不顾，所谓蔑视校章、捣乱学程，实属莫此为甚。且查本学期之课程，其凌乱杂沓，实令人有难言之痛，中等学堂之科目，滥竽大学商业学校之簿记，充乘文科，以致选课者每多人数三名，而讲授者则复笑话百出，学生在此情形之下，其所受痛苦如何，自有屡次热烈之要求可以左证。沫若初到校时，课程业早挑定，欲改无从，编改教员之不称职者，亦因有待遇教员规则为其护符，不能即时商请辞退，职此之故，只得因陋就简，以待暑期，然学生之要求愈激愈烈，各学生之痛苦，愈久愈深，不得已始有二月二十日之布告，以为调剂，此乃校长所亲许，而沫若所副署者也。沫若行事，以校长为依归，以学生为本位，以良心为指导，自信毫无恣肆，乃该教员等竟以罢课要挟，致激成学生之风潮，咎有攸归，责无旁贷。该教员等捏诬捣乱之行为，应请校长予以相当之处分，至于沫若本身，如经校长认为有失当之处，沫若当引咎辞职，以谢罪于全校。又本院教员五十五人，拟克日召集科务会议，将罢课教员所任科目，暂请在职各教员分担，以免学程停顿，可否之处，敬乞裁夺。特上褚校长，郭沫若启，四月廿三日。

——载《广州民国日报》1926 年 4 月 26 日

中山大学校之校歌
——由郭沫若订定

（本报专访）中山大学筹备有日，不久将要成立，现特请郭沫若先生订定校歌如下。（一）浩然正气此长存，霹雳一声天下惊，叱咤风云卷大陆，倡导三民主义首民族。此乃吾校之衣钵，此乃吾校之衣钵。（二）白日青天满地红，新兴文化作先锋，匪行之艰知之艰，倡导三民主义重民权。此乃吾校之真铨，此乃吾校之真铨。（三）中原之中中山大，扶植桃李满天下，博审慎明还笃行，倡导三民主义济民生。此乃吾校之光荣，此乃吾校之光荣。

——载《广州民国日报》1926 年 4 月 27 日

广大文科罢课潮已解决

（本报专访）日前广东大学文本预科全体学生，为本身利益计，再三函呈褚校长郭学长，要求改选课程，解决不良教师。经褚校长郭学长，查悉文科，实有革新之必要，且据全体学生恳切要求，不得已，准许于本月中改选科目，乃发出褚校长与郭学长共同署名之布告，以通知之。不谓文科，有一部分教员，不加考量，竟借口郭学长蔑视校章、捣乱学程等词，联合二十六位教员，为罢课之举动，具函要挟褚校长，即日辞退学长之职。是日郭学长亦上函褚校长，声明出布告之理由，仍为学生学业前程计，拟开科务会议，请在职多数教员分担罢课教员所任之科目，以免学程停顿。经褚校长函复，赞成照办，而文本预科学生又以所要求者，纯系解除不良教师，其罢课教员中，尚有石光瑛等十一位，公认为良好教师，足为学子之指导者，或因一时不明事实，为不良教师所蒙蔽，上函请求褚校长挽留。经褚校长顺从公意，即备函分致石光瑛等十一位教员，照常到校授课。以上各情各函业志前报。并函致郭学长，对于十一位良好教员，妥为接洽。即日郭学长亦已函复照办矣。兹将原函分录如下。

▲褚校长致郭学长函

径启者，顷据文本预科全体同学来函声称，罢课教员中，有石光瑛等十一位，为良好教师，请求挽留等情，业经俯从公意，照准备函，分致石光瑛等十一位教员，照旧到校授课矣，应将原函，抄附函达，即请贵学长查照原函石光瑛等十一位姓名，妥为接洽，照常上课是盼。此致，文科郭学长，褚民谊启，四月廿八日。

▲郭学长复褚校长函

敬复者，大示及附件二种，均已奉悉，嘱留文科教员石光瑛等十一人，已分别致函，请其从速返校授课矣，原函附呈，敬乞查察，此上褚校长，郭沫若启，四月廿八日。

▲郭学长致石光瑛等函

敬启者，素仰足下，诲人不倦，治学有方，深为全院学生所爱戴，今者全院学生，已多日不闻提命矣，甚望足下，能俯从其喁喁□望之□，从速返校，赓续授课，则不独沫若与学生之幸，全院全校之前途，均有利赖焉。此致，郭沫若启，四月廿八日。

所有此次教员罢课，褚校长准学生之要求，函致郭学长接洽罢课中有良好教员石光瑛十一位。暨郭学长依照分函，请促十一位从速返校授课，其中幸得王志远先生极力疏通，故结果石光瑛等十一位先生，接到褚校长、郭学长两函后，即一致返校授课，至其他十五位教员，与学生及学长，既不能合作，只有自行解约。广大文科教员罢课风潮，至此已告一段落云。

——载《广州民国日报》1926 年 4 月 30 日

广大开体育演讲大会

（本报专访）第十次全省运动大会定于今日开始，故数日来各校之筹备运动会，极形忙碌。广东大学为奖勉运动代表，及鼓励体育之进展起见，乃于昨二十日，在广大礼堂开体育演讲大会，到会者五百余人。（一）主席恭读总理遗嘱、全场肃立。（二）体育主任报告年来体育经过情形。（三）演讲。有褚校长、郭沫若先生及各体育专家发挥体育意义，颇为透辟。（四）拍照。至下午四时许，然后散会云。

——载《广州民国日报》1926 年 5 月 21 日

郭沫若先生演讲词

王昌溶笔记

今天大家在这里开毕业典礼会，不久我就要和大家离别，这是何等不快的事情！说是什么的训词，我实在是不懂：只是大家毕业后，都要跑到

146

社会里面去，在社会里头，无论做什么事情，一定要拿革命的手段，努力为群众利益前途奋斗，才算是好的。最近广东全省教育第六次代表大会，规定"平民化，革命化，以完成国民革命为宗旨"，这算是广东教育前途的新生机，尤其是刷新全国教育的导线。我们中国当这文化破产的时代，诸君所负的责任，更加重要。所以平民化革命化，是要使全民族都成为平民式。我们如不达到这种目的，则我们民族一日不得到自由平等地位。况我们的民族，处在这层层压迫的里面，要使脱离这种层层的压迫，就要使我们民族中一般的民众，都明了革命方略，完全成为革命化。那么，国民革命，一定就可以成功了。所以宗旨是非常重要的，若是宗旨没有拿定，可像只船在大海茫茫中不知所向往了，所以我们在今日这种环境当中，就要抱定宗旨，一直猛进，将来革命成功，就在今日在座诸君，还望诸君努力罢！

——载《国立广东大学演讲录》（第二集），国立广东大学秘书处出版部印行，1926年

革命的欢迎欢送大会

郭沫若同志由文学大家而大学教授、文科学长，由学长而宣传科长，可以说他现在武装北伐，一枝笔能够横扫千万军的！自从创造社成立以来，所发行的刊物，无人不受沫若同志的影响，而今沫若同志由东方的诗人，浪漫的文学家实行武装起来了，明日就道长征，大有还我河山之概。这样，自然一般的群众一定要相继加入杀敌了，尤其是许多教师，文人，浪漫派，将来也能勇敢革命的。

——摘自《革命的欢迎欢送大会》，《鹃血》第4期，1926年

北大同学会欢宴各教授
——昨日欢宴该校抵粤教授吴稚晖等先生

（本报专访）北大同学会，以北京大学教授，如吴稚晖、顾孟余、陈启

修、张乃燕、郁达夫等，均以先后抵粤，师生情重，应有所表示，特于昨日在该本会，设宴欢迎上各先生。是日到会者甚众，师生之情，亦极为欢洽云。

——载《广州民国日报》1926 年 6 月 9 日

不朽的人豪——纪念孙中山先生

成仿吾[*]

一

大地在昏蒙里悲惨地颠簸，
群星微露着凄清的泪眼，
宇宙新披了黑色的缁蓑，
伤此一人哟，已弃人群而去远。

二

他是一颗明星，一团熊熊的炬火，
他的光芒曾把四百余州普照，
曾把专制魔王的镣铐熔化成灰，
曾在颓园铸出自由的鲜花一朵。

三

但可是神明之胄早已病入膏肓，
明星照临时他们是沈沈未觉，
一朝醒来他们已失去了南针，
他们如今在黑暗中摸索着前走！

---

[*] 成仿吾（1897～1984），湖南新化人，创造社作家。1924 年赴广州，任国立广东大学物理、德语教授，后回湖南。1926 年 3 月初再赴广州，任国立广东大学理学院兼文科院教授，6、7 月间加入国民党，后到黄埔军校任政治教官、兵器研究处技正。

四

这许是千古人豪的离奇的命运，
也许是他的光荣，人群的羞耻！
他的光芒纵不曾及时为人群所感受，
他的精神是永在人群的心头——不死。

五

四十年间为软弱的民族入死出生，
有如和风在残枝上吹起嫩芽摇摆，
也曾遗下累万的文字指示迷津，
然而他的精神远在文字之外！

六

亲爱的哟！你们爱他，你们从他，
请从他的精神向着永远的前程猛进！
他的光芒的余焰犹若与世而长存，
请步着他的后尘戮力同心而共骋！

七

悲惨的运命！在这微明的时代，
歌唱的安琪儿还在母怀未起；
我的献诗只是我的一片微忱，
不朽的人豪须有不朽的名诗赞美。

十五年三月为广东大学孙中山纪念册作

——载《洪水》第 2 卷第 18 期，1926 年 6 月 1 日

编辑余话

成仿吾*

这回真是有史以来的难产。广东大学文科的风潮，不时袭来的喉症，昏雨闷人的天时，彼去此来，扫尽了创作的兴致。此外，沫若忙着讲演，声如破罐；达夫满腹牢骚，日思醉酒；独清追逐幻影，奔走不宁。这些联合起来，终于使这期不能按时集稿。率性丢了这阴雨昏迷的地方，退回上海努力做点有价值的文字也罢——大家常常这样想，然而到底只是一个想念。

沫若的一篇《中国国民性与中国文学》写了一半，总没有时间继续下去，须缓一期。木天赶来南方，写了一篇《写实文学论》。法国摩南君的《诗人缪塞之爱的生活》经独清翻出，加上几首译诗，是一篇饶有兴趣的介绍。

来广州后合摄了一个六寸的相，寄回一张印在卷首。

许多朋友写信来，叫我们做点批评的工作。批评一方面，我们素来是很注重的。但是说话容易，轮到实际做起来，我们便感觉许多困难之点。第一，批评的工作，在它最有价值的用处，是要把好的作品介绍于大众，但是我们现在每年为数极少的创作之中，究竟有几篇是好的作品值得介绍？究竟有几篇好的作品还待我们来介绍？就我个人说，我是最懒的，我常常请朋友们把新出的好作品介绍给我，但是总不见有人介绍过什么好的创作。第二，好的作品既然少，那么，那些盈篇累幅的文字，恐怕都是些闲文字，或则不通的文字，我们究竟把他们怎么办才好呢？指谪么？人家会说你在毒骂，你是黑松林里跳出来的疯狗。我是饱受过教训来的，就我个人说，我是不怕他们闹到昏天黑地，总是不敢再多说一句的。称赞么？我没有现代评论的西滢君那样脸皮厚，也没有要替他吹吹的朋友，幸喜也没有捧人的必要。还有一层，像徐志摩君一样，开口恭维别人的英文比狄

---

* 成仿吾（1897～1984），湖南新化人，创造社作家。1924年赴广州，任国立广东大学物理、德语教授，后回湖南。1926年3月初再赴广州，任国立广东大学理学院兼文科院教授，6、7月间加入国民党，后到黄埔军校任政治教官、兵器研究处技正。

更司好，原是高明不过的事情，不过我究竟不中用，怎么也干不来。所以就我个人说，我真是不知道怎么办才好。其余的人呢，我想也是同我一样的。不过批评的工作究不可少，我们一定设法分担，高兴的时候，也许马上跳出来的。

朋友们常常写信来，给我们种种有益的意见，我们真是十分感激，以后仍望时赐教言。

这期虽稍迟，下期当按时出版。投稿仍请直寄广东大学。

仿吾

——载《创造月刊》第 1 卷第 4 期，1926 年 6 月

沫若我要站在你的旗帜之下（通信）

李翔梧①

姊妹们，穿起整洁的衣服，

装点我们玫瑰花团般的道路！

兄弟们，我们紧紧的拥抱着，

回忆过去的血泪般的痛苦！

——节译肯里尔洛夫的"五一"赞美词。

赤潮般的"洪水"，已经泛滥到全世界无产阶级的首都"莫斯科"来了！

特别这一册"五一"的特刊，他是歌颂着世界无产阶级之光明与胜利的，他指示了无产阶级到胜利的必要之路。尤其沫若先生，"斩钉截铁"的高举起第四阶级文学的鲜红旗帜，在正在要求解放的中国。全世〔界〕工农的朋友！我们的胜利的歌唱者，已经在伟大的东方开始出现了！

有些人要反对我们：文学是纯洁高尚的艺术，不能包含有什么作用在

---

① 李翔梧（1907～1935），河南洛宁人，开封第一师范毕业，1925 年加入中国共产党，同年秋天赴莫斯科学习。1929 年秋归国，在中共中央军委工作。1931 年到中央苏区工作，红军长征时留在苏区，任军区政治部宣传部长，1935 年牺牲。

里面，因如此文学就会成卑污的一种利用品。这种话要回答很简单：在这个社会发展的过程中，一切的阶级未消灭以前，不独是文学，其余一切艺术及文化，没有不是阶级的专利品，但这种专利，也是社会发展中之必然与必要，尤其是在现在阶级的划分更加显明的资本主义社会中，文学及其余的艺术，文化，不成为无产阶级的拥护者，就要作资产阶级的专利品，除此之外，决没有处于中间脱逃于社会进化范围外的东西。我们再看，在此二个阶级中，谁是革命的阶级，谁是新社会的创造者，谁是全人类的救星呢？资产阶级的残酷和罪恶，他们早已宣布了自己的死刑了。

"文学"（及其他的艺术与文化），应成为全人类的艺术。除了拥护新社会的创造者"无产阶级"来铲除一切障碍建设全人类的乐园以外，决不能达到他的伟大的目的。因此在现在一切的文艺的爱好者，应该承认这两个标语！

文艺家要成为无产阶级的拥护者！

文艺家要成为无产阶级的歌颂者！

沫若先生的喊声，正是如此。

沫若先生！我要站在你的旗帜之下，作为你的一个小卒！并以此诚意祝创造社诸同志！

李翔梧谨上"五卅"

——载《洪水》第 3 卷第 23、24 合期，1926 年 9 月 1 日

郭沫若代理总政治部主任

（中央社）广大文科学长郭沫若先生，此次随军北伐，担任行营总政治部秘书，兼任宣传科长，现闻总政治部主任邓演达已奉委为湖北政务主任委员，其政治部主任一职，由郭沫若暂行代理云。

——载《广州民国日报》1926 年 9 月 25 日

郭沫若升总政治部副主任

总司令部政治部宣传科长郭沫若，原兼秘书，对于部内事务，非常热心整顿，前因邓主任兼任湖北政务委员主任，事务甚繁，特托郭科长代拆代行，已志前报，现邓主任以政治部事务，应有负责人员切实襄助，乃由总司令部委郭沫若科长为副主任，借为赞助一切云。

——载《黄埔日刊》1926 年 11 月 2 日

郁达夫任中大出版科主任

（中央社）中大自五委员接任后，内部行政机关多有变更，现为总务、文书、卫生、编撰四处，四处之下分科。现闻编撰处之出版科主任一职已由委员会聘请郁达夫教授充当。郁长于文学，著作甚多，为出版界之名人，今充斯职，于中大出版前途，将有莫大之刷新也。

——载《广州民国日报》1926 年 11 月 2 日

非编辑者言

郁达夫[*]

《创造月刊》的第五期，又延了期，到现在才出世与诸君相见，实在是我们同人对读者不起的很。可是一方面由我们各人的行动讲来，也有一点可原之情在那里的。

本月刊本期的编辑者，本来是仿吾。然而他在广州，一礼拜中要到黄埔去住三四天，到了广州，又须为新成立的中山大学处理风潮，帮办事务。而广州的邮务通信，又非常不便，因此种种原因，所以弄得这《创造

---

[*] 郁达夫（1896~1945），浙江富阳人，创造社作家。1926 年 3 月 18 日与郭沫若、王独清一起赴广州，任国立广东大学文科教授兼出版部主任。

月刊》，几乎成了不定期刊了。

本月刊的长期负责撰稿的人，譬如说沫若罢，随同北伐，却去前线宣传去了，对于他，我们当然不能硬硬地压榨他的文章。王独清，穆木天诸人，听说是留在广州，在那里代替沫若的职务，他们的日夜繁忙的态度，可以在广大学生的各种印刷品上看见，也不是天天可以坐在家里，闭起门来寻觅词句的。而我自己哩，啊啊，再不要提起，这三四个月中间，死了儿子，病了老婆，在北京的危险状态里，躺藏着，闷愤着，非但做文章的趣味没有，并且连做人的感兴都消亡尽了。此番受了广州同人的催促，勉强出了北京到上海来一看，才知道这第五期的月刊，还是没有编成。

现在没有办法，就只能将仿吾已经寄来的稿子，重编了一下，加上了一点头尾，猫猫虎虎，勉勉强强，把这第五期的月刊弄完。若我们的能力，能够在秋凉之后，增加一点，那么六，七两期的刊物，当可按期接上，否则我想只好找出机会来出一个大增刊了。

这一期的稿子，似乎稍为损色一点，但是冯穆两人的诗，和资平的小说，却是可以推荐的作品。《苔莉》本来是六万余字的一篇中篇小说，由资平自己说来，却可超过《飞絮》的。现在先登了三分之二，还有三分之一，当在下一期里登完。我的《蜃楼》，本已作成，但也是未完的作品，所以这一期暂且搁起，让资平的先登完了，然后再继续登载下去。全集的自序和杂感文两篇，本来是在行旅中间，草成的无聊草，因为稿子没有，也就把他们登上了。

明天有船去广州，我想就此南下，再去南方半载，和他们切实的讨论讨论杂志和出版部的事情。万一他们都想出去作实际的革命事业，那么我打算于年假的中间，再回到上海来，专门来弄出版编辑的事情，因为这是老废残疾如我的最适当的生活。

一九二六年十月八日达夫记于上海

——载《创造月刊》第 1 卷第 5 期，1926 年

新书无几　廉价出售
同志诸君　购者从速

书名	原价	卖价	备考
中国青年	八仙	六仙	十五十六期
向导	六仙	四仙	一七八期
人民周刊	二仙	一仙	卅四期
少年先锋	八仙	五仙	九十期
国民周刊	四仙	三仙	十期
海丰农民运动	二豪	二二仙	
孙文主义之理论与实际	二豪	廿六仙	
列宁主义之理论及其实施	四豪	五八仙	
反基督教运动	十二仙	八仙	
新青年	四豪	四四仙	
国民党几个根本上的问题	二豪	二八仙	
显微镜下之醒狮派	二六仙	二四仙	
黄埔潮	四仙	三仙	二十期
创造月刊	三豪半	三豪	一二三期

政治部图书室书报流通所议启

地址：特别党部楼下图书室本所

——载《黄埔日刊》1926 年 12 月 24 日

本校兵器研究处之过去与未来

兵器研究处自从去年六月奉命组织，于七月中成立以来，即经积极进行。陆续筹设一化学实验室，制就各种化验火药之试药，为种种化学的试验。其中以关于石井兵工厂所制火药之研究及外国各种火药之安定度试验为最出色。此外该处努力于各兵器制造厂工务上之改良，曾由总司令部特设章程，准该处督促各制造厂所改良制品，增加出产；该处除自身研究各种问题外，并努力此项工作。刻闻该处成技正正在设计一迫击炮，李处员何处员等正在研究弹头材料云。该处于去年十二月二十一日晚六时半曾假校长办公厅开一处务会议。到会者有教育长兼兵器研究处处长方鼎英，兵器科技正成仿吾，化学科技正萧根性，一等处员何寿田、李意吾，二等处员彭忻祥等全体职员十人。虽时间匆促，讨论问题颇多，兹将其议事抄录于后。

一　处务会议开会词

由方教育长兼处长主席，宣读总理遗嘱后，继致开会词。略谓：我们兵器研究处奉校长的命令组织，负有两大使命。第一是关于制造方面，搜罗富有学识经验的人才，共为精密的研究与实验，以图兵器的改良和新的供献。第二是关于使用方面，求更精确与妥当的方法。自从组织以来，因为各种的关系，没有亲自参加诸位的工作。想近来诸位的努力，已有很多的成绩。今天开会的意义，一则是结束以前的工作；二则对于将来的计划共同讨论，以谋进行的便利。更希望诸位互相黾勉，庶不负校长的本意。今日因为时间太促，不能多多说话，现在请诸位按照程序，开始会议。

二　成技正报告

本处已往的经过，本来很简单，大家都是知道的，不须多说。不过现在为获得一个明了的观念起见，为对于将来的工作计划可以给一点暗示起见，不妨将已往的经过稍为说说。

本处成立已经五月，但这五月间之工作，多半不出筹备的范围，所以这五个月间可以认为一个筹备的时代。外国的各种研究所，随规模之大小，往往有筹备几年的；但是本处这样的小规模竟筹备了这么久，这是很惭愧的。但这也许是因为中国的情形与外国有许多不同的缘故。最初，我们要寻相当的人材，在专门人材缺乏的目前，这一点就是[使]我们感着头痛。其次，我们有了人，就要有地方，在成立时的黄埔，这一点也费了许多的时候。更其次，才是真正的设备上的筹划。学校的经费有限，办公桌椅等，都费了许多时候才能领齐。每月杂支费有限，今天买一点东西，明天又买一点，各方面都感着不便之至。直到十月间才决然请另给特别费二千元为扩张化学实验之用。最近才又请给千三百元买应用参考书及杂志。不知不觉之间，成立以来已经五个月了。

我们最初的计划是想先由调查着手，而后着手改良，最后才为名实相符的研究。我们想调查国民革命军各军所有的兵器种类样式与数量，我们想调查我们的制造能力与制造的合法不合法，我们想调查我们的兵器在使用上合不合原来条件等等。这些都是我们想做的事情。但是当我们试做起来的时候，我们才知道我们的希望终不免要成为幻梦，而我们的计划终不免要成为水泡。在这个时代与这种环境，这大约是没有办法的事。

调查不易进行，没有结果的时候，我们就开始了改良方面的工作。我们想改良现在粤造的火药及现用步枪的表尺。但是对于这种改良，火药之性质最要研究，我们为的这种研究，想借用兵工厂的验速机，验压机，真不知费了多少气力与时日，然而结果仍不曾借到一种。这是很使我们灰心的。兵工厂对于自制的火药之性质完全不明，这好像父母不知道儿女的年龄大小一样可笑；而对于我们替他数数年龄，量量大小的人却又不与合作，这种奇观真可谓千古未有。后来费了许多气力才得把粤造火药的特征数算了出来，可以应用于各种改良及计划的工作。在学术上说起来，这倒是我们极重要的一个成绩。

现在化学实验室将要大加扩充，参考书籍也陆续可到，以后对于各种改良与研究一定多有一点把握。我们计划迫击炮的可以着手，研究火药的也可以着手。我们的筹备期间已经告了一个段落，以后我们可以为名实相符的研究了。

统观我们五个月来的经过，我们真是走了不少的错路。这一则是因为我们对于中国的情形总不熟悉，二则是因为我们自己有点不得法。所以我在后面将要提出一种调查会议及一种计划会议。而这两种会议的目的，就是在一方面用更妥当的方法去继续我们的调查的工作，一方面做些切合实用的计划出来，使我们可以得到很切实的成绩。不过我们以后，不论在调查事项上或在设备上，不可再妄想依靠别人，我们应该记得别人是不可依靠的，这是这五个月来的经过所告诉我们的。这当然附带着不少的困难，设备一宗尤其是经费所限制，但是我们总得依着这个方针做去；换句话说，不论在那一种工作上我们应该更努力些。

三　火药类试验报告　李意吾（略）

——载《黄埔日刊》1927 年 1 月 13 日

弱者的微音

吕自立①

霍霍的刀声，

凶惨的屠场，

"吁"的一声，

就是你最后的无力的哀叫了！

多可怜呵！

你这一只任人宰割的羔羊！

编辑先生：

自己很想把自己的不平处，向先生鸣一鸣。只是自惭形秽，终于不果。

先生！我自到这间来，差不多有一年了。我到东去，东无路可走；朝西来，西也是一样的是条滑路头；四面都是像高山一般的高压着我，使我找不到一条出路！

先生！青年人谁不抱有革命的理想！尤其在这个暗无天日的社会里。可是，像我这般的被人宰割绝无抵抗的一个"零余者"，教我从何处革命起来？

先生！我现在所视为惟一的安慰者，便是郁达夫先生著的那本《茑萝集》了！在这个社会里，读《茑萝集》而痛苦的青年真是为数不知凡几！

我最近好容易才弄到某大学某部的一个很微的职，但因为有口种缘故，又被人叱出来了！

可是，我虽然经过了种种的挫折，但我的心志从不因之而稍馁。我还是奋斗着到我的末日为止。

----

① 吕自立，生平不详。

我现在写这篇《弱者的微音》，本不配叫做一首诗，但先生也不可目之为无聊的叹息，因为我一心想和这社会争斗，但又力有所不足，故发出弱者的微音来，借以泄我一点不平之气。我很希望先生能够和我在"现代青年"栏登出——如其篇幅许可。

先生！我现在到处飘萍，行踪无定。我是一个没有通信处的人呀！恕我不恭，顺请撰安！

——载《广州民国日报·现代青年》1927 年 3 月 4 日

读了《广州事情》

仿　吾[*]

近来因为事务烦忙，所以新出的《洪水》第二十五期，虽然带了一部回来，仍只看了一看题目。今天在路上遇着了一位朋友，他很急促的对我说道：

"怎么的，你们竟登了一篇大骂广州政界的文章？"

他这一问把我问得真是莫名其妙。他那张皇的情状尤其使我瞪着两眼说不出话来。他在这沉默中吐了两口气之后，才告诉了他所指的就是《洪水》上的《广州事情》一篇文字，才说出了他找了我几回，很想问问我关于这件事的底蕴。

我对于这件事情毫无所知，结果，我只得答应了他等回家后看了再说。但是当我回家来从头看下去的时候，我才觉得这篇文字真有点不可解。我现在以我在广州的资格，对于曰归君的这篇文章在这里略述我的意见。不过我不想，也无暇逐项细说，我只笼统的说几句，这一点是要先请大家原谅的。

第一，就我所知道的说，曰归君所举的几宗多不是事实。譬如广州的马路，第一次计划是六七年前完成的，占有现在的广州市的马路的大部分，修筑时有没有弊端，不干国民政府的事。这一点曰归君未免患了时代

---

[*] 仿吾（成仿吾）(1897～1984)，湖南新化人，创造社作家。1924 年赴广州，任国立广东大学物理、德语教授，后回湖南。1926 年 3 月初再赴广州，任国立广东大学理学院兼文科院教授，6、7 月间加入国民党，后到黄埔军校任政治教官、兵器研究处技正。

错误的毛病。又如政府中人兼差一事，"一二千元一月的夫马费和办公费"，现在当然没有，就是从前也不一定就是这样。

第二，我们中国的官场（？）——也许不仅官场如是罢——素来总是黑幕重重的。国民政府承历年祸乱之后，想要人人守法，事事合理，是万难办到的。但是一年来澄清的结果，已经很有可观，这是谁也不能不承认的。若依现在的速度预测，不久定会澄清到底的。曰归君对于这一点未免过于责难了。

第三，由文字看来，曰归君对于为人民谋利益的政府是抱着热烈的希望的。但是他把话说左了。他的主张，我们可以由最后的一段看得出来，但这一段文字分量太少，所以他的真意倒被前面的一大堆文字埋没了。我真不知道他为什么要写这篇文字。世界上常有一种妙人，他喜欢说别人的不是，但是说到尽头他却证明了他们是好朋友。这种人是不可解的，若就他的说话看去，他责善未成，颠倒近于扬恶了。世界上的女子，据我的经验，颇有点近于这一类的人物。曰归君的说法也有点像这种妙人的说法。总而言之，我们如果看清楚了我们的去路，这种旁观的闲话式的说法，我们是应当禁绝的。

第四，目前是反动势力横行的时候，在我们的眼底只有两种人，第一种是我们的友人，第二种便是我们的仇敌。我们暂时不应该问是非，我们只问谁是友人，谁是仇敌。这也许可以说是革命者的苦恼的源泉罢。但是我们要知道一个革命家如果没有苦恼，他决不能是伟大。我们不应该忘记：我们的去路，我们的运命是定了的！曰归君大约还没有尽除 Petit Bourgeois 的根性。我对于曰归君的《广州事情》的意见约略如上。我觉得曰归君的毛病，一在于观察不切实，二在于意识不明了，三在于对革命的过程没有明确的认识，四在于没有除尽小资产阶级的根性。至于这篇文章易为反动派所利用，曰归君尤为不能不负全责。我愿曰归君痛改。

最后，我对于《洪水》登载此文，不能不说几句。《洪水》的使命是在领导青年群众上我们所应该去的道路。我们的旗帜是鲜明的。数月以来，因为几个同人都忙于实际工作，所以暂由病弱的达夫兼任编辑。这次登载这篇文章，直接的责任当然应由达夫担负。但达夫为什么误登此类文章，及曰归君究竟是甚么人，这两个问题在别人或者喜欢问问，然而到了现在已经是挽回不及，我只在这里预告一声《洪水》将要特别注意选稿，我宁愿它马上停刊，不愿它再有此类文字登出。

三月一日，广州

——载《洪水》第 3 卷第 28 期，1927 年 3 月

留别

（献给同情于我的广州诸青年同志）

王独清*

走了，走了，我这个有心脏病的流浪人！
你们，你们是永远在牵留着我底灵魂！
现在正是迫人的冬天到临了的时节，
但是这儿南国底暮风还带着些微热。
我心中充满了惜别的，留恋的感情，
用我这凄怆的诚意来给你们辞行。

我对你们怀抱着一种不能言说的希望，
因为你们住的是这不朽的人豪底故乡。
啊，这不朽的人豪底故乡使我留连，低徊，
我留连这儿底残迹，我低徊这儿底劫灰！
听说那不朽的人豪曾在这劫灰中流离：
他为了保民族底自由，决然地视死如归……

这满岗底黄花都已随着季候散落，
散落了的黄花在道上尘土中埋殁；
太阳还拖着迷人的灰白的淡光，

---

* 王独清（1898～1940），陕西蒲城人，创造社作家，1926 年 3 月与郭沫若、郁达夫一同到国立广东大学任教。

161

在暖着这儿冷了的黑色的长江。
我哭不醒这儿失去了的伟大英魂，
我只有掉转了泪眼，啊，望着你们！

我是生成的不能医治的忧郁性情，
送行的烈酒也热不起来我底神经。
我在这儿已住满了一年的光阴，
一切都能死去，只有这纪念长存。
要载我去的客船已经停泊在冬天底雾里，
我给你们最后的赠言：努力，努力，努力，努力！

我是在用凄怆的诚意来给你们辞行，
我底心中充满了留恋的，惜别的感情。
现在虽然是冬天底雾色到临了的时节，
可是这儿南国的暮风却总带着些微热。
你们，你们真是永远牵留着我底灵魂，
啊，走了，走了，我这个有心脏病的流浪人！

二八日，一月，一九二七。

——载《洪水》第 3 卷第 30 期，1927 年 4 月 1 日

送王独清君

钟敬文*

前几天，接到王独清君来信，说他在这一二个礼拜内，要离开广州，回到北方去。日昨会见了他，谓等上海轮船一到，便将和郭夫人安娜同行。王君非伟人政客，又非学者名流，——只一个流浪的诗人而已。——他的去

---

* 钟敬文（1903～2002），广东海丰人，民间文艺家、民俗学家。1926 年到广州谋生，先后在岭南大学、国立中山大学工作及学习，1928 年夏到杭州教书。

留，自然不会惹起什么人的关情，欢送会，不用说是送不到他的。只要人们少赐些严毒的咒诅便够了。但我是刚和他一样的"零余者"——自然我不配说是诗人——对他未免深怀着同情。于其行也，会感到冷漠与酸楚之加重，也是当然不过的。

王君是一个流浪的诗人，我重复着这样说。他的生命，就是一首"美丽的诗"，更用不着细品他的作品。他住过樱花熳烂的日本，他住过百合花芬芳的法兰西，他住过山水妍碧的意大利。不但住过，并且在那里深深的销磨着他轻青的年华与美梦。富士山的烟云，巴黎市的加非（咖啡），罗马皇城女郎的柔情，他都尽情地狂吻过，陶醉过。呵呀，够美啦，这样的一付"诗的生命"。

他到广州来将近一年了。他在这里受到了不少焦土的干燥，邱墓的空虚，更有那是毒蛇的待遇！他被反对，他受嘲笑。但这于他会有什么损伤呢，"可怜的孩子"，只有使我们的诗人，攒着眉这样惋叹而已。

他去了，他现在去了，憎恶他的人，想正乐得心花怒放，说着"莫予毒也矣"的快语，在置酒高会呢！但这于王君损伤了什么？

我是个和他一样的"零余者"——照鲁迅先生的话讲，我大概是读了《沉沦》的。其实，这毫不费他老揣测。在几年前，我确是读过它并且很爱好——对于他未免深表同情，于其行也，会感到冷漠与酸楚之加重，也是当然不过的。

穷人的送行，没有礼物，也没有酒肴，只凭着一颗凄楚之诚心，默祝其海上平安而已！

世界语诞生后四十一年一月三日于广州岭南大学

——载《荔枝小品》，北新书局，1927 年 9 月

评几种刊物

仲云[*]

在一月里，有些刊物都因"与年更始"的习例而刊行新年号，纵不

---

[*] 仲云（1902~1947），刘昌群，湖北黄陂人，1922 年加入中国共产党，曾任《中国青年》编辑、中国共产主义青年团北方区执行委员、中共湖北省委书记，后因参加托派被开除党籍。

将篇幅扩大，在编者的选材方面亦至少要比寻常精粹一些。现在将我已经看到而又在青年界有地位的几种刊物，略加批评于下，不过要声明一句，有些并未标明它是新年号，不过就它恰在一月出世，亦一并在这里面了。

《新女性》（略）

《洪水》 这是去年在青年界获得不少的欢迎之有群众的刊物。因为他们的作者大半从事革命实际工作，所以好久没有出版。在一月里出版了第二十五期，内容较前略好。第一篇是成仿吾的《完成我们的文学革命》，内容很痛切的批评近来青年文艺界之专攻趣味，享乐的倾向——"是一种在小天地中自己骗自己的自足，它所矜持着的是闲暇，闲暇，第三个闲暇"。同时成仿吾痛斥北新书局大批印卖古色古香的线装书之无聊"诗哲"的《诗》，《扬鞭集》，《瓦釜集》，《何典》之饴〔贻〕祸青年。这种"游玩的"，"不诚实的"，"以感着所谓趣味为目的"的文艺，是以讨赤的白色首都为"福地"，"周作人先生及他的 Cycle"以及"无数的，没有课上的大学堂里念书的，未来的文人学士"，都沉迷于这种趣味的文艺中而不知反。关于"诗哲"，刘半农者流之无聊，北新主人之害人，现行文艺界之颓废不振，我与成君有同感。不过关于周作人先生和他办的《语丝》，有一点不同的意见：语丝文学虽以"趣味"，"好玩"为多，但亦有不少以讽刺文体出之的消极反对讨赤诸帅爷研究系和狮子狗儿派的文字，在近十来期的"闲话集成"中随在都是。这种言论，在白色都会中一切言论皆要受制的现状之下，对于青年还是有相当作用的。至于文体之开玩笑，之乎也者的讽刺，虽然不甚通俗，但在讨赤的首都却不能不以大转弯，比较晦涩的嘲弄口吻来表现，否则被"妈特吧子"的讨赤的帅爷们抓着破绽，那还了得？我以为周作人先生和语丝派中之多数，虽然说不上什么"赤化"，但总可算有民主思想的赤的同情者。我们与其说他们视北京为福地——白色都会迷恋者，勿如说他们正是北京那种白色势力压迫下的必然产物。在北京的言论界，像《语丝》这种带消极反抗性的刊物，就要算"赤化"的，这个都会决〔不〕能容比《语丝》更大胆的刊物存在。次之，在这一期《洪水》中，登有一篇小说——《秋夜》，是描写一个青年追逐小资产阶级的恋爱而失败，陷于极端的痛苦和浪漫的惨境。《任白得译定〈恋爱心理之研究〉的批评》一文是棒打"译作家"之很痛快的文字；《狱中杂感》颇能给青年以坐牢的兴奋，《广州通信》的观察很平允，结论的态度亦还正大。我个人以为这一期是《洪水》中之很较好的。

《一般》（略）

《幻洲》（略）

——载《中国青年》第 7 卷第 3、4 期，1927 年

奋斗

——为《洪水》复活一周年纪念而作

刘绍先[*]

（一）

四围张着阴霾愁惨的细罗：

左有饿虎瘦熊眈眈在视；

右有饿狼悍豹舞爪张牙；

前面纵横着叠叠重重的荆棘剑峰。

后面也喧嚷着刺骨破心的潮詈声。

可怜你，你就生在这时，

你就站在这万恶交攻的正中。

你啊，你的命运啊，

也不幸在此而临终（?）！

（二）

你虽然是个薄命的夭儿，

但你底死，你底死并非战胜于恶魔；

只不过为了生活的困苦，

不得不暂时息旗而掩鼓。

---

[*] 刘绍先，上海法政大学学生，国民党员，在校期间发起组织进社。

（三）

你的精神充满了青年的脑壳，

你的灵魂长存于天地之间，

小鬼已在那儿放喉庆祝，

小魔已在那儿欢声赞颂：

——打倒了我们的大敌，

——建立了我们的勋功，

——长此独羁［霸］称雄，

啊，可是你何曾死？

（四）

朋友！如今——如今——

你可已扯破了阴霾愁惨的夜幕，

用你那热血洒出血一般的太阳；

你可已踏尽了荆棘剑峰，

把一切青年的脑浆砌成大道。

光天化日下，恶魔潜逃了！

（五）

朋友，顶天立地的做人啊，

去年今日，是你再生之日。

哦，朋友啊，原来你已复活了一周年了！

你是多么艰辛，你是多么坚忍，

在这一年中你又斗杀了多少敌人！

（六）

幽闲安逸，是你亡踪之根因。

血争肉搏，是你再生之证信。

莫在战胜之后，就去喝酒放歌。

莫在再生之辰，慢庆敌人肃灭。

（七）

你的魄力虽然比人坚强，

你的觉感虽然比人灵敏，

你的见解虽然比人高超，

你所负唯一的使命啊，

打破了一切黑暗求得真正光明！

但你所处的环境，

仍旧是四围潜伏着妖精！

（八）

朋友！如今你又满一周年了！

命运愈益受挫磨，

进行愈益要努力，

生活愈困难，立志愈坚决，

你要啊，你要固筑你的垒壁，

你要准备你未来的恶战，

长枪放在肩头，

短刀荷在腰间。

（九）

妖氛敌不过正义，

黑暗终会放射光芒，

只要你无慊无惧的前进前进！

你的复活，就是光明的复活，

你的生存，就是正义的生存，

努力吧，朋友！

你将快要又满一周一周年了！

十五，七，廿日于广州

——载《洪水周年增刊》1927 年 12 月 1 日

（二）鲁迅在广州

中山大学聘得名教授多人

新文学家周树人先生，为文学界健将，前在北京大学任文科教授，嗣以吴盘踞北方，北大已成半死僵局，乃应厦门大学之聘，就该校文科教授。北大学生，从之南行者，颇不乏人。此次政府革新中大，中大委员会以周君为中国文学巨子，特聘其来粤主教文科，函电敦促，至三四次，兹得周君复函，允即南下，准年底可以到粤。北方旧学生，及厦门大学生，拟亦同彼转入中大为数亦近百人。其余欧美京沪有名学者，如孙伏园、傅斯年、俞大维、陈翰琴、张凤举、许德珩、顾颉刚、关应麟诸先生，及外国有名科学专家等，均有电到，允日内启行。预计明年开校，四方学者，萃于一堂，当为中国各大学所未有云。

——载《广州民国日报》1926 年 12 月 16 日

欢迎鲁迅先生

鸣 銮 *

中国思想界的权威，时代的战士，青年叛徒的领袖鲁迅先生应中大之聘，已于几日前由厦门跑到我们赤色的广州来了！这个消息传到一般青年

---

* 鸣銮（余鸣銮），广东人，广东高等师范学校毕业，与同学组织"知用学社"，创办"知用中学"，曾任广东农民运动讲习所干事。1926 年 12 月担任《广州民国日报》"现代青年"副刊主编，并任黄埔军校政治教官。

的耳鼓里，想没有一个不竭诚地表示热烈的欢迎的罢！

鲁迅先生到了中大之后，我因事不能亲自去见他，曾托友人持片致候，蒙他惠赠本刊以照像两幅，今日我已把他登了出来，读者自可借此一睹他老人家的丰采，用不着我多费笔墨来细细刻画形容了！

鲁迅先生是怎么样的一个人物，我们读过他的作品的，大家都知道他是：创作空前未有的《呐喊》《彷徨》《热风》《华盖》《中国小说史略》几种名著的作者，《未名丛刊》，《乌合丛书》的主编人，《莽原》半月刊的创办人，著有人皆爱读的《阿Q正传》而被译成五大国文字为法国大文豪罗曼·罗兰称道不置的人。

我们对于他的作品，诚有如雁冰所说除了欣赏惊叹而外，便没有什么可说；他的作品，自有其真价，实在用不着我们为他捧场！我们为他捧场，他老先生之道，不从而大，我们不为他捧场，他老先生之道，也不从而小。

鲁迅先生之所以值得我们向往，值得我们崇拜，实不徒在文艺上头，如果我们徒以其文艺之高强，而称他为什么"学者""文学家"，一方面我们未免小视先生，一方面便无异给他老人家以"精神的枷锁"了！然则他老人家真值得我们崇拜值得我们向往的是什么？我以为还是在他那种战斗奋进的精神和那种刚毅不挠的态度。你看罢！在全国首恶之区，臭秽丛积的北京城里，他竟敢向牛鬼蛇神正视，他竟敢冲破礼教淫威的重围而大论其"他妈的"，任何恶势力都不能稍阻其前进之路，这是何等的精神！何等的态度！

我们对于鲁迅先生此来，虽不敢挟有何种的奢望，但我们久处在这工商化的广州，心灵真是感觉得枯燥极了，烦恼极了！我们很希望鲁迅先生能多做些作品惠与我们，给我们以艺术精神上的安慰。同时，希望先生继续历年来所担负的"思想革命"的工作，引导我们一齐到"思想革命"的战线上去！进一步，更望能以其夙所抱持的那种战斗奋进的精神和那种刚毅不挠的态度风示我们一辈子的青年，使人人都有和先生同一的精神同一的态度以反抗一切的恶势力。

这便是我们欢迎鲁迅先生的一个简单的意思。

——载《广州民国日报·青年副刊》1927年1月27日

鲁迅先生的演说

——在中大学生会欢迎会席上

林霖记

我是于十八号到广东来的，前天学生会的代表来说要开一个会，我想这件事是不大好的，因为我还没有到受开会欢迎的程度。这事真有点困难了，若是不说几句话，那对于诸同学的好意未免辜负了，要来说话，可是又无什么话可说。

对于我的本身，社会上有许多批评，和误解，而对于这误解和批评，我又没有工夫去作文章来辩护辩护。譬如有人说，我是对社会的斗争者，或者是因为这句话，引起了诸位对于我的好感，可是，我得要申明，我并非一个斗争者，如果我真是一个斗争者，我便不应该来广东了，应该在北京，厦门，与恶势力来斗争，然而我现在已到广州来了。

从前我很惹人讨厌，这里也讨厌我，那里也讨厌，到了厦门，厦门也讨厌我，我实在是无地可跑了，这时恰好中山大学委员会打电要我来这里。

我为甚么要来呢？我听人家说，广东是很可怕的地方，并且赤化了！既然这样奇，这样可怕，我就要来看，看看究竟怎样——这样我便到来此地了。

我到这里不过一礼拜，并未看见什么——没有看见什么奇怪的，可怕的。就是红颜色的东西，也不大看见。

据我二只眼睛所看见的，广东比起旧的社会，没有什么特别的情形，并不见得有二样。我只感觉着广东社会还是旧的。虽则，有许多情形，我还没有看见到的。

但如列宁纪念的电影，这在外省确实看不见的，又如许多工会，在外省也看不见的，但这并非奇，并非可怕。这原应该是很平常的现象。

我总觉得广东未见得有新的气象，许多外省人说广东可奇可怕，我想或者他们的眼睛生了什么毛病吧。

或者因为我到广东不久，所观察的不多，还浅薄得很，所以没有见出可奇可怕来也说不定。但我可以说，广东民众所受的压力要少些，比较的去了一点，至于社会的现状与从前是相同，许多要做的要建设的还未着手，许多运动要发生的也还未发动，例如拿文艺一项说罢，实在沈静得很，跑到中央公园，公园中间竟有一个观音像摆着，我并非因为观音是菩萨而反对他，我以为就是观音也要做的好一点。

中山先生是开国的元勋，广东是他建设民国的根据地，又是他的故乡，但我们跑到街上走一走，我们只看见有孙先生的照像，但并没有他的画像。

文艺出版物也很少，我只看见《广州文学》一样。

因此，我要问广州许多青年那里去了？这或者可以解释说，他们是忙得很！诚然他们是忙一点，有种种运动，种种工作，但那有这么多人全是忙着的？广州青年在精神上的表现实在太少了，这是什么缘故？既然不是"忙"一个字，那就是第二个字"懒"了。若不是懒，实在找不出第二句说话了。

这样的一个沈静的社会，于我是很好的。因为许多朋友，从前相好的来会会我，而许多新的朋友对我又表示好感，所以斗争的事还没有，至于旧的和我争斗的，也没有在后面跟着来，——这样，使我懒下去倒也觉得很是舒服。

在这样沈静的环境下面，要想生出什么文艺的新运动是不容易的。大家这个样子懒下去是不行了，我们要得紧张一点，革新一点。

然而广东实在太平静了，因此，刺激和压迫也不免太少了，诸位青年不知怎样感觉着，我呢，我觉得不大舒服。因为我从前受的刺激和压迫太多了，现在忽然太轻了，我反而不高兴起来，就好比一个老头儿，他本来负着很重的担子，他负惯了，现在忽然把负的担子从肩膀上放下来，他必须觉著少了什么似的，太不高兴起来了呢。

这个时候，我以为极像民元革命成功的时候，大家都以为目的没有了，要做的事也做完了，个个觉得很舒服了。

民元已过去了，民国也算成立了，但，文艺上有了创造没有？

文艺这个东西不可太少，究竟我们总还有意思，有声音，有了这些，我们便要叫出来，我们有灵魂，也得让他叫喊出来使大家知道知道，虽然有的是旧的意思，有的是新的意思，但不论新旧也当一齐叫出来。

现在，不是客气的时候了，有声的发声，有力的出力，现在是可以动了，是活动的时候了。

然而有许多青年都有一个"怕"字在心里，他们怕幼稚，怕被人家骂，幼稚是不要紧的，最初虽然是幼稚，但可以生长起来，发展出去的，如一个幼孩，他就是一个幼孩，他并不觉得幼孩是可羞耻的，所以作品虽然幼稚，但没有什么可羞耻的地方，这是不要紧的，我们不要怕。

有的以为怕人家要骂，这也不要紧，若是没有人骂，反而觉得无聊得很，好比唱戏，台下的拍掌喝采，固要唱下去，就是喝倒采，也要唱下去，不管他们怎样，我只要，只尽管唱，唱下去，唱完了，才算。

就是思想旧也不要紧，也可以发表，因为现在是过渡的时期。现在纵有旧的意思，也可以叫出来，给大家看看。

可是旧的对于新的是不是全无意义呢？不是的，是很有意义的。有了旧的，才可以表示出新的来。有了旧的灭亡，才有新的发生，旧的思想灭亡，即是新的思想萌芽了，精神上有了进步了。故不论新的旧的，都可以叫出来，旧的所以能够灭亡，就是因为有新的，但若无新的，则旧的是不亡了，譬如，人穿上新的衣服，但身子仍然是旧的，这是不能亡的好例。

我以为文艺这个东西，只要说真话，暂时总可以存在的，至于将来可以不管他。这时候是过渡的时代，不过新的运动应该要开始了。

我将来能不能有什么贡献，我是不敢说的，但我希望以中山大学为运动的中心，同学们应该开头着手努力了。我觉得我是无力来帮忙的——我已无学问，又没有创作力，况且学问与创作力是不可以并存于同时间的。

我要做教员，我便不能创作。我要创作便不能做教员。编讲义的工作是用理性的，而创作则需要感情。如今天编讲义用理性，明天来创作用感情，后天又来编讲义又变为用理性，大后天又来创作，又来用感情，这样放了理性来讲感情，或放了感情，便来讲理性，一高一低，是很使人不舒服的。

或者我将来的讲义编得不好，而创作也弄得不好，所谓一无所成，这是没有法子的事。

将来，广州的文艺界有许多创作，这是我希望看见的，我自己也一定不站在旁观的地位来说话，其实在社会上是没有旁观地位可说的，除了你不说话。我年纪比较老一点，我站在后面来叫几声，我是很愿意的，要我来开路，那实在无这种能力，至于要我帮帮忙，那或者可以有力做得到。

现在我只能帮帮忙，我是不能把全部责任放在我身上！我把他放下了，虽然他们要骂我，我也不管他。譬如抬一样东西，要把他抬得高高，我可以带忙抬一抬，但要使他抬得高，必然要大家一起来抬才行的。

最希望的是，中山大学从今年起，要有好的文艺运动出现，这个对于中国，对于广东，对于一切青年的思想都有影响的。诸位青年创造力的发现，这对于我是觉得很有意义的。

我这次到广东，要说是带了什么好消息来，事实上并不见得是可乐的，因此我很抱歉，无甚么话可说，我只希望大家努力，至于努力的结果如何是很难说的，可是大家做做总不会错，做起来总比睡着的好，〔比〕像死般沈静下去总要好得多。永久的做，你做了更有人接下去，有什么思想，有什么意思，便发表出来，要这样不断地努力的下去。我能不能这样做下去而有成绩，我自己不知道。诸君如果能够这样做下去，十年，二十年，三十年，这样不间断地做下去，将来一定有相当的收获了。有的人我很不赞成，他们做文艺的东西，做了二三年便不做了，画也是画了几年便停笔了，这都是不好的。

诸位现在都不过二十岁左右，从今天起便努力继续地做，若做到六十岁，有了四十年这么长久的时候，一定有一个有价值的结果的，若希望二年后便有好成绩，这是很难的，结果必然会失望，但我们在短期间内，虽没有好成绩，我们不要失望，我们只管做下去，我在广东一天，我总有力可以帮忙诸位来研究与创作。

以上是在中大礼堂中大学生会及特别党部欢迎会上的演说词，下面一段话是答覆某君的话。某君是在鲁迅先生说完后说，我得了鲁迅先生的作品，如得了爱人。鲁迅先生听了，马上很滑稽地用下面几句话答覆。

爱人是爱人，鲁迅的著作是鲁迅的著作。有了爱人是不能革命了，若以鲁迅的著作来代爱人，是不太好的。有了爱人的，只管看鲁迅的著作，这是不要紧的，看了以后，去要爱人也可以。

不然的话，用鲁迅的著作，代替起爱人来，那与青年恐怕很有害了。

末了，我想我这枝拙笔虽不能表出鲁迅先生的文学家的口气，但鲁迅先生的原意，我自想总不致弄错吧？假如真的错了，我当然要负责的，因为有这一段经过，我便照实说了出来了。霖，十六，一，廿五，下午七时于大钟楼上。

鲁迅先生是个大文学家，我对于文学从前虽然有点嗜好，但对于整个文学可是门外汉，要我这个门外汉来记录文学家的富于文学的词句的演说词，实在有点不自量了。但中大学生会主席李秀然同志偏要我担任这个苦工作，我觉得试试也不妨。他的文学的神气，总还有法子想的。可是，大约三点开会完后，我即着手整理这篇笔记，到五点钟已整理完竣，即带了稿去找鲁迅先生，跑到他的房门口才知道他出去了。出去观察，或者用晚饭去了，我不知道，等了好久也不知道，我想若用膳去了，那七点左右总可以返来了。我便在钟楼上静静地等，等到七点了，还不见鲁迅先生回来，而现代青年编辑余鸣銮同志，又限我须把稿子于八点前送到，不得已，只得向鲁迅先生和读者告罪，把这篇稿子发了。

——载《广州民国日报·青年副刊》1927 年 1
月 27 日、2 月 7 日、2 月 8 日

中山大学新聘定之各科系主任

（中华社）国立中山大学各科系主任，经由该校委员会聘任，兹汇列如次：周树人教授为文学系主任兼教务主任，傅斯年教授为哲学系主任兼文科主任，孙伏园教授兼史学系主任，饶炎教授为法律系主任兼法科主任……

——载《广州民国日报》1927 年 2 月 10 日

南中国文学会之组织

（中华社）自文学巨子鲁迅先生南来后，广州青年对于研究文学之热望，甚为炽盛。中山大学周鼎培、林长卿、倪家祥、邝和欢、祝庚明、邱启勋，广州文学社杨罗西、赵慕鸣、黄英明、郑仲谟等，拟联同组织南中国文学社，以发扬南中〔国〕文化，并出定期刊品，名《南中国》，由鲁迅、孙伏园诸先生等提挈一切。查该会经筹备就绪，并于昨十四日晚七时，假座惠东楼太白厅开茶话会，由鲁迅先生将研究文学之经过、文学途径、研究方法，及国内文坛近况，详为解述。同座至为欢洽，多方问难，

得益甚丰。闻该刊品《南中国》已集稿，不日可与世人相见云。

——载《广州民国日报》1927 年 3 月 16 日

广州文学界，鲁迅，小莫斯科

油　槌　敬　文[*]

静闻伙友：

你回到海丰去住了几久？海丰的形情究竟怎样？许多人都说海丰是东方的"小莫斯科"，可是真的么？"东方的莫斯科"——广州，北方人见闻失实，视为洪水猛兽，大有"谈虎变色"之概，但是观察力最深刻的 鲁迅先生跑来广州住了许久，并没有发见甚么奇怪的，可怕的红颜色的东西，仅仅带讥带诮的冷然道："广东的社会还是旧的！"伙友！海丰可也是和我所闻所听的那样"赤"？还是和广州一样的并没有见着甚么特别的形情？伙友！请你将海丰的形情写点给我看吧。

鲁迅先生在中大欢迎席上的演说辞，返校后检查旧报子，才把他一气读完，读完之后，我觉得有些说话要对你说的。

鲁迅先生说："广东社会的情状与从前是相同，许多要做的要建设的，还没有着手；许多运动要发生的也未发动。例如文艺一项，……上看见'广州文字'一样。……"伙友！这种沉寂的空气，未免令鲁迅这老头子（得罪了）太灰心并且难过。

广州的文学运动，何以不会发生，竟沉寂到如此田地？我从前已对你说，这并不是因为广州的青年忙于革命，没有时间来谈文学，实是他们太没有存心的原故。回看鲁迅先生的说话，更是讲得痛快。他在和我们相见的头一天，便坚决的骂我们，说我们并不是"忙"，乃是"懒"。啊！这确是实情，真是骂得应该！"忠言逆耳"，自古皆然，广州的青年们！振作起

---

[*] 油槌（1902～1944），原名张清水，广东翁源人，1924 年考入国立广东大学预科，"四一二"政变后被抓入狱，后由学校担保获释，1928 年去日本留学。敬文（钟敬文）（1903～2002），广东海丰人，民间文艺家、民俗学家。1926 年到广州谋生，先后在岭南大学、国立中山大学工作及学习，1928 年夏到杭州教书。

来吧！奋发起来吧！我们要干政治运动，社会运动，但也不要忘了文学革命的运动。我们要讲恋爱，也不要忘了创造文艺的使命。我们要读书，读书便不能不将文学。青年们！一齐喊起来吧！再也不要沉静了。有话不说，不是革命青年所应为。虽然广州太平静了，广州太平静了，没有多受着刺激和压迫，在这个沉寂的环境下面，感觉迟纯〔钝〕，要努力文艺运动似乎很难。但我们苟自己反诘一句："民国元年已过去了，民国也成立了，但，文艺上有了创造没有？"（鲁迅先生原语）我们就要本着孙先生"知难行易"的精神，拿翁"天下无难事"的志气去"紧张一点，革新一点"（鲁迅语）。而且我们更应该知道，环境愈沉静，我们更应该努力去创造文艺，打破这个沉静的空气，要这样才算个真正的文学家。拉狄克不是这样说么？"在一个最大的社会改变的时代，文学家不能做旁观者。"社会大改变的时代，困难万分，文学家尚不能旁观，何况目下的广州仅仅是个沉寂而已。血气方刚的广州青年，连沉寂的空气都不能改变为热烘烘的状态，那也不要自夸为革命策源地的革命青年了。我们更应该注意的，就是鼎鼎大名的鲁迅，这个老头儿来中大之后，因忙于教务的处置，暂时的幽默，都给宋云彬先生诚恳坦率的说了许多话。若我们也是一样的躲懒，则甚么希望都没有了。又何况鲁迅先生也是堂哉皇哉的对我们说呀："将来广州的文艺界，定有许多很好的创作，这是我希望能够看见的。就是我自己，也一定不站在旁观的地位来说话；其实，在社会上是没有旁观的地位可说，除非你不说话。"

不错！"现在，不是客气的时候了。有声的叫声，有力的出力。现在可以动了，已是活动的时候了！"（鲁迅语）但是我们一齐起来怎么喊呢？如何喊法才有成效呢？新旧都可以喊出来么？不愁粗浅与幼稚么？"只许州官放火，不许百姓点灯"的文学阶级上之贵族们的谩骂批评，讥诮，又情何以堪？不也羞煞人么？这些难题，鲁迅这个老头子已给我们明白解答了。看吧！——

（一）甚么都可以叫出来。他说："有意思，有声音，我们便要叫出来。就是有灵魂，也得让他叫喊出来使大家知道知道，虽然有的是旧意思，有的是新意思，但不论新旧也当一齐叫出来。"又说："有了旧的，才可以表示出新的来。有了旧的灭亡，才有新的发生，旧的思想灭亡，即是新的思想萌芽了，精神上有了进步。……"

（二）不要害羞，不要怕人家骂，更不要慊自己的幼稚。他说："幼稚是不要紧的，最初是幼稚，但可以生长起来，发展出去的。如一个幼孩，……他并不觉得幼孩是可羞耻的。所以作品虽然幼稚，但没有什么可羞可耻的地方，这是不要紧的，我们不要怕。"又说："有的以为怕人家要骂，这也是不〔要〕紧；若是没有人骂，反而觉得无聊得很。……"

（三）努力的结果，必定有相当的效果。他说："我只希望大家努力，至于努力的结果如何，是很难说的，可是大家做做总不会错；做起来，总比睡着的好，〔比〕像死般沉静下去，总要好得多。永远的做，你做了更有人接下去，有什么思想，有什么意思，便发表出来，要这样不断地努力的下去。……诸君如果能够这样做下去，十年，二十年，三十年，这样不间断地做下去，将来一定有相当的收获了。"

（四）怎样说呢？他说："文艺这个东西，只要说'实话'，暂时总可以存在的，至于将来可以不管。"鲁迅先生所谓实话，大约不是和为艺术为趣味而作文的意思一样。因为虚描幻想和吟风弄月，咏莺声婉转，蔷薇美丽，天仙美女，……的只有博得大人先生们的欣赏，满脚牛屎，衣服褴褛的平民们，是不能领略其中三昧，且也不愿意去浏览的。固然文艺是人生的表现，如能赤裸裸地描写人生的深处，发出心灵的叫喊，可算是尽了文学家的责任，但何可知人们的生活是随着时代而变迁，不能固守着原有的状态？人生既因时而异，表现人生的文学，便也不能不因时而异了。是以□□不朽的文学□会因时代生活的反映，把种种客观的影响与主观的情绪忠实地描写出来。持这个主旨去创造出来的文学，才是真正有价值的文学；持这样宗旨去创造文学的人，才是真正的文学家，才是不朽的人豪。鲁迅先生之所谓要说"实话"，阐明来说，谅也是和书面的话相同吧？不然，离开了时代的文学，我可以直爽的说，请你把他送到古品陈列中去，圣皇国院中去，古庙颓寺中去给那些神神鬼鬼们鉴赏！不然，请他自己爬进坟墓里去！不然，就要请孙悟空来使法门，将廿世纪回复到十二三世纪去！这是专指复古运动中的骸骨而言，至于幻想非非的趣味主义之文学，也是一样的厌煞人！总之，这些说话，已给郭沫若、成仿吾先后道尽，我可以不必多说了。

广州的青年们！一切难关都给鲁迅先生解答了。一齐干起来吧，呐喊，呐喊！破沉寂的空气，负起创造文学的使命，本着时代的精神去尽情描写吧！不远的将来，春风迎人笑般的文艺之花，必开遍珠江两岸，任人采取，任人欣赏呀！

伙夥［友］！这是我读了鲁迅先生的演说辞之后所要说的话，想你也有同感吧？

中大举行开学典礼时，他也曾有简单的演说，我得瞻仰丰采，亲聆伟论，真是三生有幸！我心目中的鲁迅，以为必然是和西其装，皮其鞋，羊毛其袜，戴博士眼镜，满身香郁的大人先生们一样的漂亮，谁知竟是一个发长寸许，鼻准大耳肩长，须粗，面黄瘦，□骨高耸，着布袍子，长裤脚，胶底鞋的老头子呢？若在街上看见，我将以为他是坐了十年牢的囚犯；最低限度，我要说他是个"冬烘先生"。这种朴素的衣着，苦楚的生活，数十年如一日过着，曾不因声名的高扬而更改，有此操守的人，据我所知，除此老外，怕只有一个吴稚晖吧？至于头发的斑白，额上的皱纹，皮包骨的瓜子面儿，作深黄色整齐成排，微止缺漏的牙齿，瘦长的手，……在在都可以看出他与恶势力已奋斗数十年的模样。他的眼睛黑色有光，他的态度沉毅，颇令人们敬仰。讲起话来，声音很爽亮而又温和。兼之时行时走，这除表示他温和谦让之外，镬［矍］铄的精神，也是充分的表现出行，大约此老是"老当益壮"吧。——关于鲁迅先生的丰彩，本想□□精神去形容刻画，另作成篇送去发表，但许多人已亲见过他，所以我止说了这一点。

我这次所要说的，就是这些，下次再谈吧。祝你奋进！

油槌伙友手启，植树节于中大

——载《广州国民新闻》1927年3月18日

鲁迅的彷徨

宁　远[*]

读过《呐喊》的人，大概可以知道鲁迅小说的表现方法是多方面的。

---

[*]　宁远（1901～1972），即王任叔，浙江奉化人，1924年加入中国社会主义青年团。1926年7月赴粤，任国民革命军总司令部机要秘书，加入中国共产党，1927年7月被捕。1929年赴日本学习，同年归国，1930年加入左联。

但并不是说他文体不统一。就我记忆所及的，觉得有以下的几类可分：

（一）《阿Q正传》……

（二）《狂人日记》……

（三）《白光》……

（四）《社戏》……

此外还有一篇特出的而为成仿吾所赞许我们所看不懂的《不周山》。

在以上四种代表作品里，我觉得都有各种不同的风韵与表现的方法。但究竟有如何不同呢，我实在不能说。只是读过后直觉的感到有不同的风韵与表现的方法而已。但勉强要说一说。则我不妨把第一类算作是活泼的（不是仅仅一点庸俗的滑稽，如《小说月报》上的《老张的哲学》而已也），第二类算作热烈的，第三类算作白描的，第四类算作抒情的。——当然，这些分法，是十足的杜撰。好在于我既非博士，又非留学生，又不懂外国文；固毋庸据自然主义新浪漫主义以平衡之也。——至于《不周山》大概是神秘的或贵族的吧。

同样在《彷徨》里我们也可以分作以下几类：

（一）《高老夫子》《幸福的家庭》。

（二）《在酒楼上》《孤独者》《伤逝》。

（三）《示众》《长明灯》《兄弟》《离婚》《肥皂》。

在这分类里，第一类是活泼的，第二类是抒情的，第三类是白描的。然而像《狂人日记》这样热烈咒骂的文章没有了。

《高老夫子》，和《幸福的家庭》的活泼的表现的方法，完全是心理的。《幸福的家庭》不必说了，全篇都是描写主人翁思想的过程。没有一处不活活泼泼地抓住主人翁的思想在说话，反映出实生活与艺术生活的冲突。至于《高老夫子》，则表现方法更进一步。作者站在第三者的客观的地位描写出篇中人物主观的波动。换一句话，作者不是仅仅在描写篇中人物的行动的过程，而是在描写他心理的过程。这一着，我觉得作者是超越了阿Q的时代了。现在抄一段在下面，以见一般。

　　……首先就想到往常做父母实在太不将儿女放在心里。他还在孩子的时候，最喜欢爬上桑树去偷桑椹吃，但他们全不管，有一回竟跌下树来磕破了头，又不给好好医治，至今左边的眉棱上还带着一个永不消灭的尖劈形的瘢痕。他现在虽然格外留长头发，左右分开，又斜梳下来，可以勉强遮住了，但究竟还看见尖劈的尖，也算得一个缺点，万一给女学生发见，大概是免不了要看不起的。……

他总疑心有许多人在暗暗地发笑，但还是熬着讲，明明已经讲了大半天，而铃声还没有响，看手表是不行的，怕学生要小觑；……

像这样的活泼的笔致，确不是凡手所能作，更不是整天叫着苦痛的作家所能理会。

在第二类抒情的几篇里，似乎已经流入于感伤的了。和呐喊时代的微笑的抒情的风调不同。在这里所表现的是秋的色调，是秋的声音，是青春的损失的哀歌，是流水年华的挽词！——活泼的鲁迅竟变成了岁暮沧桑的诗人了。然而使人感到奇异的，鲁迅竟为什么抛起了他的白描的乡村的题材而描写对于爱的失望与爱的虚幻的文章了。我们不大知鲁迅的生活的背景，然而在那《孤独者》与《伤逝》里所表现的，尤其是《伤逝》鲁迅是烧起了青年的火了。大概好几年前吧，沈雁冰批评《呐喊》作者没有一篇讲到青年恋爱的作品。……阿 Q 赵妈之举则为耶酥的吩咐式的乡野恋爱，而非现在时髦青年的恋爱——然而现在竟有《伤逝》的作品出现了。而且比鲁迅自己所捧场过的描写青年心理大家许钦文更其来的深切。——虽则我于许君作品只是浅览一点，但像这样表现法，总不是在航船上裙子底探于过去的作者许钦文所能做得出来的吧。……这难道能人无所不能的缘故吗？至于《孤独者》的描写，这真是现代一般青年的普通现象。篇中最使人感动的就是孩子都拒绝了他的爱这一点。全篇的骨骼是描写一个对于人生很矜持的青年，因得不到爱与世人的怀疑攻击，而流入于对人生抱着游戏的态度。事实的过程很自然。差不多是《彷徨》中第一篇的作品。

在第三类白描的几篇里，最细腻的要称《示众》。真可与《呐喊》里的《白光》媲美。而且所涵的深切的意义比《白光》更进一步。我读了《示众》后，油然的生了爱人类的思想。在这里所表现的是整个的人类。但整个的人类不能各部匀齐的发达，每使缺陷丛生，这虽是作者所痛心的，然而也是读者的我所感慨的。啊！人毕竟是互相牵连的，人毕竟是互相牵连的。次之是《长明灯》。这个想扑灭灯光的疯子，现在是没有像喊"救救孩子"的狂人那么热烈的心肠了。而且篇中只见卫道者恐慌，没有疯子的喊声，就是有，也是很无聊。说一声"我放火"似乎已出了他的气了。在这里，作者的确换了一个时代了。正与由微笑的抒情的《社戏》向至感伤的抒情的《在酒楼上》趋同一的步调走去。然而作者的所期望的孩子，居然能唱着随口编派的歌。这又是作者所认为快乐的事吧。

再次之为《肥皂》中的四铭，则仍发着九斤婆婆的感慨。不过九斤婆婆的"一代不如一代"更成了四铭"咯支咯支遍身洗一洗"，为更进一层刻毒的描写了。大概作者在以前只见到卫道者的外貌，仅仅在不合时代潮流这一点上讥笑他们。而现在作者觉得以前的观察是错了，他们所谓"一代不如一代"原来是为"咯支咯支洗一遍"的，也难为四铭嫂的聪明，一针见血的道破了四铭的心；大概是同衾同心的缘故吧。

> "他那里见过你的心事呢。"伊可是更气愤了。"他如果能懂事，早就点了灯笼火把，带了那孝女来了。好在你已经给伊买好了一块肥皂在这里，只要再买一块……"
>
> "胡说！那话是光棍说的。"
>
> "不见得。只要再去买一块，给她咯支咯支的遍身洗一洗，供起来，天下也就太平了。"
>
> "什么话？那有什么相干？我因为记起了你没有肥皂……"
>
> "怎么不相干？你是特诚买给孝女的，你咯支咯支的去洗去。我不配，我不要，我也不要沾孝女的光。"

而就在这个情景下，四铭仍做他有补于世道人心的孝女诗。这岂是庸俗的刺的文学的作者所能表达！这岂是以浪漫文学相号召的作者所能表达。这可说是作者"独一无二，全球驰名"的正生润；在于正反的事理中天衣无缝的合拼在一处，以显是篇中的主意。作者的艺术手腕，实在比《呐喊》时代进步得多了。呐喊时代的《药》，与《明天》，那里及得《肥皂》来呢。

此外又有《祝福》一篇似乎介于抒情与白描之间写"祥林嫂竟肯依？……"这一段使人想到阿Q想赵妈的一段，是白描的。写"祥林嫂你放着罢！我来摆。"这一段又使人感到一种说不出的懊丧与伤感，也是白描的。但起笔则是抒情的写法。

从上面这么说来，作者由《呐喊》时代到《彷徨》时代有三种不同之点！——或许说是作者艺术的进步与热情的衰退的痕迹。

（1）由露骨的讽刺而入于敦厚的讽示。

（2）由热情的叫喊而入于感伤的吁叹。

（3）由事实的描写而入于心理的刻画。

总之是由《呐喊》而至于《彷徨》。

至于像他这样的细腻深刻描写，又是在中国的文坛上，打起灯笼寻不出的。现在抄几节看看！

又像用了力掷在墙上而反拨过来的皮球一般，一个小学生飞奔上来，一手按住了自己头上的雪白的小布帽，向人丛中直钻进去。但他钻到第三——也许是第四——层，竟遇见一件不可动摇的伟大的东西了，抬头看时，蓝裤腰上面有一座赤条条的很阔的背脊，背脊上还有汗正在流下来。他知道无可措手，只得顺着裤腰右行，幸而在尽头发现了一条空处，透着光明。他刚刚低头要钻的时候，只听得一声"什么"，那裤腰以下的屁股向右一歪，空处立刻闭塞，光明也同时不见了。

——《示众》

"嘻嘻！"似乎有谁在那里窃笑了。

高老夫子脸上登时一热，忙看书本，和他的话并不错，上面印着的的确是："东晋之偏安。"书脑的对面，也还是半屋子蓬蓬松松的头发，不见有别的动静。他猜想这是自己的疑心，其实谁也没有笑；于是又定一定神，看住书本，慢慢地讲下去。当初，是自己的耳朵也听到自己的嘴说些什么的，可是逐渐糊涂起来，竟至于不再知道说什么，待到发挥"石勒之雄图"的时候，便只听得吃吃地窃笑的声音了。

他不禁向讲台下一看，情形和原先已经很不同：半屋子都是眼睛，还有许多小巧的等边三角形，三角形中都生着两个鼻孔，这些连成一气，宛然是流动而深邃的海，闪烁地汪洋地正冲着他的眼光。但当他瞥见时，却又骤然一闪，变了半屋子蓬蓬松松的头发了。

——《高老夫子》

这二个例子，在一般的手笔下，是只能说"小学生在人缝间乱钻，一个个的屁股遮住了他的去路"或"他登上了讲台，女学生都俯着头不敢向他正视，但他讲到后来，女学生一个个的抬起头来，眼睛发着炯炯的光；但一到他的视线向女学生放射时，则女学生都又一个个俯下头去了的"。虽则天才者或许会比较更美艳，更真实，于这些计划外，不说到香，说到色说到……而庸俗者的我，则看到"半屋子蓬蓬松松的头发"，"等边三角形"……等等已经很欣然了。不再想什么色与香的描写了。

我最后在此，十分祈敬地希望作者赐予我们以更多的创作！十分祈敬地希望读者不要以为没有拥抱接吻等等字眼粗忽的忽忽的看过，而不去细细吟味！更十分祈敬地希望当代的文学批评大家都不要凭着自己的偏见与意气，轻轻地以庸俗的趣味两字而杀抹作品的优点！

——载《广州国民新闻·新时代》1927 年 3 月 21 日

怀鲁迅、孟真

伏　园[*]

革命根据地的广州，在思想文学方面，实在看不出什么革命的痕迹。谁都是这样说。但此后或者不然了。

鲁迅先生是思想文艺界的彗星，他的光芒的猛烈，不是"火老鸦"三字所能尽。《北新》周刊第二十三期上有这样一节：

"鲁迅先生离厦门赴广州时给人的信中说：'不知怎地我这几年忽然变成火老鸦，到一处烧一处，真是无法。此去不知何如，能停得多少日。'火老鸦是火烧时飞扬的火星，它落在临近屋上，也就烧起来了。所以火烧地的临屋极怕火老鸦。可是，焚烧积污的火老鸦该是被到处欢迎的。"

"火老鸦"的光芒射到的地方已经会烧起来了，何况是火老鸦的本身所到的地方。所以我说他是彗星，火老鸦三字还是客气的。

但是，只有一员"新青年"的健将仿佛还不够"焚烧积污"似的，中山大学又得到一员"新潮"的健将傅梦真。鲁迅先生劝青年少读乃至绝对不

* 伏园（孙伏园）（1894～1966），浙江绍兴人，1926 年被国立中山大学聘为教授，1927 年到武汉，担任《中央副刊》主编。大革命失败后到上海，任国民党改组派刊物《贡献》编辑。

读中国书，是许多人知道的。孟真先生回国后的见解怎样，却少有人知道。

在广州时，老同学伍□先生请孟真和我吃饭，顺便问到孟真担任文科主任以后的大政方针。孟真的答复是只有使"斯文扫地"四个大字。他接续说中国书没有一部毅得上称书的，多读一部中国书，便在身上多长一个疮。如果有人愿意牺牲一身，长着百孔千疮，也不妨听其自便，但绝对不准鼓吹别人也像他一样的长着百孔千疮。

他想做三篇文字，想了好久还没有动手的，一篇是《绝国故》，一篇是《废哲学》，又一篇是《溺儒冠》。我劝他赶紧写出来发表。他说你武汉的报上敢登吗。我说你在广州尚且敢写，我在武汉岂有不敢登的！

他还有篇妙文，已写了半篇，是考据文字。他完全用顾颉刚先生作"古史辨"的方法，考证"疑古玄同"这个人是没有的。这倒是我劝他从缓发表，因为我说："我昨天刚寄出一部书送玄同先生，如果一经你证明没有，那我的一包书难免要退回来了。等我接到疑古玄同先生的回信以后你再发表好不好呢？只是对于玄同先生，这个玩笑还开得不大，对于颉刚，却开得不小，你简直是有协助柳逆贻谋之嫌了。"

这是闲话。正经话是：思想文学革命的工作，近来实在太消沉了，他们一位教务主任，一位文科主任，秉总理"革命尚未成功，同志仍须努力"的教训，一定可以把个广州中山大学乃至全国的思想文艺界，烧的烧，扫的扫，大大的捣乱一场的。

一别又是月余了，关山远隔，敬致我的怀念之意。

——载《中央副刊》1927 年 3 月 23 日

向上走，不必理会冷笑和暗箭

有 成[*]

"——愿中国青年都摆脱冷气，只是向上走，能做事的做事，能发声

---

[*] 有成（1900—?），古有成，广东梅县人，国立中山大学毕业，1926 年初任黄埔军校政治教官、宣传科科长。北伐时，任北伐总司令部政治部宣传科长。1931 年任广东省政府秘书、广东军事政治学校政治训练班副主任。1936 年辞去军职，从事教育工作，1949 年后去香港任教。

的发声。有一分热，发一分光，就如萤火一般，也可以在黑暗里发一点光，不必等候炬火。"

"我又愿中国青年都只是向上走，不必理会这冷笑和暗箭——。"

这些都是鲁迅先生在《热风》里《随感录四十一》里的说话，我读了很有一些感触。我觉得鲁迅先生所愿望于我们青年的，"能做事的做事，能发声的发声"，"不必理会这冷笑和暗箭"，实在很有理由。世界上最不好的，大概就是：能做事而不做事，能发声而不发声，或怕人家的冷笑和暗箭而不敢做事不敢发声。中国现在这样糟，多少是因为这样的人太多的缘故。讲到我个人，曾经因为多写了一二篇文字，自然还说不上"能发声"，也已博得敌视我的人的不少冷笑和暗箭，什么"哲学家"啊，什么请把"稳健"二字的真解，抽空向什么界的人说啊，自然都是值不得理会。我还是提出下列三个口号，来勉励我们的同志，并以自勉：

能做事的做事去！

能发声的发声去！

不必理会冷笑和暗箭！

十六，三，二十。

——载《广州民国日报·现代青年》1927年3月25日

黄花节的杂感

鲁　迅[*]

黄花节将近了，必须做一点所谓文章。但对于这一个题目的文章，教我做起来，实在近于先前的在考场里"对空策"。因为，——说出来自己也惭愧，——黄花节这三个字，我自然明白它是什么意思的；然而战死在

---

[*] 鲁迅（1881～1936），浙江绍兴人，文学家。"三一八惨案"后遭通缉，1926年8月26日离京南下，任厦门大学国文系兼国学院教授。1927年1月16日赴广州，任国立中山大学文学系主任兼教务主任。

黄花冈头的战士们呢，不但姓名，连人数我也不知道。

为寻些材料，好发议论起见，只得查《辞源》。书里面有是有的，可不过是：——

> 黄花冈。地名，在广东省城北门外白云山之麓。清宣统三年三月二十九日，革命党数十人，攻袭督署，不成而死，丛葬于此。

轻描淡写，和我所知道的差不多，于我并不能有所裨益。

我又愿意知道一点十七年前的三月二十九日的情形，但一时也找不到目击耳闻的耆老。从别的地方——如北京，南京，我的故乡——的例子推想起来，当时大概有若干人痛惜，若干人快意，若干人没有什么意见，若干人当作酒后茶余的谈助的罢。接着便将被人们忘却。久受压制的人们，被压制时只能忍苦，幸而解放了便只知道作乐，悲壮剧是不能久留在记忆里的。

但是三月二十九日的事却特别，当时虽然失败，十月就是武昌起义，第二年，中华民国便出现了。于是这些失败的战士，当时也就成为革命成功的先驱，悲壮剧刚要收场，又添上一个团圆剧的结束。这于我们是很可庆幸的；我想，在纪念黄花节的时候便可以看出。

我还没有亲自遇见过黄花节的纪念，因为久在北方。不过，中山先生的纪念日却遇见过了；在学校里，晚上来看演剧的特别多，连凳子也踏破了几条，非常热闹。用这例子来推断，那么，黄花节也一定该是极其热闹的罢。

当三月十二日那天的晚上，我在热闹场中，便深深地更感得革命家的伟大。我想，恋爱成功的时候，一个爱人死掉了，只能给生存的那一个以悲哀。然而革命成功的时候，革命家死掉了，却能每年给生存的大家以热闹，甚而至于欢欣鼓舞。惟独革命家，无论他生或死，都能给大家以幸福。同是爱，结果却有这样地不同，正无怪现在的青年，很有许多感到恋爱和革命的冲突的苦闷。

以上的所谓"革命成功"，是指暂时的事而言；其实是"革命尚未成功"的。革命无止境，倘使世上真有什么"止于至善"，这人间世便同时变了凝固的东西了。不过，中国经了许多战士的精神和血肉的培养，却的确长出了一点先前所没有的幸福的花果来，也还有逐渐生长的希望。倘若不像有，那是因为继续培养的人们少，而赏玩，攀折这花，摘食这果实的人们倒是太多的缘故。

我并非说，大家都须天天去痛哭流涕，以凭吊先烈的"在天之灵"，一年中有一天记起他们也就可以了。但就广东的现在而论，我却觉得大家对于节日的办法，还须改良一点。黄花节很热闹，热闹一天自然也好；热闹得疲劳了，回去就好好地睡一觉。然而第二天，元气恢复了，就该加工做一天自己该做的工作。这当然是劳苦的，但总比枪弹从致命的地方穿过去要好得远；何况这也算是在培养幸福的花果，为着后来的人们。

三月二十四日夜

——载广州中山大学《政治训育》第七期"黄花节特号"，1927 年 3 月 29 日

北新书屋

景　宋[*]

孙伏园先生来到广州的时候，他，他老人家——其实他还并不老，不过从北京逃出舆论界被屠杀时，化装留下的髭须，使人们见了多称他孙老头儿，或伏老而已。——似乎皮相（？）一点罢，以为广州的文坛太寂寞了，想"挑拨"一下，从外面运些家伙来。最先找到了几间屋，在芳草街四十四号的楼上。家伙——书——的到来还没有影子，伏园先生却已经跑往武昌去了，于是就将几间空空洞洞的屋子交付给鲁迅。

于是这回是鲁迅先生要来卖书。那办法，是仍旧将这空房子锁起，从自己的腰包里陆续掏出了六十元钱付房租，总算是在开书店。而自己还很得意，说道，虽然没有书，然而这总可以支持的，好在我在中山大学做教员，现在还没有欠薪水。

幸而四五天以前，书籍陆续的寄到了，书店本可以逐渐开起来。但这

---

[*] 景宋，许广平的笔名。

位先生却又不想开书店了，——其实也不会，——以为麻烦得很，不如托一个熟人随便出掉它。名目呢？书籍多是北新书局的，但这里又不是书局，倒是人家，那么，叫作"北新书屋"吧。

从此这北新书屋，就于三月二十五日在芳草街出现。

然而广州的读者，却似乎也欢迎"挑拨"，第一天，这书屋就很不算冷落了。

因为自己比较的知道情形，就为要读新书的人们介绍一下，也可以说是近乎变相的广告。

三月二十六日

——载《广州国民新闻·新时代》1927 年 3 月
31 日，录自中山大学中文系编《鲁迅在广东》广东
人民出版社，1976 年

中山大学开学致语

鲁　迅[*]

中山先生一生致力于国民革命的结果，留下来的极大的纪念，是：中华民国。

但是，"革命尚未成功"。

为革命策源地的广州，现今却已在革命的后方了。设立在这里，如校史所说，将"以贯彻孙总理革命的精神"的中山大学，从此要开他的第一步。

那使命是很重大的，然而在后方。

中山先生却常在革命的前线。

但中山先生还有许多书。我想：中山大学与革命的关系，大概就等于

---

* 鲁迅（1881~1936），浙江绍兴人，文学家。"三一八惨案"后遭通缉，1926 年 8 月 26 日离京南下，任厦门大学国文系兼国学院教授。1927 年 1 月 16 日赴广州，任国立中山大学文学系主任兼教务主任。

许多书。但不是死书：他须有奋发革命的精神，增加革命的才绪，坚固革命的魄力的力量。

现在，四近没有炮火，没有鞭笞，没有压制，于是也就没有反抗，没有革命。所有的多是曾经革命，将要革命，或向往革命的青年，将在平静的空气中，度着探求学术的生活。但这平静的空气，必须为革命的精神所弥漫；这精神则如日光，永永放射，无远弗到。

否则，革命的后方便成为懒人享福的地方。

中山大学也还是无意义。

不过使国内多添了许多好看的头衔。

结末的祝词是：我先只希望中山大学中人虽然坐着工作而永远记得前线。

——载广州出版的《国立中山大学开学纪念册》，1927 年 3 月

企望我们的领导者鲁迅先生

萍　霞*

每一个革命的青年，他的心目中必有一盏引路的灯。这灯对青年是有权威的。青年的行动，言论与一切，是常受着灯的支配。所以青年们的能否革命，也就要看他的领导者的灯的如何。如其领导者是不革命的或反革命的，这青年也就容易走上不革命或反革命的路。所以青年的人们，对于领导者是要具选择力的。而同样，灯的权威与力量，能够支配青年若干时，支配到若干程度，也就要看他的自身的光明，与时间性，与进取力。

皎洁灵敏的青年，其进程常有比灯来得快的时候。这原因当然不是灯走不青年赢［赢青年］，而所谓灯者，常常落在被引导的青年的后面，却是事实。

当被引导者走在灯的前面时，这灯当然失了他的效用。这效用对于灯的本身虽或无关，而对于青年是有影响的。青年失了一盏灯，便是进了一

---

*　萍霞（胡萍霞、胡人哲），湖北孝感人，北京女子高等师范学校保姆讲习班毕业，去苏门答腊教书，不久回国，到母校任舍监，1927 年到武汉工作。

段行程。同样，灯如失去了一个信仰者，便是在客观上减少了一个信仰者的力量，这力量的减少，当然他自己应该负责任。

所谓灯者，必是一个时代的模型。这模型虽或不能延长他的时间，但确曾支配过一个时期的青年。当被支配的当时，不是热狂，不是盲从，是一种真实的含有理性的力量。这力量，便是灯的人格或才能的表现。

我们知道：在五四以后，青年们曾经换过了他们几次的灯。这灯的被遗弃，自然是灯的本身的不幸。而遗弃旧灯，攫取新灯的青年，但不知是否果真是进境。

我们知道：在五四后各个明灯之中，有一盏，那便是鲁迅。

在各个灿烂的灯光中，到现在仍不失其光明，仍能引导多数的青年的，仍是鲁迅。

于是我们便不能不分析分析我们的灯，尤其是永远光明的灯。

凡是一个灯，在未成灯之前，并不自命其为灯。如其自命为灯的，那灯必不能成其为灯。因为自命为灯者，必是灯的自杀。同样，被人类视为灯之后，而欲保持灯的尊严与骄傲，那便马上失其为灯了。所以灯这个东西，是不能自觉与自傲的。惟其不能自觉与自傲，而又自觉其为灯，而又不失其为灯者，这就是难能。所以，这个难能的领导者，是我们不可缺少与忽视的。

上面的话太简秘了，请稍解释一下：所谓灯的这个东西，笼统的注解，或许就是领袖。领袖这东西，在个人的见解，或许就是坟墓。因为曾经见过许多有希望的人们，都被领袖埋葬了。这便不是武断的话，最显明的事实，如曾经代表过文学革命的某先生，与曾经被党骄养过的某总司令。以他们的天才，如其不保持着他们领袖的尊严，与一般的青年们同样的虚心，决不至只代表某种运动，与打碎了信仰者的人们的心。这样，所以我们只能企望着我们的鲁迅先生。

鲁迅先生，是不会被领袖的虚荣，将他掩瘗了的，虽然他早已知道他自己确是一个领袖。他谦虚的心情，他锐敏的观察力，是能捉住一个任何的环境而领导着青年们向前踏步的。

这大概不是一句假话："凡认识了鲁迅先生的人们，从初识到现在，鲁迅先生总不会在他们的心灵里失掉了地位。"这地位当然是鲁迅先生的权威。

鲁迅先生的先生，是环境。鲁迅先生的权威，是驱逐着青年们走他自己的最光明的一条路。我们知道：鲁迅先生现时的环境是广州。广州的现状，容或与武汉不同，鲁迅先生在广州的地段里发出的铿声，许不是我们所最要的。

然则，我们可以不需要鲁迅先生的声音吗？这不，鲁迅先生的声音，是我们所最要听的，而且是必须要听的。

我们知道：汉江的水，是素来宁静，不曾起过什么清鸣，更谈不到澎湃的涛声。

我们知道：汉天的云，是素来平淡，没有层出的云涛，与灿烂的云锦。

我们知道：我们不过是杂草里的一滴露珠，我们的生命是这样的不值钱而且容易消灭。

我们要我们的汉水振啸，我们要我们的汉云灿烂，我们要我们的生命有价值，而运用得有力量，所以我们不能不企望我们的领导者鲁迅先生惠临。虽然他是个含有世界性的作家。

一九二七年三月二十六号于紫阳湖畔

——载《中央副刊》1927 年 4 月 5 日第 15 号

庆祝沪宁克复的那一边

鲁　迅[*]

在广州，我觉得纪念和庆祝的盛典似乎特别多。这是当革命的进行和胜利中，一定要有的现象。沪宁的克复，在看见电报的那天，我已经一个人私自高兴过两回了。这"别人出力我高兴"的报应之一，是搜索枯肠，硬做文章的苦差使。其实，我于做这等学，是不大合宜的，因为动起笔来，总是离题有

---

[*] 鲁迅（1881~1936），浙江绍兴人，文学家。"三一八惨案"后遭通缉，1926 年 8 月 26 日离京南下，任厦门大学国文系兼国学院教授。1927 年 1 月 16 日赴广州，任国立中山大学文学系主任兼教务主任。

千里之远。即如现在，何尝不想写得切题一些呢，然而还是胡思乱想，象样点的好意思总象断线风筝似的收不回来。忽然想到昨天在黄埔看见的几个来投学生军的青年，才知道在前线上拼命的原来是这样的人；自己在讲堂上胡说了几句便骗得听众拍手，真是应该羞愧。忽而想到十六年前也曾克复过南京，还给捐躯的战士立了一块碑，民国二年后，便被张勋毁掉了，今年倾〔倒〕又可以重立。忽而又想到香港《循环日报》上所载李守常在北京被捕的消息，他的圆圆的脸和中国式的下垂的黑胡子便浮在眼前，不知道他现在怎么样。

黑暗的区域里，反革命者的工作也正在默默地进行，虽然留在后方的是呻吟，但也有一部分人们高兴。后方的呻吟与高兴固然大不相同，然而无裨于事是一样的。最后的胜利，不在高兴的人们的多少，而在永远进击的人们的多少，记得一种期刊上，曾经引有列宁的话：

第一要事是，不要因胜利而使脑筋昏乱，自高自满；第二要事是，要巩固我们的胜利，使他长久是属于我们的；第三要事是，准备消灭敌人，因为现在敌人只是被征服了，而距消灭的程度还远得很。

俄国究竟是革命的世家，列宁究竟是革命的老手，不是深知道历来革命成败的原因，自己又积有许多经验，是说不出来的。先前，中国革命者的屡屡挫折，我以为就因为忽略了这一点。小有胜利，便陶醉在凯歌中，肌肉松懈，忘却进击了，于是敌人便又乘隙而起。

前年，我作了一篇短文，主张"落水狗"还是非打不可，就有老实人以为苛酷，太欠大度和宽容；况且我以此施之人，人又以报诸我，报施将永无了结的时候。但是，外国我不知，在中国，历来的胜利者，有谁不苛酷的呢。取近例，则如清初的几个皇帝，民国二年后的袁世凯，对于异己者何尝不赶尽杀绝。只是他嘴上却说着什么大度和宽容，还有什么慈悲和仁厚；也并不象列宁似的简单明了，列宁究竟是俄国人，怎么想便怎么说，比我们中国人直爽得多了。但便是中国，在事实上，到现在为止，凡有大度，宽容，慈悲，仁厚等等美名，也大抵是名实并用者失败，只用其名者成功的。然而竟瞒过了一群大傻子，还会相信他。

庆祝和革命没有什么相干，至多不过是一种点缀。庆祝，讴歌，陶醉着革命的人们多，好自然是好的，但有时也会使革命精神转成浮滑。革命的势力一扩大，革命的人们一定会多起来。统一以后，我恐怕研究系也要讲革命。去年年底，《现代评论》，不就变了论调了么？和"三一八惨案"时候的议论一比照，我真疑心他们都得了一种仙丹，忽然脱胎换骨。我对于佛教先有一种偏见，以为坚苦的小乘教倒是佛教，待到饮酒食肉的阔人富翁，只要吃一餐素，便可以称为居士，算作信徒，虽然美其名曰大乘，流播也更广远，然而这教却因为容易信奉，因而变为浮滑，或者竟等于零了。革命也如此的，坚苦的进击者向前进行，遗下广大的已经革命的地方，使我们可以放心歌呼，也显出革命者的色彩，其实是和革命毫不相干。这样的人们一多，革命的精神反而会从浮滑，稀薄，以至于消亡，再下去是复旧。

广东是革命的策源地，因此也先成为革命的后方，因此也先有上面所说的危机。

当盛大的庆典的这一天，我敢以这些杂乱无章的话献给在广州的革命民众，我深（此）望不至于因这几句出轨的话而扫兴，因为将来可以补教〔救〕的日子还很多。倘使因此扫兴了，那就是革命精神已经浮滑的证据。

四月十日

——载《广州民国新闻·新出路》1927 年 5 月 5 日，录自《中山大学学报》1975 年第 3 期

鲁迅先生脱离广东中大

伏 园[*]

一、谢玉生先生的来信

伏园先生：

我去年在厦大的时候，和先生虽没有见过面，但是因为我崇拜迅师的关系，同时也景仰先生。所以我今天有写这封信的资格，告诉先生一些

---

[*] 伏园（孙伏园）（1894～1966），浙江绍兴人，1926 年被国立中山大学聘为教授，1927 年到武汉，担任《中央副刊》主编。大革命失败后到上海，任民党改组派刊物《贡献》编辑。

消息：

迅师本月二十号，已将中大所任各职，完全辞卸矣。中大校务委员会及学生方面，现正积极挽留，但迅师去志已坚，实无挽留之可能了。

迅师此次辞职的原因，就是因顾颉刚忽然本月十八日由厦来中大担任教授的原故。顾来迅师所以要去职者，即是表示与顾不合作的意思。原顾去岁在厦大造作谣言，诬蔑迅师；迄厦大风潮发生之后，顾又背叛林语堂先生，甘为林文庆之谋臣，伙同张星烺、张颐、黄开宗等主张开除学生，以致此项学生，至今流离失所，这是迅师极伤心的事。

自迅师辞职后，中大文科主任傅斯年，因为与顾有友谊的关系，现亦以辞职相要挟，如顾去，彼亦不干。中大校务委员会现在无法解决，学生方面的意见，可分四种：（一）极力挽留迅师拒绝顾颉刚，（二）挽留迅师傅斯年二人对顾颉刚不欢迎亦不拒绝，（三）主张对迅师傅斯年顾颉刚三人均挽留，（四）主张挽留迅师傅斯年同时要求委员会本期暂请顾颉刚赴北京购买中文书籍，下期不再聘。（委员会亦主张如此解决，傅也同意。）以我揣测，除非第一种办法外，迅师断难挽留，但是第一种办法，傅斯年必去，也会发生纠纷，且学生方面，亦未必一致如此。从此观察，迅师辞职，必不能挽回矣。

迅师预备暂在此休息两月，厦大被开除学生亦有数人随从在此。专此，敬颂

撰安！

谢玉生。四月二十五日

二、鲁迅先生的来信

接到谢玉生先生来信以后，昨天又接到鲁迅先生寄来的《老调子已经唱完》一文，此文曾登广东《国民新闻》的附刊"新时代"。今天已经在本刊转录了。信上有提及此文及关于脱离中大的两节话：

"寄给我的报，收到了五六张，零落不全。我的《无声的中国》，已看见了，这是只可在香港说说的，浅薄的很。我似乎还没有告诉你我到香港的情形。讲演原定是两天，第二天是你。你没有到，便由我代替了，题目是《老调子已经唱完》。这一篇在香港不准登出来，我只得在"新时代"

上发表，今附上。梁式先生的按语有点小错，经过删改的是第一篇，不是这一篇。

"我真想不到，在厦门那么反对民党，使兼士愤愤的顾颉刚，竟到这里来做教授了，那么，这里的情形，难免要变成厦大，硬直者逐，改革者开除。而且据我看来，或者会比不上厦大，这是我新得的感觉。我已于上星期四辞去一切职务，脱离中大了。我住在上月租定的屋里，想整理一点译稿，大约暂时不能离开这里。前几天也颇有流言，正如去年夏天我在北京一样。哈哈，真是天下老鸦一般黑哉！"

三、希望鲁迅先生来武汉

武汉青年是极希望鲁迅先生来到武汉的，萍霞女士的意见可以代表大部分的武汉青年。鲁迅先生之所以被青年认为思想的领袖，并不是他高标一个什么旗帜，要青年都跟着他跑。他只是消极的，叫青年固然不要跟着他，但也不要跟着一切有形无形的旧势力，只要他们跟着自己，听自己的指挥。凡人一生出来就是革命的，看见旧势力，不必人指导，自然会摧毁；但要注意的，是旧势力的反动，能葬送青年的生命。这时候如果有人略一提携，但求能勉〔免〕去葬送，青年便自然又往革命的路上跑了。所以在或一意义上，这种无形的领导，实比高标一个什么旗帜的领导还更重要。鲁迅先生对于青年思想界的供献就在此。

鲁迅先生是不大用普通用语的，他所谓"硬直者逐，改革者开除"，用普通语译出来，就是"反动"。看来我们那位傅斯年先生和顾颉刚先生大抵非大大的反动一下不可的了。"而且据我看来，或者会比不上厦大，这是我新得的感觉。"厦大的情形，林语堂先生来武汉，才详详细细的告我，顾颉刚先生真是荒谬得可以。从鲁迅先生这新得的感觉里，可以看出广东的反动势力已经侵入中山大学了。而不幸傅斯年顾颉刚二先生都变了反动势力的生力军。

武汉青年大都是革命的，但武汉的旧势力也就不小，我们希望鲁迅先生快快脱离广东，快快到武汉来做铲除旧势力的工作。

——载《中央副刊》1927 年 5 月 11 日第 48 号

断弦

——《老调子已经唱完》书后

辛 遽①

断弦并不是吊那一位"缺元"的朋友，更不是吊愚下的可以不用裹脚布而不能称文明脚的"拙荆"，而乃是"围鲁三月而弦歌之声不绝"的弦；就是白天怕飞机晚上怕大炮那时的北京酒楼伎馆的弦，也就是"楚人多谣"现时的武汉后城马路的弦——虽说终不免被有心之士认为"郑卫之音"，然而一种从容不迫的态度以及其在男系社会所表现的道德，也总算得是一点"洙泗遗风"罢！

余读鲁迅《老调子已经唱完》，不禁有感焉！如果是在从前的时候，大可感而后叹，而且喟然而叹；不幸老调子已经唱完，于是一感感到了一个故事：

　　昔有读《西厢记》者，思莺莺入魔（大概就是单思病），"医药罔效"，大有"寿终正寝"之势。其孝子熟女，慈母严父，忧虑万状，于是标榜求医。（这种事情，如果是在武汉，纵然说不登一条征求良医的分类或论前广告，至少可用寻妍的方法打锣，俾众周知，不至采取僭用皇榜的下策。）有某者，撕榜应征。遂入山，以古刹为普救寺，以西之厢为西厢。复饰老妈以古装，涂朱傅粉，俨若佳人。端坐寺中，令病者见之，曰：此崔相国小姐莺莺也。病者曰：莺莺美人，何如是邪？曰：莺莺去今若干有余岁矣，宜其老而不入时也。病者曰：然则亦不过如是耳。乃霍然而愈。

呜呼（只呜这一次）！今之醉心古代文化唱老调子者，亦看西厢害单思病之流也。

老调子支配了几万万人的心，统治了几千年的文化（？），正如伶界泰

---

① 辛遽，生平不详。

斗大嗓子的小余，尖喉咙的梅郎对于侧着耳朵坐在池子里的小遗老老遗少的威权一样。今天的四郎探母好，明天的也是好，北京的四郎探母好，上海的也是好。百代公司的唱片翻了又翻，就销磨得像苍蝇薨薨薨，也有人将它开开，眼睛闭着，"三眼一板"的拍着。假定有一位更泰的泰斗，分明是慌了板，如果经一位赏鉴家（？）说：这是老谭的味，那就真像发现了壁中的古文尚书一样了。

老调充满了人们的耳朵，压倒了一切的声音，流遍了全国，近且流遍了全世界，而其为老调子自若也。这个道理，同一只周游世界的狗还是一只狗一样。然而梅郎一次到了东洋，其所得的快感，初不亚于"我的某种著作已有某文译本"，是多么足的奴气啊！设一旦看见在外国人称赞中国文化的书，碰上了一张一边坐人一边睡猪的车子的照片（或者是下意识的回忆），保得住耳根的一股热气不泛到两颊吗？

中国人也只有个秦始皇是没有奴气的，但是主子气又太足了。像烧烟土的焚书，打倒劣绅土豪的坑儒，不许别人称"朕"并规定了其他御用字以后，还订条"以古非今者族"的禁例。等到刘邦把苛法一除，古可以非今，董仲舒，公孙弘，梅赜，伏生之流把壁缝的古都找出来了，于是组织一个百代公司（按即传之百代之意），享有制造孔二老板唱片的专利权。中国虽名脚蔚起，代不乏人，但程老板朱老板等都是按部就班"一板三眼"的如同余叔岩余老板王又宸王老板玩索谭鑫培谭老板有得而皆自谓谭派正宗一样。虽说是有一两个外江派，毕竟还是外江派了事。

中国人都是唯心哲学家，在尧舜之时而讲究构木为巢，钻木取火，到禹还想禅让，到汤还说要治水不顾现代事实的。其实，这班东西又曷尝是想茹毛饮血，穴居野处。他们歌颂米卖三文钱一升的黄金时代，却舍不得拿出现大洋来。分明是做不出现代的文章，却要反对今日的文化。这与自己寒热不调的老婆子，说放了脚多难看而且有得脚气风的危险有什么区别？

在革命的新根据地——唯一的根据地——我们听得着什么老调子？除掉了"洙泗遗风"遍满楼馆的管弦。所以我们把这根弦弄断了，什么老调子也就唱不起来了。

——载《中央副刊》1927年5月17日第54号

希望鲁迅先生

大　朱[*]

武汉这一块文艺的园地，真是贫瘠到了极度了！

前几天突然看见《中央副刊》伏园先生发表的《希望鲁迅先生来武汉》的消息时，不禁这样喟然的长叹了一声。虽然这是一句惯所习闻的老句子，却是我们很愿意，在这里会有更加普遍的喊叫起来。

虽然托洛斯基的主张，说"现代我们全份经济的与文化的工作，不过是我们自己齐集在两个战争之中而已。革命的时代，是凶猛的争斗时代；在这里边，破坏比新建设，占的地位要多得多。无论怎样，革命者自身的精力，要多分的费在征服敌人势力，保持并且加强自身势力，及将他用之于生存和更进的斗争的最迫切的需要上。"在蒋介石串通一切反动势力，进攻武汉，坦克车，无畏舰，随时随地，在瞄准我们胸膛的时候，拿起一杆枪去和敌人拼命，保护我们的已得胜利，自然是显明易见的，比写一切诗歌小说，在文艺史上，长久的留个不朽灭的名字，是急需而且重要得多。然而文艺的作用，始终是实生活的体验；是人生美满追求之绳准。他在消极方面的意义，是表现人生，是反映人生；在积极方面的意义，是批评人生，是创造人生。

因为文艺的作用，是表现人生，是反映人生，那末就是说，有了人生，就会有文艺的表现，——自然这种表现，是没有任何种形式的限制的，——无待乎我们去提倡或制止；因为是批评人生，创造人生，就不能令我们片刻的把他抛开，我们就应对之加以审查和助进。

故革命的时代是有文艺的，并且尤其应该有领导文艺之追寻新的出路之一个东西的存在。

这就是我们在革命的中心地位的武汉，竭诚希望于我们的鲁迅先生之降临的。

正是不错，鲁迅先生，是时常站在中国文艺界之曙光期里，是时时刻

---

[*] 大朱（严大朱），原名严达珠，武昌中山大学进步学生，1927 年 12 月被国民党杀害。

刻跑入了鱼白的东方，于无形之中，给了我们以前方道路之预示。

正是，鲁迅先生是从来没有高标过一个什么旗帜，来号召青年。他处处是劝一般青年，不要盲目的跟着一切旧势力，要跟着自己，那不息前进的创造天机。"老调子已经唱完"，我们应该找寻新的出路。

我们欢迎鲁迅先生来武汉，也并不是希望鲁迅先生来武汉，开办一个文艺作家的制造厂，造成我们一切的武汉青年，都去模仿鲁迅先生的创造方法去造成自己一样的鲁迅先生，这种思想在事实上是不可能，在理论上，亦是不必要。

同时，鲁迅先生，是不需要人家来捧场的。伟大的领导者，正无需乎偶像的尊崇。领袖的作用，是在继续发展的道路中，预示出人们正确方针，免得被黑暗葬送了稚弱的生命；同时领导者之自身，亦是需待群众之影响与鼓励的。故鲁迅先生来了武汉时，第一条严禁，就是不可盲目的捧。我们猜想，这于鲁迅先生，自己亦是十二分的不愿意，人家来盲目的捧。在去年鲁迅先生之所以忽然离开文化古都的北京，而南下，也许多少有几分，是不安于北京的一些无谓的捧罢。因为捧之一字，对于一个真正的领导者，是莫大的侮辱。

现在又回转到来说一声："武汉这一块文艺的园地，真是贫瘠到了极度了！"

在革命的军事势力，未达到武汉以前，贫瘠的园地，自然更是贫瘠得可怜，或者竟会是荒芜的野地罢。到现在，经过一些新的垦殖之结果，也终究觉得未有多大成就。最近出了几个副刊，也竟大多是些宣言标语，和一些浅薄得似在榨干的糟粕中，所浮起的一点淡水，索然无味的所谓革命的文学论，除此以外，竟打［找］不到东西。虽然在《中央副刊》，有傅东华先生，介绍过几篇新兴的苏俄文艺作品，也终于引不起大家热烈的注意，故文艺的创作，在武汉现在，的确是神圣不敢轻试。

这样一直以至于现在，继续的保持了武汉文艺界之静默阴沉！满空是潮湿的霾电！

这虽是说明一般作家，对作之品［品之］谨慎，然终不是好现象罢？

这个静默阴沉的现象，也就是正需待着鲁迅先生来鄂后，会有一番震动的春雷。

我们每一个爱好文艺的现代青年，都担负了这个，在不久的将来，去创造出这个春雷的责任；同时希望鲁迅先生，就要做这次雷震中之发动的一个阳电。

十二日夜

——载《中央副刊》1927 年 5 月 20 日第 57 号

知用夏期学校近讯

本市纸行街知用中学附设之夏期学校，办理经已数届，在该校肄业学生投考各地大学及专门学校，成绩异常优著，久为社会人士所推重。查本届经于昨日开课，来学者非常踊跃，盖该校于此次在开设全科外，又设有各种选科，故来学者源源不绝。又查该校章程有于课余延请名人演讲一项，闻本星期六正午，经已敦请大文学家鲁迅先生公开演讲，题为《读书杂谈》，并请其高足许广平女士担任口译云。

——载《广州民国日报》1927 年 7 月 12 日

市立夏令学术讲演会之进行

▲聘定各科讲师

（觉悟社）市教育局，为提高市民学术上之修养，及研究起见，决于暑假期间，举办学术演讲会，所有讲师，业经聘定。查文学方面，由周树人、江绍原、胡春霖、杨伟业担任；教育方面，由许崇清、黄希声、萧悔尘、李应南、王仁康、汪敬熙、陈衡、谭祖荫担任；医学由司徒朝、陈彦、伍伯良、李奉藻担任；政治由谢瀛洲、邓长虹、高廷梓、刘懋初担任；经济由孔宪铿、黄典元、郭心崧担任；市政由周学棠担任；社会学由区声白、崔载扬担任；自然科学由陈宗南、柳金田、费鸿年担任；美术由胡根天、梁銮担任。查该会已于十一日开始在市师报名，十五日载册，故连日报名者，亦甚踊跃云。

——载《广州民国日报》1927 年 7 月 13 日

本市夏令学术讲演会讲题录

本市夏令学术讲演会，已聘定名人担任讲演，兹将各讲师所拟定之讲题或科目，□述如下：邓长虹讲现时国际政治，黄希声讲学习原则、教室问答及智力发达程序，周树人讲魏晋风度及文章与药及酒之关系，胡根天讲中国画及西洋画之境界、近代美术之趋势与吾人应有的认识，陈彦讲传染病及预防法，区声白讲中国社会问题，崔载扬讲各国民族心理，黄典元讲个人主义的经济与社会主义的经济之比较批评，周学棠讲市政研究，王仁康讲革命教育，司徒朝讲卫生行政及社会卫生，陈宗南讲近代科学思想，陈荣讲教室管理，高廷梓讲什么是不平等条约、什么是帝国主义，陈融、曹受坤讲民法，刘懋初讲市民教育及教育行政，李应南讲教育哲学、现代教育思潮、学校卫生设计教学法、儿童游乐研究及发明与文明，李奉藻讲医学，陈衡讲社会心理学，杨伟业讲设计教学法及文学，此外如许崇清、萧悔尘、谢瀛洲、孔宪铿、胡春霖、郭心崧、何思敬、汪敬熙、费鸿年、谭祖荫、梁銮、伍伯良、柳金田诸先生之讲题，尚未确定云。

——载《广州民国日报》1927 年 7 月 14 日

新文学巨子鲁迅先生之公开演讲

新文学大家鲁迅先生，即周树人，浙江人，为作人先生之令兄。其杰作如《呐喊》、《彷徨》、《中国小说史略》，久已风行于世，而《阿 Q 正传》一篇，且译有三国文字，法文学家罗曼·罗兰氏深为倾倒，此外如《热风》、《华盖》正读集、《坟》诸作，及所译《苦闷的象征》、《爱罗先珂童话集》、《桃色的云》等，亦复传颂一时，先生曾任国立北京大学文学教授多年，本年抵粤，应国立中山大学之聘，当教务长，多所擘画，士子赖之，刻已辞职，行将北上，专心著述，并拟经营出版事业，故本市纸行街知用中学，特于今午（星期六十二时半）请其公开演讲，题为《读书杂谈》，欢迎各界士女到听，先生为文学上的大革命家，际兹革命与读书空气正在紧张之时，想青年诸君必乐于研究此种问题，断不肯失之交臂也。

——载《广州民国日报》1927 年 7 月 16 日

周树人先生文学讲演

在市夏令学术讲演会

本市夏令学术讲演会，业于昨十八日开始，计报名人数约四百一十人，连日出席听讲人数，总在三分之二以上。情形甚为踊跃，秩序亦见整肃。查今日自上午八时起，系由文学巨子鲁迅先生主讲，题目系《魏晋风度及文章与药及酒之关系》现闻我会请求特别旁听者甚众云。

——载《广州民国日报》1927 年 7 月 23 日

欢迎鲁迅先生来广州

张迂庐*

鲁迅先生，我们不是《现代评论》的《闲话》大家陈源教授，也并不是北京《晨报副刊》编辑志摩文士的同党，对于他先生之来，想谁也不会"疾首蹙额而相告"，以至于代他几下的吧？虽然我们也不以他曾被称为中国"思想界的权威者"，"青年叛徒的领袖"而才表示欢迎！

我相信欢迎他先生的许多青年当中，叭儿狗一定是没有的，因此也正不愁他先生上岸时"打落水里又从而打之"；然而除下我们欢迎他的青年之外，叭儿狗却说不定没有的，我们欢迎他之来，或许正是为他最有对待叭儿狗的本领吧！

我们都知道他是创造中国文坛未有之新格的《呐喊》《彷徨》的著者，

---

* 张迂庐，名翰，字迂庐，广东香山人，南社社员。

是著《阿Q正传》而被译成五六国文字且为法国现代大文豪罗曼·罗兰啧啧称道过的人，是空前的《中国小说史略》的著者，是中国译界的高手，是《未名丛刊》《乌合丛书》的主编人，是《莽原》半月刊的创办人，这些，在我们都有"除了欣赏惊叹而外，我们对于鲁迅的作品，还有什么可说呢！"之慨——引沈雁冰《评〈呐喊〉》的话——不过除下了这些之外，还有使我们最难忘的《热风》，和称为交了"华盖运"才弄得来的《华盖集》！

《热风》和《华盖集》，都是先生的杂感短文，在这里的鲁迅先生，是以战士身而显现了！瞧呵！在混浊的北京的空气里，敢于向牛鬼蛇神正视的，而且还敢于在礼教淫威的重围的所谓首都里"论他妈的"的，虽然我们没有见到的或许还有好几位，然单就我们见到的来说，就只有两个人：吴稚晖和鲁迅。

鲁迅先生从北京跑到厦门，才仅是两月前的事；而中大聘请先生来校的消息，前一星期我已经听到了！

除却热诚的欢迎而外，我们对于鲁迅先生之来，还有什么可说呢？

——录自钟敬文编《鲁迅在广东》，北新书局，1927 年 7 月

欢迎了鲁迅以后

——广州青年的同学（尤其是中大的）负起文艺的使命来

坚　如（毕　磊）*

鲁迅先生来，我们是知道要欢迎的。但是欢迎了之后怎样呢？

鲁迅先生擘〔劈〕头一句话对我们说，就是"广州地方实在太沉寂了"。同志，这是何等教鲁迅先生南来以后失望的一件事啊！并且这实在是教每位热情南来的同志失望的。你们看，北京有着烘烘烈烈的火，上海也有着烘烘烈烈的火，在广州的文坛上，几乎可说如同一块沙漠连什么都没有，有的，只是冷静，只是沉寂。

如何能使这块沙漠地上辟出几座美丽的花园呢？

＊　坚如（毕磊）（1902~1927），湖南衡阳人，1922 年考入广东高等师范学校，1925 年加入中国共产党。1926 年转入国立中山大学，并任中共广东区委学生运动委员会副书记，1927 年被国民党杀害。

说青年们在此沙漠地上耐得住吗？我看是耐不住的了！第一个证据是学校青年们阅读创造社未名社出版品的到处皆是，并且日见其多（这当然是广州青年们比以前进步的一种表现）。第二个证据是参加欢迎伏园鲁迅二先生的这样多，据说不止是中大学生。可见广州青年的心弦也已开始和京沪青年们共鸣了。

说广州青年们没有创作文艺的天才吗？（注意：天才二字并非如何可以骄人的希罕名词呵，很平常的！）我不相信！有许多青年们脑中宝藏正待尝试开发。比方中山中学写贴的某级级刊，其中有些创作不比其他的文艺刊物的作品坏。

但是实际上广东文坛实在太寂静了，寂静得如无人的荒岛，非但教鲁迅先生失望，我也听闻有不少同志叹息过。

然而叹息有什么用呢？事实还是事实。铁般坚的事实，任你如何叹息，都不能变动分毫的。我们必须用全力来打破，用全力来呼喊，在这沉静的沙漠上猛喊几声。鲁迅先生这次南来，会帮助我们喊，指导我们喊，和我们一同喊。同志们，我们喊吧，在这样一块万籁无声的沙漠地上，我们喊罢！喊，不论喊出来的声音是粗哑还是尖锐，我想总是比较沉寂好些。粗哑或尖锐，这是喊了出来才知道的事。

鲁迅先生是被欢迎过了！你是因拜读过大著而要瞻仰风采吗？鲁迅先生又没有你爱人那么漂亮。只为瞻仰风采而欢迎是无甚意义的。重要的意义，是在负起我们文艺的使命来，在西南的园地上开发几朵灿烂的鲜花。

文艺的使命是要大家负担的。这使命不能负在鲁迅先生背上，鲁迅先生只能"托一托"；这使命也同样不能负在一个两个文艺同志背上，有文艺嗜好的同志，必须联合起来，联合呼喊，声音才得洪亮，沙漠才得热闹。

骆驼是任重而道远的，我们便应该做文艺沙漠上的骆驼。

鲁迅因感觉得广州空气的沉静，于是乎他说：

"在现在，青年们有声音的，应该喊出来了。因为现在已再不是退让的时代。因为说话总比睡觉好。有新思想的喊出来，有旧思想的也喊出来，可以表示他自己（旧思想）之快将灭亡。顶怕是沉静不做声，以致新其衣裳，旧其体肤。只要你喊，如果你有声音，喊得不好听，创作得幼稚，这决不是可羞的事情，你看孩子们是不以自己的幼稚为可耻的。"

我有这一点声音，于是我喊了出来，写了出来和大家"倾盖"，别人自然也各有各的声音，请都喊出来罢！

我最后的口号是——

"广州'撒哈拉'的文艺骆驼们联合起来！"

——录自钟敬文编《鲁迅在广东》，北新书局，1927年7月

鲁迅先生往哪里躲

宋云彬[*]

"在一个最大的社会改变的时代，文学家不能做旁观者。"

——拉狄克

现代的中国，似乎不能不说是"一个最大的社会改变的时代"了吧？所谓文学家者流，他们是站在什么地位，新式的吟风弄月的诗文，变相的卿卿我我的作品，充满了中国的所谓"文坛"，他们与社会没有关系，站在社会的外面，整天价为娱乐自己或取得女人而歌唱。一部部的"线装诗"，一册册的"创作集"，尽自向毛厕里乱丢，哪一个能把旧社会死灭的苦痛，新社会生出的苦痛，尽情描写出来？

在这里，我就想到鲁迅先生。

说起鲁迅先生，便有许多废话：当《狂人日记》初在《新青年》发表的时候，本来不知道文学是什么东西的我，读了就觉得异常兴奋，见到朋友，便对他们说："中国文学要划一个新时代了。你看见过《狂人日记》没有？"在街上走时，便想对过路的人发表我的意见，但究竟都是陌生面孔，终于把我话从喉间咽下肚里。匆匆的六七年（？）来，鲁迅的作品已得到一个相当的地位，我当自诩见解没有错（这不是我自己吹牛有卓越的后见，也不是送"纸冠"给鲁迅先生，这是事实，事实胜于雄辩！）。

过去的鲁迅，站在最大的改变时代的社会里，把不少旧社会死灭的苦痛深刻的写出来。他不仅描写旧社会的苦痛，并且为了他的敌人——封建

---

[*] 宋云彬（1897～1978），浙江海宁人，早年加入中国共产党，1924年到黄埔军校政治部工作，任《黄埔日刊》编辑，1927年3月离开广州。

余孽〔孽〕的士大夫派，戒酒吃鱼肝油，要延长他的生命，和敌人奋斗。在《语丝》里《莽原》里，在其他的刊物里，他曾写了不少有趣的短文来攻击他的敌人——新时代创造者的敌人。不管他是个革命者与否，他总是站在现代里面的一个文学家。

说到这里，我又有几句废话：如果有人拿他自己的尺去量鲁迅，说他没有喊过什么口号，没有发表过板起脸孔的政治论文，就说他不革命，那我可告诉他："朋友！社会是多方面的，你有否了解多方面的人生？文学的使命，是给人生的一面镜子，使民众在艺术的表现中更容易去了解人生的意义（拉狄克语）。革命的本身也是一种艺术，决不是简单干脆的一回事。你如果不了解人生的意义，尽你喊破喉咙在那里呼口号，下笔千言在那里做文章，你的本身却只是站在社会的外面，你将永远不能进革命的艺术之宫。但是，朋友！你又算误会了我的意思，以为革命的艺术就是在许多文学作品里。我所谓革命的本身是一种艺术的意思，是说：人类社会是最复杂不过的，革命是要应付复杂的环境，所以革命的最要条件是策略。要用种种策略去应付复杂的环境，同时要用种种方法去使人了解人生的意义。所以革命本身就是艺术，并不是一夫夜呼的揭竿起义，也不是仅仅板起脸来做长篇大文或喊破喉咙叫打倒帝国主义，就算尽革命之能事。朋友！你在笔尖上写出'不革命'三字去送给人家的时候，你先要自己忖度一下，你有没有进一步了解多方面的人生？"

说了一大堆废话，还没有归着本题。现在再说到鲁迅先生。

许久不见他的作品了。不久的以前，在《语丝》里见到他的《厦门通讯》使我非常失望，这篇通讯，真是最无味的东西，除报告南方的天气和他庭前"自古已然，于今为烈"的红花以外，找不到什么意义。鲁迅，许是跳出了现社会去做旁观者了吗？

他到了中大，不但不曾恢复他《呐喊》的勇气，并且似乎在说："在北方时受着种种压迫种种刺激，到这里来没有压迫和刺激也就无话可说了。"噫嘻！异哉！鲁迅先生竟跑出了现社会躲向牛角尖里去了。旧社会死的苦痛，新社会生出的苦痛，多多少少放在他眼前，他竟熟视无睹！他把人生的镜子藏起来了，他把自己回复到过去时代去了。噫嘻！奇哉！鲁迅先生躲避了。

到了广东，真的没有话可说了吗？鲁迅先生！你不会想想你的故乡正在乱离之中，你也不曾看看未铲除尽的封建社会的旧势力所造成的痛苦。

我再介绍拉狄克批评耶色宁的话：

> 他舍弃了乡村。失掉了和乡村的关系，但却不曾在城市上把生活
> 固定。人是不能在马路的柏油上生根的，但耶色宁除了马路上的柏油
> 和旅店以外，什么也不知道！

我知道鲁迅先生没有和他的故乡失掉了关系，但他不曾在城市上（至少是广州）把生活固定。鲁迅先生！你莫厌恶异乡的新年爆竹声；你莫尽自在大学教授室里编你的讲义。你更莫仅叫青年们尽情的喊，尽量地写，自己却默然无语，跳出了现代的社会。

鲁迅先生你到了广州以后，广州的青年都用一副欣赏的眼光来盼望你"呐喊"。幽默，似乎不是你的本意吧？

鲁迅先生！广州来没有什么"纸冠"给你戴，只希望你不愿做"旁观者"，继续"呐喊"，喊破了沉寂的广州青年界的空气。这也许便是你的使命。如此社会，如此环境，你不负起你的使命来，你将往哪里躲？

——录自钟敬文编《鲁迅在广东》，北新书局，1927 年 7 月

鲁迅先生往那些地方躲

景　宋[*]

鲁迅先生居然能够跑到广州来，这是我们第一：要多谢北京社会的黑暗，阴谋家的多方陷害，使他不能安于故居。第二：要多谢厦门大学校长林文庆，和他意见不合——即教育见解，背道而驰——终于由二年的成约，毁了；变为一年，而半年，而四月余，到底干不下去。第三：恰好中大重新改组，叫他来做教师，他以为是："如果中大需要我——鲁迅先生自己——来，我可以尽一点力量，自然是要来的。"所以，当一月十八的那天，带着好多位在厦门奋斗过的青年投向中大来了。这是他离开了十五

---

[*]　景宋，许广平的笔名。

年久居北京的经过。

脚踏到广州，给鲁迅先生的观感是什么？"这是革命的策源地，然而是在后方。""已经早已革命过的了，所以没有压迫""悲壮的大会开起来了，然而锣鼓喧天的活象杂耍场，也无须参加的了！"

鲁迅先生是想要到民间去的，天天走出十字街头；粤秀公园算是可观，不料微耸的土堆，做了他的绊脚石，使他受伤，硬迫他"躲"了这些时！

他是爱怕羞的，然而一伸出头来，却常常引起许多人的研究，指目；怪可怜地，他急的退藏起来了。

他虽则怕羞，但正经来见是从不爱无故拒绝的，整天的谈话，鲁迅先生躲在这里什么也做不出来了。

自以为不会做事，专只捣乱的鲁迅先生，现在居然硬干起光杆的中大教务主任来了——教员还未全备，开课就在目前——这怎能不叫他躲在"山阴道上""五里雾中"呢？

于是乎我们文坛上——广州的——的人们，以为"先生往那里躲"了。他真个能躲起来的吗？中大是就要开课了，自然有许多工作会随着发生，至少总有些细微的"刺戟"，投射到鲁迅先生的影子吧。他是需要"辗转"的生活的，他是要找寻敌人的，他是要看见压迫的降临的，他是要抚摩创口的血痕的。等着有终竟到来的机会，这时候就能够使鲁迅先生在慢慢地吸着卷烟的当儿，涌出不少的情趣，他于是有文章可作了！这许是广州给与他的额外的特殊的礼物吧。

——录自钟敬文编《鲁迅在广东》，北新书局，1927 年 7 月

第三样世界的创造

——我们所应当欢迎的鲁迅

一 声*

鲁迅到广东来了！广东知识界的青年对于他的来到曾表示过他们的欢

---

* 一声（刘一声），复旦大学毕业，1926 年到广州，任共青团广东区委员会宣传部主任。

迎和渴慕。会也开过了，肖像也登出来了，甚至已有人开始研究他的胡须了，总算还热闹得像样吧。

我们也想来欢迎鲁迅。可是我们不敢胡乱把"思想界的权威者""时代的前驱"……等等大帽子给他戴，因为这些正是他所鄙弃的。我们觉得鲁迅之所以值得我们青年的欢迎，是他在"思想革命"这项工作上的努力。

我们应该站在革命的观点上来观察一切，批评一切，因为不如此便一切的观察批评都没有意思。对于鲁迅也应该如此。

在鲁迅的作品中，显然可以看出他对于人生和社会的态度的变化。在创作的小说里所表现的是一种态度，在论文里是另一种态度，用几个抽象的形容词来说，则前者是失望的、冷的，后者是希望的、热的，他的作品对于革命的文化运动上的贡献，我们可以说，论文实在比小说来得大。说到艺术方面的贡献，那是另外的事，不是本文范围内的。

我们现在把他的小说和论文，分开来说一说。

鲁迅小说里所描写的多半是农村生活。中国的农村经济是在外国商品的掠取和军阀官僚剥削之下破产的。破产的农村生活自然亦有贫穷。鲁迅便拿住这个"贫穷"来做他的中心题材。我们只要看他的创作集《呐喊》里的人物，如孔乙己，阿 Q，华老栓，红鼻子老拱，九斤的一家，等等，都是穷到精神变态——病，发狂。再也没有一枝笔能够象他把农民的穷困写得更可怜，更可怕了。

可是他只如此写。他没有叫农民起来反抗他们的命运，也没有叫青年回到农村去改造农村。他只是很冷然地去刻划，去描写，写好了又冷然地给你们看，使你们看了失惊。如果你们在失惊中会感觉到这刻薄寡情的社会有改造的必要时，或许是鲁迅的创作对于革命的消极的贡献吧。

在论文里，我们的作者便前进了一步。他的小说表现的是他对于现在的悲观，而论文所表现的却是他对于现在的不满和对于将来的希望。有人说过他是用医生诊视病人的态度去写小说的。这话如果不错，那么，他当然是用泼皮（《华盖集》二十一页）打狗（《莽原》半月刊第一期）的态度去写论文的了。在前者，他用的是解剖刀，在后者，他用的是短棒。他对于封建社会和他的遗孽是如此的仇视，憎恨到使他丢了医生的解剖刀，变成泼皮，拿起短棒，去和他们相殴相打。他的论文所攻击的对象都是所谓礼教，所谓国粹，精神文明，东方文化等等一类的封建思想。除了以推翻整个的旧制度为专业的共产主义者而外，在中国的思想界中，象鲁迅一般的坚决彻底反抗封建文化的理论，是很少的。因此，他比资产阶级的思想更进了一步，因为资产阶级之反对封建文化，向来是不彻底，带有妥协色彩的。只要看欧洲资产阶级文化的保守和复古的倾向，便可以知道。再看中国资产阶级的理论家以"道统""仁爱性能"做"哲学基础"，更可以知道。鲁迅的论文之所以对于革命的文化运动有裨益，有帮助，就在这种对于复古的文化的彻底攻击，就是他自己说的"思想革命"。他这种革命的思想，再用他的天才的文学手腕表现出来，效力自然更加广大。他对于敌人的攻击，每一击都有力，中了要害，使敌人受伤。

然而鲁迅使用的武器，只是短棒，不是机关枪。他所攻打的也不是封建社会的统治者——军阀，而是军阀的哈吧狗——章士钊，陈源，杨荫榆。他的攻击法是独战的，不是群众的，所以他不高喊冲锋陷阵的口号，只是冷笑，呐喊。这便是他自己在中大演说中声明不是战斗者的原故罢。

虽然如此，鲁迅终是向前的。他和我们一样，是二十世纪时代的人。他不但在卢骚、孟德斯鸠之后，并且在马克思、列宁之后；不但在法国革命之后，并且在俄国革命之后。在这个新时代的巨潮中，他自然是受着震荡的。所以他不但在消极方面反对旧时代，同时在积极方面希望着一个新时代。在他论文中（《莽原》第二期），他已闪耀着这种希望的火星了。他看出过去的历史，只是两种时代的循环：一种是想做奴隶而不得的时代，一种是暂时做稳了奴隶时代。我们现在住的，据鲁迅告诉说，正是第一种时代，就是想做奴隶而不得的时代。复古的，崇奉国粹的，赞叹固有文明的，都不满于现在，而神往于三百年前的太平盛世，即暂时做稳了奴隶时代了。我们呢？"自然，也不满于现在的。但是，无须反顾，因为前面还有道路在。而创造中国历史上未曾有过的第三样时代，则是现在的青年的使命！"

两广的青年啊！我们欢迎鲁迅，我们认识了鲁迅么？我们有决心和勇气去负起创造这个新时代的使命么？

二月十四日

——录自钟敬文编《鲁迅在广东》，北新书局，1927 年 7 月

魏晋风度及文章与药及酒之关系

鲁迅[*]讲　邱桂英、罗西记

我今天所讲的，就是黑板上写着的这样一个题目。

中国文学史，研究起来，可真不容易，研究古的，恨材料太少，研究今的，材料又太多，所以到现在，中国较完全的文学史尚未出现。今天讲的题目是文学史上的一部份，也是材料太少，研究起来很有困难的地方。因谓［为］我们想研究某一时代的文学，至少要知道作者的环境，经历和著作。

汉末魏初这个时代是很重要的时代，在文学方面起一个重大的变化，因当时正在黄巾和董卓大乱之后，而且又是党锢的纠纷之后，这时曹操出来了。——不过我们一讲到曹操，很容易就联想起《三国志演义》，更而想在戏台上那一位花面的奸臣，但这不是观察曹操的真正方法。现在我们再看历史，在历史上的记载和论断有时也是极靠不住的，不能相信的地方很多，因为通常我们晓得，某朝的年代长一点，其中必定好人多；某朝的年代短一点，其中差不多没有好人。因为年代长了，做史的是本朝人，当然〔恭维〕本朝的人物，年代短了，做史的是别朝人，很自由地贬斥其异朝的人物，所以在秦朝，差不多在史的记载上半个好人也没有。曹操在史上年代也是颇短的，自然也逃不了说坏话的公例。其实，曹操是一个很有本事的人，至少是一个英雄，我虽不是曹操一党，但无论如何，总是非常佩服他。

研究那时的文学，现在较为容易了，因为已经做过工作：在文集一方面有清严可均辑的《全上古三代秦汉三国晋南北朝文》。其中有用的，是全汉文，全三国文，全晋文。

在诗一方面有丁福保辑的《全汉三国晋南北朝诗》——丁福保是做医生的，现在还在。

＊　鲁迅（1881～1936），浙江绍兴人，文学家。"三一八惨案"后遭通缉，1926 年 8 月 26 日离京南下，任厦门大学国文系兼国学院教授。1927 年 1 月 16 日赴广州，任国立中山大学文学系主任兼教务主任。

辑录关于这时代的文学评论有刘师培编的《中国中古文学史》，这本书是北大的讲义，刘先生已死，此书由北大出版。

上面三种书对于我们的研究有很大的帮助，能使我们看出这时代的文学的确有点异彩。

我今天所讲，倘若刘先生已详的，我就略一点；反之，刘先生所略的，我就较详一点。

董卓之后，曹操专权。在他的统治之下，第一个特色便是尚刑名。他的立法是很严的，因为当大乱之后，大家都想做皇帝，大家都想叛乱，故曹操不能不如此，曹操曾自己说过："倘无我不知有多少人称王称帝!"这句话他倒并没有说谎。因此之故，影响到文章方面，成了清峻的风格。——就是文章要简约严明的意思。

此外还有一个特点，就是尚通脱，他为什么要尚通脱呢？自然也与当时的风气有莫大的关系，因为在党锢之祸以前，凡党中人都自命清流，不过讲"清"讲到太过，便成固执，所以在汉末，清流的举动有时便非常可笑了。

比方有一个有名的人，普通的人去拜访他，先要说几句话，倘这几句话说得不对，往往会遭傲倨的待遇，叫他坐到屋外去，甚而至于拒绝不见。

又如有一个人，他和他的姊夫是不对的，有一回他到姊姊那里去吃饭之后，便要将饭钱算回给姊姊。伊不肯要，他就于出门之后，把那些钱扔在街上，算是付过了。

个人这样闹闹脾气还不要紧，若治国平天下也这样闹起执拗的脾气来，那还成甚么话？所以深知此弊的曹操要起来反对这种习气，力倡通脱。通脱即随便之意。此种提倡影响到文坛，便产生多量想说甚么便说甚么的文章!

更因思想通脱之后，废除固执，遂能充分容纳异端和外来的思想，故孔教以外的思想源源引入。

总括起来，我们可以说汉末魏初的文章是清峻通脱。在曹操本身，也是一个改造文章的祖师，可惜他的文章传的很少，他胆子很大，文章从通脱得力不少，做文章时又没有顾忌，想写的便写出来。

所以曹操征求人才时也是这样说，不忠不孝不要紧，只要有才便可以，这又是别人所不敢说的。曹操做诗，竟说是"郑康成行酒伏地气绝"，他引出离当〔时〕不久的事实，这也〔是〕别人所不敢的。还有一样，比方人死时，常常写点遗令，这是名人的一件极时髦的事。当时的遗令本有一定的格式，且多言身后当葬于何处何处，或葬于某某名人的墓旁；操独不然，他的遗令里不独没依着格式，内容竟讲到遗下的衣服和伎女怎样处置等问题。

陆机虽然评曰："贻尘谤于后王。"然而我想他无论如何是一个聪明人，他自己能做文章，又有手段，把天下的方士文士通搜罗起来，省得他们走到外面给他捣乱。所以他帷幄下面，方士文士就特别地多。

孝文帝曹丕，以长子而承父业，篡汉而即帝位。他也是喜欢文章，其弟曹植，还有明帝曹叡都是喜欢文章的。不过到那个时候，于通脱之外，更加上华丽。丕著有《典论》，现已失散无全本，那里面说"诗赋欲丽"，"文以气为主"。《典论》的零零碎碎，在唐宋类书中，一篇整的论文，在《文选》中可以获得。

后来有一般人很不以他的见解为然，他说诗赋不必寓教训，反对当时那些寓训勉于诗赋的见解，用近代的文学眼光看来，曹丕的一个时代可说是"文学的自觉时代"，或如近代所说是为艺术而艺术（Art for Art's Sake）的一派！所以曹丕做的诗赋很好，更因他以"气"为主，故于华丽以外，加上壮大，归纳起来，汉末，魏初的文章，可说是："清峻，通脱，华丽，壮大。"在文学的意见上，曹丕和曹植表面上似乎是不同的。曹丕说："文章事可以留名声于千载。"但子建却说文章小道，不足论的。据我的意见，子建大概是违心之论，这里有两个原因，第一，子建的文章做得好，一个人大概总是不满意自己所做而羡慕他人所为的，他的文章已经做得好，于是他便敢说文章是小道；第二，子建活动的目标在于政治方面，政治方面不甚得志，遂说文章是无用的。

曹操曹丕以外，下面有七个人，都很能做文章，后来称为"建安七子"，七人的文章都很少，现在我们很难判断，大概都不外是"慷慨""华丽"，华丽即为曹丕所主张，慷慨就因当天下大乱之际，亲朋戚友死于战乱者多，于是为文就不免带着悲凉，激昂和"慷慨"。

七子之中，特别的是孔融，他专喜和曹操捣乱，曹丕《典论》里有论孔融的，因此他也被拉进建安七子一块儿，其实不对，很两样的，不过在当时他的名声可非常之大，孔融作文，喜用讥嘲的笔调，曹丕很不满意他。孔融的文章现在传的也很少，就他所有的看起来，我们可以瞧出他并不大对别人讥讽，只对曹操，比方操破袁氏兄弟，曹丕把袁熙的妻甄氏拿来，归了自己，孔融就写信给曹操，说当初武王伐纣，将妲己给了周公了。操问他的出典，他说，以今例古，大概那时也是这样的。又比方曹操要禁酒，说酒可以亡国，非禁不可，孔融又反对他，说也有以女人亡国的，何以不禁婚姻？

其实曹操也是吃酒的。我们看他的"何以解忧？惟有杜康"的诗句，可以知道。为什么他的行为会和议论矛盾呢？此无他，因曹操是个办事人，所以不得不这样说。孔融是旁观的人，所以容易说自由话。曹操见他屡屡反对自己，后来借故把他杀了。他杀孔融的罪状大概是不孝。因为孔融有下列的两个主张。

第一，孔融主张母亲和儿子的关系是如瓶之盛物一样的。只要在瓶内把东西倒了出来，母亲和儿子的关系便算完了。第二，假使有天下饥荒的一个时候，有点食物，给父亲不给呢？孔融的答话是：倘若父亲是不好的，宁可给别人。——曹操想杀他，便不惜以这种主张为他不忠不孝的根据，把他杀了。倘若曹操在〔再〕生，我们可以问他，当初求才时就说不忠不孝也不要紧，为何又以不孝之名杀人呢？然而事实上纵使曹操再生，也没人敢问他，我们倘若问他，恐怕他把我们也杀了。

与孔融一同反对曹操的尚有一个祢衡，后来给黄祖杀掉。祢衡的文章也不错，而且他和孔融早是以气为主来写文章的了。故在此我们又可知道，汉文慢慢壮大起来，是时代使然，非专靠曹操父子之功的！但华丽好看，却是曹丕提倡的功劳。

这样下去一直到明帝的时候，文章上起了个重大的变化，因为出了一个何晏。

何晏的名声很大，位置也很高，他喜欢研究《老子》和《易经》。至于他是怎样的一个人呢？那真相现在可很难知道，很难调查。因为他是曹氏一派的人，司马氏很讨厌他，所以他们的记载对何晏大不满。因此产生许多传说，有人说何晏的脸是搽粉的，又有人说他本来生得白，不是搽粉的，但究竟何晏搽粉不搽粉呢？我也不知道。

但何晏有两件事我们是知道的，第一，他喜欢空谈，是空谈的祖师；

第二，他喜欢吃药，是吃药的祖师。

此外，他也喜欢谈名理。他身子不好，因此不能不服药。他吃的不是寻常的药，是一种名叫"五石散"的药。

"五石散"是一种毒药，是何晏吃开头的。汉时大家还不敢吃，何晏或者将药方略有改变，便吃开头了。五石散大概有五样药：石钟乳，石硫黄，白石英，紫石英，赤石脂。另外怕还配点别样的药。但现在也不必细研究它，我想各位都是不想吃它的。

从书上看起来，这种药是很好，人吃了能转弱为强。因此之故，何晏有钱，他吃起来，大家也跟着吃。那时五石散的流毒同清末的鸦片的流毒差不多，看吃药与否以分阔气与否的。现在由隋巢元方做的《诸病源候论》的里面可以看到一些，据此书，可知吃这药是非常麻烦的，穷人不能吃，假使吃了之后，一不小心，就会毒死。先吃下去的时候，没怎样的，后来药的效验既出，名曰散发。倘若没有散发就有弊而无利。因此吃了之后不能休息，非走路不可，因走路才能散发，所以走路名曰"行散"。比方我们看六朝人的诗，有云："至城东行散。"就是此意，后来清朝做诗的人不知其故，以为行散即步行之意，所以不吃药也以行散二字入诗，这是很笑话的。

走了之后，全身发烧，发烧之后又发冷。普通发冷宜多穿衣，吃烧的东西。但吃药后的发冷刚刚要相反：衣少，冷食，以冷水浇身。倘穿衣多而食热物，那就非死不可。因此五石散一名寒食散。就有一样不必冷吃的就是酒。

吃了散之后，衣服要脱掉，用冷水浇身，吃冷东西，饮热酒。这样看起来，五石散吃的人多，穿厚衣的人就少；比方在广东提倡，一年以后，穿西装的人就没有了。因为皮肉发烧之故，不能穿窄衣。为豫防皮肤被衣服擦伤，就非穿宽大的衣服不可。现在有许多人以为晋人轻裘缓带，衣宽，在当时是人们高逸的表现，其实不知他们是吃药的原故。一班名人都吃药，穿的衣都宽大，于是不吃药的也跟着名人，把衣服宽大起来了！

还有，吃药之后，因皮肤易磨破，穿鞋也不方便，故不穿鞋袜而穿屐。所以我们看晋人，见他衣服宽大，不鞋而屐，以为他一定是很舒服，很飘逸的了，其实他心里都是很苦的。

更因皮肤易破，不能穿新的而宜于穿旧的；更不能常洗，因不洗，便多虱。所以在文章上，虱子的地位很高，"扪虱而谈"，当时竟传为美事。比方我今天在这里演讲的时候，扪起虱来，那是不大好的。但在那时是不要紧的，此皆因习惯不同之故。

比才〔方〕清朝是提倡抽大烟的，我们看见两肩高耸的人，不觉得奇怪。现在就不行了，倘若多数学生，他的肩成为一字样，我们就觉得很奇怪。

此外可见服散的情形及其他种种的书，还有葛洪的《抱朴子》。

到东晋以后，作假的人就很多，在街旁睡倒，说是散发以示阔气。就像清时尊读书，就有人以墨涂唇，表示他是刚才写了许多字的。故我想，衣大，穿屐，散发等等，后来效之，不吃也学起来，与教育实在无关的。

又因散发之时，不能肚饿，故吃冷物，而且要赶快吃，不论时候，一日数次也不可定。因此影响到晋时"居丧无礼"——本来晋魏父母之礼很繁多的。比方想去访个人，那么，在未访之前，必先打听他父母及其祖父母的名字，以便避讳。比方去找我的孩子，树木的树字和人类的人字都是要避讳的，稍一不慎，便会遭无理〔礼〕的待遇。晋礼居丧之时，要瘦，不多吃饭，不准喝酒。但在吃药之后，为生命计，不能管得许多，所以就变成"居丧无礼"了。

居丧之际，饮酒食肉，由阔人名流倡之，万民皆从之，因为这个原故，社会上遂尊称这些人叫做名士派。

吃散发源于何晏，和他同志的，有王弼和夏侯玄两个人，与晏同为吃药的祖师，有他三人提倡，有多人跟着走。他们三人多是会做文章，除了夏侯玄的作品流传不多外，王何二人现在我们尚能看到他的文章，他们都是生于正始的，所以又名曰"正始名士"，但这种习惯的末流，只会吃药，或竟假装吃药，而不会做文章。

东晋以后，不做文章的流为清谈，由《世说新语》一书里可以看到。此中空论多而文章少，比较他们三个差得远了。三人中王弼二十余岁便死了，夏侯何二人皆为司马懿所杀。因为他二人同曹操有关系，非死不可，犹曹操之杀孔融，也是借不孝做罪名的。

二人死后，论者多因其与魏有关而骂他，其实何晏值得骂的就是因为他是吃药的发起人。这种吃散的风气，魏，晋，直到隋，唐还存在着，因为唐时还有解散方，即解五石散的药方，可以证明还有人吃，不过少点罢了。唐以后就没有人吃，其因尚未详，大概因其弊多利少，和鸦片一样罢？

晋名人皇甫谧作一文曰《高士传》，我们以为他很高超，但他是服散的，有一篇文章，自说吃散太苦。因为药性一发，稍不留心，即会丧命，至少也会受非常的苦痛，或要发狂。人本聪明或因此也会变痴呆，故此非要深知药性，会解救而且家里的人多深知药性不可，所以晋朝人多是脾气很坏，高傲，发狂，性暴如火的，便是食药的原故，比方有苍蝇扰他，竟至拔剑追赶，就是说话，也要糊糊涂涂地才好，有时简直是近于发疯，但在晋朝更有以痴为好的，这大概也是食药的原故。

魏末，何晏他们以外，又有一个团体新起，叫做"竹林名士"。正始名士吃药，林竹〔竹林〕名士饮酒。竹林的代表是嵇康和阮籍。但究竟竹林名士不纯粹是吃酒的，嵇康也兼吃药，而阮籍则是专吃酒的代表。但嵇康也饮酒，刘伶也是这里面的一个。他们七人中差不多都是反抗旧礼教的。

这七人中，癖气各有不同，嵇阮二人的癖气都很大，阮籍老年时改得很好，嵇康就始终都是极坏的。

阮年轻时，访他的人有加以青眼和白眼的分别。白眼大概是全然看不见眸子的，恐怕要练习很久才能够。青眼我会装，白眼我却装不了！

后来阮竟做到"口不臧否人物"的地步，嵇康全不改变。结果阮得终其天年，而嵇康竟丧于司马氏之手，与孔融何晏等同遭不幸的杀害。这大概是吃药和吃酒的原故，吃药可以成仙，仙是可以骄视俗人的；饮酒不会成仙，所以敷衍了事。

他们的态度，大抵是饮酒时衣服不穿，帽也不带。若在平时有这种状态，我们就说无礼，但他们就不同。居丧时不一定按例哭泣；子之于父，是不能提父的名，但在竹林名士一流人中子都会叫父的名号。旧传下来的礼教，竹林名士是不承认的。即如刘伶，——他曾做过篇《酒德颂》，谁都知道，——他是不承认世界上从前规定的道理的，曾经有这样的事，有一次有客见他，他不穿衣服。人责问他；他答人说，天地是我的房屋，房屋就是我的衣服，你们为什么进我的衣服中来？至于阮籍，就更甚了，他连上下古今也不承认，在《大人先生传》里有说："天地解兮六合开，星表〔辰〕陨兮日月颓，我腾而亦将何怀？"他的意思是天地神仙，都是无意义，一切都不要，所以他觉得世上的道理不必争，神仙也不足信。既然一切都是虚无，所以他便沉湎于酒了。然而他还有一个原因，就是他的饮酒不独由于他的思想，大半倒在环境，其时司马氏已想篡位，而阮籍名声很大，所以他讲话就极难，只好多饮酒，少讲话；而且即使讲话讲错了，也可以得到人的原谅。只要看有一次司马懿求和阮籍结亲，而阮籍一醉就是两个月，没有提出的机会，就可以知道。

阮籍作文章和诗都很好，虽然他的文章是慷慨激昂，而许多意思都是隐而不显的。宋的颜延之已经说不大能懂，我们现在自然更很难看得懂他的诗了。他诗里也说神仙，但他其实是不相信的。嵇康的论文，比阮籍更好，思想新颖，往往与古时旧说反对。孔子说："学而时习之，不亦说乎？"嵇康做的《难自然好学论》，却道人是并不好学的。但凡一个人可以不做事而又有饭吃，就随便闲游不喜欢读书了，所以现在人之好学，是由于习惯和不得已。还有管叔蔡叔，是疑心周公，率殷民叛，因而被诛，一向公认为坏人的。而嵇康做的《管蔡论》，就也反对历代传下来的意思，说这两个人是忠臣，他们的怀疑周公，是因为相距太远，消息不灵通。

但最引起许多人的注意，而且于生命有危险的，是《与山巨源绝交书》中的"非汤武而薄周孔"。司马懿因这篇文章，就将嵇康杀掉了。非薄了汤武周孔，在现时代是不要紧的，但在当时却关系非小。汤武是以武定天下的；周公是辅成王的；孔子是祖述尧舜，而尧舜是禅让天下的。嵇康都说不好，那么，教司马懿篡位的时候，怎么办才是好呢？没有办法。在这一点上，嵇康于司马氏的办事上有了直接的影响，因此就非死不可。嵇康的见杀，是因为他的朋友吕安不孝，连及嵇康，罪案和曹操的杀孔融差不多，魏晋，是以孝治天下的，不孝，故不能不杀。为什么要以孝治天下呢？因为天位从禅让，即巧取豪夺而来，若主张以忠治天下，他们的立脚点便不稳，办事便棘手，立论也难了，所以一定要以孝治天下。但倘只是实行不孝，其实那时倒不很要紧的，嵇康的害处是在发议论，阮籍不同，不大说关于伦理上的话，所以结局也不同。

但魏晋也不全是这样的情形，宽袍大袖，大家饮酒。反对的也很多。在文章上我们还可以看见裴頠的《崇有论》，孙盛的《老子非大贤论》，这些都是反对王何们的。在史实上，则何曾劝司马懿杀阮籍有好几回，司马懿不听他的话，这是因为阮籍的饮酒，与时局的关系少些的缘故。

然而后人就将嵇康阮籍骂起来，人云亦云，一直到现在，一千六百多年。季札说"中国之君子，明于礼义而陋于知人心"。这是确的，大凡明于礼义，就一定要陋于知人心的，所以古代有许多人受了很大的冤枉。例如嵇阮的罪名，一向说他们毁坏礼教。但据我个人的意见，这判断是错的。魏晋时代，崇奉礼教的看来似乎很不错，而实在是毁坏礼教，不信礼教的。表面上毁坏礼教者，实则倒是承认礼教，太相信礼教，因为魏晋时所谓崇奉礼教是用以自利，那崇奉也不过偶然崇奉，如曹操杀孔融、司马懿杀嵇康，都是因为他们和不孝有关，实在曹操、司马懿何尝是著名的孝子，不过将这个名义，加罪于反对自己的人罢了，于是老实人以为如此利用，亵黩了礼教，不平之极，无计可施，激而变成不谈礼教，不信礼教，甚至于反对礼教，——但其实不过是态度，至于他们的本心，恐怕倒是相信礼教，当作宝贝，比曹操、司马懿们要迂执得多。现在说一个容易明白的比喻罢，譬如有一个军阀，在北方——在广东的人所谓北方和我常说的北方的界限有些不同，我常称山东山西直隶河南之类为北方，——那军阀从前是压迫民党的，后来北伐军势力一大，他便挂起了青天白日旗，说自己已经信仰三民主义了，是总理的信徒。这样还不够，他还要做总理的纪念周。这时候，真的三民主义的信徒，去呢，不去呢？不去，他那里就可以说你反对三民主义，定罪，杀人。但既然在他的势力之下，没有别法，真的总理的信徒，倒会不谈三民主义，或者听人假惺惺的谈起来就皱眉，好像反对三民主义模样。所以我想，魏晋时所谓反对礼教的人，有许多也如此。他们倒是迂夫子，将礼教当作宝贝的。

还有一个实证，凡人们的言论，思想，行为，倘若自己以为不错的，就愿意天下的别人，自己的朋友都这样做。但嵇康阮籍不这样，不愿意别人来模仿他。竹林七贤中有阮咸，是阮籍的侄子，一样的饮酒。阮籍的儿子阮浑也愿加入时，阮籍却道不必加入，吾家已有阿咸在，够了。假若阮籍自以为行为是对的，就不当拒绝他的儿子，而阮籍却拒绝自己的儿子，可知阮籍并不以他自己的办法为然。至于嵇康，一看他的《绝交书》就知道他的态度很骄傲的；有一次，他在家打铁——他的性情是很喜欢打铁的——钟会来看他了。他只打铁，不理钟会，钟会没有意味，只得走了。其时嵇康就问他："何所闻而来，何所见而去？"钟会答道："闻所闻而来，见所见而去。"这也是嵇康杀身的一条祸根。但我看他做给他的儿子看的《家诫》，当嵇康被杀时，其子方十岁，算来当他做这篇文时，他的儿子是未满十岁的，就觉得宛然是两个人，他在《家诫》中教他的儿子做人要小心，还有一条一条的教训。有一条是说长官处不可常去，亦不可常住宿，官长送人们出来时，你不要在后面，因为恐怕将来官长惩办坏人时，你有暗中密告的嫌疑。又有一条是说宴饮时候有人争论，你可立刻走开，免得在旁批评，因为两者之间必有对与不对，不批评则不像样，一批评就总要是甲非乙，不免受一方见怪。还有人要你饮酒，即使不愿饮也不要坚决地推辞，必须和和气气的拿着杯子。我们就此看来，实在觉得很希奇，嵇康是那样高傲的人，而他教子就要他这样庸碌。因此我们知道，嵇康自己对于他自己的举动也是不满足的。所以批评一个人的言行实在难，社会上对于儿子不像父亲，称为"不肖"，以为是坏事，殊不知世上正有不愿意他的儿子像自己的父亲哩。试看阮籍嵇康，就是如此。这是因为，他们生于乱世，不得已，才有这样的行为，并非他们的本态；但又于此可见魏晋的破坏礼教者，实在是相信礼教到固执之极的。

不过何晏王弼阮籍嵇康之流，因为他们的名位大，一般的人们就学起来。而所学的无非是表面，他们实在的内心，却不知道。因为只学他们的皮毛，于是社会上便很多了，没意思的空谈和饮酒。许多人只会无端的空谈和饮酒，无力办事，也就影响到政治上，弄得玩空城计，毫无实际了。在文学上也这样，嵇康阮籍的纵酒，亦能做文章的，后来到东晋，空谈和饮酒的遗风还在，而万言的大文如嵇阮之作，却没有了。刘勰说："嵇康师心以遣论，阮籍使气以命诗。"这"师心"和"使气"，是魏末晋初的文章的特色，正始名士和竹林名士的精神灭后，敢于师心使气的作家也没有了。

到东晋，风气变了——社会思想平静得多，各处都夹入了佛教的思想。再至晋末，乱也看惯了，篡也看惯了，文章便更和平。代表平和的文章的人有陶潜。他的态度是随便饮酒，乞食，高兴的时候就谈论和作文章，无尤无怨。所以现在有人称他为"田园诗人"，是个非常和平的田园诗人。他的态度是不容易学的，他非常之穷，而心里很平静。家常无米，就去向人家门口要求。他穷到有客来见，连鞋也没有，那客人（给他）从家丁取鞋给他，他便伸了足穿上了。虽然如此，他却毫不为意，还是"采菊东篱下，悠然见南山"。这样的自然状态，实在不易模仿。他穷到衣服也破烂不堪，而还在采菊东篱下，偶然抬起头来，悠然的见了南山，是何等自然。现在有钱的人住在租界里，雇花匠种数十盆菊花，便做诗，叫作"秋日赏菊效陶彭泽体"，自以为合于渊明的高致，我觉得不大像。

陶潜之在晋末，是和孔融于汉末与嵇康于魏末略同，又是将近易代的时候。但他没有什么慷慨激昂的表示，于是便博得"田园诗人"的名称。但陶集里有《述酒》一篇，是说当时政治的，这样看来，可见他于世事也并没有遗忘和冷淡，不过他的态度比嵇康阮籍自然得多，不至于引人注意罢了。还有一个原因，先已说过，是习惯。因为当时饮酒的风气相沿下来，人见了也不觉得奇怪，而且汉魏晋相沿，时代不远，变迁极多，既经见惯，就没有大感触，陶潜之比孔融，嵇康和平，是当然的。例如看北朝的墓志，官位升进，往往详细写着，再仔细一看，他是已经经历过两三个朝代了，但当时似乎并不为奇。

据我的意思，即使是从前的人，那诗文完全超于政治的所谓"田园诗人""山林诗人"，是没有的。完全超出于人间世的，也是没有的。既然是超出于世，则当然连诗文也没有，诗文也是人事，既有诗，就可以知道于世事未能忘情。譬如墨子兼爱，杨子为我。墨子当然要著书；杨子就一定不著，这才是"为我"。因为若做出书来给别人看，便变成"为人"了。

由此可知陶潜总不能超于尘世，而且，于朝政还是留心，也不能忘掉"死"，这是他诗文中时时提起的。用别一种看法研究起来，恐怕也会成一个和旧说不同的人物罢。

自汉末至晋末文章的一部分的变化与药及酒之关系，据我所知道的大概是这样。但我的学识太浅薄，没有作详细的研究，在这样的热天和雨天费去了诸位这许多时光，是很抱歉的。现在这个题目总算是讲完了。

——载《广州民国日报·现代青年》1927 年
8 月 11 日、12 日、13 日、15 日、16 日、17 日

鲁迅在广东

钟敬文*编

本书乃收集鲁迅在广东时，那里的一般青年访他，诵扬他，批评他，希望他的文字而成。后附鲁迅先生在广东的言论和演说，皆极有价值之作。实价三角。

——载《北新》第43、44合期，1927年8月16日

读书杂谈

鲁迅先生在知用中学演讲　黄易安笔记

因为知用中学的先生们希望我来演讲一回，所以今天到这里和诸君相见。不过我也没有什么东西可讲。忽而想到学校是读书的所在，就随便谈谈读书。是我个人的意见，姑且供诸君的参考，其实也算不得什么演讲。

说到读书，似乎是很明白的事，只要拿书来读就是了！但是并不这样简单。至少，就有两种：一是职业的读书，一是嗜好的读书。所谓职业的读书者，譬如学生因为要升学，教员因为要讲功课，不翻翻书，就有些危险的就是。我想在坐的诸君之中一定有些这样的经验，有的不喜欢算学，有的不喜欢博物，然而不得不学，否则，不能毕业，不能升学，和将来的生计便有妨碍了。我自己也这样，因为做教员，有时即非看不喜欢看的书不可，要不这样，怕不久便会于饭碗有妨。我们习惯了，一说起读书，就觉得是高尚的事情，其实这样的读书，和木匠的磨斧头，裁缝的理针线有什么分别。并不见得高尚，有时还很苦痛，很可怜。你爱做的事，偏不给你做，你不爱做的，倒非做不可。这是由于职业相［与］嗜好不能合一而来的。倘能够大家去做爱做的事，而仍然各有饭吃，那是多么幸福。但现在的社会上还做不到，所以读书的人们的最大部分，大概是勉勉强强的，

---

* 钟敬文（1903～2002），广东海丰人，民间文艺家、民俗学家。1926年到广州谋生，先后在岭南大学、国立中山大学工作及学习，1928年夏到杭州教书。

带着苦痛的为职业的读书。

现在再讲嗜好的读书罢。那是出于自愿，全不勉强，离开了利害关系的。——我想，嗜好的读书，该如爱打牌的一样，天天打，夜夜打，连续的去打，有时被公安局捉去了，放出来之后还是打。诸君要知道真打牌的人的目的并不在赢钱，而在有趣。牌有怎样的有趣呢，我是外行，不大明白，但听得爱赌的人说，它妙在一张一张的摸起来，永远变化无穷。我想，凡嗜好的读书，能够手不释卷的原因也就是这样。他在每一页每一页里，都得着深厚的趣味。自然，也可以扩大精神，增加智识的，但这些倒都不计及，一计及，便等于意在赢钱的博徒了，这在博徒之中，也算是下品。

不过我的意思，并非说诸君应该都退了学，去看自己喜欢看的书去，这样的时候还没有到来；也许终于不会到，至多，将来可以设法使人们对于非做不可的事发生较多的兴味罢了。我现在是说，爱看书的青年，大可以看看本分以外的书，即课外的书，不要只将课内的书抱住。但请不要误解，我并非说，譬如在国文讲堂上，应该在抽屉里暗看《红楼梦》之类；乃是说，应做的功课已完而有余暇，大可以看看各样的书，即使和本业毫不相干的，也要泛览。譬如学理科的，偏看看文学书，学文学的，偏看看科学书，看看别个在那里研究的，究竟是怎么一回事。这样子，对于别人，别事，可以有更深的了解。现在中国有一个大毛病，就是人们大概以为自己所学的一门是最好，最妙，最要紧的学问，而别的都无用，都不足道的！弄这些不足道的东西的人，将来该当饿死。其实是，世界还没有如此简单，学问都各有用处，要定什么是头等还很难。也幸而有各式各样的人，——假如世界上全是文学家，到处所讲的不是"文学的分类"便是"诗之构造"，那倒反而无聊得很了。

不过以上所说的，是附带而得的效果，嗜好的读书，本人自然并不计及那些，就如游公园似的，随随便便做去，因为随随便便，所以不吃力，因为不吃力，所以会觉得有趣。如果一本书拿到手，就满心想道："我在读书了！""我在用功了！"那就容易疲劳，因而减掉兴味，或者变成苦事了。

我看现在的青年，为兴味读书的是有的，我也常常遇到各样的询问。此刻就将我所想到的说一点，但是只限于文学方面，因为我不明白其他的。

第一，是往往分不清文学和文章。甚至于已经来动手做批评文章的，也免不了这毛病。其实粗粗的说，这是容易分别的。研究文章的历史或理论的，是文学家，是学者，做做诗，或戏曲小说的，是做文章的人，就是古时候所谓文人，此刻所谓创作家。创作家不妨毫不理会文学史或理论，文学家也不妨做不出一句诗。然而中国社会上还很误解，你做几篇小说，便以为你一定懂得小说概论，做几句新诗，就要你讲诗之原理。我也尝见想做小说的青年，先买小说法程和文学史来看。据我看来，是即使将这些书看烂了，和创作也没有什么关系的。

事实上，现在有几个做文章的人，有时也确去做教授。但这是因为中国创作不值钱，养不活自己的缘故。听说美国小名家的一篇中篇小说，时价是二千美金；中国呢，别人我不知道，我自己的短篇寄给大书铺，每篇卖过二十元。当然要寻别的事，例如教书，讲文学。研究是要用理智，要冷静的，而创作须情感，至少总得发点热，于是忽冷忽热，弄得头昏，——这也是职业和嗜好不能合一的苦处。苦倒也罢了，结果还是什么都弄不好。那证据，是试翻世界文学史，那里面的人，几乎没有兼做教授的。

还有一种坏处，是一做教员，未免有顾忌：教授有教授的架子，不能畅所欲言。这或者有人要反驳：那么，你畅所欲言就是了，何必如此小心。然而这是事前的风凉话，一到有事，不知不觉地他也要从众来攻击的。而教授自身，纵使自以为怎样放达，下意识里总不免有架子在。所以在外国，称为"教授小说"的东西倒并不少，但是不大有人说好，至少，是总难免有令人发烦的炫学的地方。

所以我想，研究文学是一件事，做文章又是一件事。

第二，我常被询问：要弄文学，应该读什么书？这实在是一个极难回答的问题。先前也曾有几位先生给青年开过一大篇书目。但从我看来，这是没有什么用处的，因为我觉得那都是开书目的先生自己想要看或者未必想要看的书目。我以为倘要弄旧的呢，倒不如姑且靠着张之洞的《书目答问》去摸门径去。倘是新的，研究文学，则自己先看看各种的小本子，如本间久雄的《新文学概论》，厨川白村的《苦闷的象征》，瓦伦斯基们的《苏俄的文艺论战》之类，然后自己再想想，再博览下去。因为文学的理论不像算学，二二一定得四，所以议论很纷歧。如第三种，便是俄国的两派的争论，——我附带说一句，近来听说连俄国的小说也不大有人看了，似乎一看见"俄"字就吃惊，其实苏俄的新创作何尝有人绍介，此刻译出的几本，都是革命前的作品，作者在那边都已经被看作反革命的了。倘要看看文艺作品呢，则先看几种名家的选本，从中觉得谁的作品自己最爱看，然后再看这一个作者的专集，然后再从文学史上看看他在史上的位置；倘要知道得更详细，就看一两本这人的传记，那便可以大略了解了。如果专是请教别人，则各人的嗜好不同，总是格不相入的。

第三，说几句关于批评的事。现在因为出版物太多了，——其实有什么呢，而读者因为不胜其纷纭，便渴望批评，于是批评家也便应运而起。批评这东西，对于读者，至少对于和这批评家趣旨相近的读者，是有用的。但中国现在似乎应该暂作别论。往往有人误以为批评家对于创作是操生杀之权，占文坛的最高位的，就忽而变成批评家；他的灵魂上挂了刀。但是怕自己的立论不周密，便主张主观，有时怕自己的观察别人不看重，又主张客观；有时说自己的作文的根柢全是同情，有时将校对者骂得一文不值。凡中国的批评文字，我总是越看越胡涂，如果当真，就要无路可走，印度人是早知道的，有一个很普通的比喻。他们说：一个老翁和一个孩子用一匹驴子驮着货物去出卖，货卖去了，孩子骑驴回来，老翁跟着走。但路人责备他了，说是不晓事，叫老年人徒步。他们便换了一个地位，而旁人又说老人忍心；老人忙将孩子抱到鞍鞯上，后来看见的人却说他们残酷；于是都下来，走了不久，可又有人笑他们了，说他们是呆子，空着现成的驴子却不骑。于是老人对孩子叹息道，我们只剩了一个办法了，是我们两人抬着驴子走。无论读，无论做，倘若旁征博访，结果是往往会弄到只好抬着驴子走的。

不过我并非要大家不看批评，不过说看了之后，仍要看看本书，自己思索，自己做主。看别的书也一样，仍要自己思索，自己观察，倘只看书，便变成书厨，即使自己觉得有趣，而那趣味其实是已在逐渐硬化，逐渐死去了。我先前反对青年躲进研究室，也就是这意思，至今有些学者，还将这话算作我的一条罪状哩。

听说英国的培那特萧（Bernard Shaw），有过这样意思的话。世间最不行的是读书者。因为他只能看别人的思想艺术，不用自己。这也就是勖本华尔（Schopenhauer）之所谓脑子里给别人跑马。较好的是思索者。因为能用自己的生活力了，但还不免是空想，所以更好的是观察者，他用自己的眼睛去读世间这一部活书。

这是的确的，实地经验总比看，听，空想确凿。我先前吃过干荔支，罐头荔支，陈年荔支，并且由这些推想过新鲜的荔支。这回吃过了，和我所猜想的不同，非到广东来吃就永不会知道。但我对于萧的所说，还要加一点骑墙的议论。萧是爱尔兰人，立论也不免有些偏激。我以为假如从广东乡下找一个没有历练的人，叫他从上海到北京或者什么地方，然后问他观察所得，我恐怕是很有限的，因为他没有练习过观察力。所以要观察，还是先要经过思索和读书。

总之，我的意思是很简单的：我们自动的读书，即嗜好的读书，请教别人是大抵无用，只好先行泛览，然后决择而入于自纪〔己〕所爱的较专的一门或几门；但专读书也有弊病，所以必须和实社会接触，使所读的书活起来。

（十六，七，十六。）

此稿曾由鲁迅先生校阅一次，特此志谢。笔记者附识。

——载《广州民国日报·青年副刊》1927 年
8 月 18 日、19 日、22 日

"干"！

刘肖愚*先生在知用中学演讲　黄易安笔记

在世界的轮回里，只有"干"的精神，方可压倒一切，这个"干"字的意义上是如此！也就可以表现得一个永久的，深味的，刚强强地！

这回我由武汉来到广州——申明！不是如周佛海般逃来的。——用了数千里的奔走！在长江船上肚痛了一阵，在海轮上呕吐了一阵，总算是苦

---

* 刘肖愚（1906～1994），湖南长沙人，中学时加入中国共产主义青年团。1926 年 4 月考入国立广东大学，任速记员。鲁迅到国立中山大学后，曾前去拜访。1927 年 2 月到武汉，任《中央副刊》助理编辑。

苦地到了广州了。然而我有不可忘记的，就是一个"干"！

记得此回路过上海时，曾顺便访鲁迅先生一次，这回访晤他很有趣，随便写些放下，以为众观！

"周先生！"

"啊！啊！"这是鲁迅先生在吃甜沙柚子时的答话，所以不免啊啊的！

"…………

"……去年去广州，为着是教书，后来不能教书！只有上广州白云楼去做些翻译的工作，清党运动起，谁知又有人说我太沉默，怕要逃！如是我写信去报馆更正，而报馆又不给我发表。后来只好每天在街上多绕几回，表示我是毫无动机的，也不是沉默的。有一回在中学堂讲演，我说：'广州可以做革命的策源地，也可以做反革命的策源地。'……不料旁边一位翻译粤语的朋友，竟将我第二句删了去，从此我也就感觉著许多的不自由，倒不如走好了。……"这是鲁迅先生告诉我的。

我呢，听了他一阵报告，临行是用了我自己的嘴："这时势太艰难了，人们只有讲上帝，或可免于危险的，在我又有什么法子呢！"向他唉了一声！

后来我上了海船，自思一阵，倒觉鲁迅先生在广州时之有趣味，然而我此回去得广州，如果要得着痛快，还是狠狠地认识着干，一到广州就干！

果然，最近第四第五各党军的干力实在不坏，所以国民党也就这样一干而回来了。现在思想起鲁迅先生说广州可以做革命的策源地，也可以做反革命的策源地，目前倒是可以让我们将第二句删去，我们更可以用干的精神，更可表现这回广州再作革命的策源地，为国民党求光明之真切了。

"干！"

广州的青年们啊！你们不要太沉闷，烦恼，抑郁，悲伤，请起来"干"！

——干是目前唯一光明的起点！

一九二七，冬初，旅次。

——载《广州民国日报·现代青年》1927 年 12 月 3 日

四

"革命与文学"的论争

谈谈广州文坛

赵华玲[*]

不说罢，说来徒足令人感叹，徒增我们许多许多的耻辱，广州的文坛上简直是没有可言的了！就□月□而论，还觉热闹些，此刻简直半份文艺刊物都没有，谁都知道，在革命高潮中的广州，革命主义深入一般热血青年脑海中，稍是气力壮的青年，那一个不是站在革命的大道，谁还去干引人入梦的文笔艺墨？有些，一面做政治工作，一面来办十锦的入二篇文艺的刊物，不消说在文坛上是不入流的。也有些，或者是好文学的学生——当然我也是学生，所创办的文艺刊物，诚然是可喜的事，可是它的寿命，出不了几期，不由自主地马上要停版了。究其□□，在出版物稀罕的广州市面上，当然是感到印刷的困难的痛恨，小小的一份周刊，付印时东走西奔毫无着落，越期又加价，这几天可以说是出版忙，结果还是失望罢，至于经济问题，个个都是在分利时期，至多抄不出一二块钱来弥缝，所以要靠着会员的会费或社费来□助，入会的人不论他是能文与否□肯出一二块钱来就算了。所以弄到稿件问题成了问题的了，文稿无论好歹，编辑时也像哑子般的有口难言的了。这样看来，可观□刊物，弄得乌烟瘴气了。唉！《广州文学》……《文宫》……正出一期不是这般难堪了吗？不然，何以周刊变成为月刊季刊都找不出来？

以上一堆废话，不是与本题毫无关系。读者莫说我文不对题，下文正是连贯的哩。

此刻说广州的文坛，事实上是不可能的，不过就正过去的纯文艺刊物而论，也可以说得通罢。

---

* 赵华玲，生平不详。

231

《广州文学》，自十六期停版以后，它的呼声已遍全国，在广州文坛上有点余痕，但它在岑寂的广州展开□大路路线。现在革命的广州青年高兴采烈地谈起文艺来，这也有点归究于它而动起兴来？这十六期里面，我看过的寥寥无几，只摘其一二来讨论。我还说得续期登出的长篇创作，《玫瑰残了》的作者，听说现将印成单行本的消息。这也是在广州文坛上开了新纪元罢。发表过的不过八段，其中的缺点是对话不大精致，内容的结构，我未全看过了一遍，不敢妄做批评，至于作者的诗内容复杂的情调，是佩服作者的天才，而形式上则重于模仿一点，我是不敢赞同的。望作者今后（的）努力！中间的书评，作者以很切实地，诚谨地批评□个□著者的个性，是很相符的，不像那故意谩骂，无理取闹的所谓批评家之可比也。最后，复活了一期，大概因以上的原因又停版了。

《文宫》，它正出了一期，或者不大有人知道，但它也是纯文艺刊物之一，就第一期看来，也有令人注目的地方。倘不遗余力地努力下去，也可获莫大的效果，在沉寂的广州也可以唤醒过来，广州的文坛上也不致在这儿空□，可惜，□在糟塌了。它在创刊伊始，第一编是《夭逝》，怪不得《夭逝》中之夭逝了。最大的原因也是以上所说的罢。

现在且说革命文学社的革命文学——《这样做》，它的内容多谈些革命理论，不甚懂得革命理论的我，不敢多所挠〔饶〕舌，至于它的所谓革命文艺，我是不懂得什么叫做革命文学，若就管见看来，有些□或可足取，但没有什么出息的地方。该编者常说，他们还染着幼稚的色彩，那末，我又曷说一类的或褒或贬的闲话呢？可是，他们若不绝地努力，它的前途也无尽量。

呵！庄严灿烂的广州呀，文坛上简直是没有可言的了。

我们不要让这饶沃的繁华的田园，通通都没有真心的人去理会，使得荒芜□蔓虫鼠巢穴，徒然荒废。将有用之田园，弄到不成样子的一片荒野，我们不要如此就让它永远荒废，永远沉寂。我们要做后起的园丁，把那荒芜巢穴一切扫得如洗，重新整顿，重新创造；将来的田园，就是我们广州文坛上最大的新希望。

——载《广州国民新闻·新出路》1927 年 6 月 2 日

写在《谈谈广州文坛》之后

赵　攻[*]

在"新出路"三十二期当中，我看见《谈谈广州文坛》一篇大作？这位作者真个是天才啊？所谓骚人墨客——唯美派的风流雅士，他约莫有些似了！

从他那篇大作来看，我可以胆敢断定他不是个站在革命旗纛下的革命学者，他一毫不懂得革命的理论，他极力反对革命的文学和文艺！其实，什么叫做革命文学他固然绝对的不知，文学文艺的批评他也应认自己是盲目。

在他的这篇大作里又有写着："有些，一面做政治工作，一面来办十锦的一二篇文艺的刊物，不消说在文坛上是不入流的！…………"——这真的确笑话，什么叫做入流，我倒要请问作者！一面努力政治工作，一面努力文艺，这种刊物，这种作者，"不消说在文坛上是不入流的"——我不知作者何所据而云然，作者怕是"去干引人入梦的文笔艺墨"的驰骋文墨风流吧？！

至于批评广州文坛上各种刊物，我没有这种资格？因为盲目底批评，不如一概不谈了！——可是我还矛盾说两句，以我内在来看，广州文学在广州文坛上仍然是一点比较大的荧光，《玫瑰残了》的作者更不配说上开广州文坛的新纪元家；至《文宫》等刊物更不消说了！

最后我还要向广州文坛上的所谓巨子说两句话：勿赞美唯美派文学的盛行，努力举起革命文学的旗纛前进！前进！创造出我们光明伟大的革命花儿。

——载《广州国民新闻·新出路》1927年6月9日

---

[*] 赵攻，国立中山大学学生，革命文学社社员。

关于《写在谈谈广州文坛之后》

赵华玲[*]

不知道是什么缘故，我的拙作真有点吸引力罢！先前曾登在"新时代"的关于"以仁"的一篇文字，就惹起许多人来同情与讨论，这回也不是例外，啊！我的拙作真有点吸引力罢!？

从来我没有瞧过那位赵攻君的鸿篇巨作，几日前没有到过我这里来的任君，今天像很匆忙的特地跑来，说道："你的文章被人大骂特骂了。"尚未说完，我惊惶似的跟着说在那里。他拿着的报纸递了过来□看，原来那位说我是唯美派的赵攻君。今天才见那位赵攻君的巨作，连忙也看了两遍之多，此刻就和那位赵攻君讨论讨论。在未讨论之前，我先先声明几句："我们讨论的目的是求真理，如果是肆口漫骂，下遭我恕不答覆。"

作者把"唯美派的风流雅士"的一类套词加在我身上，这当然我不会上他的当。听说文学家有派别的，鲁迅有鲁派，胡适之有胡派，徐志摩有徐派……（见《北新》第三期），其余的如染欧风的所谓象征派，未来派……如作者所谓唯美派……等等，哈哈！可惜我不是文学家，假如我是文学家，或者另一派是赵派了，不必作者为我着想而加唯美派的了！

至于中间有几句更可怜可笑："从他那篇大作来看，我可以胆敢断定他不是站在革命旗矗下的革命学者，他一毫不懂得革命理论，他极力反对革命文学和文艺，其实，什么叫做革命文学，固然绝对的不知，文学文艺的批评他也应认自己是盲目。"我看了这段的确是笑话得很。

人非木石，个个都有神圣的脑海，他创作欲所要求是革命的文学，这样我也不能禁止他，而我也没有这么大权力来反对他，而我也无权禁止

---

* 赵华玲，生平不详。

他，怎么说我"极力"反对革命文学和文艺呢？他如果一定要革命的文学，我也不能发出命令来禁止，不过文学的要素不外乎真善美，艺术化，感情化，如果有了这几种要素的作品，不论革命的文学也好，唯美派的文学也好（照作者说）通通都是有存在的价值，不过像现在的一般所谓革命文学——革命诗，革命小说之类，自称革命文学，甚么"杀罢，前进，打倒帝国主义，血呀，泪呀……"所谓革命诗，同唯美派（照作者说）的什么"花呀，月呀，爱人呀，……"何分别，怪不得文学，常喊起"文艺上节产"了，像这样的所谓革命文学，我也要同声喊起"文艺上真要节产"了。以上的与其说是革命文学，不如说"不"革命的文学还好得多呢。况且我的原文是说"不甚懂革命理论的我，不必多所哓舌"。

我以为我这篇拙作是谈文坛的，所以把这两句话来掀去革命方面来谈文艺方面，作者真是绝顶聪明，竟说我一毫不懂得革命理论，作者的聪明是以为"一毫"比"不甚"是无异的罢？又说我"极力反对革命的文学和文艺"，照以上来说，又何要瞎说我反对革命文学呢？岂不冤哉！枉也！

其他，如作者说我盲目来批评，我不知作者的批评又怎样？请看论有资格的明目的批评者说："以我内在来看，广州文学在文坛上仍然是比较大的荧光，《玫瑰残了》的作者不配说上开广州文坛的新纪元家，至《文宫》等刊物更不消说了！"啊！寥寥数语就把那种种作品批评完了，就说我盲目批评了，哈哈！你说我是盲目批评，而你明白批评又怎样呢？这样的"明〔盲〕目批'评'不如一概不谈了"，连你那篇大作（？）无做之必要了。

最后我还请攻君不要□那种套词胡闹，说什么巨子，唯美派……

哦，我不是文学家，我是没有派别的人，请不要胡闹，这种套词我不敢当的。

——载《广州国民新闻·新出路》1927 年 6 月 16 日、17 日

革命与文学

罗　西[*]

　　在广州的文坛，我也曾想过要尽一些力！对于广州的文坛，我也曾闭了眼睛批评过几句。当然的，什么公理、真理、定理、定义界说都莫曾和我握过手，说出来的自然也要是不足道也的。不过，我虽"更不配说上开广州文坛的新纪元家"，但也编过"仍然是一点比较大的萤光"的十七期寿命的《广州文学》，而且什么周报里面我就时时骂广州的文坛，时时舒泄我的积愤；这些天来常想起我那受经济压迫而死去的妹妹——《广州文学》——的时候，其凄痛比知道了未婚妻得了痨病更甚得多，却巧，先有赵华玲君的《谈谈广州文坛》，后有赵攻先生的攻赵；更巧，两篇文章都提起那一点"比较大的萤光"，我读了两篇文章之后，觉得广州文坛，离白锡［银］时代就很远，黄金时代似乎连梦想的可能都没有。

　　于是我就想说点话。

　　在广州市做文章的人，单就文字一面说，能够自由运用正当白话文的就少得不亦乐乎！能够弄点小慧的人都日见其多！——我不承认弄点小慧就是发表自己个人的真思想，因为那不是思想！却是咬着 Taohpick 比的时候强拉出来的一些低等的笑料。能够把白话文运用自如的既然少，而半通不通的造做不分的杂以广州土语的白话文就充斥市上。这种 Mistn 式的白话文作家，假使驳我这篇文字的时候恐怕要问："怎样叫做能够运用真正的白话文？"这又怎怪得日前的七十二行商报的商□栏还发见了文言与白话之战鼓呢！

---

[*] 罗西（1908～2000），原名杨凤岐，湖北荆州人，广东高等师范学校附属师范毕业，1926年4月发起组织广州文学会，后在鲁迅支持下发起成立南中国文学社。1928年初离开广州，去上海从事文学活动。

唉唉！教人怎得不太息痛恨哩！

还有人以为在白话文——国语——当中加插点广州土语，便可以自夸是带地方色彩的！而且，这样的人，有时还是最革命的人，他们天天望中国统一于土地方面；而忘却了中国统一于言语文字，感情爱力方面！他们整天狂嚷着忘却小我，摈弃地方主义，而到底会崇奉地方色彩的，这诚然是无可如何的！（土语渗杂在小说的对话里，是有相对许可的理由，合并声明。）

在这个总缘之下而能产生大火球（指与萤火相对而言），恐怕是没有的事！大火球不是随随便便可以成功的，成功一个大火球，起码要有万打万的人燃起了他们"血把"！

话拉回来讲的时候，可略述我对于两赵的意见：赵华玲君和我颇有几面之缘，但他，据这篇文章，除开了手民之误，是还没有把真正白话文运用来发表思想的力量，暂且不说。至于以赵攻赵的赵攻君，他：

一，以为世界上只好有唯美革命两派的文学。

二，以为华玲极力反对革命文学。

三，不批评刊物，（批评刊物，）拥护革命文学。

赵攻先生，倘若他不是想骂人的，那吗，从上面三个撮要看来，再简括一句，就是反对唯美文学，拥护革命文学。无形中，赞美华玲君所不加褒贬的《这样做》。

于是乎就想写我这篇革命与文学。

还有一句闲话：我和革命文学社的冯金高君是同学，方楫君亦是同学，王基树君是童年的友伴，马景曾君是小学的同学而又兼是"莫逆"；我这篇文章，不是反对《这样做》的！因为文学之国是绝对自由平等的，那里一切猜疑阴危奸狡鬼滑都逃匿无迹！

革命与文学发生什么关系呢？什么叫做革命文学？什么叫做文学革命？广州的文学界概况怎样？——在未研究之前，我们以可［可以］看看下面的意思。

一，提倡革命文学，广州思想界最受影响的要算郭沫若与成仿吾二氏的言论，但我们看一看郭沫若的作品，可知他的不诚，他以前似乎自称为新浪漫派的，但到了广大（这时还未改中大）以后，不晓得是受了 C.P 的上级命令还是借此张扬门面，便忽然把革命文学提倡起来，成仿吾自然要凑趣了。我们再从内容看去，无论他们只极其滑头地说"充满情感和真实的文艺便是革命文艺"等等皮球的虚言，实际上一篇革命文艺都"造"不出外；即使不然，他们所谓革命文艺就是无产阶级专政的莫斯科文艺了！

二，有些人说，凡上乘的文学，至性的文学，就是革命文学，我以为既至这样还（的）得先立下批评文学的条例，否则帝国主〔义〕这样丑的文学或许没有什么不同于革命文学。

三，从革命文学的革命二字解释，可分内容和外形两面。外形革命的文学我们不讲；就内容方面说，也可以分作两面！狭义的革命文学恐怕就是革命文学社所主张的革命文学，其实是名叫政治大〔文〕学！这种政治文学的所谓应时代的需要一语，简言之就是趋时，这种文学没有匀恒性，没有存在的价值，譬如总理在生主张容共时，政治文学的题材就要表示同样的主张，可是到现在清党运动以后，以前那篇文学马上要取消！再浅一点说，比方意大利是法西斯蒂的根据地，俄罗斯是共产党，倘若文学是有政治作用的，那么，意俄两国的文学固是□不相能，就是政治方面也要互□文学之输入，那时文学更添上了国界了！□□的革命文学就是共解释革命作更新的意思，那末，浪漫主义代古典主义而兴，浪漫主义可以唤做革命文学了，同义，今天的文学是革命的，明年的又有一种代兴，前者遂成反革命。这种受空间和时间限制的文学，今天可以倡，明年可以禁，不如根本把文学取销！

四，譬如说革命是做实际的工作的名称，不是什么主义之争的；那末，中国的每个国民都应有：家庭的革命，学校的革命，行为的革命，思想的革命；大点，更有环境的革命，心灵的革命，宇宙的革命，人生的革命！人生无时不在毁灭与创造中过活，即随时都在革命，不过这种人生的进程，所缘行的线轨各有不同罢了！到底我们现在所想说的一种革命文学，是属于那一种特别的意义？抑或是属于所有的意义？倘若是属于某一种特意的意义，那末提倡者应该把他的立场光□发出来，倘若是属于后一种"所有"的意义，革命文学四字有点笑话——这层在后面讨论革命文学时再详说。

A. 革命与文学发生什么关系呢？

现在的文学论者，讲到本题的时候只好有两个确定：一切的文学都是革命文学（广义的，参看前文），这派的论者，认文学只有"文学"与

"非文学"的分类而无其他,这是一类;第二类就是所谓革命文学的政治文学,——革命与文学发生什么关系呢?

看《创造月刊》上郭成二人的论法,就是倒果为因的滑头论法:甲,倒果为因——他二人以文学做主眼求其与革命的必然关系。乙,一方面说革命文学有时代性,一方面又说一切至情的作品都该划入革命文学。

从甲的问题,我们知道凡文学的作家都是现代生活的描摹者!或许他是追描过去,或想像未来,都脱不了以作者的现代生活为怀胎而生产,那末,假设政治上一度变更,一度革命之后,我们可以武断在文学界将有莫大的变更,原因是一班作〔者〕的现代生活都改变了的结果,因此我们以革命为主眼而观察文学,求其与革命的必然关系,那是极合理的,极适宜的!不是倒果为因的,譬如俄罗斯十月革命成功后才发生一班无产阶级文学作家,标语式的革命诗!

反之,拿文学来推测革命的可能性薄弱不呢?我以为这样是极不可靠的,谁能指出某些作品与某次革命发生直接关系?我看这是不可能的,许多史家只极其牵强地指出一点影响。像说:易卜生的剧本对于近代妇女运动(就是章锡琛所译的《弗弥捏士姆》)有很大的影响。殊不知易卜生自己也不承认他是"为"妇女而作剧的。

从乙的问题,我们更可知郭成二人之所谓时间性,实际上是跟着政潮之高低起伏而高低起伏罢了!

我们再重复声明一句,从文学看革命,只有或然的非直接的可能性薄弱的结果!从革命看文学,才看得到必然的直接的可能性强固的结果!

准此,可知文学偶然能影响到革命,是意外的收获!非制造者当时故意这样做的。

B. 什么叫做革命文学?

由 A 段可知现在被认为革命文学的作品,在作者当时实出于无心!这种类别当然是后人加上的!——其实凡文学上一切派别与名称都是后人为便利陈述起见而硬加上去的!

统括起来,有四种说法:革命文学是反抗一种既成的派别的文学作品;革命文学是至情的有力作品;革命文学是无产阶级文学;革命文学是政治文学。第一种说法没有事实的根据;第二种是我对于革命文学的意见;第三种是苏俄的时髦文学;第四种恐怕就是本市的所谓革命文学了。

许多人以为我们的广州文学和我个人都是反对革命文学的，其实我们全体和我个人都是主张第二〔种〕意见，而反对第一三四种意见。因此，什么是文学革命呢？照我的意见，在现在的中国谈不到这层，不必空费笔墨。

不过有许多人以为做革命运动与做文学运动是绝对不相容的，而救国的革命运动是毫无思疑地要担在青年们的身上；对于文学又不能忘情，于是创出革命文学的大旗，以资号召。其实这是顶不必的！文学与革命固然完全是两件事，但我们一面学文学一面做实际上的工作，不见得就是办不到！革命是"毁弃自己"的工作，但为了救己救人就不能不牺牲；我们以文学提高他的心情，浴洗他的智慧，扫荡他的烦闷，调和他的辛苦，滋润他的枯燥，驱除他的疲倦！——这样就已成后的或然的结果来说，并非提倡文学要有这种功效，——赵华玲君就把这一层看差了！

为讲什么〔什么讲〕可以一边革命一边恋爱？本来从表面讲，这两件事差不多成了正反对哩，文学和恋爱是有同一的魅力的，无重轻之可言，把革命文学看作广义的，最广义的，不过为了名称上的问题，以为革命人还该学革命文学（其实这是很笑话的），那或者是不可厚非；倘以革命文学为趋时的政治文学，而其题材只限于描写革命生活的小说，或口号式的诗的时候，那是应该严重反对的！

这种题材只包括文学一个最小部分；而且，描写革命生活的作品不一定可叫做革命文学，发挥革命理论的文章根本也就不是文学。我常常说，现下通行的散文诗叫散文或有诗意的散文不就可以了吗？为什么定要叫做诗！发挥革命理论就发挥革命理论好了，为什么定要叫做革命文学，诗和小说都是偏于情感方面的高等娱乐，决不是一件尊严的事，崇伟的事，何必定以这样的方法相唤呢！

——载《广州国民新闻·新出路》1927 年 6 月
17 日、18 日

再谈《关于写在谈谈广州文坛之后》

赵　攻[*]

这真个不值一哂！——《谈谈广州文坛》的作者，他的巨作自认真有一点吸引力，啊，不怕红潮泛滥在双颊上么？

《关于写在谈谈广州文坛之后》一文，我恭读三次了，原来所谓真理就是这样！

我前次送他一个唯美派的尊号，他现在绝对不肯接受，——可是我们再从他这篇大作来看，所谓唯美派我们的确要予他以冠冕了！

他说："文学的要素不外乎真善美，艺术化，感情化，如果有了这几种要素，不论革命的文学也好，唯美派的文学也好，通通都是有存在的价值。"——这的确是笑话得很；他说可笑可怜，我要还赠给他了，我不知作者在那里学来？——文学的要素单单是真善美，艺术化，感情化，便算得是好文学！不论他是什么文学，通通都有存在的价值，这更笑话，作者——他明明在此承认——唯美派了！因为什么的革命化，科学化，平民化，政治化等等文学，他原不□放在眼里，这大约怕不是文学的要素吧？——难道资产化，贵族化，八股化，反革命化，洋毒化等文学都有存在价值吗？

啊！作者未免太荒唐了！

作者又说："人非木石，个个都有神圣的脑海。"我不知作者所说是什么！

在后，我要告诉作者几句："文学是随着时代的思想而变迁的，文学与国家及民众有密切的关系的；现在是革命高燃的时代，中国的环境仍然

---

* 赵攻，国立中山大学学生，革命文学社社员。

处在军阀及帝国主义者双层压迫下的地位，我们所渴望着的文学，——所发表的文学，当然是革命化的文学！这革命的文学也当然不是满篇说手枪炸弹的，不过我们不从事努力去发展宣传革命文学时，革命的理论革命的产儿□革命的运动，实在极难创造和发生，听说《玫瑰残了》的作者现在极力反对文学的革命化，我不知他是何居心！

末后，我也先声明一句："我讨论的，是真理，华玲君如果再肆口谩骂，下次我也恕不答覆！"

十六，六，十八日于广州

——载《广州国民新闻·新出路》1927 年 6 月 21 日

我对于罗西君《革命与文学》之商榷

冯金高[*]

开广州文学新纪元家（?）——罗西君，在"新出路"四十四期上登了一篇大作，题是《革命与文学》，我可幸得到看了这篇大作以后，不由我失声大笑，哦：那开广州文学的新纪元家（?），原来就是这样，金高不敏，斗胆与罗西君商榷一下！

罗西君此次存心挑战的原因，不外两点。第一，因为再生后的《广州文学》，在最初黑暗时代，它可以算得是一点萤火，但是自《这样做》一出，《广州文学》便一落千丈，因此又复唱□"再死曲"了！罗西君眼赤不过，迫得对《这样做》有所打击，为他已死去的妹妹吐气。第二，革命文学社所倡的是革命文学，名正言顺，堂乎其皇，而且适应时代之需要，驾乎《广州文学》之上，所以他又迫得冀图推倒革命文学之旗帜，为他已死去的妹妹扬眉！——其用心固巧而妙。

可是，他的抽丝剥茧，借甲打乙，借丙打丁的方法，用得太呆了！你看他说：——某某是我的同学；某某是我的莫逆；我这篇文章，不是反对《这样做》的——其实，他借二赵问题，那一句不是反对《这样做》，骂"革命文学"；本来，他这种存心挑战政策，用在朋友们身上，是不对的，我们素以和平退让为主，但让至如此田地，实在让无再让，因为朋友间的和平态度，他既然开始打破，我们岂可缄口不言？

以上就是需要纠正罗西的理由，至于对他这篇大作的批评，详述如下。

（一）他开首说——"在广州市做文章的人，单就文字一面说，能够

---

* 冯金高（1906～?），原名冯镐，广东南海人，国立中山大学学生，1925年加入中国社会主义青年团，1927年加入中国共产党。国民党清党时叛变，与孔圣裔等组织"革命文学社"。

自由运用正当白话文的，就少的'不亦乐乎'（?）"——从这聊聊〔寥寥〕数句当中，首先可以明白罗西君是个怎样高傲而且是幸灾乐祸的一个人，他自视非凡目空一切，他骂全广州的一切做文章的人，他默认自己才是个能够自由运用正当白话文的一个人——这是何高且傲，而且，就如他说，能够自由运用正当白话文人既是如此缺乏，我们如果不是丧心病狂，都应为教育前途悲，而他反呵呵大笑，大呼真"不亦乐乎"！更有，就照他所谓能够自由运用正当白话文而论，试问"不亦乐乎"这一句，是否正当白话文呢？——这本是屑小问题，不应丢他脸子，怎奈他这等高傲而且丧心病狂的幸灾乐祸，故问题虽小，但仍不得不教训他一下！（关于"不亦乐乎"一句，当初我以为罗西君不致□丧心病狂幸灾乐祸，或者是手民之错；后来我还去《国民新闻》向编辑索原稿一看，但原稿的确是"不亦乐乎"）从第一点看来，可知他那篇大作的立论，出发点全在他自己高傲。

（二）他又说——提倡革命文学，广州思想界最受影响的要算郭沫若与成仿吾的言论，……不晓得是受了 CP 的上级命令还是借此张扬门面，便忽然把革命文学提倡起来……他们所谓革命文艺就是无产阶级专政的莫斯科文艺了！——这个含血喷人的言论，可以知他借甲打乙的方法，他反对革命文学，便硬想加那提倡革命文学的人一个罪名，即是说从前提倡革命文学的人是 CP，现在提倡革命文学是 CP 之流，以为这样可以一笔抹杀！殊不知郭成之提倡革命文学固是一件事，我们提倡革命文学又一件事，郭成主张无产阶级专政的莫斯科文学是他自己的错误，断不应将某人之罪便加诸别人身上，总之，郭成自有郭成，郭成所主张甚么，说甚么，是他郭成的事，断不应借郭成而骂我们。

（三）他又说——"……狭义的革命文学恐怕就是革命文学社所主张的革命文学，其实是名叫政治文学！这种政治文学的所谓应时代的需要一语，简言之就是趋时，没有永恒性，没有存在的价值。"——姑无论我们的是否政治文学，但如果那政治文学是能适应时代之需要，那么，这便是革命文学了！文学只有革命与反革命不革命，并没有广义与狭义。老实说，社会上某事物之有存在之价值与否，是看某事物之对于社会之贡献如何。如果某事物能对社会有所贡献，有所裨益，有所改造，这样的事物在社会才有永远存在的价值；如果某事物对社会无所贡献，无所裨益，无所改造，这样的事物在社会上无关痛痒，社会多此亦不为多，社会少此亦不为少，这样才是无存在的价值的事物，像罗西君所主张的唯美文学，于社会无所裨益，唯美文学如极端发达，结果社会上多几个个人主义者的不革命文学家，我们不是反对文学要美，但光是唯美而不主张改造社会的我们誓死反对！文学是社会前驱——或者占重要位置，要改造社会便自然关系到政治，那么，要改造社会的文学，当然要关系到政治，革命文学叫做政治文学这亦没有大错，因为革命文学是要负社会改造之责任。总之，我们的立足点是在被压迫民族和被压迫阶级去反对压迫民族和压迫阶级，我们干文学运动的根据也在这点。当然，我们的革命文学是在革命区域才立足得住，我们的革命文学当然不能走反革命的营垒；反革命的国界里，究不若罗西君之唯美文学，于社会无所改造，可以自由走入法西斯蒂的意大利，保守党的英吉利国里去求生去屈服。总括一句，革命文学负有改造社会的责任，反革命想保守现社会的生命，这样一冲突，当然有政治作用，只问我们所主张的政治是否改造现社会的革命政治，我们的文学如果是改造现社会的政治的文学，那么我们便是革命的文学，政治文学我们不怕承认，只问我们所主张的政治是改造现社会的革命政治，还是主张维持现资本主义的反革命政治，今罗西君既承认我们是适应时代的需要的文学，那么，现在需要的是改造社会，我们能适应时代的需要，那我们的文学，便是革命文学！再有，罗西君骂我们趋时，我们觉得趋时这个名词，并不太劣，只看我们所趋时是否趋得时代的需要！如果合乎时代的需要的，那么，我们不妨趋时！

（四）关于革命与文学发生什么关系这一层，罗西君只承认"从文学看革命只有或然的非直接的可能性薄弱的结果！从革命看文学，才看得到必然的直接的可能性强固的结果"。又说"因此我们以革命为主眼而观察文学，求其与革命的必然关系，那是极合理的！譬如俄罗斯十月革命成功后才发生一班无产阶级文学的作家，标语式的革命诗"！——关于这点，我以为罗西君太认不清文学太小视了文学，他只承认从革命看文学，才看到必然的直接的可能性强固的结果，而不知从文学看革命亦可得相当的效果来！虽然是俄国十月革命成功后才发生一班无产阶级的文学作家，而十月革命未成功之初，亦何尝不是有鼓吹无产阶级推动十月革命的文学作家呢？文学相信是个改进社会的重要部分，而且是革命的前驱，在革命时期必然会有一个文学上的黄金时代，就事实举例说，譬如一七八九年法国革命之前产生了不少的文学家——卢梭，佛尔特尔，——革命之所以成功，差不多都是他们唤起来的。又如一九一七年的俄国革命未成功之前，俄国亦正不知产生了多少如菲独嘉里宁等的文学家，俄国革命之成功，他们亦曾建过功劳。——根据种种事实证明，文学并不是不能影响革命，从文学看革命，亦可以看得必然的直接的可能性强固的结果，所以关于这个革命与文学的关系问题，真正的结论是："文学可以影响革命，革命亦可以影响文学。"罗西君骂郭成二人倒因为果，其实罗西君根本不明白文学与革命的关系！如果罗西君还冥顽不灵，请再看中国周代的变风变雅和屈子的《离骚》，究竟文学为什么不能影响革命？

（五）关于什么叫做革命文学这一个问题，罗西君以为"凡是至情的有力作品便是革命文学"，——罗西君与华玲君是犯同一的错误了！至情的有力作品，只可称得好的作品，并不能称革命文学，好的文学未必是革命文学，如果是至情的有力的作品，便是革命文学；那么，那歌颂法西斯谛铁血政策，赞助帝国主义的反革命的文学家的至情有力的作品，亦可算得是革命文学了！罗西君这点都不懂，所以单单是至情有力的作品，只算得是好的文学，美的文学，不能称得是革命文学！罗西君连这层都不懂，无怪乎他所以盲目地反对革命文学了！

（六）关于一面做政治工作，一面做文学运动，这一层赵华玲君太糟糕了！罗西君倒还有些见地，他说："我们一面做文学一面做实际工作，不见得就是办不到！革命是毁弃自己的工作，但为了救己救人就不能不牺牲，我们以文学提高他的心情，浴洗他的……赵华玲君就把这层看差了！"华玲君以为捧罗西君一个新纪元家的衔头，希望得罗西君之一盼，结果罗西君不顾，我实在为华玲君大呼三声不值！富有吸引力的作家呵！静听罗西君教训便罢！

（七）关于革命文学的题材方面，罗西君还说得不差，赵华玲君以为革命文学的题材是"杀呵……前进……打倒帝国主义……血呀……泪呀……"，其实革命文学的题材不定是杀呀……，描写杀呀的文学未必是革命文学，只看你的作品包含改造社会的革命性没有，你做那篇作品时，出发点是否在于革命才决定你那篇是不是革命文学，华玲君简直连这半点也不懂，还谈谈甚么广州文坛，岂不笑话！

末了，我这篇文章，是感觉得罗西君太过目空一切高傲气概，存心挑战攻击友军，不认识文学，不懂得革命文学，所以才有纠正，罗西新纪元家（？）且慢动气；至于华玲君，更□在听听吧！

十六，六，廿一。完稿于革命文学社

——载《广州国民新闻·新出路》1927 年 6 月 22 日、25 日

给"不亦乐乎"罗西

赵 攻[*]

"不亦乐乎"的罗西君！革命与文学的大作？领教过了！不过，你寻□的卑劣，盲目的讨论，实在令人发笑！

罗西！老实说一句，你未免太自傲了，尔的大作似乎紊杂到不成文章了！现在我告诉尔几点错误！

第一，不赞成提倡革命文学！文学要革命化，无论谁——除了反革命者外，那个都应该这样做的，罗西竟拿了郭成主张无产阶级专政的莫斯科文学，去借甲打乙，去反对提倡革命文学！

冯金高君说他含血喷人，这的确没有错误！这的确一笔抹杀！

第二，他说革命文学是趋时，这更狗吠，他简直没有一毫的思想，他误解趋时便是一种绝大的劣点，金高说得好："我们所趋时是否趋得时代的需要？如果合乎时代的需要，那么，我们不妨趋时。"像三民主义是合乎中国时代需要的，那么，罗西先生便不好信仰它了！因为信仰它便是趋时！——我不知罗西何以自圆其说？

第三，他承认只有政治文学，没有革命文学，总括他的意思说是：只有革命理论，没有革命文学，只有唯美文学，更没有革命文艺。我真的不明，"为何文学文艺不能革命化"？"为何不要提倡革命文学"？进一步说：革命文学社所提倡的是政治文学不是革命文学，难道我们不能提倡真正的革命文学，像罗西说没有存在价值的革命文学，再去□生创造个有价值的吗？罗西解释革命与文学，真个自认是时代的落伍者！

第四，他绝对反抗文学要革命，他说："今天的文学是革命的，明年

的又有一种代兴，前者遂成反革命，这种受空间和时间限制的文学，今天可以倡，明年可以禁，不如根本把文学取销！"——自认广州文学泰斗的罗西，你太贻笑外人了！今天有革命主义，明天又有别一种主义，这种受空间和时间限制的主义，难道也可以把今天的革命主义，根本取销和反对吗？你所说"前者遂成反革命"这似乎太武断太荒谬！"革命文学"四字有点笑话，——这句请你详细告诉我们来！

第五，他回覆赵攻的三点，简直一塌糊涂！他说我无形中赞美华玲君所不加褒贬的《这样做》，罗西也算神经过敏了！

第六，他说文学偶然能影响到革命，是意外的收获，罗西始终是不知——"有革命的文学才有革命的事实，有革命的理论才有革命的产儿"了！

在后，我要质问罗西几句，（一）革命家应不应努力提倡革命文学？（二）革命文学怎么没有存在的价值？（三）革命同志不去提倡革命文化谁去提倡？（四）唯美文学和革命文学孰优孰劣？（五）文学家应否站革命文学的立场？（六）诅咒革命文学与歌颂资产文学，贵族文学，帝国主义文学有何分别？（七）反对革命文学是何居心？

上面七点，请"能够自由运用白话文的就少得不亦乐乎"——的罗西君，明白答覆来！

十六，六月二十□日作于中大

——载《广州国民新闻·新出路》1927 年 6 月 28 日

一封可以公开的信

圣裔先生：

我自做文学运动以来，一向都只空嚷着本市没有令我满意的刊物，但在差不多两个月前，我晓得这样空嚷是错的，每一个刊物都是个公开的园地，看花者自己不去栽培，当然不能空嚷无花，因此我早就想尽了我混身的力量，撤去成功利钝的念头，举起锄头，结结实实地做一番工夫，再看结果怎样。并且通知我的一班同志，叫他们也努努力，瞧瞧有锦花出来没有。恰巧华玲君和赵攻君二文突起，我于是开始了我的试笔第一次出马，竟蒙登载，感谢得很！

我常常翻开京副或晨副一看，登时便令我气愤不过！为什么他们办得这样好，而我们的这样失色？我思之重思之三思之，遂恍然悟出这是我们不肯努力的结果！裔君，你说对不对呢？

我说话很率直，下面就是我的一点小意思。

1. "新出路"改了为"每日副刊"，这就是说，每天都是特号，大概的分配：六天中两个政治号，两个文艺号，一个青年问题号，一个农工问题号。如此，各门都得充分的发展，不晓得可否办得到。

2. 对稿要万分加以注意，尤其是英文，——我们差不多可以说，凡"新出路"的排刊英文，是无往而不错的！

3. 选稿要特别谨慎些，有些友人讥评本市刊物中的革命文字为"新八股"，因为许多许多这种文字的作者，都不肯把他们的真正思想运用一下子，人家喊，他也喊，结果是万篇一律。又譬如本日赵攻先生的文字，其错误之"交关"，实在惊人。（我明后日便有一篇文字替他详释，）我们为的是广州文学界，求的只有真理，一切不对的态度都该摈弃，因为我胜了不是我胜，却替大家挣回一个真理。赵攻的文字，虽有赵君负责，但若给上海或北京的出版界看见了这样丢脸的事，裔君呀，你不能说全无责任的呢！譬如我现在这样着急骂赵攻君，就像家庭中的弟弟骂哥哥一样，其言虽狠，其情则真；骂了他是为大家好，大家不要丢脸。

4. 革命与文学一个问题，要是想讨论的应该早日把他引上正轨，直接讨论。不应该只斤斤于华玲君的文字，占去宝贵的篇幅。玲君的文字还没有弄到通顺的地步，不必这样难为他，而且，即使华君自承为唯美派为不革命者，那任他好了，左右是他个人的问题！我们还是纠合本市研究文学的同志，大大地论战一番，好歹总有些结果！我渴望真理之降临比什么还着急，倘若文学界的许多作者的理由是很充分的，我可以取消我的主张，跟着他去努力！

末了，我要说给你听的就是我最近写了一篇长篇的小说，叫做《桃君》，是以女主人翁傲英姑娘做主体的第二篇小说，全文还未脱稿，兹先寄上第一章，可用时请立即用信通知，等我好继寄给你，不可用时请即退回。

我渴望你能够在不论什么地方详细答覆我。日安！

罗西，六月二十一

罗西先生：

来信昨既收到，对于你的意思兹简略答复如下：

（一）"新出路"天天出特号本是原日的计划，并拟定特号六种：（一）主义问题研究号；（二）文艺特号；（三）社会问题特号；（四）妇女问题特号；（五）科学研究特号；（六）农工运动特号。可惜事实上不能容许我的要求，设阅者诸君能够帮忙或可达到这个目的。这并非编者一人的力量所能做到。

（二）校对一事我感觉万分困难！本刊校对曾经换了两个，但依然错字甚多，所以很对阅者不住！但投稿者也要负一些责，因为来稿多数潦草非常，所以我希望投稿者要缮写清楚一点！

（三）选稿一层我更感觉困难，差不多无稿可选。至你所谓革命文字万篇一律，你有些不明白，试问同一之事实同一的问题，如记述"五卅""六二三"的历史，反对日本出兵华北等，除了帝国主义及其走狗外所作的文章，有什么避免立论相同（而你所谓万篇一律），赵攻先生一文在你觉得错误之"交关"实在惊人，而又有很多人说他有相当理由，总之态度方面，大家都欠缺委婉。

（四）革命文学的直接讨论问题，我非常表同情，专注重攻击个人的文字现在我一概不登，现收到好几篇攻击赵华玲及冯金高的文字，我只得说声恕我不登。

（五）寄来的小说经既阅完，其余的请续好寄来以便登载！

圣裔，六月廿七

——载《广州国民新闻·新出路》1927 年 6 月 30 日

论驾乎《广州文学》之上的
政治文学派

罗　西[*]

　　毕竟是"名正言顺，堂乎其皇"的革命文学社的"趋时"作家出马，与乎常人自是两样，我呢到底是一个弄巧反成拙的新纪元家，自以为提提同学或朋友的情谊，并且一再声明不反对《这样做》，庶几可以避避他们的锋头，或者至少也不会将我破口大骂；焉知他，冯金高先生真个是"不谅人只"的，竟然"失声大笑"，这样于我，总觉得有点"碰壁"或"撞板"的惊惶，"我可幸得看到了这篇大作以后"，登时觉得不知所谓，头昏眼花；我们测冯先生当时或者会和我同样地感着吧，孰知冯先生倒笑了起来，这真出乎人的意思之"外"！这大概是为了"斗胆"之故而如此耶？且住，你看第二段就有挑战二字，待我把它们抹去，看，就是这个主意呵！

　　这总可算《广州文学》的老板倒霉，《这样做》一出，他"便一落千丈"，亏冯先生的行情□，包头大，经验老，正所谓以此攻城，何城不陷的，这样趋时的生意，还会做不成账？大概冯先生也是有心人，不然，何以我对着舍妹唱再死曲，他会听见，更进一步而瞧见我眼赤呢？其实当时我和众老板都相对黯然而眼赤久之，可是那时的确就不懂得《这样做》，冯先生其谅之否乎？

　　这的确又有点难说，当革命文学社盛极一时，差不多有我们的始皇大帝那样的盛况，而我偏偏在这个时候眼赤起来，在太岁头上动土，而且是

　　*　罗西（1908～2000），原名杨凤岐，湖北荆州人，广东高等师范学校附属师范毕业，1926年4月发起组织广州文学会，后在鲁迅支持下发起成立南中国文学社。1928年初离开广州，去上海从事文学活动。

个"挑战"的存心，——这的确又有点难说。据说冯金高君是"和平退让为主"的，这次竟挺然出头，大概不会没有其所以挺然的故原［原故］。恐怕是忧着革命文学社的大旗会给我那篇"大作"打倒？然而也未必，就使能把《这样做》打倒，我那"死去的妹妹"，其眉固未必扬，冤气更未必吐；冯金高君的满腔正义之气，真正是"固巧而妙"。

下面还得跟冯先生凑个趣。

（一）一句"不亦乐乎"，就连累冯先生亲自向编辑先生索原稿来看，那我的罪过，可就不小。

他骂我高傲，幸灾乐祸，自视非凡，目空一切，骂尽广州市一起做文章的人，甚至于丧心病狂；因此把我的脸丢了，在冯君一定是"不亦乐乎"的了，然而在区区这一张舍脸，就丢清了，也不见得是一件大事！不过这样骂法虽"本是屑小问题"，或者在冯君以为罗西是可以混骂的，但从此牵连到本身问题，不是驳我的文章而骂我私人，假使我答先生以一场臭骂，那岂不是给别人笑话？固然，我对冯先生是有相当的崇敬的，他能够毅然退出 CY 再为真正的国民党员，这一层已非寻常人所能做到。假使我强骂冯先生是投机份子，岂不是大错而特错，然而我决不至如此愚蠢，同时，我也愿冯先生不要向私人进攻，或者我以前的历史通盘是臭的，倘若先生不客气把他尽量搬将出来，岂不是令我自容无地？我甚愿先生本着 Fair Play 的精神，再和我"商榷"吧！——倘若是他愿意的时候。

冯君驳我的第一层错误，全在他把我的"不亦乐乎"四个字解差了。这本是一个 Adverbin Phrase（形容少字的），冯君偏把他看作我个人不亦乐乎，不把得字或少字研究一下，那就是冯君顶大的误解。我的意思本来只是说少得很，不晓得冯君在什么地方看见我大乐起来。

（二）既然冯君和我们都是不赞成无产阶级专政的莫斯科文学的，这本无辩之"意义与价值"。我之把革命文学论者分为四派，就是不想胡乱攻击；冯君既认为是"借甲骂乙"，我惟有向革命文学社全体声明"非是"和谢罪。

（三）这一层的确有许多应该讨论的地方，冯君和我的一场笔战也该取决于此。

不过，广州是革命的首府，在广州说话句句总得带着革命两字来得妥当些。不然，不革命反革命等等罪名，就驾在你的头上。这一场小小的文学论战，竟也引出一个反革命不革命的罪名来。□□，这的确有点滑稽，本来不革命反革命等等罪名，最容易给人家加上的，无过于共产党统治广州时代，那时说话做文章就得一百九十分小心，不然，一个不革命反革命的罪名就把你压得紧紧的！本来以压逼言论自由为主义的共产党，那也难说，难道现在清党成功以后，还容以不革命反革命来钳制人口吗？——而且，参与这场论战的任何人都要知道，在"新出路"说话好歹总可以有点自由，而不一味是专制的！进一步，关于反革命的罪名，我们的执政权者早有明令宣布在案，反革命的罪名办得很严，我实在有点害怕。

我的一篇略谈革命与文学关系的文字，引起冯君的"纠正"，本来是很好的现象，不过在我未"纠正"他以前，我们应当确立我们的立脚点，不然，也是徒"废"笔墨而已！

我的立脚点是：

A. 革命与文学纯粹是两个对立的名称。

B. 革命是理智的而文学是感情的。

C. 革命是政治上的□态的一时现象的名称，没有永恒性；文学是人们感情的留遗的痕迹，富于永恒性的。

D. 革命是改造社会里面一部份政治的破坏工作。

E. 文学在改造社会里面居整个的改造生命的感情的地位。

关于 ABC 三项，我想凡明白革命明白文学的人都该知道而且承认的。倘并此也不明白的人想和我讨论革命与文学的关系，我惟有敬谢不敏！

关于 ED 两项，因为防止误会，自然是防止冯君和其他一切人的误会的原故，容我来申述一下。——

D 项，革命是改造社会里面一部份政治的破坏工作，改造社会里面一部份的工作便是改造政治，革命便是破坏现行的政治的。大家也该记得，我们的中国国民党不是一度称为中华革命党吗？在党的戎首孙先总理，当初作破坏现行政治的时候，这名称是适合的。为什么后来总理又把它改作中国国民党呢？总理的意思就是晓得革命是一时的现象，不是永久要革命的；而中国国民党是有建设的政党，所以要改易今名。

E 项，文学是人类感情的遗痕，是苦闷的呼声，是精神的向上的突跃，是生命的向光明的导引，是调和的乐园，是死灭的呻吟；这其中无国界，无时间的限界，无民族的区分，以人类共有的感情作媒介，以心的共鸣作最高的谐和。能驱除偏私，阴险，猜疑，妒忌，自利，祸人，残毒，暴虐，浮夸，堕落，流荡，猥亵，无耻，以及一切□态的情感！生命的灵泉是感情，文学是感情的提净器，文学更是感情的制造机；有了文学感情的来源才不绝，有了文学感情才得纯净，感情的来源不绝和感情纯净人生才能向光明奔走，生命才有它的意义与价值！

所以英国的拜伦，他是一个大诗人，大浪漫诗人！他曾经写过他的大作《哀希腊》，他最后也曾投身希腊军中，为希腊谋独立，不惜倾全家的财产以助军需！然而他的《哀希腊》和其他一切诗歌，我们找不出什么革命的理论，但我们可以读得出反抗的烈火，渴望自由的情焰！拜伦一方面是大诗人，一方面是勇毅的革命者。所以文学与革命是并行的，而不必强他所写的诗歌是革命文学！

再举一例，西班牙的文学家伊本纳兹（Ibanez），不是也参加实际的革命工作吗？我们且看他何尝以他的诗歌小说变作革命的理论，政治的主张呢？——因此革命与文学，显然是理智与情感的两件事，革命者有时也可以写文学的作品，文学家也可以参与革命运动。文学和科学一样，大家对社会都有其特殊的贡献，我们不能强说有革命文学，就像我们不能强说革命科学一样。譬如我们问一句，爱因斯坦之发明相对论，是革命呢？是不革命呢？是反革命呢？还是没有存在之价值呢？冯金高君大概革命的热念太充溢了！所以竟把文学强分作革命的反革命的和不革命的！——这是他一个小小的误点。

政治，的确有适应时代之需要；文学，非适应时代的而是表现时代的，文学本身无依附性而有独立自尊性。社会上某事物之存在得有价值与否，的确要看他对于社会的贡献如何。照我的立脚点，文学是改造人生的感情的，何必一定要加上政治的意义而始得满足？才叫得对社会有所贡献？才能有存在的价值？

改造情感的文学，只要人们没有死绝，它的功用是常在的！它丝毫不受时间和空间的限制，所以有永恒性，同时也有普遍性！像意大利的文学中，现代的含有法西斯蒂的臭味的文学，在意大利何尝不是顶趋时的政治文学？但我们一见便要作呕，要摈斥他！反之，意大利诗人但丁的《神曲》，似乎不含有革命性和政治意味了，我们在后三四百年的人读来，也觉得他的崇高！他的伟大！这并没有别的原故，以其超越时间和空间的感情，作文学的要素而已！

在此有一个重要的声明，就是不知何故，冯君屡屡称我是唯美的文学派！其实唯美派在文学上代表某一帮的特殊意义的，对于这个名字我根本就没曾明了，更何所谓主张？不知冯君是听见我说的，还是看见我写的？难道主情的文学是唯美派？难道不主张政治文学便是唯美文学？再翻出我的第一期《妹妹》看看：

"文学的本质只有情感。

"这其中发生自我生命的狂呼，发生多个生命的共鸣；一切文学的来源，都取给于情感之泉里。能象征一切的苦闷，也能象征单纯的石头！

"Goethe 说给我们听，文学是纯粹表现自我的，第一要美，美即是真，而且呢，美即是善，或许不管旁的，只有'美'便好了！

"Zola 说给我们听，文学是人类的纪事册。文学的存在端在乎真！除了真的都不算得是伟大的文学，外此，惟真才有美，惟真才是善。也许……只要创作者拿了笔和小册子，单纯的客观的把事实勾出来，文学是完了责任了！

"Tolstoy 说给我们听，文学是人类的幸福的导者，但人类的幸福只可于'善'中去求来的。那么，文学只有'善'，善便是真！并且，看幸福的面上，'美'是应该排除的，为了'美'人生的许多地方都背了'善'。该唾弃的'美'是一切罪恶的泉源。

"这一位浪漫主义者，一位自然主义者，一位现实主义者，他们的论调早把我们带到迷茫的世界去。许多作家都用了他们□□□□这个是，那个不是的混辩！其实呢，越说越远了！——此外还有许多说不尽的派别。

"其实，文艺只基于情感，文学之所以能动人能界人以更充实的享有，是完全因了伟大人格，伟大的思想，伟大情感之传递！唯美既欢喜美的文学，也欢〔喜〕真的文学，也欢喜善的文学，横竖我们想的是有更充实的生命；我们喜欢陶醉于自我之狂浪里；我们喜欢掬出人生的真形像，不论在高洁和卑污的任一方面；我们想皈依于善的净土，不论何种宗教或别一种精神之善性的寄托，都只好凭着自己欢喜和信仰。其实任何一说里面，都有他的优和劣。"

这段是我那篇《文学与创作》里的几节，把我自己对于创作和欣赏时的态度写出一点来。我们知道：文学是人生的最高表现，至极度时可以说文学就是人生。人生的生命常向多方射击的，文学的题材便发生许多不同的歧异。我们更知道，一切生命全是伟大的！不论你是政治家，革命者，工人，农人，颓废者，流浪者，你要以艺术的方法在文学里充分表现你的生命！欣赏者也循此而感到你的生命的充实或空虚；决不是以理论教人怎样做政治家，革命者，怎样做工，怎样耕田，怎样改善颓废者和流浪者的生活问题。

那末，我们更进一步，看看创作时应持的态度。在拙作同篇里："文学自身没有功用，没有要求；没有利害的判断，没有权力的利用！文学之所以永永不朽的原故就是因为人生离不了他！同时也就是因为他是人生的最高表现！"——那末，纵使任何一种描写政治生活的文学，叫做政治文学，那他也不过是文学是"政治的"文学而已！那里能统括文学的全部！更那里能用文学去宣传政治的理论呢？——我想冯君看此段后，至少该明了我所主张的文学是一种主情文学！不会再以唯美文学的荣名相加！

我们细心看冯君的主张，知道他的缺点是不可免的。他一面认自己主张的革命文学是政治文学，一面为我着改造社会的一顶大帽子！其实我主张的主情文学，从批评者的见地看来，正正是改造社会一种最好的文学，我又有什么话说？

无奈冯君一定要拿文学去做趋时的政治主义或主张的宣传工具，那至少有下列的危险：使人以感情的作用去信仰某种主义，结果不能为该主义而奋斗；其二呢，在文学中，理论是受缚束的，因此对于该主义，得不到鲜明的解释和宣传……其弊尤重在这二项，倘若以小说或诗歌为体裁而贯以理论的文字，其结果就依然是理论的或思想的文章而非文学了！（这层请冯君特别注意）譬如我信仰三民主义，就信仰他的理论，不是信仰他的文学！换言之，是理智的信仰而非感情的共鸣。为什么中山先生不以他的三民主义入于文学中的小说或诗歌体呢？为什么问答体的《三民主义浅说》始终不成为文学呢？沈雁冰先生赞美顾仲起君的诗集《红光》，说他是标语式的诗，我和我的朋友方秋况君谈来起〔起来〕，他笑着说："就叫标语集不好吗？为什么一定要叫做诗？"我当时和他打趣："大概他和普通分行写的散文作家一个意思，不称做诗大概不足以示其尊严呢！"再打一个最浅显的话说，我们虽信仰三民主义，但三民主义始终不是一部文学！

政治文学是文学的一部份，就像政治心理学为心理学的一部份一样；

此外还有教育的心理学或文学，儿童的心理学和文学，病态的心理学和文学，犯罪的心理学和文学：总之，政治文学是文学中的一类，不是文学上的一派！文学的范畴的伟大无比，那可让政治文学独占呢？

关于趋时和应时代的需要，其意义是根本不同的。应时代需要如总理的三民主义，从全中国讲，未必是趋时；反之如短衣长裙却是女子的趋时而不是应时代的需要；冯君可以说总理的三民主义是趋时，又怎怪得头脑陈腐的老头儿说女子剪辫是趋时呢？冯君是新时代的努力青年，不可把这层看差了哟！

冯君说："究不若罗西君之唯美文学，于社会无所改造，可以自由走入法西斯蒂的意大利，保守党的英吉利国里去求生求屈服。"这层是冯君还未明白我的主张所致。譬如某篇文学是反对自私的，则其在中国固能收得功效，就在意大利和英吉利也能收得功效！总之，文学是对全世界的贡献，与总理所主张之世界大同互相昭合。总理之伟大断不在只能救中国；文学之伟大断不在只能改造中国人的感情！冯君自己的眼光太窄狭了！说什么求生？说什么屈服？——我不愿与冯君争一时之意气，但愿冯君再三思之！

（四）文学既是改造社会的感情方面的，我们只能觉着他的潜势力的伟大，从那里求他和革命的必然的结果呢？用什么方法呢？（请冯君详答）

至他所举的例：

A 卢梭、佛尔特尔影响于法国的一七八九年革命。——除了卢梭以其不是文学的而是理论的思想学术的《民约论》影响法国革命而外，卢梭的那部文学，佛尔特尔（Voltaire）的那部作品，是影响到革命的呢？

B 菲独嘉里宁（我实在不晓得他究竟是一人还是两人，冯君既未把原名注出，里宁是否 Lienin？）有什么作品影响一九一七年的俄国革命？他或他们的原名怎样？望冯君勿吝赐教。

C 变风变雅和屈子的《离骚》，照冯君的意思，是革命文学了！他与那次的革命事实发生直接的关系呢？

此外，我还想问冯君，中国的向满清的革命，是受那一部作品的影响，冯君倘若是知道的，也望不以其愚陋而见教之，则幸甚矣！

（五）第五层的解答，具见于第三层，兹不另赘。

总之，让我重说一次吧：

A 革命与文学纯粹是两个对立的名称。

B 革命是理智的而文学是感情的。

C 革命是政治上的□态的一时现象的名称，没有永恒性；文学是人们感情的留遗的痕迹，富于永恒性的。

D 革命是改造社会里面一部份政治的破坏工作。

E 文学在改造社会里面居整个的改造生命的感情的地位。

十六年六月二十九日脱稿于广州文学会，时在下午七时

附注：倘有明乎西所列举的文学和革命的义意，再进而见教和讨论，不以强蛮无理的嘲骂文字和不革命、反革命等罪名相诬的，看真理的面上，或胜或负，西亦乐与周旋。胜非西个人之胜，是真理之胜，负则西惟有负荆引罪，谢论者之见教而已。倘一味强无理相加，或并西之理论亦未明了者，西只好在此声明一句：辜负他的美意了！

——载《广州国民新闻·新出路》1927 年 7 月
6 日、7 日

答赵华玲君几句话

圣　裔[*]

华玲先生：

来信经既拜读，你投来的《所谓第三者及其他》的大作，我并没有收到。本刊是"革命青年"说话的园地，凡投来的稿件，除不能登载者外（不能登载的标准虽不能尽述，至关于讨论问题的文字，曾在本刊五十一期编者的话及五十三期通信中声明）断没有故不登载之理。如果没有登载之文章，惟有请投稿者平心静气想想自己那篇文章有什么不妥处，或犯着什么毛病，不要专归咎于编者吧！即如先生今次寄来的信，完全是责问的态度，究竟你那篇《所谓第三者及其他》的大作我有收到没有你还不晓得便满肚牢骚，说什么"无如我不是革命文学社的社员"的一类说话。请问赵先生：冯金高，赵攻，你固认他是革命文学社的社员，试问罗西又是革命文学社的社员不？罗西君的文章昨天编在第一篇你有看到否？

我近日收到四篇攻击你个人的文章（但可惜我没有寄给你看），我一律把它登载，如果那投稿者又要写封信来问罪，并要我将原信登在通讯栏以明真像，那末，"新出路"的篇幅天天登载那无谓的通信就够了，还要请教高明如赵先生者了。

圣裔，七月四日

——载《广州国民新闻·新出路》1927 年 7 月 7 日

---

[*] 圣裔（孔圣裔），诗人，1927 年 3 月发起组织"革命文学社"，编辑《这样做》《广州国民新闻·新时代》等。

看了两篇"革命文学"的笔战后

伟 毫[*]

　　在中国发生了数十年的革命运动，到今日才有"革命文学"一个名词出现，真是未免太迟了。这或者时代不能影响人生吧？可是所谓"革命文学"又不过是一个名词。——好听的名词，确实能够代表热烈的革命感情和思想的作品，那里找到一篇，至多也同蒋光赤的《少年漂泊者》，《鸭绿江上》一样的，造作一些以无产阶级表同情的感情。说句实话，就是有一种功利主义去做文章，说他是"无产阶级作家"的荣衔，这样的作家，我想永远得不到成功，永远得不到文学的真生命，完全失掉创作的意义。其实文学的产生，是自己内生命往前走的要求，同时被外界一切工具所限制压迫，不能满足，或说内生命的欲求与外面的环境碰钉子，将这个伤痕表现出来的悲哀苦恼，自己不知不觉流露的，便是文学——太空幻不？——他只要将那时的悲苦感情，真实地写下来，不要故意附会，也不要怕社会的咒诅减少要说的话。所以他写出来的作品，多是前进的。说明白些，有真生命的文学作品是革命的，他是对现社会不满意而叫出来的呼声，但是他自己写时也许没有觉到将来能否影响人生和社会，他的责任只有真实地写，没有计量将来，所以我敢说"文学是革命的"；过去的自然是革命的文学，从现在至将来也是革命的文学，并不是现在的，此地的，才是"革命的文学"，抹杀过去与将来的一切文学作品，也不是声声句句"受压迫呀！""无产阶级可怜呀！""劳动者的悲惨生活呀！""反抗"，"革命"，"开枪""踏上战场"的一堆很有兴奋性的文章，才是革命文学的价值，才是我们的责任。倘若是这样才配说革命文学，我想不如画几张悲惨

---

[*] 伟毫，生平不详。

的血染画报，手里拿着兵器向群众大发其革命理论就够了，比在文学里发革命论更明显，更容易深入一般没智识的群众中去。还喊什么"革命文学"呢？比较起来亦难收效得多，有时还要归于"徒劳动无功"之憾。

本来文学是有开掘人们没有发现的境地的倾向。大凡文学家在作品里所表现的幻想，人们没有听见时是认为一种神秘的，经过了某时代便不神秘了。好像恋爱问题，在没有一个人说，及时［即使］忽然在作品内发见这种思想，人们一定否认，以为荒诞之谈，慢慢地引起了，有同样思想的人的同情与了解，更不奇怪，而且更热烈要求实现。所以社会有新建设和旧制度的崩坏，都是有敏感的文学家作先锋，并不是偶然出来的。这样的我们也该承认为"革命的文学"。总之革命文学不一定要完全站在无产阶级方面说话，我们亦不要太固执革命文学的狭义。我们也不要因为现在革命运动是非常紧张的时期，一概都要受他的支配，都要对着政治革命来说话。这样的作品，亦未免无聊，也一定不能产生伟大的作品。倘使你的思想受革命运动的影响，能够在创作时不自觉的很真挚的表现在你的作品中时，自然也无妨。原来社会背景，影响自己的思想是正当的，只要排除功利，排除目的，你的作品不要自诩为是"革命文学"，真的你的是"革命文学"，他人自然会批评的，你不要怕埋没，早早自说出来，如此反减少作家的声誉，因为知道你创作时先有存心，这样的感情是不真的，材料也是斟酌过来的，如此做出来的东西，是不是文学家所愿意的？所以我就怀疑"文学"是否应贯上"革命"两个字？我以为"文学是文学"不必再加什么去限制形容。这样也不算就时髦，极其创造新名词的能事。在作品内有革命的思想与行为，读者自然受其诱惑，不必挂起革命的大旗！

以上说了一大篇废话，我今要转入冯金高与罗西辩论"革命与文学"的大文□了。罗西的文章没有读完，仅读了续的一篇，有几点我亦不大相信，但我同情他的议论亦很多。看我在上面说的话，更可知道。至若冯君的"革命与文学"更不成话。——在此地要声明罗西是怎么样的一个人，我不认识。他的文章我亦少读，千祈不要认我是同他帮腔骂人。——《广州文学》是否革命文学，我不知道。他在北风吹过了一样干燥的广州市，有无影响，我亦没有半点感觉到，不过看了冯君说"《这样做》一出"，《广州文学》更一落千丈，"革命文学社所唱的是革命文学，名正言顺，堂乎其皇，而且'适应时代之需要'"。《这样做》倒看了几本。如果冯君言之不错，《这样做》好过《广州文学》千倍，我也算幸运，因为我没有花过时间去看他，不过《这样做》也未免使人失望！他口口声声"革命文学"，而且是革命文学社的出版物，究竟那一篇有热烈浓厚的革命感情与思想？没有革命的感情与思想，偏要说"革命文学"，自然只以为是"名正言顺，堂乎其皇，而且适应时代之需要"了，这也难怪他骂罗西唯美文学的不对——对不对我不敢说。——因为他是"于社会无所裨益，不和他一样说政治的，改造社会的，反对压迫阶级和民族的文学，唯美文学不是革命的，没出息的幻想。这么一来，也就'不名正言顺'堂乎其皇了"。

冯君恐怕"革命文学"还是模糊，特抽小到"革命文学就是政治文学"。我看了真险些舌头都笑出来了！现在所谓"革命文学"多半都是对着俄国无产阶级而言，郭成主张无产阶级专政的莫斯科文学，自然是他自己错误——郭成认错与否，我亦不知道——今他主张改造现社会的政治文学，反对主张维持现资本主义的反革命政治——这话似有语病——这也是"革命文学"。不，是政治文学啊？这是趋时，还是投机，我都不说。我只觉得带了野心去做文学的工夫，都是宣告他自己做文学工夫的死刑。其实他到有些成功；因为他将文学分成革命的，不革命的，反革命的功绩。如他说"唯美文学是不革命的文学"之类。总而言之，政治文学是这样的东西，我领教了。文学的责任应该有改造社会的思想先存在作者心里，我也领教了。文学应该"名正言顺，堂乎其皇，及适应时代之需要"我也领教了。这个意见是否对的，只得问文学本身承认么？

冯君的续编有几点我是相信的，赞同的，至若罗西"以为凡是至情的有力作品，便是革命文学"，自然未免太武断。不过至情有力的好作品，总带有多少反抗的革命性，这个革命性不一定如诸君所说的政治革命，他描写社会的罪恶，虽很微小的事情，作者不满意能用真情叫出来，将读者同样引诱到不满的境地，亦算得有革命性。就社会的改造而论，在整个社会没有充足的力量去改造之前，而能将各部分去改革，亦不能说没有益处。中国的政治固然糟糕得很，要切实改造；但是社会里头还堆满了的旧思想和旧习惯……等，实在有先行一部分一部分改造之必要。倘使文学家将这个罪恶提醒了给一般人，这时一般感觉非改革不可，自然会努力的。那个文学家他就没有说出"革命文学"来，其实他的作品既使人们要起来改革，也算是革命文学了。不必一定要如法国革命前之卢梭佛尔特尔，俄国无产阶级革命前的菲独加里宁，引起政治大革命，才算是革命文学。除非你将革命文学下个定义说："革命文学必须对政治上说革命的话，才有资格当革命文学。"如此自然你的理论是对的。冯君全篇最坏的立论，就是说文学必须要先有存心和目的。这我想都是革命发生后的一种偏见，他以为现在是革命时期，文学也要受革命的支配，这也许是事实，但是卢梭等的文学，当他发表他一时〔时他一〕定不知道能够惹起法国的革命的，不过他当时感觉社会上人类没自由的痛苦，竟变为他的思想的结晶，不自觉的在他作品中表露。这真是卢梭的伟大，永远不灭名的，我最拜服这样的文学家；因为他的天才比革命期中说革命的高得很多。也只有这样的文学更能感动读者的心灵，也要这样发生的实际改革运动更有力量，更能成功。

临了，我以上发了一点直觉的话，并没有什么大家的理论做我的护符。对与不对我也不强人同此见解，或者我在此求冯君宽恕，我的意见错了！我最怕冯君的就是他很注意资格问题的。像我没有研究过半点文学的资格，他一定瞧不起。就我的学历也不值他看重的，我只得求他不要瞧起我，也不要生气。我平素最怕的是有革命气的青年，我最佩服的也是有革命〔气〕的青年。

——载《广州国民新闻·新出路》1927 年 7 月 8 日

对于讨论"革命与文学"者的一个小贡献

圣　裔[*]

本刊讨论"革命与文学"的文章，近日越登越多，同时越讨论越离题，兼且有很多幼稚病，这是不可瞒的事实，但是既往不咎，来者可追，我们革命者是不怕错误，惟要在每一个错误的当中求得经历和出路。这不独是革命者应有的态度，就学者也怕应该吧。□将我个人的意见贡献出来给讨论"革命与文学"的诸君做个参考，非敢所谓指正。

（一）凡讨论一个问题，双方都应平心静气，谩骂不足以取胜，谦恭也并不是表示理屈，言词总要委婉一些好。

（二）讨论"革命与文学"必须要先弄清"文学"与"革命"的定义，并"文学"与"革命"的性质，否则不独求不出真理，反徒伤个人的感情。

（三）凡讨论一个问题不要固执成见，但也不要轻易取消主观，总要服从真理为主。

（四）什么是"文学作品"？什么是"革命文学作品"？必须要弄个清楚，不然，一个说理论文不是文学作品，一个说美人芳草的诗歌不是革命文学作品，那末，《离骚》和《民约论》（法国卢梭著的）根本上发生冲突。

（五）讨论时要分开步骤，例如还没有确定"革命文学"可以成立与否，便不用随便攻击到个人的作品，或某一社的出版物。

（六）讨论的文章要缮写特别清楚，近日收到的稿件多数是潦草不堪，校对者时时看不清楚，常常因一字之错关系全篇，所以要注意一注意。

---

[*]　圣裔（孔圣裔），诗人，1927年3月发起组织"革命文学社"，编辑《这样做》《广州国民新闻·新时代》等。

以上几点系我个人一时感觉到的，并非别有用意，有所偏袒。同时我们要晓得无论那一种真理，都要我们去探讨才可求得出来，无论那一个人说的话，也没有尽是或尽非之理，总要我们虚心去研究。

——载《广州国民新闻·新出路》1927 年 7 月 8 日

读了《论驾乎〈广州文学〉之上的
政治文学派》之后

莫 云[*]

首先领教过罗先生《革命与文学》大作，最近又领教《论驾乎〈广州文学〉之上的政治文学派》的大作，真是何幸如之！我对于冯金高君也有一点"不舒服"，他年行九，读书已有十年，连中国文学史也不懂（十）得，中华民情也不知道，中国自有文学史以来，那一代的文学家，不是多数把文学当作高等娱乐品，什么花啊！月啊！风啊！云啊！只在贵族的宫院里，富人的深窖中，太太小姐的暖□，能够吐香，而在贫苦受压迫的民众里，就要失其光彩吗？这样的文学，才能为社会人所鉴赏，你又偏偏要主张替被压迫民众说话的革命文学，真是令人感到枯燥（？）。倘若罗先生说革命文学太枯燥了，冯君太不知社会人的心理了，我甚表同情；可是罗先生不是这样说，而说冯君所主张的革命文学不妥当，我所以要向罗先生请教三点：（一）革命文学是不是强说；（二）文学本身是不是没有依附性和不受时间和空间的限制；（三）文学自身是不是没有功用，没有要求。以下分开来说。

（一）欲明白第一层，首先要知到［道］我们现在是否处在革命的时期，若承认是处在革命时期，那么，我们现在的社会里，当然有两个阶级对立，一个是压迫阶级，一个是被压迫阶级，而某一个阶级，必有某一个阶级代言人，看你站在那一个阶级说话，如果你是站在压迫阶级的，当然是反对革命，反对革命的人，所作出来的文学，自然是替压迫阶级说话的文学，反革命文学；倘若你是站在被压迫阶级的，当然是同情于革命，同

---

* 莫云，革命文学社社员。

情于革命的人，所做出来的文学，自然是替被压迫阶级说话的文学，革命文学；这样一来，前者的文学，当然与革命不两立，当然是革命的障碍物，后者的文学，自然会成为革命的前驱了！了解这一点，就可以明白革命文学，是革命时期自然产物，不能说是趋时！更不能说是强说！而罗先生竟引起英国的拜伦，西班牙的伊本纳兹这两个大文学家来证明革命与文学显然是理智与感情的两件事，革命者有时也可以写文学的作品，文学家也可以参与革命运动，文学和科学一样，大家对于社会都有特殊的贡献，我们不能强说有革命文学，就像我们不能强说有革命科学一样；譬如我们问一句，爱因斯坦之发明相对论，是革命呢？是不革命呢？是反革命呢？还是没有任何存在之价值呢？冯金高君大概革命的热情太充溢了！所以竟把文学强分革命的不革命的反革命的！（以上是罗先生大作一段话）罗先生你短视了！你只能了解文学与革命妥协一部分，还没有了解文学就是革命的一部分，所以才有这一段错误的见解。

（二）关于第二层：罗先生说，"政治的确有适应时代之需要，文学非适应时代的而是表现时代的；文学本身无依附性，而有独立自尊性"，"改造感情的文学，只要人们没有死绝，它的功用是常在的，它丝毫不受时间和空间的限制，所以有永恒性，同时也有普遍性"；我以为罗先生看差了！文学这件东西，在事实上，总脱不了受时代所影响；比方处在现在革命时代，被压迫者向压迫阶级起来反抗，要求自由解放的时候，假如有一种文学，是歌颂压迫者怎样仁慈，而诅咒被压迫者反抗是横暴，我怕这种文学，虽然文学运用得怎样的妥善，感情怎样的丰富，但是又有谁注意它！需要它！我相信它必为革命群众所唾骂！所唾弃！它终必要被革命浪潮而掩没！我举一例：我们现在拿古代的歌咏皇帝和赞美旧道德文学一看，必然弃之郊外，不出几十年后，它必随革命进程而消灭，有什么永恒性可言！所以文学是社会上的一种产物，是要依附社会的，它的生存不能违背社会的基本而生存，他的发展也不能违背社会的进化而发展，因此，我们可以说一句：凡是合乎社会基本的文学才有存在的价值，合乎社会进化的文学方能为有永恒性的文学，革命文学是依附社会的基本而生存的，是合乎社会进化的，无怪罗先生要反对革命文学了！

（三）关于第三层，我以为罗先生反对革命文学，完全根据这一点：□革命文学自身是有功用的！是有要求的！而罗先生竟说："文学本身没有功用，没有要求，……文学之所以为永永不朽的原故，就因为人生离不了他，同时也就是因为他是人生最高表现。"

其实，罗先生太过把文学当作"高等娱乐品"□得利害了！我们试拿古代的著名文学如四书五经……等一看，那一本不是教人忠君，孝父，守道德，说仁义的，而罗先生说文学自身没有要求，真不知从何而见解！至于说到功用方面，真是大得很，居然令到几百年后的人，都以叛君逆父为耻，以守道德说仁义为美德（假如心里不如是但口头仍是这样讲），说文学没有功用，真是根本说不去！其余如各朝的豪侠传等等文学，都是想鼓起人们有打不平的勇气，结果呢！会引起人们崇拜豪侠之心，所以每代的侠士，多数可以说是由这类文学所唤起！明白了那一点，就可以知道文学本身是有要求有功用的，罗先生你除非是另有怀抱，请你不要盲目反对有要求有功用的革命文学罢，你既知道文学之所以永永不朽的原故，就是因为人生离不了他，那么，你更不应反对革命文学了！什么原故呢？比如我们是处在革命时代，被压迫者正在呼喊，暴动要求自由，倘若你的文学，反而诅咒被压迫者，试问被压迫者离不离了他？这个时候，只有替被压迫者说话的文学——革命文学，才是人生离不了他；你反抗革命文学，而又说文学所以永永不朽的原故，就是人生离不了他，请罗先生自圆其说！

其余尚有许多点要请教罗先生，不过这三点是最重要吧！总之，罗先生所以反对革命文学，我相信是根据这三点，请罗先生平心静气地细心观策［察］在革命时期的文学，必然看见有替压迫者说话的，有替被压迫者说话的，就可以豁然大白，不要再反对革命文学了！革命文学社所主张的革命文学，是替被压迫者说话的文学，这是革命进程中自然有的产物，请罗先生不要目为政治文学派吧！

——载《广州国民新闻·新出路》1927 年 7 月 13 日、14 日

我也来谈谈革命文学的问题

翁君杰*

近日很多人正在兴高彩烈的讨论革命文学的问题，但是因着各人意见的相左，却掉了问题不讨论来互相攻击了。不于一个问题中互相研究，求个真理结果，而攻击私人，肆口谩骂，此岂独耗费了笔墨纸张辜负排印工人与读者，就是讨论的态度，也可以说是完全没有，这真是何等的笑话哟！

我虽然是个二朝狗子，乳臭小孩，学识毫无，不配讨论这个偌大的问题，但也很愿将一得之见贡献出来给大家看看吧。

文学是时代的产物，是热情的流露。换言之，文学固然是时代的产物，一个时代有一个时代的文学，但是文学家的眼光是锐利的，观察是深刻的，思想是澈的，每因思想过高，不满于现实的生活，那时真情的流露，每每著诸诗章，出之小说戏剧等，以发泄胸中的忧郁。这些超出时代的文学，每为日后政治变动的枢纽，这就是所谓革命文学。固然革命文学的作者未必有这个偌大的奢望，但事实每每是如此的。如近世妇女运动，受易卜生的影响不少；法国革命，受卢梭孟德斯鸠影响不少；俄国革命，受托尔斯泰等的影响不少：不都是个很好的证据么？谁敢说文学自文学，革命自革命——时代能够范围文学，文学不能影响到时代呢？再说些吧。甘地的不合作运动，固然与印度的民族性及其环境有多大关系，但是泰戈尔空口喊着的"爱之哲学"未尝不是缓和印度民族不能剧烈反英之主因。又如德皇威廉第二气吞全球，固然是促成世界大战的主因；但我们又安知欧战未发生以前，德国的人们（文学家自然在内）早已喊着"德国的民族

---

* 翁君杰，生平不详。

超于一切"呀！这不都是文学与革命有关系的佐证么？谁说丝毫无关哟！

这也应该明白的。所谓革命文学，并不是一定要写成满篇"手枪""炸弹""努力""向前"的才是可贵；就是那些以冷诮的口吻描写世间种种不平的事之著作，也何尝不同样的具有存在价值，值得我们的讴歌，欣赏。换转来说，凡是诅咒旧社会，旧礼教，旧风俗，旧制度，以及一切的民贼的文学，都可以说是革命的文学。只要它写得毕真毕肖，使我们阅者也如同处一境地的发生同样的忧思快感。如创造社的刊物书籍（如《创造》《洪水》《三个叛逆的女性》《沉沦》等）和鲁迅的著作（如《阿Q正传》《呐喊》《热风》等）一样的惹人喜读，便是个证明。

如那些流行标语式的诗歌，宣言式的小说，广告式的戏曲，立意虽然是好，但艺术的手腕完全没有，描写不真切，粗制滥造，以数量多为能事。这等不是真情流露的虚伪作品，毫不足以使人们喜欢阅读，快感更是不用说。这是枯燥的无生命的作品，不配叫做文学，更不配叫做革命的文学！

我对于这个问题的意见，大约如此。如果我们能明白这层，那么我们该努力的革命文学，便可以完全了解，不容我多说了。酷暑孤灯之下草草写成这篇，已没多大参考□，又无人来商量纠正，错误之处所在［在所］难免，文字的修饰更没有注意，这些都是要央求大家见谅的。

一九二七，七，二，于锻炼室

——载《广州民国日报·现代青年》1927 年 7 月 14 日

我的革命文学观

邝和欢[*]

一

闷沉沉，枯寂得像死了一般的广州文学界，近来忽然有一个很热闹的革命文学的讨论，姑勿论所得的结果如何，讨论的价值如何，但这的确是广州文学界一件很可喜的事！

以一个没有文学素养的我，也来参加这个"盛会"，自然不敢有所批评！不过，我以为这个讨论会，有些未免不守"战时国际公法"的了——虽则梁卓如在科学与人生观开笔战当中，定了几条国际公法，未必适用于这次革命文学的大笔战；不过，大家理想中——或习惯上总是有一点自然的国际公法，对于这种直觉的国际公法，希望大家以后在打得落花流水的当中，总是要留些精神，稍为顾及，才好（好像孔圣裔同志所说不攻击私人……等，大家理想中总是见得到的。所以，我说这种国际公法是自然的国际公法，又说是直觉的国际公法）。

我既然没资格去批评，只可说我个人的管见。

我以为要讨论这个问题，须先弄清楚革命与文学各个的意义，再次弄清楚革命与文学的关系，然后可以得到革命文学，究竟是一种什么东西的结论。

---

[*] 邝和欢，国立广东大学学生，与欧阳山（罗西）等组织广州文学会、南中国文学社。1928年被聘为广东省党部青妇委员会委员，编辑《广州新青年》。

273

二

革命是一桩什么事情？为什么要革命？简单讲一句，就是想把人类社会向上进化，才有革命，因为社会上的现象不好，人类的苦闷太多，长此不长进，那末，社会只有一日一日紊乱黑暗下去，人类只有一日一日的销灭下去，宇宙也只有一天一天的寂灭下去；革命家就是看这种混乱情形看不过眼，才大声疾呼，焦头烂额去做革命的运动，把人类唤醒起来，去努力做革命工作，所以，革命的意义，简括的说来，就是想把人类社会向上进化。

三

什么是文学呢？文学来做什么的呢？关于这两个问题，古今中外的文学家，不知闹了多少年月日时，不知化［花］了多少心思才力，闹到如今，也还闹个不清楚，所以，各个文学家，各有各的主张，如果引征下来，引到"新出路"到一万几千期，也引个不了。现在我们也可以不必崇拜偶像，我只把我个人的意见简单写出来。

文学，是"人类思想的表现，人类行为的象征"。表现人类的思想，当然不只文学一样；最显而易见的，便是语言。然而语言只能作一短时间之表现，不能作长期之表现；语言只能作狭小的空间之表现，而不能作广大普遍的传布。人类行为的象征，当然也不一定要靠文学；靠图画，靠影画机也行，然而图画的象征太死板了，倒不如影画；而影画是人造的人类行为，不是自然的人类行为，这又倒不如图画。实在，图画与电影也不能够象征人类的行为，所能象征的，只是死的或者是人造的，不能表现活的和自然的。那末，人类的思想，一定要靠文学来表现；人类的行为，一定要靠文学来象征了。所以，我们可以大胆说：文学是拿来表现人类的思想，拿来象征人类的行为的。

四

革命和文学的意义，以上算弄清楚了；现在先简单说说革命和文学的关系。

文学既然是人类思想的表现，人类行为的象征；那末，文学和人类社会，是发生密切的关系的。因为，人类的行为和思想的优劣，即是社会现象的优劣；要社会的现象好，要人类进化，一定要先把人类的思想弄好，人类的行为弄好才行。然而，人类的思想和行为，未必完全是好的，不但如此，而且人类的行为和思想，坏的还要比较好的多。那末，文学上所表现出来的，如果单单和坏的行为和思想一样，而人类是富于模仿性的，文学又富于刺激性的，以富于刺激性的文学，给富于模仿性的人类来看，这岂不是教人类一天天的堕落，黑暗下去？但是，这是从一方面的文学来说的。如果把坏的思想行为表现而后于言外指示一种改善之意，或加以批评攻击，或者表现一种高尚的理想，美善的行为，使人类时循这种思想与行为去模仿，那末，这样便能够使人类好的思想行为滋长，坏的销灭。照这样看来，文学和人类社会的关系，其密切与重大为何如？

革命的对象，在于人类和社会；文学的对象，也在于人类与社会。革命，在于把社会人类向上进化；文学，能够把人类社会向上进化，也能够把人类社会向下退化。所以，文学在于革命时期当中，他所负的使命，是非常之重大的！如果文学是革命的，这种文学，能够使人类的行为与思想，跑向革命的道途上去。即是能够促革命之成功，改换，潜移人类的反革命的行为与思想，这种文学，便能够使人类社会向上进化。如其不然，革命的怒潮虽然高涨，革命家虽然焦头烂额去努力；而文学方面，只有缓和人类革命性，引导人类的思想行为向反革命方面走去；那末，这种文学，便是使人类社会向下退化的文学。所以，文学和革命的关系，是非常之密切，非常之重大的！

五

根据以上的理论，我们便可以得到一个什么是革命文学的结论是：大凡能够把人类社会向上进化的文学，便是革命的文学！同时，可以得一个推论是：大凡能够使人类社会向下退化的文学，便是反革命的文学！

革命的文学，他的范围，是非常之广泛的！因为能够使人类社会向上进化的文学，是非常之多。差不多可以说：凡文学皆可以革命的；只看你自己去革命与不革命而定，同是一种文学，你能够表现得好，能够使社会人类受之而发生向上进化的感想，那末，便是革命的文学；如果不然，所表现出来的只能令到人类起向下退化之感，这便是不革命或反革命的文学！

人类广漠无垠的思想，变化万千的行为，皆可以表现诸文学。而文学的自身，没有革命与不革命的定性；革命与不革命的区分，只在于表现的不同！文学家哟！关系社会进化与退化的文学家哟！文学的值价，将由我们而定其高下，文学的荣誉与侮辱，实拜文学家之赐！大家把有用的心灵，把热情的血泪，快去洒成使社会向上进化的文章！快去多写一点革命的文学！

十六，七，十三

——载《广州国民新闻·新出路》1927 年 7 月 16 日

文学同革命究竟有什么关系呢？

昶　超[*]

"文学同革命究竟有什么关系呢？"

在近日的中国文坛上，差不多这是一个被一般人注意到的重要问题！不少从事于文学的人热烈的去参加讨论；然而他们讨论所得的结果是各殊的。有人以为文学的自身是超乎一切的，决不一定要受若何势力的束缚；又有人以为文学是必要做某种思想的宣传工具的。这两种相反的争辩表面上看来似乎是各有各充分的理由，其实假使我们以文学自身的绝对特质为判断的标准，那我们就可以直截的说，前者的是合理的，是对于文学有正确的了解的；而后者的却是谬误的，大唱高调的不免是半通不通的糊涂虫！

假如有人要问起理由，这就要先把我们对于文学同革命的定义弄清楚。第一我们承认文学是时代精神的 Projection 和环境的产儿，同时又是人生的最高表现。文学是始于情感而终于情感的，而情感是真实有力和富有持续性的；正惟其如此，所以真的文学作品必带有永恒性 permanence——这就是文学的特质，也就是文学的生命！其次，同时我们也知道革命就是进化的动机，灵魂，先驱，同方法，人类的行为便是革命行为，革命有政治的，科学的，经济的，宗教的……所以革命在意义上是宽泛的，在内涵上是广博的。革命是一种从旧的不合时代的过渡到新的，合理的手段；也是新的，前进的创造底预备。有了这两个根本的观念，我们便可以用冷静的头脑去分析所争持的问题而下正确的判断。

上面说过：真的文学总要有些 permanence 的，而永恒性是存在于热烈

---

[*]　昶超，南中国文学社社员，创作小说《毁灭》《嫦娥之死》《zero》等。

的感情之间。作品中没有情感，便根本不是文学而是文学的赝造品！现在有些人提出一种特殊的他们所谓的革命文学，一面承认文学所必具特质的存在；一面却大吹大擂，想把某种政治思想束缚文学，令他染上了特殊的色彩。这是何等的矛盾！大概他们对于"永恒性是真文学所必具的条件"还不清楚！政治思想是随社会而演进的，而不是永久同□的。没有永恒性的一切思想，将随社会的演进而渐渐失去其地位；所以作品中设使渗入没有永恒性的思想，那么它的生命自然也跟着社会的演进而消灭，就根本不能算做真的文学作品，况且根据他们的论调，那在作者去写作品之前，若先有一种"为政治革命而宣传"的功利心，则其所表现的感情是无论如何都不能得真挚感人，即是根本失掉了情感的真义！一到文学为某种思想所围范时，那它的特质——真实——便丧失净尽，便不是文学！所以这些作品就是文学的赝造品，只可算是仿效文学作品形式的宣传政治革命文字。作品中而没有富有传染性的情感同所必具特别特质的 permanence，还能够成立为文学作品么？假如有人说是可以的，那就要请他另外定一个文学定义！否则他们大唱出高调的特别的所谓政治革命文学便漫无理论上的根据！他们写的专在文面上用工夫——嵌入宣传政治革命同普通的兴奋辞句——的大作品，就得不到人家一时被蒙过所发出来的赞颂！而他们所特称的革命文学家，无产阶级文学家或国家主义文学家的荣衔便也加不到他们身上！这种心迷迷以为文学是必要做某种政治思想的宣传工具的是何等浅薄，是何等的荒唐！

其实真正的革命文学，绝对不如他们所谓的浅狭短视！文学的范畴category 是广众的。革命文学也不如他们所□指政治革命！真的文学家必有他伟大的人格，必是个反抗传统思想的战士！他为了内心真诚的要求而创作，而表现他真挚的热情；这种作品是富有传染性的，是最动人而有力的；即所谓"至情有力"！这样至情有力的作品总是带有反抗腐的旧的精神，便即是富有革命性的伟大作品！换言之，就是我们所谓的革命文学！在此所指的所谓"革命"，并不是单指革命的，也不是指其他任何单方面的；而是泛指全部的。那就［作］者便是伟大的革命文学家！既然至情有力的文学是富有革命性的，而同时真实的文学家总是富有革命精神的前进者，那吗至其极度，我们可以说：真的文学是必革命的，永远革命的。伟大的，真实的文学就是革命文学！而热诚的文学家无不是前进的革命家！

虽然我们承认文学是时代的 projection 和环境的产儿，然而他所射什么样的影，产生如何样的儿，自有它本身独立的，专严的，绝对威权！而不受任何势力，思想所限制的。假如你在创作之前，已有一个"为某种无永恒性的思想而宣传"的功利主义存心；你的作品便必为某一种特殊势力所束缚，它的生命就不充实，所表现的情感便不丰满；因之就能影响到别人，那它便不是好的艺术品，便不是至情有力的文学！这种作品当然不能认为革命文学！即是它自己不是真文学作品。反之，设使文学作家是有灵性的人，不是麻木者，不是从坟墓挖出来的死人，那他的思想必然地会受到时代环境的影响，他的作品自然是一种反抗传统思想的革命文学，而断不会在旧的腐败中，将要倾倒的象牙塔内，皇宫的丘墟中，同教堂十字架之前，歌颂那死的一切！

中国现在还有不少头脑明晰的青年，我相信他们都能够保持一种对于文学上的正确信念，向着光明而穷求其真，不致于为一时的冲动而流荡了去的。同时恐怕还有人在梦想把文学拖了过来做宣传工具的，这实在是无办法！总之，希望大家在创作人〔上〕用多点真挚工夫，正如 philip Sidney 所讲"Look to your heart；and write"，不要把情感建筑在不忠实的诈伪上面。因为假如你是真的文学家，要知道你如果受到政治革命思想的影响，你自然的会发出一种情感；你的作品便有这种情感的渗入而成为真文学；读者便会受到你同情的感动！你便是伟大的作家，伟大的宣传者！而万不可先存有不忠实的功利心！从来伟大的作家，虽然写了许多热情的，富有反抗传统思想的革命文学，但是没有人说他们是先为了要革命而创作的！大约这一点总可知道吧！

伟大的，真实的青年战士们！一切真挚情感的泉源都蕴藏在我们内心的中间。要知道那便是你珍贵的所有；这是取不尽的宝藏，流不绝的河水。你能够善于利用它，你便是伟大的，永久的艺术家！在这里只有两条路：一面是到清晰的，真实的，广博的，一方面是迷入曚昧的，虚伪的浅狭的。我们应如何以冷静的头脑，沉毅的态度以判断一切？不是那边便是这边，总要向定一方面走！

附声明几句：

我想作此文的蓄念，已经在几个月前，而触发的便是前两星期在"新出路"发表的几篇革命文学论战。我以为凡事都要寻求真理的！本来想参加论战的旋涡，但是其中有一两篇争辩的文字我无法找得参看，想插嘴也不知从何入手！所以就变成了这篇东西，但在此我却要特别声明：我不是对于任何的政治思想有所暗射！不过我以为一种思想如果是伟大的，自有它的尊严，自有他的价值，用不着生吞活剥的把它并入文学身上。如果有人根据"反对所谓某某文学的便是要打倒的资产阶级，便是反革命！"来对付我时，便不敢领教了！不过假如有人肯用正当的手段指出我的错误时，自然可以虚心领教；如果是真错的，我必认帐，否则也只是用正当的手段来平心静气讨论，因为真理总是从精密的讨论，分析而生的。

七月十二日草

——载《广州国民新闻·新出路》1927 年 7 月 18 日、19 日

我底革命文学观

顾　瑶[*]

文学是一颗明星，能够以伟大清澈的光明，把人类一切黑幕，都显现无遗；文学是一个镜子，能够以和蔼慈祥的光明，把社会一切现象，融合在里面；文学是一朵焰焰的火花，能够炙沸了人类底心泉；文学是一杯融融的洌酒，能够激刺人类底兴奋。换句话说：文学是表现人生的，指导人生的，惟有它，才能够唤出人类底福音，使被压迫者醒觉，起来凝聚他们自己底势力；也能使压迫者，深深的表同情于他们。所以文学是革命的先锋，改造社会的工具。

自十八世纪末叶有了卢骚的文学，便成为法国革命的导火线。易卜生的作品，也能给当时社会很大的影响；他对于十九世纪末叶的社会要求，恰如卢骚对十八世纪末叶十九世纪初叶的社会要求一样。其余如托尔斯泰，罗兰，萧伯讷，哈德曼等，都是拿文学来宣传革命的。自来一种革命思潮的宣传，没有不赖文学做先锋的呀！

文学所负的使命，既是这么伟大，所以它所表现的，是整个社会的人生，决不只是一人的人生；它所呐喊的，是人类的不平，决不只是替一己说话的。能够把伟大的同情心，去了解民众的痛苦，和社会的病根，用有力的文学喊呐［呐喊］出来，成为血泪之作，给读者以深刻的暗示，这就是革命文学，这就是现在革命时代中我们需要的文学。

一个革命文学的作家，是客观的，不是专为着一己"寄慨寄意"而作的。他的心灵，常常攒进民众心里去，把他们欲说的话，一一呐喊出

　　* 顾瑶，生平不详。

来，以他的泪点血花来照耀来润湿他的作品。在这里，充满了同情的祈祷的呼愿，和时代反抗的呼声。反乎此，那便不是革命文学。要是离开了民众，专来描写花红柳绿的文学，这不过是贵族人家茶余饭后的消遣品，任你天才怎样超越，然而已失却文学真正的价值了。至若那无聊感叹的颓废文学，更会陷害青年于消沉怅惘之中，"非特无益，反又害之"！

但是所谓革命文学，决不是喊几声"杀呀……血呀……前进……冲锋"和"打倒帝国主义，打倒军阀"就算了的。这一类肤浅的作品，不是真正的血泪文学，不过把血泪来装饰罢了。凡是一篇伟大的作品，能够左右读者的精神，激昂慷慨的语调，对于读者可作当头棒喝，缠绵悱恻的文章，可使读者低回下泪，这些暗示力，固然是文学作家的至性流露，然而缺乏了文艺手腕，决难达出的。革命文学的作者们，如想收到伟大的效果，那就不可不注意这一点；不然，任你天天在呐喊，把毛锥子都写秃了，但是人们一看见，却会生出厌恶来，要掩耳而走，那末，终究是不能收到一点效果的！

在这革命势力猛然进展的当中，还有许多民众，在惨怛呻吟，期望着救星来拯救；还有许多青年，彷徨于歧途，期望着神灯来指导。表现人生，指导人生的文学，真是我们急不容缓的了，回顾我们革命策源地——广东的文坛，真使人有点失望！在这冷寂寂的当中，虽然听到几声呐喊；在这荒凉凉的旷野，虽然有一两朵花儿；然而终是太沉寂了；一切文学的作家，有的畏畏缩缩，有的冷冷淡淡，有的迷迷醉醉，有的昏昏沉沉，有的……真是使人有点失望呀！这是什么缘故呢？实在由于静止的时间太多，活动的时间太少，好了！现在文海里已翻起波浪来了！他们为了"革命文学"这个问题，闹个不休，彼此打了笔墨官司，倘能以探求真理为目的，平心静气来讨论，那是我们广州文坛可喜的现象，而非可悲的现象。现在我也值了这个机会，把管见发表出来，其实，以我这个文学界的门外汉来谈文学，其中定有许多不妥之点的，那末，只得希望大家来指教指教！

末了，我更有几点要求要向讨论革命文学的诸君忠告的：

一，要平心静气，探求真理；不可各执成见，相互诋诽。

二，要以研究真理为目的；不可怀挟其他目的。

三，须自居于研究地位；不可自居于指导地位。

四，宜以真理服人；不可以强力制人（如以危险的名辞相加）。

五，宜以就事论事，不可节外生枝，或作个人的攻击。

十六，七，十，于骄阳如火之际

——载《广州国民新闻·新出路》1927 年 7 月 20 日

论真正的革命文学

莫　云[*]

自"新出路"开始讨论革命文学以来，关于此类的文章有不下十数篇，总括起来，其中误解与怀疑的，大不令［乏］人。误解的，以为至情有力作品就是革命文学（见罗西先生《革命与文学》，与倪家祥先生《加插一把嘴谈谈革命与文学》，和昶超君《文学同革命究竟有什么关系呢》的大作）之怀疑的，以为文学是革命的，不应贯上革命二字（见伟毫君《看了两篇革命文学的笔战后》的大作）。我们想明白什么是真正的革命文学，和革命文学有没有存在之价值，不能不首先把他们的错误点指出。

先说误解者的错误。

至情有力作品，便是革命文学，这个定义，未免有点武断，所谓至情有力作品，当然是指某文学家对于某事物描写得怎样活泼有力的表现得怎样情感丰富而言；那吗，我们就可以知道，所谓至情有力作品，必然是指某事物的至情有力作品，明白了这一层，就可以知道这个定义的错误了！比方，有一个文学家，歌颂帝国主义，描写得怎样活泼有力，表现得怎样情感丰富，这是不是至情有力作品？难道也是革命文学吗？其余的例证还多，我们试拿孔子韩昌黎的文章一看，那一本不是把君王描写的怎样威严，把旧道德表现的怎样美善，这何尝不能把读者的感动起来，何尝不能说是至情有力作品？但他们通是代封建社会立言，那里寻出一点反抗性与革故鼎新的言论，这也可以说是革命文学吗？若然，则《肉蒲团》也可以说是革命文学，《西游记》也可以说是革命文学，这么一来

＊　莫云，革命文学社社员。

中国古代的革命文学真是多得很了！岂不是大笑话！我们既晓得说革命文学，顾名思义，最低限度也要连涉到革命！至少要具些反抗性和革故鼎新的精神；然而根据上面的理由，谁人敢肯定所谓至情有力作品必有反抗性和革故鼎新的言论？谁人敢说所谓至情有力作品没有维持旧社会歌颂压迫者的言论？我相信除了带有英雄主义死守偏见的人外，必不敢加以肯定。

再说怀疑者的错误。

文学是革命的，不应贯上革命二字：——这个见解，真是会令人笑得不亦乐乎（引用罗西君的形容词）！我们分二层来证明他的错误：（一）文学是不是革命的？（二）贯上革命二字有没有危险？

（一）我相信凡是研究过文学之人，都知道文学之所以能成为文学，是由人创作出来的；那么，我们就可以知道文学是否能够革命，是由于创作者有没有革命性而定，倘若创作者有革命性，则他创作出来底文学，当然是革命的文学，反之，创作者没有革命性，则他创作出来的文学，当然是不革命的文学；但是，古今中外的文学创造家，有多少富有革命性的呢。外国的暂且不论，我们试把中国古今的文学创作家考查，可以见得到不是把文学当作代圣人立言的工具，就是当作人类的消遣品，任你拿某一本文学来看，随时随地都可以看得见什么要遵守旧道德呀！要忠君孝父呀！风花雪月呀！通是替旧社会说话的，给人作娱乐品的，那里寻得出有含有反抗性的文学来？有的，不过是少中之少数，文学是革命的，真不知从何而见解！

（二）持这个的意思者，以为文学若贯上革命二字，恐怕读者怀疑你创作先有存心，感情是不真的，就不能引起读者的同情；其实贯上革命二字，有何妨碍，假使创作者能够尽量把压迫者的残暴描写出来，把被压迫者的苦处尽情表现，我相信除读者是压迫者，或者不能引起他的同情，倘若读者是处在被压迫者的地位，那有不能引起他的同情之理！我举一例：《三国演义》的创作者，很明显表现出是存心袒护刘备而诋毁曹操，但当时的人，通是以忠君为美德，而以叛君为不道的，所以无论那一个读至曹操得志与刘先主托孤的时候，都是发生无限的悲痛，就是个缘故因此。所以文学是不怕贯上革命二字的，只要我们能够尽情表现被压迫者的痛苦，若然，被压迫之读者未有不表同情之道理。

　　归纳上述，可以得出三点。（一）至情有力作品，不一定可以叫做革命文学，所以至情有力作品，不能唤做革命文学。（二）文学是不是革命，只看创作者是不是革命者而定，所以不能说文学是革命的。（三）文学贯上革命二字，是没有一点防碍的。我们既把他们的错误点指出，然后才来说什么是革命文学，与革命文学有没有存在之价值的命题。

　　我以为想明白这二个问题，先要把革命的定义弄清楚，然后不至同罗西，倪家祥，昶超各君一共走入错误之境地。革命是什么呢？简单的说，凡是带有反抗性，及有革故鼎新底精神的，就是革命！所以凡是含有反抗性和革故鼎新的文章，就是革命文学。所谓含有"反抗性"的，自然是替被压迫者说话，所谓含有"革故鼎新"的，自然是含有改造社会的气味；因之，我们更可以得一个正确的定义，凡是替被压迫者说话和含有改造社会气味的文学，就是真正的革命文学。如孟子所主张民贵君轻，提高民权，是替当时的被压迫民众说话的，是含有改造社会气味的，所以我们可以说孟子的著作是革命文学。我这个定义，或许有人怀疑，以为替被压迫者说话，岂不是已有存心含有改造社会气味，岂不是已有目的？有存心有目的的文学，感情是不真挚的，是含有政治思想的，含有政治思想的文学，不能算是真正的文学，没有永恒性的，所以没有存在之价值；这种怀疑，其实是他们不知道文学与人生的关系，我们读某人的文学，就可以观察某人的环境是怎样，因为文学是表现人生的，所以某人的境遇是苦燥的，他所做的文学，自然是苦燥！某人的境遇是欢乐的，他所做出来的文学自然是欢乐！同理则革命家所做出来的文学，也自然是革命的文学！因为革命家之所以起来革命，是觉得受压迫之痛苦，和对于旧社会之不满，所以革命文学家所做出替被压迫者说话和含有改造社会气味的革命文学，感情是真挚的，我们既承认感情真挚的文学，是真正的文学，那么，革命文学为什么不能说是真正的文学？至于永恒性这一层，更容易明白，世界上自古至今，通是要革命的，因为革命就是进化，而革命之原则，总是被压迫者反抗压迫阶级，和新的向旧的进攻，因此，替被压迫者说话和含有改造社会气味的革命文学，不见得会随着社会的演进而渐消灭。比如孟子主张民为贵君为轻的革命文学，到了现在，已达几千年，但仍为我们所歌颂，就是一个明显的例证。由这一点，就可以知道革命文学，是有永恒性的，是有存在之价值的，明乎此，我们就不应反对有政治思想的革命文学了。末了，我顺告罗西倪家祥昶超三位先生，请你们平心静气地把文学与人生的关系研究清楚，我相信你们必不会再反对有政治思想的革命文学了！

——载《广州国民新闻·新出路》1927 年 7 月 22 日、23 日

文学和革命的关系

剑　芒[*]

　　我们要讨论文学和革命的关系，不能不先要明白文学是什么东西，革命又是什么东西，明白之后，我们才来讨论讨论。

　　什么是文学？依照胡适之说："语言文字，都是达意、表情的工具，达意达的好，表情表的妙，便是文学。"章太炎说："凡书于纸上的，无论算术或记账，都可谓之文学。"——辞句我不甚记得清楚，大概意思是这样。——二者孰是，我暂且不下断语，请阅者自己细想罢。现时我再将我对于文学的见解，写在下面，给大家讨论。对与不对，我不敢肯定的说一句。不过我见得是这样罢了。"凡人类的一种思想，用美丽的文字和声音表现出来的，便是文学。"

　　什么是革命？有些人以为背起了子弹，拿起了手枪，和那些军阀反革命派在疆场上相见，这就是叫做革命。因为他们不知道这只是革命的一部分；我以为革命二字，不是这样的简单。所谓革命的，就是"一种物件，——如国家社会制度——已经失了时代的需要，而另用一种改善促进的手段，以使它适应于时代环境的要求的一种举动"。

　　有些人说：文学与革命，是不能相容的。主张这样的人，当然是所谓文学家或革命家；尤其是我们中国的文学家革命家。

　　我们中国所谓文学家的，能够写了两句，眼睛就生在头顶上，以为自己是超越一切，在世界上是居最高的地位，是别一天地间一种人种，具无上的才能。他们生活，是风花雪月。对于什么革命，是不去研究的。以为我是文人，不必去谈革命，而且也不应该去谈革命。谈革命的，应是那些纠纠武夫。所以他们对于革命，非常冷静，不然，就要极力诅咒了。我们

---

　　* 剑芒，国立中山大学学生。

试看吓［下］所谓新旧文学家，差不多都有这种的倾向。以他们的眼光来看，文学与革命，总是冰炭不相容。

既是文学家对于革命家，都想超越，都想诅咒。而革命家对于文学家，也是轻视和否认。故文学家说：因为那些什么革命者，不懂文学，所以要借革命的名目，遮掩他们的丑处。革命家又说：文学不过是深闺女子和一般偷懒的学生……的一种消遣品，究竟于我们的革命，有什么裨益呢？要这没用的东西做什么呢？

现在又有人说：文学与革命，并不是不能相容的，革命家天天在那里做工作，他们的生活，枯燥得很，必须得甘露般的文学，来滋润滋润，好似天旱的树木，得到雨露一样。从这一点来看，文学与革命，岂不是相容的吗？不过这一说，虽比上头那些进步一点，但仍不能免掉错误二字。这都是因为他们只知道文学可以安慰人生，而不知道文学是革命的一部分。

以上这几点错误的原因，总是从前所谓一般的文人，自以为斯文之至，以黄面咳嗽柔弱曲背为文人之标准。道是以他们的身体而论，没有谈革命的能力。他们所吟的，不过是甚么美人香草，花鸟虫鱼。他们明明是在自己家里，偏偏要作甚么阳关话别，客路三千，通通是无病呻吟。对于社会民生的种种痛苦，完全没有一点道及。这是就他们的作品而论，也没有谈革命的勇气的原故。

我们既知道文学家与革命家的种种错误，但是究竟文学与革命有甚么关系呢？我以为这两样是一致的，不是不能相容的。革命是改进实现［现实］生活的现象；而文学是痛苦社会的呼声。革命是现实的工作；文学是唤起民众一种强烈的药剂；有如此的社会，方要如此的革命，如此的革命文学。所以我说革命与文学，是彼此一致的，不是不能相容的。

文学是革命最好的一种宣传工具，是革命的前驱。革命没有文学，又如大厦没有栋梁一样，是很难得到成功的。现在我且举几个例。

（A）当一七八九年的时候，法国发生第一次大革命，推翻专制魔王路易十六，建设第一次共和。古人说得好："祸之作，不作于作之日，势必有所由起。"我们考法国革命思想之来原［源］，是受卢梭，福禄特尔，孟德斯鸠，这三大文学家学说的影响。

（B）以上是关于外国的一个例子。至于我们中国呢？如前清末年，宋教仁，陈天华等，在日本组织一个华兴会，出版品有《二十世纪之支那》。

光复会邹容有《革命军》……等这些文学，都是关［对］于辛亥革命有绝大的影响。

（C）民国成立以后，不久袁氏实行帝制，使民国又陷于前清时代的政体。那时全国的民众，很少起来反对。这是甚么缘故呢？就是因革命文学的宣传工作，未能普遍到民间去，使全国人民知道三民主义的好处。所以建设民国，终归失败。

依上所说，文学之于革命，实犹口之于人一样。所谓不能相容，岂真的吗？

现在我们既知文学与革命有绝大的关系，但是文学的作品中，未必尽都是革命的，有时反革命的也有。而革命和反革命的决定，完全是由于时代的环境使然。所以我们研究文学，要观察它是否合于现代潮流，是不是含有反革命的意义。若果含有反革命的意义在内，我们就不应该去研究，免致被它的思想蛊惑。而且这类的文学，简直是不应存在，且无存在的价值。

现时我们且舍去反革命的文学不说，再来谈谈革命文学的发生。究竟怎样发生这些思想呢？大概人生有一种无穷的欲望，对于实现［现实］生活，有不满意，而有革命的文学，描写现社会的种种情形，这是不期然而然的。我们举些例子在下面。

当南宋的时候，中国的国势，衰落到极点。既受金人的侵略，复受蒙古的宰割；所以当时的文学家，于作品中时常含有一种民族革命的思想。如文天祥陆放翁岳武穆辈皆是。岳之《满江红》词有云：“……靖康耻，犹未雪。臣子恨，何时灭？驾长车，踏破贺兰山阙。壮志饥餐胡虏肉，笑谈渴饮匈奴血……”读此就可知道他思想的怀抱了。其余描写社会恶现象的，如杜甫的《石壕吏》，《兵车行》；白居易的《折臂翁》，《卖炭翁》等。诸如此类，不胜枚举。这都是不满意于当时的社会，所以有这等的著作。

总之文学与革命，势必有他的时代背景。有这样的革命，就要这样的革命文学，以帮助革命的成功。所以我说：文学与革命，是绝对相容。若舍文学而谈革命，不独传播未广，而且绝不会成功。

十六年七月十七晚书于中大

——载《广州民国日报·现代青年》1927年8月1日

谈几句革命文学

笑　吾[*]

　　文学是时代的产儿，也是表现时代精神的工具，是随时间和环境而变迁，变迁的程度也因时间和环境而不同。文学倘若离开了时代，那种文学就不是真文学，歌歌过去的黄金时代的文学固然为吾人所摈弃，赞美未来的乌托邦的文学也同样的为吾人所不取。吾们现在的时代是革命的时代，吾们现在所需要的当然是革命的文学。所谓革命的文学，是指适应现时代吾们所需要而产生的一种文学。并不是说把以前的风呀，花呀，雪呀，月呀改成打呀杀呀，血呀，泪呀，就算了事。那是换汤不换药勾当，不是吾们吾［所］说的革命文学。

　　吾们现在的革命，是民众的革命，故吾们所谓革命文学，当然要以民众为依归。要是文学是活的，要是现时的文学不是特殊阶级的娱乐品妆饰品，那就应该站在民众方面，表现他们的痛苦，表现他们的本质，表现他们的要求，那才是是［真］正的革命的文学。

　　讨论革命文学的朋友们：革命文学就是革命的文学！立场既然不同，主张自然不能一致，汝们中有些以为现在的革命是个人时代的革命，就做汝们的个人主义文学去好了，汝们中有些以为现在的革命是民众的革命，那汝们就大胆的干汝们的民众文学去好了。何必连篇累牍，费了"新出路"许多宝贵的篇幅！

　　　　　　　　——载《广州国民新闻·新出路》1927 年 8 月 3 日

---

　*　笑吾，生平不详。

至情文学论

罗　西[*]

至情文学是有力的文学！

至情文学是最广义的革命文学！

至情文学是向一切丑恶进攻的文学！

至情文学是至情人生的表现！

非至情文学不是文学！

谈文学，当然是就文学二字的本身的狭义方面讲，我们可以不管是那一派的文学论者，更不必理会到文学的范畴！这即是说，诗，歌，小说，戏曲，童话等等是文学，而论文，或用以"载道"的文章都不是文学，譬如《楚辞》，《诗经》，《红楼梦》，《西厢》是文学，而《春秋》，《礼记》，《论语》，《孟子》，《孝经》和《书经》，《易经》等都不是文学；又如莫泊桑的 UnoVie 是文学，而卢梭的《民约论》不是文学；郭沫若的《落叶》是文学，而孙总理的"不是文学"的杰作《三民主义》其存在的价值并不会减少！倘若这一点点的分别也不明白的时候，那可没有法子。——这又是一句近于骄傲的话，合并注明。

此外，我们区别文学与非文学，用甚么方法呢？有人说一切用字写出来的都是文学，假如有人说只有诗才算得是文学，我们将以若何方法，决此纠纷？——在才疏学啬的我，简直一点方法也想不出。结果我就自己定下了一个标准（不算骄傲吧？），就是"充满感情的便是文学，否则非是"，在我的思想和对于文学的认识，我只以情感为第一义。

---

* 罗西（1908～2000），原名杨凤岐，湖北荆州人，广东高等师范学校附属师范毕业，1926年 4 月发起组织广州文学会，后在鲁迅支持下发起成立南中国文学社。1928 年初离开广州，去上海从事文学活动。

　　不论谁和我讨论，我当然是拿出我的意思。不过我和一个革命文学社的朋友谈起来，他说不论甚么东西，总求其是用文字写出来的就是文学！这正是一种放屁的议论，难怪他说文学有两大类：应用文学和艺术文学。

　　莫云君也是这样叫，他以为"文学能应用，而且能载道"。所以他竟承认圣贤们的经和书，照他们这样狗屁理论，不止总理的《三民主义》是文学，而且科学大纲也是文学；国民新闻报，各种卖淫药广告，性史，国民世界，我这篇《至情文学论》，以及一切的布告条文，与"首会发其祥"都搬进象牙之塔了！瞎闹！

　　倘若《三民主义》是文学，那自然是一部革命文学了。

　　我们更晓得章太炎，在未得孙馨帅和吴玉帅赏识以前，大主张其广义的文学。他是一个缠足的痼疾者，他的违反时代精神的谬论，竟然也有人同意，而且是广州的青年，那真是没有法子。比方我们说文学就是诗，那一定是错的了！其实在古希腊那完全是对的，近代科学和一切学问的发达，完全归功于分类。论理学，伦理学，心理学都是从哲学里面独立退出的。我们可以说，文章有实用文和文学（古称美术文，在中国才有如此胡闹的论调）。诚然，〔实〕用文和文学都是文章与文字，我们不应说文章都是文学！连这点逻辑都弄不清楚，那只好跑回课室用点功再说。

　　至情文学便是文章的一部分，别于实用文的。既别于实用文，当然是不能实用；倘若强把它拿来实用，那它也就变了实用文而非文学。这样浅鲜的理由，不值得多所论列了！

　　广州，革命的现实力很大，所以青年多受其影响。但无论如何，就使你见广义的革命文学（至情有力的文学），对于革命的实际工作，也显不出实用的效力！

　　文学创作的动机是纯粹自由的，至情的作家以其反抗的精神，深入的观察向一切的丑恶进攻！读者只要注意"一切"二字，就知这种革命文学，是何等的广义。比较"政治文学派"是更进步的！更精深的。

　　冯君和莫君历次说倘若歌颂帝国主义的文学，是至情的，那也是好文学吗？我也可以说，共产党以其文学去歌颂共产党主义，也是政治文学，革命文学吗？这倒要学学他们的老调，不知二君何以自圆其说！

　　其实至情人生〔文学〕是不会歌颂帝国主义的。我敢保证，请大家放心。

我自己觉得，倘再有人说我们是不革命的，或说我是风花雪月的新纪元家，或以四书五经，卢梭的《民约论》为文学，而说孟德斯鸠是文学家的；我忍不住或要再谩骂一次。——因为不懂得文学的人是讨论不来的。

我以为意思是自己的，不要取他人之主张以为已有，丁丁的《革命文学论》错处太多，总要小心一点。

——载《广州国民新闻·新出路》1927 年 8 月 6 日

读了剑芒君的《文学和革命的关系》
生出的疑问

家　祥[*]

当未走入此文范围以前的时候，我先要声明几句：文学与革命这场的论战已在《国民新闻》的"新出路"讨论过好几回了，但是结果还是没有，我底《加插一把嘴谈谈革命与文学》发表后，冯金高君误我是骂他，诚然，我作此文是反对冯金高和赵攻二君的主张的，我不明白他何以误会至此，说我骂他，比之街头泼妇骂街式的还厉害，说我骂他，骂《这样做》，骂革命文学社，这种泼妇（??）行为，而不和我讨论，他的大作，《革命文学的讨论》登了几天，"未完"而止，那么，我也不和他讨论了！

今天读了剑芒君的《文学和革命的关系》后，不由得生出一种疑问来，所以便引起作此文的动机。剑芒君，请不要误会像冯般，说是骂你！

文学和革命，是值得我们注意讨论的，什么叫做革命文学，是值得讨论的，什么是革命文学呢？以我自己的主张，大胆说句，代表广州文学会的主张，便是：

"至情有力的文学，便是革命文学。"

此种主张，始终没有变过，这个定义可代表整个广州文学会社员的主张而说的。

剑芒君一文，第五段是根据郭沫若的《革命与文学》而说的，第八段是根据丁丁的《文学与革命》一文而说的，简单说句，剑芒君的主张完全根据丁丁编的《革命文学论》中的作品而说的！

好！走入本题了！

---

[*] 家祥（倪家祥），曾与顾仲起组织"时代文艺社"，后加入广州文学会。

剑芒君引胡适及章太炎两个文学的定义，虽没有断语，孰是孰非，我想，胡适是鼎鼎大名的 Dr. ，章太炎——章疯子也是国学中的数一数二人物，但智识浅陋的我，感觉这两个定义通通是不对的！

"语言文字，都是达意，表情的工具，达意达的好，表情表的妙，便是文学。"——胡适的——语言文字，都是达意，不错！表情的工具，不错！达意达的好，表情表得妙，便是文学？那么，达意达得不好，表情表得不妙，便不是文学了吗？至于语言表情达意通通都好了，可以叫做文学么？譬如卖花的姑娘，有很好的喊叫卖花声——当然是指语言，她叫得很动听，达意，那么，通衢大街的卖花女发出的卖花声，便是文学？

"凡书于纸上的，无论算术或记帐，都可谓之文学"——章太炎的——这条章疯子的定义更谬绝了！照他所说，则白纸黑字通通是文学！算术的四加四是文学！药店记帐部〔簿〕，一切商店的进支部〔簿〕，流水部〔簿〕也是文学！那么，物理是文学，化学是文学，代数是文学，什么都是文学了！照他所讲，不如说声吴稚晖的毛厕中的一块石头是文学还好过！

文学与革命是否相容呢，是一问题，我以为革命者尽可做文学，而文学家尽可干革命工作，至于他们互相的排斥和诅咒，冰炭不相容是不值得讨论的！

剑君说："我们考法国革命思想之来原〔源〕，是受卢梭，福禄特尔，孟德施鸠，这三大文学家学说的影响。"

不错！法国革命诚是受这三大文学家的学说，和理论而影响到，但并不是这三大名人的文学！引他们造文学影响于革命来做凭证是不对的！试问他们除了理论学说外，那一篇文学影响于革命？剑君明明说受他们的"学说"的影响，何以又□为文学，岂不是自己打自己的嘴巴？

剑君又引宋教仁，陈天华等在日本组织一个华兴会，出版品有《廿世纪之支那》，光复会邹容有《革命军》……等这些文学，引之作证及影响于辛亥革命，我以为不然，这些影响到也是理论，并不是文学，倘若说是文学，请引出来，举个例子！那篇是？

袁氏行帝制，很少起来反对，剑君说："就是因为革命文学的宣传工作，未能普遍到民间去，使全国人民知道三民主义的好处。"不错！当然确是三民主义不能普遍宣传到民间去的缘因！但三民主义是贵在实行的，是理论，不是文学！剑君何以把三民主义当作文学？

剑君又分文学，有革命文学，与反革命文学，然则何者为革命文学，何者为反革命文学，俄国的文学家如米列斯哥夫斯基（K. D. Mejrhkovsky）和他的夫人黑比丝女士（Zinaida Nicolayevna Hippius）是跑去别处，反抗苏俄共产主义的，他们"新派"中的巴尔芒，勃鲁索夫，菲洛索格夫，伊凡诺夫，梭维古勃等，你说他们的作品，是革命呢，抑或反革命呢？在共产主义下，当然是反革命，但走出苏俄，有他们的反抗性存在，反抗共产主义，说他是革命何尝不可！

我感觉革命与反革命的文学是很难定标准的，在甲势下则革命，在乙势下则或视为反革命，然则何者为真？

我始终相信文学影响于革命，是偶然的，不是必然的！至情有力的作品，便是革命文学！一个作家感受环境之凄淡，黑暗，把着反抗精神，那时，他心中已充满了苦闷或愤激的感情而诉之文学！那篇作品，便是至情有力，真，善，美，具备了，那便是革命文学！这种文学是永久性的，处处皆可存在！并没有半点时间性来把他束缚，永久存在的！倘若不是至情有力，一定不能刺激人同情而影响于革命的！所以说至情有力的文学，便是革命文学！胡适的小诗《人力车》（见《尝试集》）肉麻极了！他所以失败的缘因，便是没有半点真情，勉强表同情于无产阶级而至。这种弄巧反拙，矫揉做作的，"杀呀，革命呀，冲锋呀！打倒帝国主义呀！"的所谓革命文学，没有真情；现在文坛上充满不少，我感觉简直是文艺园中的秽草！

《苦闷的象征》有一段说："故文艺作品所给与人们的，不是知识（information）而是唤起作用（evocation），就是刺激读者而使他唤起自己的体验底内容，读者受了这刺激而自行燃烧起来，便成一种创作。"

我们故知文学不是宣传什么理论的，宣传主义有理论文字去负责，没有什么色彩加什么原料的，倘若不是至情有力，必不能刺激读者，必不能唤起作用，必不能唤起读者刺激的燃烧，必不能影响于革命！一篇至情有力作品，较之一篇染上色彩，加上原料，而勉强表同情的革命文学（？）孰优孰胜？

末后，再说一句，我并不是和剑芒君个人挑战，不过读了他的大作，有点不满意，而发出疑问，由这点导火线而说及我的主张，不要说我由

《国民新闻》"新出路"而骂到《民国日报》"现代青年"去！无论谁，和我讨论是万分欢喜的，倘若动不动加之罪名，反革命，那我便不敢当，便要：打拱！不敢领教！

八月四日草于广州文学会

——载《广州民国日报·现代青年》1927 年 8 月 9 日

五

"恋爱与革命"问题讨论

恋爱与革命

张　威[*]

　　在未讨论这个问题以前，我就要问恋爱（真正的）是什么？是性欲冲动而结合的？还是以金钱买来而结合的？大家一定都知道不是，然则到底是怎样？以我个人的眼光来下个定义：真正的恋爱——永久的——是建筑在精神上面——两性情绪性质思想和信仰的结晶。绝对没有金钱虚荣或性欲冲动的彩色，就是说真真正正的恋爱，是以恋爱为目的，不是以恋爱为手段。

　　这样的恋爱，在这个时代——宗法社会和经济恐怖的时代——完全没有障碍，而能实现的吗？大家平心静气想想必承认是一定做不到的，怕比登天还要难十倍！不是黑暗的家庭从中作鬼，就是万恶的社会，到处包围，而那经济的征服力，更不用说，较有形的黑暗家庭，万恶社会的力量更大，马克思说："人和人的中间，除明目张胆的自利，刻薄寡情的现金主义，再也找不出什么别的联结关系，宗教的热忱，义侠的血性，儿女的深情，早已在利害计较的冰水中淹死了……""有产阶级，已将家庭爱情底面帕扯碎了。家族的关系弄成了单纯的金钱关系。"所以人人都不免受经济的支配，以恋爱始者，每不免以恋爱终，恋爱就成了作茧自缚似的东西。质言之，男女在经济未独立以前，绝对不能谈恋爱与结婚，与人恋爱与人结婚，在男子是变态的奴隶，在女子是变态的娼妓。这样看来要想人类的真正的恋爱实现，别无其他，只有取革命手段，将现社会制度——经济制度——打破之后，才能做到！

---

*　张威（1902～1928），广东陆丰人，1923 年参加彭湃领导的陆丰农民运动，1924 年考入广东革命政府的政治学习班，加入中国共产党。1925 年任中国共产主义青年团陆丰特别支部书记、县农民协会执行委员、陆丰代理县长等职，1928 年 8 月被杀害。

我们如果真要担负历史的使命，完成当前的责任——民族革命贯彻终极的目的——无产阶级革命，我们应该牺牲我们的一切，而为无产阶级革命的终极目的而奋斗，为被压迫民族求解放而奋斗，到无产阶级得到胜利后，废除一切私有制度，和横蛮的礼教，建设新经济组织的社会，人人可以尽力发展个性，绝对自由平等，那末，自然而然的，才可以得到真正的恋爱了。

托落斯基说："革命者没有内部的障碍，只有外部的障碍——敌人。"我们既要来革命，我们可以有恋爱问题做我们的内部的障碍吗？莫斯科东方大学对于一个因失恋而自杀的学生——格利扬巴夫——的宣言上，是不承认他是个革命者，是无用之人与废物。并且说与白卫军用他的手枪反对共产党员一样，因为这个与那个都是同样的从伟大的共产主义的军营中戕害一个士兵。所以在革命期间，我也是反对恋爱的。又因为当革命时期的青年，而去恋爱，就有下列的几个危险！一，减少其革命性；二，易于变节；三，自杀和杀人；四，互相仇视，以致延长革命时间，或消灭革命运动，所以也是要反对的。

以我的主张，现在的男女青年，在这个万恶的环境内面，想得到真正的恋爱，唯一的方法，只有革命。"临渊羡鱼，正不如退而结网也"：男女青年们，盍归乎来！

一九二六，四，十六

——载《广州民国日报·批评与创作》1926年4月21日

读了《恋爱与革命》以后

M. S. *

读了张君岁［写］的《恋爱与革命》一文，不免引起我的一种意思，也要乘兴写出来！

张君这篇文章的主要点有三个。

一，在这个宗法社会和经济恐怖时代，恋爱比登天还要难十倍。

二，我们应该为无产阶级努力，完成无产阶级革命的目的；然后人人可以尽力发展个性，绝对自由，平等，自然而然的可以得到真正的恋爱。

由以上两点，归纳成为一点。

三，在革命的时期，反对恋爱。因为有下列的几个危险：一，减少革命性；二，易于变节；三，自杀和杀人；四，互相仇视，以致延长革命的时间，或者消灭革命运动。

我昨日作了一首诗，也与恋爱有涉，如下：

> 他们夫妇两个，
>
> 手牵手，低声细语街上过。
>
> "是自由恋爱，还是恋爱自由？"
>
> "自由非赠品，恋爱是生涯。"
>
> ——好像他们这样的说。
>
> 哼！自由恋爱！
>
> 哼！恋爱自由！
>
> 他爱她的美（？），

---

* M. S.，生平不详。

303

> 她爱他的黄金；
>
> 倘若他没了黄金，
>
> 她也不爱他了！

诚然！在革命尚未成功以前，什么自由恋爱，恋爱自由，完全是性欲冲动，金钱魔力使然的。十个恋爱的有九个是以恋爱始以不恋爱终，因此造成许多恋爱的悲剧，自杀呀，杀人呀，不一而定。

我在长沙时，看见一个很革命的同学 B 君，自从他与 P 女士恋爱后，他的革命工作，的确比以前要减少许多。这足以证明青年在革命时期恋爱，要防碍革命的进行。

但是要达到革命成功的时期，多则数百年，少则数十年；人生寿命，多则七八十，少则二三十，若教他去等待革命成功，才来恋爱，那就恐怕他已经死有余骨了！况且性欲冲动，是任何人不能免的，假若一个人性欲冲动到十二分厉害的时节，教他完全禁止，只努力革命，恐怕没有这个人罢？革命吗？自然！但是性欲是不能遏止的，恋爱吗？有〔又〕防碍革命工作，然则到底怎样办呢？

我以为！站在革命战线上的青年男女们，性欲未发展以前，尽管努力革命；在性欲发展时，可以恋爱；但须有条件。

一，非金钱或一时性欲的结合，须精神的结合。

二，恋爱毋忘革命。

独秀先生是我心中很崇拜的一个人，是为中国无产阶级革命很努力的一个人，他在《人生真义》文中说"执行意志，满足欲望（自食色以至道德的名誉，都是欲望），是个人生存的根本理由，始终不变的。"可见性欲是人生应该要满足的（无论在革命时期或非革命时期），如果一味禁止，就未免把人生的根本意义，抹杀了一部分。

——载《广州民国日报·新时代》1926 年 4 月 24 日

再论恋爱与革命（驳 MS 君）

张 威[*]

在《民国日报》的"新时代"上，看见 M 君的《读了〈恋爱与革命〉以后》一文，对于我的意见，加以纠正，我很感谢！M 君所见也有些和我不同的地方，兹驳之于后。

M 君也曾承认过革命尚未成功以前，什么自由恋爱，完全是性欲冲动，金钱的魔力，因此造成了许多恋爱的悲剧，自杀和杀人；又承认在革命时期恋爱，防碍革命的进行（与我的意见相同）。同时又说：人生寿运，不过七八十，要待革命成功，再去恋爱，正是"墓上之木拱矣"！绝对是不可能的。且性欲冲动到极点，一味禁止，而去努力革命，是没有人愿意做的。以 M 君的前后的主张看来，在革命未成功以前，完全去恋爱而不革命，事实上做不通，完全去革命而不恋爱，事实上也做不通，然则到底怎样办呢？

M 君对于这个问题的解决方法，就是在革命的可能内恋爱——勿忘革命。要知道革命有成功的希望和可能，完全倚赖我们富于革命性的男女青年的奋斗牺牲的精神，百折不回的干去，才有成功的一日，这是为一班人所承认的，没有什么非议的，——M 君大约也是赞成的。如果男女青年一到性欲冲动起来的时候，就毫不迟疑的放弃平日的主张——革命工作，而去尽力的经营满足个人的欲望——调济性欲。这就是不能牺牲幸福，战胜性欲，老早就失去革命者的奋斗牺牲革命精神了，这种人，无论在那个时期和地位，我相信他总是不能革命的（但有少数例外，不在此限）。且在

---

* 张威（1902～1928），广东陆丰人，1923 年参加彭湃领导的陆丰农民运动，1924 年考入广东革命政府的政治学习班，加入中国共产党。1925 年任中国共产主义青年团陆丰特别支部书记、县农民协会执行委员、陆丰代县长等职，1928 年 8 月被杀害。

革命未成功以前的恋爱，不是幸福，而是痛苦，这是 M 君所承认的，前面已经说过。既如此，又"何苦乃尔"，没有痛苦，硬要找个痛苦来受呢？即或有真正的恋爱实现，双方感情到了最浓厚的时候，每每"惟利是图"，口虽是说不忘革命，恐怕事实上，不知不觉的老早将革命丢到脑海后面去了，从前我看某报刊载有个美国人某某，与某女士恋爱，感情到了"再无以加"的程度，他俩不知如何才能表现他俩的爱情，左思右想的，忽然妙想天开，想出个方法来了，就是他俩同时投海死了（此例很多，不必枚举）。由此看来，爱情可以战胜人生，何况要牺牲一切幸福的革命工作？

M 君又说：在性欲发展时，可以恋爱，须非金钱或一时性欲的结合，须精神的结合。这与我的主张，恰恰符合，并没有什么冲突，不过在革命未成功，个性不能发展以前，为宗法社会和现经济制度所压迫的时代，绝对不能实现的。我的《恋爱与革命》一文上（本报本月二十一号）说得很详细，不必再说。

M 君引独秀先生一段话，来证明人生是要满足欲望，这是很对的。因我是主张革命的。革命是因为社会上，政治上，经济上处处为我们的障碍，不能满足我们的欲望，我们才用革命手段去改造他，使他能满足我们的欲望而发生的。今日革命者，要牺牲一切（性欲当然在内）而去革命，就比方我们本是为分红利而来投资某公司去贸易的一样，如果不投资，投资不多或不久，未到年终结算的时候，就要分红利，那末成功吗？M 君的主张，就是与这个同样的错误。

我十二分的盼望 M 君不要客气，如果我的意见有错误的地方，请赤裸裸的指示出来！

——载《广州民国日报·新时代》1926 年 4 月 27 日

革命青年的恋爱问题

徐谷冰[*]

革命青年应不应恋爱，这一问题，近来很有些人讨论。赞成的，反对的，在表面上看来，似乎都有相对的理由。然若从客观的事实方面研究起来，却未免都有欠圆满，欠正确之处。在反对方面所持的最大理由，是：（一）在中国现在经济状况，社会组织之下，不能实现真正的恋爱；（二）青年恋爱，减少革命性，妨碍社会工作。关于头一点从历史上观察起来，可说是社会进程中一个不可避免的现象。关于后一点，从事实上看来，似乎有点武断。基于心理学，知道两性恋爱，是先天所赋予的一种本能，到了一定的生理年龄，自然冲动。所以一般男女们，一到了一定的时期——青春期——为着希望异性的爱，时常现着沉闷的象征。有时因渴望异性爱之故，纵有极强的意志，亦失了制裁的效力。康德也曾经说过：我们不单是具有理性，而且是具有感性——性欲——理性与感性之间，未必一定有后者复［服］从前者的关系。由此更可知恋爱是两性自然的结果，我们无法去反抗，亦不必去反抗的。至说在中国现在经济状况社会组织之下，不能实现真正的恋爱，诚然不错。但是不是因此即可消灭男女的恋爱性呢？孟子曰"饮食男女，人之大欲存焉"。一般性教育论者也常说："性欲与食欲，同一重要，虽在困苦颠运之中，只能减低其程度，决不能消灭其先天所赋予的整个要求。"由此可知为着没有真正的恋爱，就叫青年不恋爱，是不可能的。若说一定要到革命成功，社会经济完全改变，才可讲恋爱，那末，革命成功的期限，至不一定，且无从预知，有经过百数十年才成功者，有经过数十年，尚不成功的。岂不是"河清难俟"

---

* 徐谷冰，即徐树斌，1926 年毕业于政治讲习班学校，1933 年在长沙办《长沙青年》，1938 年成为军统长沙站站长。

吗？至于讲到恋爱减少革命性，妨碍革命工作，实在找不出事实的根据。康德曰："恋爱是男女两性相配，构成完满人生，两性相助，补其余之不足。"这话是很不错的。我们试睁开眼睛看一看，中外的真正革命青年有不有他们的恋爱者，有不有因恋爱而减少革命性妨碍革命工作者。以我浅短的眼光，实在找不出这些例子来，因此，我觉得绝对不主张青年恋爱，实在没有充分的理由。

现在再拿赞成派所持的理由说说：他们眼见得这种枯寂的社会，烦闷的象征，生活太单调了，若失了恋爱的调和，他的天赋的革命性，不特不紧张，且渐渐的减少，以至于消灭。并举失恋自杀以为证。这种议论之错误，只要看一眼共产党中革命当中未婚的男女党员努力革命的事实，便可证明。说到这里，一定有人问我：革命青年，到底应不应该恋爱呢？我的答案是承认应该的。不过须遵守下面的三个条件。

（一）两性有一方生活经济，没有独立以前，绝对不可恋爱。因为真正的恋爱，是离经济的关系而独立的，若由一方生活经济没有独立，而去恋爱，结果必成为一种买卖式的恋爱，反失却恋爱的真价值了。

（二）打破欲［性］欲的观念。恋爱的原质，是一种高尚的精神作用，绝对不容别种杂质存乎其间，为欲［性］欲而恋爱，是假恋爱，不是恋爱的真面目。

（三）两性须同为革命青年。叔本华曰："恋爱是生活中最完美的表示，乃意志集中的结晶品。"因此我们知道恋爱是两性的感情，思想和信仰所结合。革命青年所恋爱者，若非革命青年，必然"同床异梦"。精神感受痛苦，结果诚然会减少革命性。反之若同为革命青年，其感情，思想，信仰，完全相同，革命性必格外兴奋；表现一种协同努力的精神。我们更须认清楚，革命青年的恋爱，是共同奋斗，不是共同享乐，所以恋爱要能增加革命的发展，增加革命力量，才对。因为要达到此目的，必得两性同为革命青年。

革命的青年呵！你们不恋爱便罢了，若要恋爱休要忘掉了上面的三个条件呵！

——载《广州民国日报·新时代》1926 年 5 月 7 日

对于《读了〈恋爱与革命〉以后》的几句话

林雨山[*]

青年的"恋爱与革命"，是现在一个很重要，而且急待解决的问题；所以我读了张威和 MS 两君先后讨论的"恋爱与革命"两篇文章以后，也发生感想来，对于前作理由的充分，固表示十分的同情，对于后作见解的高超，则不免有些怀疑了，也乘著一息的高兴，将怀疑之点，写出来讨论讨论！

据 MS 君种种的意思，总归纳在一起，无非是说不能因革命而牺牲恋爱，一方面固然要革命，一方面又须顾全恋爱，——话虽是这样说，但是事实上告诉我们是不可能的。

啊！真的！恋爱是人生三大问题之一。诚然！应该重视的——但是我们做事，也该有个轻重缓急的较量；——尤其是立论主张，更应该审察时势；——啊！恋爱！我们为著革命，把性命来牺牲亦有所不惜；何况恋爱！譬如当我们站在革命的战线上，敌人正在进攻紧急当中，但性欲又在发展时期，是革命和恋爱都同时在吃紧时节；我们却可以不顾敌人的袭击，丢掉枪枝，向后转，去找寻爱人，来满足欲望。这样办法，可以吗？恐怕恋爱未成，早已为敌人乘虚攻入，身首异处了。故我们只有不顾一切，奋勇向前，把敌人杀退，然后才来谈恋爱。那么，在这个时节，便是革命为重，恋爱为轻了；可见得恋爱和革命，断无同时并重的道理！

故我以为"站在革命战线上的青年男女们，性欲未发展以前，尽管努力的革命；性欲发展时，可以恋爱"；这样的主张，是不可为训的。

MS 君恋爱的条件是：

---

* 林雨山，生平不详。

一，非金钱或一时性欲的结合；

二，恋爱无忘革命。

这确是一种正当的主张，未可非难的；——然而！处在现在万恶社会包围当中，被压迫到没有辗转喘息的余地，——MS君没有看见张君所引证马克思的学说吗？在革命未成功，社会制度，——经济制度，都没有打破以前，便想达到那"非金钱或一时性欲的结合"，谈何容易！恐怕只是梦想罢！

同时，从MS君所举出的一□□□□□□□□；足以证明在革命未成功以前□□□□□□□□恋爱问题，欲实践这两个条件："非金钱或一时性欲的结合"；——"恋爱无忘革命"。

MS君又以为等待革命□□□□□□□□□□"俟河之清，人寿几何"之□□□是迫□□□□□失失地来进行恋爱，干那盲目的，苟且的□的勾当，究竟有什么意识〔思〕。难道人生的根本意义，这样的□过去，便算了吗？

MS君是善读独秀先生《人生真意》的："执行意志，满足欲望，是个〔人〕生存的根本理由……"不错，独秀先生确实教我们性欲是应该要满足的；——然而，文章又说："要享幸福，莫怕痛苦……""当努力造成幸福"……这几句话，究竟又有藏着什么意义指导我们？——幸福是什么？人生灵肉的安全吧！换句话说：幸福简直是欲望满足。……痛苦是什么？努力革命，打破一切恶劣的环境，以达于自由平等之路，其间奋斗所经过，什么洒热血呀！——什么抛头颅呀！不顾时间的长短呀！——制止性欲的冲动呀！……种种都是痛苦。——革命是不能避免痛苦的。——独秀先生说"要享幸福，莫怕痛苦，且当努力的造成幸福"，可见人生真义，只有不怕革命，才可以享受幸福，更可见人生欲望满足，是痛苦和努力的代价。

但是MS君说："……等待革命成功，才来恋爱，恐怕已经死有余骨！"又说："……禁止性欲，来努力革命，恐怕没有这个人？……"——以这样不肯彻底奋斗，和不肯担受痛苦的一个人，可以断定他对于人生真义，还是未曾了解的……尚谈什么恋爱——尚谈什么革命！

青年们！——谈恋爱的青年男女们！——我们要只梦想那欲望满足而忘却担受痛苦，欲求真正的恋爱实现，须一齐团结起来，跑上革命的战线上，用精力去奋斗促革命早日成功，才可以得到真正的恋爱，否则虽是恋爱，也不过一种虚伪的表现——苟且生涯罢！

一五，四，二七，于中山晏荡

——载《广州民国日报·新时代》1926 年 5 月 7 日

三论恋爱与革命

张　威[*]

　　□□□□□□MS 君的大作——恋爱与革命问题，对于□□□□□
□□□纠正，实在令我十二分的高兴！

　　M 君说我是个独身主义者，或者是已经有了爱人。不知道这恰恰与我
相反——我是反对独身主义的，并且现在也没有爱人。如果找到了爱人，
我的革命性，一定减少，或者恐怕到那个不革命的零度了。

　　M 君在他的第一篇大作上（《读了〈恋爱与革命〉以后》），也曾说过
有个长沙同学 B 君与 P 女士恋爱后，的确比以前减少许多革命工作；今日
这篇大作上，又极力的说世界革命领袖，都有爱人，丝毫没有妨碍的，以
M 君的主张，到底那个是少数例外？恋爱到底能否革命？且马克斯因他的
爱人——来尼去世，他终日忧闷，以致逝世，使我们早日失掉□□的指导
者（失掉他们的领袖资格——死后——与□□□）。这是不是恋爱对于革
命有障碍呢？

　　M 君说农工阶级，不能禁止衣食欲，而去革命，这是很对的，要知道
我说革命时期是投资时期，不是分红利时期，是说将□维持本人生活外的
剩余资本，投入公司，并不是把我所有的资本，投得干干净净，去当乞儿
或饿死等待将来再来分红利的，况衣食欲，是人生必要条件，恋爱不是人
生必要条件——不恋爱马上就死，这两个问题，没有一个同一的条件，怎
样能合为一谈呢？

　　M 君说美国夫妇为爱情投海而死的是爱情的人生观，我们是革命的人

---

　　*　张威（1902~1928），广东陆丰人，1923 年参加彭湃领导的陆丰农民运动，1924 年考入广
　　东革命政府的政治学习班，加入中国共产党。1925 年任中国共产主义青年团陆丰特别支部
　　书记、县农民协会执行委员、陆丰代县长等职，1928 年 8 月被杀害。

生观，这也是很对的，爱情的人生观，完全钟于爱情而去死，并没含有其他的彩色，"革命性"而不去死的，然则革命的人生观，就□定应该含有爱情的彩色，而减少革命性或不革命的吗？

最后 M 君说不能怪他不革命，只能怪得人们不应该有性欲，这完全没有看清我第二篇论文上的理论（《再论恋爱与革命》），所发生的误会。我不是否认性欲，我是说真正的革命同志，是要具有奋斗牺牲的精神才行，如果性欲冲动，就不能牺牲这个幸福，战胜性欲，那就老早失掉革命家的革命精神了。谈到革命可能范围内去恋爱，无论在理论事实上，都无实现的可能的理由，我在第二篇论文内，也说得很详细的，在此地可以不必再说了。

到此地我应该下个结论的，因我第一二两篇短文内，说得很精微的，所以我也不再说了。

我最后与 M 君一样的希望，社会人士，不妨也起来讨论讨论，以期解决，那末，不只我很感谢的，就是 M 君也是很感谢的！

——载《广州民国日报·新时代·恋爱与革命问题专号一》1926 年 5 月 12 日

革命的恋爱论

愤　花[*]

——引言——

我本不想来谈什么恋爱，因为我们现在是个革命者，对于革命的实际工作是如何的切要，就是革命的理论也不愿意多作空谈，何况恋爱之谈呢！但是又要声明一句，我们并不是绝对的不赞成讨论恋爱，不过我们觉得有这许多时间去谈恋爱，就不如多去做一些革命的工作，倒还切于实际利益一点，于革命的全部工作上看来，效力是要几倍于空谈。但是我这时为什么又要来再作恋爱之谈呢？本来的报纸上已经登载满了恋爱与革命的文章，难道我也来学时髦不成？诸位要知道近日报上谈恋爱与革命的文章，不知把革命和恋爱的真意放到那里去了，尽是些无稽之谈，不是不明白理论便是不明了事实，到后来还发生以根本不能算恋爱的肉欲来提倡于革命者之前，这种谬论也要算笑话极了。这些谬论本来不值一驳，只可是这些论文也会给社会上面不少的影响，我们若再不出来纠正，那时的责任就归到我们身上了。因了这个缘故，才做了这一篇短文。

——本文——

这文的题目是"革命的恋爱论"，本来就可以作两种看法，一种是"'革命的恋爱'论"，一种是"革命的'恋爱论'"，虽然他的解说有不

同，但是都可以在本文里包括了。这些地方我们用不到来讨论。且看：

我们在谈论本文之先，我们就先应该明白恋爱的真意，我们决不是看见男子与女子的交际便算恋爱了（有人看见男女的互相谈话，便说这一对男女是恋爱了），还有人以为男女性欲冲动时实行了交媾便说他们两人恋爱了（一般的青年恋爱者，几乎全拿解决性欲为目的）。而这些的解说，并不是轻视一般的恋爱者，而我们知道，在这一个时代，这一个物质环境里，只容许有这种男女的交接。但是为了什么这样呢？我们要明白这点，我们就一定要知道恋爱是有时代性的，在某一种时代，某一种经济制度社会制度之下的恋爱是各有不同的。譬如：原始共□□□□的恋爱，当然就与大家族会长制度下的恋爱有大不同了，而封建制度下的恋爱方式当然又与资本主义制度下的恋爱又不同了。因此我们便可以知道在我们中国刚从封建社会出来的人物，他的恋爱当然只有解决性欲了，这是一定不易的道理。我们更可以举一个显明的例，现在的女子希望男子的条件便是金钱，官级或者地位或所谓身价，男子希望于女子的便是美貌，道德。这种恋爱观念不是反映着封建社会的经济社会情形吗？

我们根据这种推论，我们得知在这种革命潮流正急切中的恋爱是这样的。因为在革命的时代的革命者的恋爱，一定是革命的恋爱。这种革命的恋爱便是根据了革命的主义的信仰，革命工作的努力的程度；双方都为了革命，即双方都拿革命的观念来发生爱，而这一种爱又属于异性的，于是这一种革命性的恋爱才成功；我们也可以称呼他是"革命的恋爱"，这种革命的恋爱方式，当然也不是久长的，在革命成功以后的恋爱当然又要不同了。总之恋爱的方式是没有一定的，一直要到世界上的物质完全没有变化的时候，就是世界到了绝对静的时候，恋爱或者便固定了他的方式了，否则还是跟了社会制度，经济制度而变换的。

因此我们这时所要谈的便是革命的恋爱，而我们也相信，在革命的时代里，只有革命的恋爱是真正的恋爱，除了革命的恋爱外，不是空想，便资产式封建式的背乎时代，而不是真正的恋爱了。

虽然革命的恋爱是时代的产物，但却也并不是全社会的人都可以享受的，所能享受这种恋爱幸福的人只有革命的人，除革命者之外，别的人是不能享受其毫末的。为什么呢？我们刚才讲过了，革命的恋爱是根据革命主义的信仰，革命工作的努力，总之是根据革命的；因此一定要认识了革命才能认识革命的恋爱，认识了革命的恋爱才会有革命的恋爱发生，我们若不明白革命的主义不认识革命，当然同时就不认识革命的恋爱，于是便根本上不能发生革命的恋爱出来，革命的恋爱的幸福，即真正恋爱的幸福，当然就是无从去享受了。

（讲到这里不妨离开题目来讲一讲：青年们对于恋爱两字都是异常的注意的，但是有些却因此就常常淡薄了革命，因为革命是苦痛要去牺牲的，恋爱却是快活而是于己有利益的，这种自己要求人生的快乐的观念，我并不反对，只可怜却因此上了当，走错了路了。试想现在的恋爱除革命恋爱之外，那里有真正的恋爱呢？不是金钱主义，便是性欲主义，不是娼妓的□□□□□□观念，那里会尝得着恋爱的真味呢。□□□□□信人生的快活，恋爱是居一个顶重要的地位，□□□得不到恋爱的真味，我们的人生的真味同时也就□□□□，但是要得到这真正的恋爱，便须自己投身于□□□□□□认识了革命，在革命的里面去得着革命□□□□去享受那人生真正的幸福。因此我们就称这□□□□而放弃革命的，便是些蠢物，这些□何等的□□□□。

□□□□报纸上有□□都在那里讨论恋爱这桩事给革命□□□□□，有些说是可以增加革命性的，有些说是减少革命性的，又可说都对的，又可说都不对的。对的□恋爱有增加革命性的，有减少革命性的；不对的便是没有分清楚。

若恋爱同一般的那种恋爱，的确给革命以不少的恶影响。大凡通常恋爱者，不一定做革命工作的。便一般的人就会放弃他的任务，功课，职业，来专心求那一时的快乐，革命者当局的时候，当然就会给工作上许多缺点；或是不努力不专心，或是敷衍了事。有时被爱人迷醉了的时候，常常要忘去了革命，或者竟走入反革命而不自觉都有的。我们更知道这种恋爱常常给敌方利用，或是美人计，用情感极□的爱人来偷你们的机密，或者来软化我们，因此就不利于革命了。

但是"革命的恋爱"却不然了。要是真正能达到革命的恋爱的时候，这种恋爱虽说没有大益处于革命，但也有一些小利益给革命的，但是我们相信这种利益是极微的。他的利益于革命者有两点：（一）革命本来是极干苦的工作，青年们常常为了干苦不成功而灰心的很多，若是我们能够得到恋爱的安慰，我们的精神和志愿至少就像机器得了油一样的可以增加活动力了，而使革命的人，对于革命格外坚决。（二）恋爱的一对常常有竞争的心，一方面思想的进步，工作的努力，牺牲奋斗的决心，引起对方的思想进步，工作努力，也是必然的事。

——尾声——

关于革命的恋爱在这里做一个简单的结束，本来还有很多，但是既称为短论，就不必冗长，况且我们也只要明白这点就够了，但是却要再作一次的声明，放在文章文本的尾末。

我们虽然说恋爱是革命的产物，是革命者的专利品，但也并不是说要革命的人个个去□爱；因为恋爱的本身的确很危险的，你的本心或者希望达到一个革命的恋爱，而结果常常得其相反也有之；总之，本□□□□□□□□□□□□□□恶物，革命者□□□行恋爱，但这种恋爱能无碍于革命，但也无大益于革命；而给不正当，不纯洁之革命以一大打击，而最后也在要大家努力去革命而不必作恋爱之空谈，末了，我们就明白了，革命的恋爱是自然的，不是要你们去专心去寻找的，专心去寻找恋爱便不是真正的恋爱，而真正的恋爱只有努力革命的实际工作才能得到。

五，六，十五，于国民政府高级政治训练班作

——载《广州民国日报·新时代·恋爱与革命问题专号一》1926 年 5 月 12 日

驳祖俭君的革命与恋爱

炮　兵[*]

在"新时代"上面，我看见了几篇讨论革命与恋爱的文章，本来我学识经验是很幼稚的，不敢加入讨论，但最后我阅了祖俭君的大作，使我不得不说了。祖俭君批评 M 君"在革命的可能内恋爱——勿忘革命"和张威君"牺牲一切去革命"的主张，我也有些赞同的。但他——祖俭君——却主张用恋爱来解决性欲。他又说："……（精神的欲是可以牺牲的而且是必须牺牲的）……"换句话可以说"肉体的欲是不能牺牲的而且是不必牺牲的"了。

我的愚意觉得祖俭君的主张，比前二者错误更大。我们知道我们来革命就是谋解决食欲和性欲。因现社会经济组织为资本主义制度所支配，所以我们的目的是：推翻资本主义社会，建设共产主义的新社会。我们的目的达到，就不止食欲可以解决，并且性欲也在解决之列了。

在现在社会经济压迫下的革命青年，想在革命的可能内恋爱，恐怕什九得了悲哀，遗恨，——的结果。因为在现社会制度之下，资本——也可说金钱魔力——支配了社会的一切。恋爱是社会的一种现象，——人与人的结合——自然也逃不出这个范围。看一看全国做恋爱梦的青年，因为受了物质的支配，得到了甚么结果？都是失败的呵！（参看前《上海民国日报》"觉悟"栏）

恋爱固然是青年的宝贝，但在资本主义社会经济压迫之下的青年，好比是匪巢里的囚徒，他的宝贝已落在贼人的手中，除了挣开锁链，起来打

---

[*]　炮兵（1904～1995），郭化若，曾用名郭俊英、郭化玉等，福建福州人。1925 年考入黄埔军校，同年加入中国共产党，1927 年被党组织派往莫斯科炮兵学校学习。新中国成立后，被授予中国人民解放军中将军衔。

倒匪徒，再没有别一法子可以得回他的宝贝，祖俭君的主张，好比想囚徒在贼人手中鉴赏他的宝贝，恐怕事实做不到罢，并且以恋爱来解决性欲，更失了恋爱的价值与真谛，恋爱是两性精神上高尚纯洁，不受物质支配底德性的结合，他最后的一段，总是结婚——或者达到肉欲发生关系的时候，所以说"婚姻是恋爱的□□"，祖俭君说："恋爱成功的时候，结婚——就是恋爱□□的□□。"祖俭君想借恋爱之名，来行解决肉欲之□□□□高尚了！

"牺牲一切去革命"这句话自然是对的，肉体的欲望不能牺牲，那末怎样能够希望他当必要时为革命牺牲他的铁血？因为生存是肉体的欲——恐怕再没有人肯来革命了。

要两性各用他全付的精神互相爱恋，没有别的事可以分他俩的心，没有第三者可以分他俩的爱，这才算是恋爱，假设有两个都不受家庭压迫的男女青年，他俩在革命进程中，互相敬爱，而不发生肉体关系，那就是革命同志的爱——不是 M 君所谓的"革命的可能内恋爱"——我对于同志间常有同性爱发现，这是因为主义相同，努力相埒的关系，所以不应该因异性关系算他是恋爱。如果发生了肉体关系，那就是肉欲的冲动，兽性的行为，算什么恋爱？

我的结论是：革命青年在革命未成功以前，只有专心工作，不应去寻恋爱，假使恋爱来寻到你，那末就要看对方是革命的或不革命的，属于后者就应牺牲了这个爱，属于前者就应互相保持他的革命性，变成为革命同志的爱——等待革命成功后，再来讨那恋爱生活，祖俭君以为怎样？

一五，五，五于黄埔炮科

——载《广州民国日报·新时代·恋爱与革命问题专号一》1926 年 5 月 12 日

恋爱与革命

沈中德[*]

这两天，接连的发现了好几篇关于"恋爱与革命"的文章：辩驳的，讨论的，很有趣味。我的思潮一时就不免被它吹动了，也好大着胆儿出来谈一下。

一　M君的主张："非金钱或一时性欲的结合"，"恋爱无忘革命"，"在革命时期的可能范围内，可以恋爱"。

二　张君的主张："在革命时期，绝对不能恋爱。"两人驳来驳去，都不你我［你我都不］放松，外乎"自己的轨道"，因此又惹入两位来宾。

三　徐君的主张，需有下列三个条件：

A "两性须有一方生活经济能独立后，才可恋爱"；

B 打破性欲的观念；

C 两性须同为革命青年。

四　林君的主张："革命成功后，才可以产生真正的恋爱。"

以上四位先生对于这条题目已发表了好多的意见，几乎用不着我来插嘴。不过，我觉得他们的意见有些不对，因此我也不客气的来向大家说说。

第一，我对于M君的主张，有的我是老大的不赞成，有的我也表一个"好"，但是我还有些别的解释，所以只得把之案下。

第二，我对于张君的主张，很不十分赞成。M和徐君已解明和证实是不行的，我可不必多说。至林君把"当努力造成幸福"这句话来驳M君的"俟河之清，人寿几何"，我看M君的这两句话，未免太过简单，或者他因

---

[*] 沈中德，1926 年 6 月后任国民党中央党部农民部统计干事助理。

一时笔锋过紧，想两句就钩了"……等待革命成功，才来恋爱"，还不如徐君的解释"革命成功的期限，至不一定……尚不成功的。岂不是'河清难俟'吗?"这样的透彻和明显。

M君说:"……禁止性欲，来努力革命，恐怕没有这个人?……"以现在来论，莫说没有这种人，我以为若我介绍出来，恐怕M君难招呼得到呢。如慧予和非私，我的朋友，他们正是列在青年——性欲发展的时期，他们的父母要与他们讨家;可是他们却"置诸不顾"，还奋斗着努力的向革命，这是何等的青年哟!

第三，我对于徐君的主张，A和B没有别的话讲;但于C"两性须同为革命青年"，倘于事实上是能够的，那便可说得比对子的"实对实，虚对虚"公〔工〕整了。可是，此事是常有不凑巧的;有不凑巧，换句来说:即是一个革命的青年，一个不是或不懂"革命"的青年，那末，徐君又将怎样处置他们呢?

第四，我对于林君的主张，照他的意思:"革命未曾成功，便不能生产出真正的恋爱，若要恋爱，则应早日的团结起来，奋力在革命战线，去求革命早日成功。"这种思想，看来与张君的，没有什么大别，不过他加以"早日"两个"色彩"的字吧。

现在我要谈M君的主张:"非金钱……结合。"林君以为这是一件梦想的事，断无实现的可能，须知所谓梦想，即是于事实所不能做到的;因于事实不能做得到，所以他就断说无实现的可能。比方，我可以说说我们中国教育已普遍，人们的智识比昔增高了，这样一来，于"非金钱……结合"试问林君是梦想?我恐怕林君要是想梦□!不过，"恋爱无忘革命"这句说话，我也曾想过一下，结果，还是办不来，因为青年们的性欲——达到恋爱——不能禁止的时候，就许你M君用尽十二分的感化力去劝止他"恋爱无忘革命"，终归是无效的。

M君的"在革命时期的可能范围内，可以恋爱"这个意思，很符合我的思想，不过我们以为最紧要的，第一，是要谨慎的观察——使我们于"恋爱"线里的各方面，对于"革命"没有阻碍和冲突。第二，同时于"革命"的战线上的各方面，也要求于"恋爱"没有冲突和妨碍革命的进行。

最后，若是两方面——极烈至于万不得已时，我们此时，也不得不提出武断了。这武断就是辨别，又是林君所讲的"恋爱轻"，"革命重"和比譬"在革命战线上与敌人攻击——去找寻爱"□断故事。

——载《广州民国日报·新时代·恋爱与革命问题专号一》1926 年 5 月 12 日

革命青年的恋爱观

梁道祥[*]

一，革命青年是一个很重要而且亟须解决□□□□这样的疑问："革命青年究竟需要□□□□?"这个疑问，在人生的根本上来说□□□□□□，就无异于反对吃饭是一样的□□□□□□必经的历程，一方面为满足自□□□□□体的繁衍，在人生中是不能免□□□□□□是这样，而所谓革命青年的□□□□□□易于明了起见，且分开三层□□□□□□□□爱伦凯说得好："恋爱并非□□□□□□□□，却是灵肉一致，复杂而高□□□□□□。"人说：恋爱是超于肉的，惟有□□□□□□正的恋爱。这种"纯精神"的恋爱□□□□□现的理想。凡人生一切的事物，□□□□□□的能力是不能存在的。恋爱也□□□□□□，高洁的精神，也就无所寄托，□□□□□□，爱是由我们自己创造出来的□□□□□□，也不单是肉，却是灵肉一□□。

二，□□会的恋爱观，在中国这样的状况之下，□□本化了！恋爱云者，是资本家的娱乐品，□□上面的一个装饰品。结婚云者，是资本□□长期间的卖身契约；他们把女子当作泄□□□的机器，是他们的附属物。这种以男性□□，男女的结合，完全借种种的人为道德□□间的爱情，机械似的过他们没有爱的生活，□□在旧社会的恋爱观，是道德的；然在以爱为本位的恋爱观，这种结合，是完全不道德的。爱伦凯说："无论怎样的结婚，如果有恋爱，就算是道德；如果没有恋爱，就是经过法律上的手续，也是不道德。"况且没有爱的结婚，在优种学上来说，在人种的前途发生很大的危险，我们非打破这种结婚不可。

---

* 梁道祥，1926 年 2 月入中国共产党举办的青年训育养成所学习，后任广东省工人运动委员会举办的工人补习学校第二部主任。

323

三，革命青年的恋爱观。他的出发点，是以爱为本位的。凡两性间心灵澈底地得到共鸣的时候，由友情的关系，渐渐地变为两性的恋爱了！他们的热度渐渐地高，达到恋爱之焦点的时候，两性间一定发生一种性欲的要求，等到非性交不可的时候，也不必经过结婚的仪式，也就可以实行性交，实行同居的生活了！同居的生活，一天也好，二天也好，一年也好，一生也好，时间的久暂问题，视乎恋爱之能否继续下去而定。因为恋爱是感情的东西，不能永远不变的。如果两性间已经失掉了恋爱，或是两人间任何一方对于对方失掉了恋爱的时候，已没有经过结婚的仪式也就不必经过离婚的手续就可以自由离婚了。这样的恋爱，才是真正的恋爱。不！这也是一个理想；在这病理的道学社会里，是万万不能实现的。

总而言之，统而言之，在这恋爱也资本化的时候，真正的恋爱，是不能实现的，要实现真正的恋爱，就先要打破现社会的经济组织，真正的恋爱才有实现之可能。革命的青年们，起来！起来！要实现正真的恋爱，先从革命的方面做起！革命的青年们呀！起来！起来！

于训育养成所

——载《广州民国日报·新时代·恋爱与革命问题专号二》1926 年 5 月 14 日

革命与恋爱

吴善珍[*]

我昨天在"新时代"第十期上面读了祖俭君的《我也来谈一谈恋爱与革命》的大作以后，我觉得祖俭君所批评 M 君与张威君等的不满，与自己写出好的主张——参阅祖俭君原文——在理论和事实上颇能别开生面，对问题的本身，本不要我再加以讨论。但是，我觉得青年同志们对此问题终难得一个真确的认识与态度；所以我不得不将祖俭君几点缺点来补足一二，并请阅者加以讨论。

本来恋爱是人生感情之冲动，无论何人不应说有强制的可能，因为："食色性也；极端去抑制，是有碍生理的。"因此祖俭君主张了："双方满意的，可自由结合。但只应互相视为解决肉欲问题的伴侣；决不要日夜以思之去求恋；应寄托全幅精神于革命事业……"可是祖俭君此种主张，依然不免病根之潜伏。兹可举出下列几点来讨论。

一，恋爱两字之意义的重心，当然是在爱之一字。因为没有爱，决不会发生有恋。我想祖俭君决不会否认。祖俭君现在一方说"双方满意时可自由解决肉欲的问题"；接着说"不要日夜以思的去求恋爱；应把全幅精神注重在革命"。试问在现宗法社会的观念尚未打破，是否在实事上可以这样做得到？这还不过是小疑问。我们再说我们去找得一个恋爱者，是否非常容易，在充满了小姐太太的社会里？自然是要经过长时间的两性认识与发生关系；试问能否于某一个时间去满足一点肉欲就了此一段长时间的爱情，而不致有惺惺惜惺惺的缠绵？况且我们革命者在困苦的环境中奋斗，生活自不免嫌枯燥寡味；若是说要去获得一时的肉欲来彼此安慰生

---

* 吴善珍（1906~1985），即吴奚如，湖北京山人，1925 年考入黄埔军校，同年加入中国共产党。毕业后参加北伐，任第四军独立团党代表。

理，试问何时能不需要肉欲来安慰？更问在青年情感热烈的时代，如何禁止不因此恋爱而堕落？因为思想是受环境支配的。

二，我们生存在这种旧经济组织的社会里，恋爱这个怪物果真如一般洋博士大学生……所大吹特吹的神圣呀！纯洁呀！我们要晓得在旧社会的组织未推翻以前，所有一切都是虚伪的；都是严分阶级的。什么知识学文〔问〕……都是孔方的变相。从前我记得某同志记工人自悟的一段说话甚有意义，兹引于下："……某日游公园，见杨柳绿荫下的香亭，坐着一对妙龄的男女学生。其相依为命的态度，真是人间'美''爱'之至境。我经过其旁，他们俩对我很有骄傲之气，似有上天下地之概。但是以我的面庞躯干，真比当日男学生要漂亮的多，我之智慧，未必迟钝于彼。可是，我是无产阶级者，那里能像他那样有余裕的金钱与时间去念书，她何曾……"由这个感触，我们愈觉得急于要革命！愈觉得急于要革那贵族阶级性的恋爱的命！我们如只说是要解决一时的肉欲问题，那末，何能说是什么恋爱，那不过是旅客宿妓的一段佳话罢了。西方哲学家常为研究他的哲学而独生。我们革命者的事业，何只像无用的哲学之不可少间，那里可分出一部分时间去讲恋爱并且以不堕落革命精神为条件？

由以上几种理论，我们可得一个结论如下：革命青年的同志们！你们欲问恋爱之津吗？只有"革命之路"才是出路！只有旧社会一切组织被我们革掉了，才是恋爱之神降来！不要讲恋爱像现在一般新式军官政客们，口里咕噜的讲什么解放大多数人民生活经济之困顿，自己却每月拿几百块钱去浪费，买小老婆……兵士们洗衣剃头钱都没有，自己却将用不尽的大那〔洋〕往银行里送。若是像这样的态度去讲恋爱，那真不敢当。

十五，五，九，于鱼珠军政分校

——载《广州民国日报·新时代·恋爱与革命
问题专号二》1926 年 5 月 14 日

恋爱与革命问题

——驳祖俭君

杨啸伊[*]

　　昨天见"新时代"栏上很有几篇讨论恋爱与革命的文章，讨论结果是没有相当的解决。今专就祖俭君□□□革命与恋爱的关系，而不去日夜以思之的去恋，这是与革命没有妨碍的，在表面上看还是很对的，在后一段又说："男女的旧观念完全打破，双方互相满意时（即发生爱的关系时），可以自由结合，但只应互相视为肉欲问题的伴侣，绝不要日夜以思之去恋。"这两点归纳到一点上来说呢，是做不通的，专就第一点来说：比妨[方]现在祖俭君要同某女士发生爱的关系时，首先定要信笺而后私约而致公开，在这个过程当中，是否能使不去日夜思之以恋呢，是否能不去日夜思之以爱呢？我恐怕到了那个时候恋及[即]是爱爱及[即]是恋合为一谈，成为不可思议了，那个时候的革命，恐怕就成了祖俭君所说的谁也不愿意佢的爱人去牺牲去死了！所以这是做不到的事。再第二点呢？祖俭君未免带点空想的色彩：我们在现在中国社会上来看，中国男女青年们那一个不是受着宗法社会——旧礼教的束缚的余毒，"男女授受不亲"是旧家庭的金律，只有上海汉口天津广州……几去[处]才发生有自由恋爱的声浪，除了这几处，那能使你互相视为肉欲的伴侣的自由结合呢！（在这几去以[处也]是不能无条件的自由结合）在这里我要慎重声明一句，我并不是一个旧式老先生，我并不是反对祖俭君的主

---

[*]　杨啸伊（1905～1964），湖北红安人，黄埔三期学生，国民党员。曾任国民革命军第七十师政治部主任、中国战区陆军总司令部第一方面军政治部主任等。1949年任湖北省政府委员，1950年去台湾。

张。因这主张近如空想方面——事实上做不通的，而且社会客观环境上以〔也〕不许我一时能做到。然则究竟怎么办呢？若照祖俭君的主张，在现代社会制度不良的时候只有革命，革命就要具备奋斗牺牲的精神——战胜一切（坏的环境）才算革命家，是要牺牲一切（性欲当然在内）才得到战胜的好结果。那末，祖俭君的以上两点在事实上最是做不通，只能作一回空谈罢了。

又祖俭君所引汪先生意思来说"革命党人是不惜牺牲的，但要牺牲在革命利益上"，这两句话，是人人要承认的。同时祖俭君又说"恋爱增加革命性，是神经过敏的话"。可见得祖俭君的意思在革命时期内以反对恋爱。因为有恋才发生爱，有爱没有不恋的，这是自然律（在前面说得很详细的）。但是，恋爱是减少革命性的，那末，我们凡是恋爱的好，凡是革命的好呢？照祖俭君的意思，凡是革命的好，那末，我们□□革命的好，就要牺牲恋与爱，而来为革命谋利益□□□就是牺牲在革命利益上，以〔也〕就是革命党人不惜牺牲真态度。

孙总理说"牺牲个人自由幸福，而来为民众谋幸福自由"。可见得个性在革命时期内绝对不能自由发展，在革命时期内绝对不能满足性欲的欲望。所以祖俭君所说的色性是人人不能否认的，但是可以牺牲的，他的牺牲就是在革命利益上，他的个性的性欲要拿到革命奋斗上去用才对的。

以上是纯粹用事实来证明出来的——革命时期内绝对不能恋爱，要恋爱就减少革命性的，我的主张与张君威〔威君〕同。俗语云"为卿而死，在所不惜"，由此可以证明出来只知有恋只知有爱，而就不知革命了！

十五，五，六。

——载《广州民国日报·新时代·恋爱与革命问题专号二》1926 年 5 月 14 日

我对于革命与恋爱的一点意见

龚厚斋[*]

当此北方政局，日趋恶劣，土匪窝里的老师爷穷酸秀才吴小丑□□□□□□□□□□□□□□□□戈跌下台来的红胡的张胡子，和吴小丑由他的太上皇——日本帝国主义者——撮合，竟也公然地把国民军赶出北京，张牙舞爪的向民众攫咽起来了。

外〔在〕此国民革命"一发千钧"之际，本没有闲工夫闲脑力，来讲甚么革命与恋爱，不过近来报纸上见一般青年，对于这个问题，钩心斗角地大谈特谈的样式。所以不得不于忙里偷闲地来讲几句。本来：革命是因为旧的社会的政治经济思想，不适合于现在的社会的需要，或一个国家和一种特殊的阶级，占据社会一切优越之权利，以侵略嗫咕〔咕嗫〕压迫别一个国家和别一种阶级，使被压迫者，处于十八层地狱下面，或者在社会上不能生存的危险，才想方法去反抗压迫阶级或侵略的国家——帝国主义——表现于实际上的一种行动，就叫作革命。那末，革命是站在下的方面向上的方面对抗的，是以虚弱者向强壮者进攻。所以必会演成牺牲流血的事实，而是一种极艰难极悲惨极恐怖的工作。

同时：恋爱，是两性间的接近，发生爱力，由爱力推进以达于沸点，才叫做恋爱。那么，恋爱是人生（观）两性间的一种很愉快欢乐美满兴趣的事实。

由上两方面看起来——一种是很艰难悲惨的，一种是极美满欣悦的——两者在同时进行，不是自相矛盾吗？自相冲突吗？——本来有许

---

* 龚厚斋（1907~　），湖南新化人，黄埔军校长沙分校步兵科毕业。

329

多人，以为在革命的怒花中，发生恋爱，有弛怠革命工作的危险。故在此革命怒涛震荡中，绝对的禁止恋爱，所谓禁欲主义者就是。但"饮食男女，人之大欲存焉"又是生理上事实上所绝对作不到的——所以在革命时期中，所有的青年，达到一定的年龄，当然会发生性欲的冲动，去找异性的朋友去安慰，这是谁也不能否认的。昨天祖俭君，对于这个问题，在报上发表他的意见，主张爱而不恋，以满足双方最低限度的欲望。但我恐怕这也是一种幻想——空中的乌托邦——于实际上做不到，而非根本解决的办法。譬如吃甜蜜的东西，已经纳之箸上，送至辨别器之舌管，由舌管判断接受，已下命令交给胃部，经过喉间，现在欲其在喉间停止，或一吐而哇出来，使其不狼咽虎嚼的吞下去，这个于事实上要求得到吗？况且两性发生肉欲的关系，如无恋爱，以控报之，简直是一种兽交，是□人的社会，向后转式□进于□□□□，□□□□□□□□□□□□□□□，根本错误；于性交的原理，也根本错误。□□祖俭君的主张，在革命时期，不应该发生恋爱的独身主义，同样的犯了幼稚的毛病。

但怎样能根本解决恋爱与革命问题？我以为前节所说的——（一）牺牲恋爱去革命，（二）爱而不恋——统统由于不了解真正恋爱的意义。大低［抵］是儿女情长，英雄气短的恋爱，不是神圣高尚真正革命党员的恋爱，所以发生上说幼稚的见解。怎样是高尚神圣的恋爱？就是（一）双方要打破万恶金钱魔王的威逼，（二）要打破假□□的官衔虚荣势力的利诱，（三）双方要打破螓首蛾眉，巧笑倩兮，美目盼兮，姿色可人的孽障。这三点——可说是世俗儿女之恋爱——完全打破，两性爱力的原始□□，纯粹地建筑在学问道德品行上，尤其是现在所抱负的主义，与将来所趋向的志趣，再考察其信仰力与实行力怎样。两性间一切的一切，完全合同，双方羡慕钦敬其实行主义之魄力，以这点为基础出发，才发生爱，因其实行之毅力愈强大愈坚韧，而两性间敬慕的狂热愈增高，即爱的速度愈急剧的增加，以达于沸点，就叫作恋爱。那末，两性的结合，既以实行其生平所合同抱负的主义为基础，换言之，两性的恋爱，以共同筹画，实现其主义为焦点为重心；至于肉欲方面，不过以为恋爱结果所表现于外的人生观愉乐方面一种附属品罢了。由这样看起来，我是一个革命者，我是一个孙文主义的信徒；当然我的爱人，也是一个革命者，也是一个孙文主义的信徒；平日我俩策划，怎样才使国民革命早日成功，怎样才使三民主义早日实现。则俗语说得好："一人谈，不如两人计。"当然双方于革命策略上，得着很周稳的计划，不致误入迷途，走入非非，为迷惘所牵索，尚犹自己处在五里雾中，莫明其妙。然则革命党员恋爱的重心，如果建筑在互助实行主义方面，即可说是高尚神圣的恋爱——则恋爱不但未有妨害革命，□□革命因恋爱的热点愈高，愈加倍肯奋斗牺牲，使革命成功的实现愈早，则神圣的恋爱，于革命前途的神益，实非浅鲜了。

盖因彼不是我志同道合之人，□□不能和他发生恋爱的关系，如果孟浪地发生恋爱关系，即不是真正革命者。换言之，真正革命者，发生恋爱关系之人，□□□志同道合者，当然不能窒碍革命的新机，并且□□□□□□，日益蕃殖。

□□□□是要牺牲流血的，谁肯舍其唯一独爱之□□□□□？这说表面上看来，似乎有点理由，但实□□□□因为：真正革命者的恋爱，是建筑在实行主□□□□□上，□的情人去为党为国牺牲，即实现□□□□□□□□主义，亦即实现我生平所抱负的主义□□□□□□情人，既为党为国为我所抱负去实行而□□□□十年来我俩所筹画的胎儿，将从此产出，我□□□□□欢送之不暇，何以有恋恋不舍，不认□情□□□□□□？

□□的斯巴达尚武，每临战时，其父母妻子，欢□□□□说："愿汝负盾而归，不然，则盾负汝而归。"□□□□国主义之肉刑，然亦足以证明能信仰主义坚□□□□□欢送其爱人去牺牲的证据。况且恋爱，是□□□□□的事情，为党为国去牺牲，是公字方面，磊□□□□。我们革命党员，唯一的责任，是牺牲个人□□□□□□方面的幸福，去谋公众的利益和幸福。□□□□□本了解主义信仰主义者，为什么不许其爱□□□□□，由这里证明起来，□说恋爱者，不许其情人□□□□，是目光浅小，信仰主义不彻底之人，亦可□□□革命派或假革命派，如果是真正革命者，当然□□□□其情人去奋斗牺牲的。

概括起来，世俗儿女之恋爱，则有妨害革命的新□□□□，高尚神圣真正革命者的恋爱，当然能促进革命成□□，信仰主义不彻底之人或假革命派，发生恋爱，不□□其爱人去牺牲，若真正革命者的恋爱，必欢送鼓□□的人去为党为国牺牲，然则恋爱妨害革命与不妨害

□□□□□在其人是真正革命者与假革命者的分判罢□□□□□对于革命与恋爱的意思。

一九二五，五，六，于第六军军部

——载《广州民国日报·新时代·恋爱与革命问题专号二》1926 年 5 月 14 日

卷入漩涡

——谈革命与恋爱

咸　宜[*]

革命与恋爱问题，谈何容易！不过从前有些朋友无聊地加过我恋爱委员长的头卸〔衔〕，近来又站在革命战线上，所以看了近日"新时代"有许多同志很热闹的讨论这个问题，也不免手痒起来，至于对与不对，任凭公判。

不久我□□□□□□□□□□□□□□□□□□急需，预备做□□□□□□□□□□□□□□为《黄埔潮》改为月刊□□□□□□□□□□□□□□□□停版了，不料"新时代"□□□□□□□□□□□□□□死灰复燃起来，真是无独有偶□□□□□□□□□□取材立意，并不是敢在鲁班门前□□□□□□□□□，实在是把我原有的意见发泄出来；不过我的意见有和诸〔君〕相同的地方，也有抵触的地方，加之我的个性很轻薄，难免不把神圣的革命与恋爱问题，说得随便一点，这是要请诸君原谅和指教的！言归正传，现在开始我的"卷入漩涡"了。

革命在现在世界，除开帝国主义者，军阀，资本家，土地主，土豪，劣绅，买办阶级少数人外，其余大多数人，没有不认为是天经地义的，革命是万无成问题的理由了；单独的讲恋爱，婚姻要脱离古代的抢掠，买卖以及宗法社会的包办制度，这也是无疑义不成问题的；只有把恋爱与革命联合起来就成了问题，我想这也是"新时代"编辑先生出"恋爱与革命问题专号"的理由了。

恋爱与革命问题紧要不呢？当然是紧要的！只看张，M，徐，林，张，

* 咸宜，任职于黄埔军校政治部。

以及专号上诸君的讨论就可知道！有的说"恋爱可以减少革命性"，革命的青年，绝对不要恋爱；有的说"恋爱是青年的要素"，革命的青年自然逃不出例外；有的说"恋爱要不妨害革命——就是在革命的可能范围内去恋爱"；有的说"革命者只能恋爱革命者"；有的说"革命者只应该视爱的关系去解决性欲问题，不应当恋"。这些都能言之成理，并且还有个顶高尚的共同点，没有那一个人赞成恋爱者可以不革命的；我把我的意见写下。

简单把我的意思标明吧！现在命是要革，爱也是要恋的；在恋爱时不要忘记革命，做革命工作时，就不要为恋爱所阻！我晓得我把我的意见标明，各人才知道我是同情于"在革命的可怜［能］范围内去恋爱"那一说的。不借［错］的，我不但同情于那说，并且我是一个同情于"革命者只应视爱的关系去解决性欲问题"那一说的，我不但绝对不同情于那些谈禁欲主义的精神恋爱论者，并且不同情于那些为恋爱不着就大倡其把恋爱移到别的□□□□□□□□□□□□□□革命这个□□□□□□□□□□□□□□□□□□□□，但也不□□□生理和心理学；□□□□□□我们为什么要这样拼命的来革命？青年人对于革命为什么特别勇敢？衣食住不能满足要求，固然是个重大的问题，但性欲问题不能如意的解决——就是得不到他□□□□性，也未尝不是要素；扩大些说，青年人富□□□□固然是对旧社会一切制度都要打破，但对于□□□□中□，礼教束缚婚姻不能自由恋爱的制度，自"五四"以来，表示得要打破又何等急切！直接用革命□□□□又有多少，资本家大地主为什么那样仇视革命，资产阶级革命为什么革命性那样薄弱？何常不是□□□□□不成问题，或比较的容易解决！至于说我们革命□□是为大多数被压迫民众——把自己总计是被迫压［压迫］□□之一个，或者说完全是为的衣食住问题，抛开□□□问题，则吾未敢深信！况且恋爱上是人类的一种□□表现，也不是人故意创造得来的，据生理学家□□人类到了成熟期，春情发动，自然要去找他爱好的□□，扶养他的生机，不然在他必另找不正当的出路，如手淫同性爱等——戕贼他的身躯：如此是仰一般青年戕贼身躯至不革命的好呢？还是让他在不妨碍革命的可能范围内去恋爱的好呢？我也并不是说性欲就是恋爱，但两性既达到了爱而至于恋的程度，解决性欲不是一回甚么希奇事，两人也自没有不愿意的，何谓解决性欲就不是恋爱？"两小无猜"

时的爱好，为甚么没有成熟青年时那样坚持？那样深切？岂不是那时性欲没有发达，所以容易忘却么？这些都是□□由，和我们也经验过的一些事实，只要我们不□□，我想没有那个不会承认的。

同志们！革命者不一定人人要去恋爱，□□□□的个性和有无人恋爱他为定，英恽代〔恽代英〕萧楚女□□恋爱者（他们的是不注意这个问题的）固是□□□□不能说汪精卫和廖仲凯〔恺〕先生等有恋爱者就不□□吧！所以我认为如果某一个革命者他性嗜恋爱并且有他的爱人，则你们虽要禁止也禁不来；不过如果发现他对于革命工作为恋爱而怠工时，你们尽可拿□□（没有团体人自为战的革命者不在此例）的纪律去追责，此时如果他是一个有血性真诚意革命的青年，自然会接受团体的纪律，如果他此时宁愿牺牲革命的恋爱，那末，他根〔本〕就不是革命者，还有甚么减少革命性可说呢？况且我们现在要得真正的恋爱，非用革命手段——打破旧社会制度——不能成功呢！（此处所谓用革命的手段去得到真正恋爱，绝对与革命成功后才能谈恋爱不同）

至于说革命者只应当恋爱革命〔者〕的，这也不是天经地义之谈，有同志相爱□为上乘，不是没有同志就没有爱的，因为恋爱多少总带有神秘性，不能预先规定一些条件来限制的；不过我相信真正的恋爱者，他们的个性总有点相近，一个真正革命的，绝不会去恋爱一个反革命。

总而言之，人类不能绝灭爱好异性和没有性欲，恋爱是禁不来的；革命者因工作的烦忙和生活的枯燥——没有资产阶级那样舒服，要得异性的调济，更是必要的——除如上举的恽萧两先生的个性罢了；甚么精神恋爱，只能在道理上说得好听，在事实上是万无可能之理。这是我卷入漩涡的一点意见，质之高明，以为然否？

一九二六，五，一三　写于黄埔政治部

——载《广州民国日报·新时代·恋爱与革命
问题专号三》1926 年 5 月 20 日

我的恋爱观

——恋爱与革命问题

童炳荣[*]

自"新时代"发现了恋爱与革命问题的讨论后，我曾对同学说：现在一般人对恋爱问题真谈得高兴，——津津有味。我当时只得微笑，但回心一想，以为这个问题（?），是人们必须解决的，亦难怪他们谈得这样高兴呵！

"青年男子谁个不善钟情，

青年女子谁个不善怀春，

这是人类间的至神至圣。"

《共产党宣言》上说："有产阶级得了政权，……人和人中间，除了明目张胆的自利，刻薄寡情的现金主义，再也找不出甚么别的联结关系。宗教的热忱，义侠的血性，儿女的深情，早已在利害计较的冰水中淹死了。"

又说："有产阶级已将家庭情爱底面帕扯碎了。家族关系，弄成了单纯的金钱关系。"这一段话表示甚么呢？这就是说：在现在的资本主义制度之下，人和人中间，只有单纯的金钱关系，除此以外，再也找不出什么来。

事实虽然是如此，但问题始终是要解决的，然则我们对于这个问题是怎样的呢？

在现在资本主义制度之下，人和人中间，的确是单纯的金钱关系，换句话说：在现社会制度之下，想找出真正的爱情，都是无望，我们要得到纯洁的爱情，只有去革命——改变了现社会的经济组织，真正纯洁的爱

---

[*] 童炳荣，广东大埔人，国立中山大学学生及团委书记、中共党员。1926 年 3 月中国共产主义青年团广东区委改组后，曾代理组织部部长。广州国民党清党后，被国立中山大学开除。

情，才得复活。

这样说来，是不是在现社会制度未改变以前，不谈恋爱呢？这又不是，我上面不是已经说过"事实虽然是如此，但问题是要解决的"吗？然则我们对于这个问题的态度，究竟怎样呢？有人说：我们现在正是要革命，去谋改变现社会的经济组织，如果这个恋爱问题一来，一定是会将革命工作去了，就不去，也必防碍革命的工作，减少革命性，甚至于因失恋爱或得不到恋爱而自杀，这不是两败俱伤吗？固然，男女一恋爱起来，多少是会防碍革命工作的，不过我们也要看，一对恋爱者，是不是有觉悟的，是不是他们俩都能站稳革命的观点，如果能够这样，我相信一定不会防碍革命工作，就有也不过是些少不要紧的"无防［妨］"而不至消极自杀，自己不觉得是反革命，而客观上已经做成反革命了。革命的观点是什么？就是：以革命工作为前提，以恋爱为后提。换言之，以革命工作为基础，以恋爱为上层建筑。因此，我们可以喊出一个口号：

"要站稳革命的观点去恋爱。"

谨以这个口号，贡献于一般青年男女有情人。

一九二六，五，十六日于广州

——载《广州民国日报·新时代·恋爱与革命问题专号三》1926 年 5 月 20 日

再来谈一谈恋爱与革命

——答子衡君愤花君和炮兵君

祖　俭[*]

恋爱与革命这个问题，虽然不是十二分的重要，但至少也有十分的重要，尤其是我们革命的青年更应该大家起来研究，讨论；以期得一个正确的解决方法，使我们以后都有所适从，庶不至再走到危险的路上去。因此，我虽然对于什么恋爱论，恋爱观，没有特别的去研究过，也忍不住要谈一谈：所以在上次发表了那篇《我也来谈一谈恋爱》的短文，到今天竟出了一张专号，而且有三位同志指教我，正如所望，实在令我十二分的高兴。但我对于这些高明的指教，却不敢完全领受，有的是误会了我的意思，我不得不解释的，有的是始终不敢赞成的；现在分别来解答。

——对于子衡君的——

子衡君说：我的结论恋爱只在于解决肉欲问题，而精神欲要牺牲，其实不恋爱则已，既恋爱则肉欲与精神欲二问题同时解决了。这是子衡君误会了我的意思，精神欲要牺牲，我始终认为是革命党人应该这样的。但我却并没有说：恋爱只在于解决肉欲问题。俭虽不敏，然对于所谓灵肉一致的恋爱论，也曾看见过，并且我已明白地说了双方互相满意时（即发生恋爱的关系时），可自由结合，但只应互相视为解决肉欲问题的伴侣，决不要日夜以思之的去恋。我是主张可与异性结合去解决肉欲问题，但不赞成和异性发生恋爱的关系。这是子衡君的误会，我应该解释的。

他又说解决了肉欲问题，同时就是解决了精神问题。两者是相随而至

---

[*]　祖俭，生平不详。

不能单独行动的，这是理论上和事实上都讲不通的。果如子衡君所说，则宿娼也是恋爱了，这是谁也要否认的，用不着多说。

他又说我是半主张恋爱，其实主张恋爱就主张恋爱，不主张恋爱就不主张恋爱，无所谓半主张恋爱。不知子衡君何所据而云然。

最后他又说：男女性欲解决的行动，亦是人类生活之一部分。这是很对的，但接着又说革命是为生活而奋斗的行动，可以说革命是为了恋爱而奋斗的行动，所以一个革命家同时是一个恋爱家，并提出"革命是为了恋爱，恋爱是革命的目的"两个口号。子衡君大约是没有学过逻辑学罢，革命是为生活而奋斗的行动，固然不错，但恋爱既只是生活的一部分，何能说革命即是为了恋爱而奋斗的行动呢，至多也只能说恋爱是革命的一个目的罢了！并且在社会的全般情形来看革命的主要目的，实是为了解决大多数人的面包问题，事实摆在面前，只要子衡君不是近视眼，睁开两眼就可以看见的。至于说革命家往往同时是一个恋爱家，这更是不通之论，即说革命只是为了恋爱，但既说是为了恋爱，何能说即是恋爱，更何能说革命家往往同时是一个恋爱家！并且子衡君（但）并没有举出几个例来证明，或许是子衡君的幻想罢。

——对于愤花君的——

愤花君那篇唐而又皇的《革命的恋爱论》，虽然没有明白的说是指教我，但是他的引言里，有几句话是这说样［样说］："……到后来还发生以根本不能算恋爱的肉欲，来提倡于革命者之前，这种谬话也要算笑话极了！这些言论本来不值一驳，只可是这些论文，也会给社会上面不少的影响；我们若再不出来纠正，那时的责任就归到我们身上了。因了这个缘故，才做了这篇短文。"从这些话看来，当然他所谓纠正主要的目的，是为了要纠正我，因为只有我是主张肉欲应解决，却反对恋爱的。

愤花君到底是高级政治训练班的学生，说话的口气，都要比别人不同一点，他又似乎有一种和我有宿怨不愿和我笔谈，但为了怕给社会上以恶影响，所以不得不出来纠正的神气。现在且不论所指教的是否对，但这样的态度，却不敢领教！

以上是只就他的引言说的，现在再来看他重要的本文。他在本文里所谈的革命的恋爱论，我以为革命的"恋爱论"或是"革命的恋爱"论，根本这个题目就不通，因为恋爱只是两性间解决性欲问题（包括肉体上的与精神上的）的行动，无所谓革命的或反革命的，他不比文学可以变更表现和批评人生的内容，所以能够分为革命的（代大多数人说话的）和反革命的（代少数人说话的）。恋爱这件事，无论革命者也好，反革命者也好，可是在他们恋爱的时候，其为恋爱却同是一种异性间最高的爱的结合，没有什么不同。

他在引言里所表示的态度，固不敢领教，还有他所说的，以根本不能算恋爱的肉欲来提倡于革命者之前，这句话也不免有几分冤枉；其实，我只说了肉欲问题应该解决（不要过分抑制），并未曾要大家去滥淫，不知愤花君过甚其辞，是何种用意，或许是为行文起劲计，故尔忽略了原文罢。

在引言里还有一句这样的话："本来报纸上已经登载满了恋爱与革命的文章，难道我也来学时髦不成？"他的意思是说，凡谈恋爱与革命的文章，都是学时髦，只有他不是学时髦似的。愤花君真聪明，他因为怕人说他是学时髦，所以他会预先申明，他不是学时髦，可是我们却并没有想到谈恋爱与革命问题的人，都是学时髦。

现在且看他独倡革命的恋爱论，所持的根本理由是："恋爱是有时代性的，在某一种时代，某一种经济制度，社会制度之下的恋爱，是各有不同的。"他并且举了一个譬喻，里面有一句话说："……因此我们便可以知道，在我们中国刚从封建社会出来的人物，他的恋爱，当然只有解决性欲了。"这与他在引言里所说的"……以根本不能算恋爱的肉欲……"一句话恰是以子之矛，攻子之盾，这样聪明的愤花君，何敏于彼，而拙于此乎！他并且还举了一个例说："现在的女子希望男子的条件，便是金钱，官级，或者地位，或所谓身价；男子希望于女子的，便是美貌，道德；这种恋爱的观念，不是反映着封建社会的经济社会情形吗？"唉！愤花君！休矣！你认为这样的男女关系，也是恋爱吗？这才真是无稽之谈，真是谬论呵！

愤花君惟一的理由说：恋爱有时代性，□□□各时代的恋爱方式不同。所谓恋爱的方式，□□□不通的——要知道恋爱是自然的，不是用什么□□□方法可以达到目的的！既然如此，当然无所谓□□□式。

总而言之，他这段主要的本文，并没有说出什么理由来；也许是他所说的理论太深了，别人懂不了罢。

现在再来看他的"尾声"。在"尾声"里面，有几句这样的话："……因为恋爱的本身，的确是危险的，你的本心，或者希望到一个革命的恋爱，而结果常常得其相反也有之。"这几句话，正证明了恋爱可以□但不要妨碍革命，这种主张谬误，也就是愤花君自己推翻自了〔了自〕己的主张；因为他所倡的革命的恋爱论，就是要提倡一种不妨碍革命的恋爱。

本来要向愤花君说的话，并没有说尽，但时间和篇幅，都不容许我再多说，只好不说了罢。

——对炮兵君的——

炮兵君驳我的话其实有很多地方，正和我的意见一样；不过炮兵君，却与子衡君和愤花君同样的误会了我的意思，以为是主张用恋爱来解决肉欲，并且有一句这样的话说："祖俭君想借恋爱之名来，行他解决肉欲之实，未免太高尚了。"实则我的原意，是反对在革命未成功以前去恋爱，并不是根本的反对恋爱，我觉得在革命的时期，应牺牲"灵肉一致"的恋爱。但"单独"的一个肉欲冲动，却是可以，而且应当得一个相当的满足的，至于说到什么高尚，我以为现在实讲究不了这些，如果硬要讲高尚，那末只有去学佛。

炮兵君最后的结论是："革命青年，在革命未成功以前，只有专心工作，不应去寻恋爱，假使恋爱来寻到你，那末〔末〕就要看对方是革命的，或是不革命的。属于后者，就应牺牲这个爱；属于前者，就应互相保持他的革命性。……"其实他这一说和我所指出的第一说，主张于不妨碍革命的范围内可以恋爱意思是完全一致的，不过炮兵君所说的话，比较漂亮一点罢了！所谓寻恋爱，其实这根本就不算是真恋爱，至于所谓恋爱来找到你，实则这就是自然发生了恋爱；他这说的错误，我已在上次的短文里说明了！兹不重述。

要对三君解答的话，暂且说到这里止罢！不过临了，我还有一点要申明的：我的文学，或者有引人误会的地方，但我的主张，是根据经验的，在未得有充分理由的指教时，我始终不能牺牲我的主张的。

——载《广州民国日报·新时代·恋爱与革命问题专号三》1926 年 5 月 20 日

恋爱与革命问题的我见

袁　乾[*]

　　M君因了恋爱与革命一问题竟和张威君辩论起来了。对于这个问题，我亦很有研究的兴趣，不妨也把我的意见写出来，和各位讨论讨论。

　　恋爱与革命这问题是青年问题之一，与我们很有密切关系的。在这革命的过程中，倘不把它底答案指示出来给一般青年认识清楚，免他们暗中摸索或误入歧途；尤其望一般负有指导青年的应该起来担当这个职务。

　　究竟我们应该在革命的过程中去恋爱吗？在革命正在急剧进展的程途中，把整日的时间牺牲在革命工作上，还恐不够，忽而又去过恋爱生活，于革命工作到底有防碍吗？把这问题的四面八方去研究清楚，然后给他们一个答案，这才公允，这才合乎逻辑。对于这问题的答案，M君是采赞成的态度的，故他主张："在革命时期的可能范围以内，可以恋爱。"但他主张恋爱，到底根据何种理由？他说："人生寿命，不过七八十，要待革命成功，再去恋爱，正是'墓上之木拱矣'！绝对是不可能的。且性欲冲动到极点，一味禁止，而去努力革命，是没有人愿意做的。"（用张威君语）我对于M君的主张，虽表赞同，但我觉得他的语调仍欠直截和太圆滑。因为他仍不敢根据男女两性的恋爱本能，出面直截了当主张："革命青年应该恋爱！"他只说在可能范围以内，可以恋爱。到底这"可能"二字，可能到如何程度，他没有说出，未免太含混了。自然，如张威君说："在革命时期，绝对不能恋爱。"事实上这绝对不可能，且我们既非叔本华，又非独身主义者和士多噶派（Stoies），那末，恋爱生活实是人生不可少的；如果绝对反对恋爱如独身主义者，未免把人生的意义与价值轻轻蔑视了。

---

　　*　袁乾，生平不详。

至于在革命正在急剧进展的程途中，而去过恋爱生活，到底有妨碍革命工作否？我以为这层殊不足虑。因为恋爱不特没有妨碍革命工作，倘你的爱人是个觉悟而爱国爱人的革命家，我想她还能帮助你积极进行革命工作呢。世界的革命家如列宁便是个好例。故我对革命与恋爱的意见可以总括如下。

人是恋爱的动物，也是最能进取的两手动物，在革命的期间，不特可以恋爱，反而能够共同努力，共同奋斗的做革命工作。因为如果恐有了爱人，便把革命工作置于不理，那不是等于一般脑袋载满了生殖器的顽固家，恐男女接近了，便易发生情欲关系一般吗？未免太"杞人忧天"了！

——载《广州民国日报·新时代·恋爱与革命问题专号四》1926 年 5 月 25 日

读了《革命青年的恋爱问题》以后

林雨山[*]

读了《革命青年的恋爱问题》，我认为现在一般热情底青年，一百十二分的重要问题，而值得痛痛快快地来讨论一番，以期真理的出现，好做我们青年昏夜底明星，免至彷徨黑路上，或者还唅［会］踏进危途呢！

好了！最近一个月来讨论到这个问题经有□□□，在"新时代"前前后后发表关于这个问题的文章也有许多篇了，今天在"新时代"又看徐君谷冰所讨论《革命青年的恋爱问题》一文——"这回定可找着真理了"，当时这样的想着，便十分高兴的读去，怎知结果□□□与我一个大大的失望。

徐君批评他人所主张的理由，不是欠圆满，便是欠正确，□是独标真谛，竟又产出一个理论来，□□似乎是切当的了！但细细想来，还是病着空具的幻想，难以实现的缺点，现在把徐君的意思，拿来分别讨论如下。

徐说君［君说］："……一般男女们，一到了一定时期——青春期——为着希望异性的爱，时常现着沉闷的象征。有时渴望异性爱之故，纵有极强的意志，也失了制裁的效力。……"这也未必见得一定有这样的象征，□□旁征别的例子，只把徐君所举出共产党革命党中结婚的男女党员努力革命的事实，便可以证明。倘□□制裁意志的效力，又怎能排除一切，而努力革命□□作？

徐君所定下三个条件的主要点是：

（一）两性须有经济独立性，才可以恋爱，否则□□买卖式恋爱，失却恋爱的真价值。

---

* 林雨山，生平不详。

（二）打破肉欲的观念，而注重精神的恋爱，□□□是假恋爱，不是恋爱的真面目。

（三）两性恋爱须同为革命的青年，其感情思想□□□须完全相同；否则无恋爱的可能。

以上三个条件，的确是很正当很圆满的□□□□青年们不谈恋爱便罢，若要恋爱，不容忘却□□□□的。啊！诚然！但是事实上究能成立吗？

说到经济独立，男性一方面，姑不具□□□□单拿女性一方面来讲，在家庭中因为遗产制的□□□和法律的不平等，女性受财产的权利，已经被男性仗着社会的习惯性，用轻欺硬取的手段，强夺过去，致使受教育的权利，被牵连到摧残殆尽，……女性在家庭中的经济权，早已是不消提的了。再从社会上看去，又是怎样，女子职业问题经已解决么？各种职业机关，经已开放女禁容纳女性进去么？不！不！笑话的很——又是惨痛的很！不过只有寥寥几个凤毛般的小学教员罢了！其他各种机关，严重一些说，恐怕连女性的影子都没有呢！不信，试撑高双睫看一看，全中国能究〔究能〕找著相当职业来解决经济问题的有几个？（二万万女性中，有一千几百个，或一万几千个有正当的，职业的算得什么？）

由以上看来，在现在女性经济问题既没有解决（男性恐怕亦有同样受着经济压迫的恐慌），那末，徐君第一个条件，不是中看不中吃的东西吗？

恋爱本来是灵肉一致的，徐君亦曾经说过："饮食男女，人之大欲存焉。"——"性欲与食欲同一重要，……""……没有真正的恋爱，就叫青年不恋爱，是不可能的。"由此看来第二个条件与上面的主张，可不是有些冲突而且又欠的确吗？

两性须同是革命的青年，固然！但是全国的女子，受教育的，能有几人？以未曾受过教育的女性（不是未曾受过教育，不过因为受教育的人数太少，所以说女性未曾受过教育，也不为苛。不信，请细细调查女生人数一回，便知予言非过激的。），而求其了解革命真义，且与稍微受过一点教育的男性，同其感情思想，信仰；那是轻易的吗？（在下也是女子，不才如我，在敝乡中，竟找不出多几个来。）

呵！徐君的第三个条件，以现在教育未普及底情形来说，也是与第一个条件同其理想罢！

况且徐君既已承认中国在现在经济状况社会组织之下，不能实现真正的恋爱，何以又有这三个真正恋爱条件的主张呢？我诚不解徐君的用意何在！

革命的青年！我们自家人不妨打开窗子说亮话，在现在革命未成功，一切制度未改良以前，欲谈恋爱，除非是胡乱的，或无条件的，恋爱一回，才有可能，不则，欲行真正的恋爱，或欲实践徐君所主张的条件，这才是"河清难俟"，恐怕比革命成功还要难十倍呢！

啊！中国的现状，已经险恶到极了，革命的工作也紧张到极了，负起伟大使命的青年男女们！我敢用十二分的诚意，劝一劝你们，暂且把恋爱的问题搁起，硬着心肠！抖起精神！集中势力，同上革命的大道，尽管努力向前，把一切乌烟瘴气，扫除净尽，现出光明一片，那时，我们所希望所梦想的黄金世界，——完满人生才能实现；而情天缺憾也容易填补的呀！

不然！转辗在那种压迫底下，假恋爱既不可，真恋爱又不能，除了忍心的把它暂且牺牲，来努力革命，试问尚有什么办法？——且以现在黑沉沉底中华——忧郁底时代——军阀的摧残呀！帝国主义的进攻呀！万恶制度的紧束呀！……人生已经充满了恐怖——沉郁——悲愤……五州之余痛未泯！三一八的惨劫又临！旧恨新愁〔仇〕！纷来沓至！可怜的同胞，不是今天被牺牲而血腥四喷！便是明日受压迫而血泪纵横！一幕幕的——死神——黑暗——伤痕……底惨一片，还是连续不断地向我们痛不欲睹的表现出来，我们处此万恨丛集当中，救死且不暇，可有闲情逸态，来度那甜蜜的恋爱生涯，以消磨壮志吗？吾知热情的革命青年必不忍出此。

五，十，林中山安堂

——载《广州民国日报·新时代·恋爱与革命问题专号四》1926 年 5 月 25 日

革命青年不应该恋爱吗

——看了《革命青年的恋爱问题》后的感想

毅　锋[*]

　　最近得有机会在本栏拜读几位青年对于恋爱与革命问题态度的文章，不禁偶然高兴而做了这篇，我觉得他们对于青年的恋爱问题的意见虽不一致，然大家都有个共同点：就是他们通通都感觉需要革命；对于革命的意义和青年的关系都非常明了。这个是很好的现象！但他们毕竟有些持论太极端，武断了，如"张威君"，故讨论的终结还未能得一解答，很是一个缺憾！对于这个问题讨论最公允而没有武断的毛病，四面八方都能顾到的要算徐谷冰的《革命青年的恋爱问题》。我读了他的文章后，种种感想，不禁从意识域内一一涌现出来。我的感想如下。

　　中国自受列强帝国主义的经济侵略政策实施以来，一切工商业备受摧残，国民经济一落千丈，人民生计的痛苦已达极点了，而一般祸国殃民的军阀，又只知为个人利益而互相战斗，甘做帝国主义的工具，只要于他们有利益，虽把整个中国卖给帝国主义亦所不惜，何有人民生计的痛苦之顾及？

　　那末，一般同胞因受帝国主义军阀的双重压迫，已痛苦到不堪言状，面包问题的解决已戛戛乎其难了，那有这样闲心顾及那不关痛痒的恋爱问题？我们青年也是中国被压迫阶级的一份子，自然也不能例外了。那末，帝国主义的压迫既如此，而军阀的摧残民众又如彼，我们处这个不自由的社会，自然需要国民革命了。且现代社会的经济组织是基于资本主义的，那末，恋爱！恋爱！岂易谈哉？"恋爱难！""恋爱难！"底呼声震动吾人耳

---

*　毅锋，生平不详。

鼓，谈应该恋爱的又怎样办呢？诚哉！一般反对青年恋爱的说："在中国现在经济状况，社会组织之下，真正的恋爱是绝对不能实现的。"是的，不过我底意见以为，真正恋爱能不能实现是一问题，而青年应否恋爱是另一问题，我们岂可把这二问题混而为一吗？故我的意见是主张青年应该恋爱的。我这主张的根据是：男女两性的恋爱本能是先天存在的。倘把这个本能压抑下去，是太违反人性的。我们试看下等动物虽是绝无智慧，很蠢钝的东西，然他总是恋爱忙呢？人虽是赋有理性，处境与动物不同，断不能拿动物来比拟，但基于两性心理学来主张，那恐不是毫无理由吧！

其次，关于一般对革命青年的恋爱行为持反对态度的，以为在革命工作正在积极进行的时候而去恋爱，会减革命的性〔性的〕一点，我以为太武断，且有"长他人志气灭自己威风"的嫌疑。似这样把恋爱视作很神秘又太失却革命家资格了。何以故？我们知道革命是富于自信力，意志坚强能够战胜一切困难的，为什么会因恋爱而失掉革命性？我想一般革命的女青年也不许你这样说呢。因你太把它们看重了，着实令人可笑！可惜我一时手头无书不能举出俄国革命史中，一般革命青年虽有恋爱的行为而亦很能努力革命的例给你们看！但俄国一般青年夫妻因了革命而牺牲性命实在不知多少，他们何尝有失掉革命性的可能？

——载《广州民国日报·新时代·恋爱与革命
问题专号四》1926 年 5 月 25 日

领教了

——读"恋爱与革命问题专号三"以后

炮 兵[*]

革命与恋爱这个问题，"新时代"上面产生了三期的专号了，有许多革命青年，文学先生们都来讨论，他们开口就说什么样不得空来谈呢，什么样不屑谈呢，什么样不愿谈呢，……但可都来谈了，也可见这个问题的吸力之大，或者是各位的心房起了感应振动的作用罢了！

我不自量的也来插嘴过，现在受了祖俭君的指导，和各位的高论卓见，都领教了！但还不免有些怀疑要再来领教。

炳荣君的大作：

引《共产党宣言》证明资本主义社会里的两性关系，只有金钱，而没有真正的恋爱，全篇大意都极表赞同，不过里面有一句说："……而不致消极自杀……"我未免怀疑了。炳荣君并未仔细发挥，我也无从于理论上讨论；但炳荣君大概也看过"中国青年"第六十七期里面有一篇《介绍共产党员的恋爱观》完全不主张革命青年在革命未成功以前去恋爱。中间引出一个事实就是一个共产主义青年因失恋自杀，他于遗书上表明自己不敢认是一个共产党员，并勖同志努力，可见他先前并不是不站稳革命的观点上，中间也并不是没有"团体的纪律去相督责"（咸宜君的话），□实际上已自杀了。炳荣君又怎样解释，使这事实不同你的理论冲突？

咸宜君的快论：

咸宜君表同情于"革命的可能范围内去恋爱"，又表同情于"革命

* 炮兵（1904～1995），即郭化若，曾用名郭俊英、郭化玉等，福建福州人。1925年考入黄埔军校，同年加入中国共产党，1927年被党组织派往莫斯科炮兵学校学习。新中国成立后，被授予中国人民解放军中将军衔。

者只应视爱的关系去解决性欲"。□□其实这两个主张的意旨很不相同的，前者在□□□□讲得通；后者"以恋爱解决性欲问题"——这里□□□□当然单指肉欲——这就是我前次驳祖俭君的原□□□□是我绝对反对的！要假恋爱之名来解决肉欲，何□□狎妓呢？——狎妓也是解决肉欲而不是恋爱的——咸宜君主张："视个性和有无人恋爱他为定，要是有的，那末尽可以去爱而对于革命工作不要怠工。"这种主张，姑无论对与不对，在我们武装党员，和那些担负工作的革命者——如他所谓恽萧二君——不能片刻离开职务，并且没有五分以上的余暇，于革命未成功以前，实在没有时间，机会去领略那恋爱的滋味。咸宜君是一位政治部人员，当然可以不在此例，至于资本家，大地主，之仇视革命，小资产积极之革命性薄弱，我看未必是恋爱不成问题的关系，——或者不过百分之一的原因吧！这是离了本题的问题，我却不敢同一位政治工作家来讨论。

祖俭君的卓见：

他答子衡君愤花君和我的高调，固然是发挥极致了，对于愤花君的引言也说得很痛快（？），但是这不关于本题的，何必理他？俭祖〔祖俭〕说："'单独'的一个肉欲冲动，却是可以；而且应得一个□□□□□□……"这句话怎么说？"可以"又是如何呢？□□□□！就仅是以狎妓为"一个相当的满足"。但照祖俭君的意思，和前次他所说的"用恋爱来解决肉欲"，没有更改，这样两性互视为泄欲器的男女关系，祖俭君却要算是恋爱，并且□□他，正你所谓的："……这才真是无稽之谈，真是谬论呵！"我前篇的结论与祖俭君新指出的第一说是大不相同，他偏说是完全一致，我是主张在革命未成功以前革命青年不应去找恋爱，□□的爱情，或现在自然产生的恋爱，都应将他变为同志间的感情，请不要误会吧！祖俭君以愤花君的态度好，就"不敢领教"，自己却离了本题来批评别个，这种态度又怎样呢？我来请问你，我又怎样呢？呵——祖俭君"是根据经验的"，所以觉得自己的主张是十二分对的；但这个问题的经验，"未可以一概百"。在这社会里，各人的经济地位不同，各人的环境——家庭状况，社会地位，对方的个性和环境，……——又不同，所以演出的恋爱剧有惨的，悲的，恨的，……美满的恐怕没有万分之一吧！都总是各个不同，以祖俭君的高见，也不免有些以管窥豹的毛病！

末后我对于这个问题的理论，不敢再胡说了，领了各位的教了！要再讨论，还是提出些事实来谈。

郭俊英草于黄埔

——载《广州民国日报·新时代·恋爱与革命问题专号四》1926 年 5 月 25 日

烟云密布中的 "恋爱与革命问题"

轰 雷[*]

恋爱与革命问题，在标题上很明显的告诉我们："革命"与"恋爱"是并论的一个暗示。何以呢？因为现在的时代潮流，不是单纯"男性"去革命的；并且给我们的使命，在努力造成一个新建设的社会中。就难免否认革命者（不）讲恋爱的论调，如独身主义者，——纵欲主义者的论调非常的浓厚，硬说恋爱与革命有莫大的阻碍；在这种事实中偶尔亦有一部分的表现，就是在我目睹的同志，因为恋爱而减少革命性的，——自杀的或杀人的，——无形中走到反革命的道路。但这种是一□□□□□□□□□□□

我敢武断地说：是局部的事□□□□□□□□□新剧的人们！看错恋爱的人们，在□□□□□□□□识革命的意义，更不认识恋爱神秘是什么。□过苟且偷安欺骗的生活；甚至于到走狗的资格门径里去，我们根本不承认他是个革命者；在女性方面，不单不识革命，——恋爱是什么，根本上她承认是男子性欲的工具。以这样的人来说恋爱，所以就把神圣的恋爱弄得稀糟。所以遗了反对恋爱□先生们的口实！

固然我承认社会经济问题不解决，没有真正恋爱的实现可能；然而就现时的革命与恋爱事实的观察而论，可以说双方全没有谈自由恋爱的资格；当然不能一概而论的根本反对革命者讲恋爱。

如此我们更要知道：好多的青年，因得不到性欲的满足，男子便有手淫，女子便有擦淫的方法；甚者有意外的行动发生，什么杨梅，——麻疯等的恶症。这在生理上于人生发育与生命很有危险的；何况于革命工作上的障碍呢！

---

[*] 轰雷，生平不详。

　　我们要是想免去这种不良的征候，我们便要求恋爱者。革命者当然也是一样的，但是我们要在恋爱根本的动力上来说：恋爱是有条件的，这种条件不是金钱的，也不是物质的；乃是感情——思想——智慧——意志的。如果几方面能融恰［洽］，那末就可以发生恋爱的，怎能说革命者讲恋爱是工作上的障碍呢，"我也不是说革命者天天去过恋爱的生活"。但是在社会经济未解决以前，我是不承认这种条件就是终身的侣伴，什么神圣不可侵犯的恋爱啊；还要知道：恋爱是因社会，——环境有生变迁的可能咧！

　　总之：我们在这种麻木黑暗的社会，干燥乏味的革命过程中，不能否认的；因革命者是爱世界，——爱人类，——爱同情的。女子也是人类一份子，更是现时代革命一份子，我们就应引为同伴；或遇必要时认为适宜于我们理想的恋爱对象"结婚"的结晶后，同向革命的前途奋斗牺牲，而达到建设独立的社会胜利之路；更希望同情者在未牺牲以前，努力造就：真正的小革命家。

　　　　　　　　　　——载《广州民国日报·新时代·恋爱与革命问题专号四》1926年5月25日

反主张革命时期而可能恋爱者

王森芳[*]

　　自"新时代"竖起那枝"恋爱与革命问题"的旗帜，有的是主张"革命时期不应该恋爱"，有的是主张"在革命时期也可恋爱"。两方已经下了哀的美敦书宣布开战了！这个"新时代"的小小篇幅，居然变了一个广大的战场，枪声仆仆，传进我的耳朵，把我这支独立军，自自然然，卷入漩涡，背起那口无烟炮，投进前一方面学人家向着主张在革命时期可能恋爱者，轰的响了一炮。

　　恋爱是人生最正当最纯洁的一回事，自然没有人敢来反对他。但是，我们来谈恋爱，就要明白恋爱的原则，本来恋爱的原则，就是要社会全员都有经济上的自由的；实行的时候，女子就得到经济上的独立，不必再为衣食而依赖男子，那时的恋爱，才是真心的恋爱。

　　在现在资本主义社会底下遗产制度里头去谈恋爱，不止是说空话，而且有违反原则。假使你能够恋爱，也不过是虚伪的买卖式恋爱罢！

　　我们既然在现在中国经济状况社会组织底下，真正的恋爱不能够实现，所以我们就要向原则上着想，根究这一点为什么不能够真正的恋爱实现呢？就是因为社会组织的不良，阶级未除，未能达到社会全员得到经济自由，有以致之。所以现在努力国民革命而至世界革命，与我们将来得达到恋爱的目的，有莫大的关系，我们努力革命，亦可谓恋爱革命，所以我们在革命时期，就要牺牲这暂时买卖式的虚伪恋爱，而求将来永远的真正恋爱。因此在这个时期，绝对的不能恋爱，假使恋爱起来，关于革命前途有莫大阻碍！何以见之呢？

---

　　* 王森芳，生平不详。

　　我们承认自己是一个革命的青年，就要负有领导群众的责任，共同奋斗。我们既要去领导群众，就要得到群众的信仰，方济于事。但是，头脑简单的群众们，最卑鄙男子和女子为伍，偏偏恋爱的形式形影不离。若为群众见到，不止失了人格，连信仰也取消了！而且女子由男子眼光看起来，似乎一朵玫瑰花儿，确是动人，在充满性欲之青年，怀春的少女，他俩由精神恋爱和磁石一般渐渐达了性欲的恋爱——结婚——将来生下儿女，这时临到生活上的要求，不止（不）能够没有革命工作，还要向资本主义摇尾乞怜，而变了帝国主义走狗反革命了！

　　我所以绝对不赞成的，就是根据以上二点，而且我们处在帝国主义军阀四面包围中，在这个生死关头，我们就要杀出一条生路才是。但你们还在那里主张甚么恋爱，弃了自己的武器，转回来和爱人接个吻才来干；我想这时敌人乘机把你的头颅砍下了，那里有头颅来和爱人接吻？恋什么爱？

　　有好几位说什么"俟河之清""人寿几何"，所以就要及时行乐的意思；我以为他们思想太不清晰。须知道革命就要有牺牲精神，宁愿牺牲自己的苟且恋爱，也要谋之于将来，正所谓"贻谋后死者功不必及身"。革命的青年们，照你们的意思去做，想将革命成功，岂不是照"俟河之清"还要难十倍吗！

　　革命的同志们！你们想得到真正的恋爱，就要牺牲了这非正式的恋爱，立定目标，努力革命，跑进那幽美的恋爱乐国，然后实行罢！

　　我最终的一句，希望那主张在革命时期去恋爱的青年们，三思而后行才是！

十五，五，廿六，于法专

——载《广州民国日报·新时代·恋爱与革命

问题专号五》1926 年 6 月 16 日

给愤花君《革命的恋爱论》一个反响

任　敏[*]

近日在"新时代"上面，发表有很多恋爱与革命的专题，可知青年们对于这件事很为注意的。无论他们主张革命与恋爱有无妨碍，然总列恋爱与革命为两件事看待。而昨日的愤花君创出《革命的恋爱论》来，竟于恋爱中，定一个所谓革命的。已不似一般人视他作两件事了。愤花君这种特创论调，实不能不令我们胆小的惊讶！以我们的浅近眼光来解析，认愤花君此种论调实为错误，所以还如愤花君所说："我们若果再不出来纠正，那时责任就归到我们身上了，因了这个缘故，才做了这篇论文。"

愤花君对于未谈到论文之先，也提出什么是恋爱的真意一句话来，可惜他并未将恋爱的真意解释给我们听。我们还未明白愤花君所谓真意者何在，他就拿时代配景来断定恋爱的方式了。所以这里还拿愤花君"恋爱的真意"这个问题来讨论，因为前提说得不错，然后断论乃得其正。我们欲问恋爱真意在那里，就不要问为什么恋爱。我们可拿愤花君文中所否认"……几乎全拿解决肉欲问题为目的……"的一句话来解答。但是问一问为什么人生要解决性欲呢，据生物学家说：因为生物有保传种类的自然性能的缘故。孔老二先生也说过：食色，欲也。可知人类对于性欲自然而然的生一种要求，因要求而谋得以解决，于是两性间就生出所谓恋爱来。所以我们解答恋爱的真意这句话，仍旧是为解决性欲问题为目的。但我们又要问在两性——男女——间生一种要求的时，到底赖什么而后会发生关系？换言之，即为什么而后两性能发生恋爱？及在恋爱期中，有无一种共同而且普遍的条件为之保持呢？这两问吾们可以答一个"情"字。何以故

---

* 任敏，广西隆安人，别号一樵，国民党员，1925 年由广西省选派去苏联孙逸仙大学留学。

呢？因为人是有情感的，人类之所以能组织社会，也是为有感情，所以男女两性因为同一见解，同一信仰，或同一事业，以致于愤花君所云同一革命工作等等，或更于某条件之上（如道德学问技艺等）而生互相尊仰，于是于不知不觉中，自然生一种感情，即所谓爱，感情与爱，不过一事之两面，无感情即谓无爱，爱情既笃，才能谓之恋，两性既互相恋爱之后，所以能保持这关系于永久的，也是为感情之永续，如果中间感情不失，两方当永无发生离异，故感情即为保持恋爱的共同而且普遍的条件，吾们于此，就得一个断论是："人类为解决性欲要求而有恋爱发生，而恋爱的最大条件，就是感情。"

断论既定，就可发现愤花君所持的论调的误点，我们试把愤花君的论调归宿来看，不外是"恋爱具有时代性的，在某一种时代某一种经济制度社会制度之下的恋爱是各有不同的"。以下就跟着说出历代社会制度之变迁，而恋爱方式就与之变迁，末尾归结于现代中国封建社会制度之下只有解决性欲为最具有时代性之证，根据此归结而得他主张革命的恋爱的论证，所以我们要知得愤花君的错误点所在，只向他根据直驳，根据倒了，推论当然不成问题。

恋爱的确具有时代性么？所谓具有时代性者，岂如愤花君所说解决性欲为封建社会制度的恋爱时代性么？莫说恋爱这件事实，到了现在才有，不如愤花君所云原始社会时代，家族酋长时代，封建制度时代等等均各有其恋爱方式。——因为原始社会时代，男女只有解决一时性欲冲动。家族酋长时代，女子为男子之掠夺物。封建制度时代，男女授受不亲，只凭父母媒妁而后发生夫妻关系。故均无所谓恋爱。——就是在现代各种社会制度之下，所有的恋爱者，不知所谓具有时代性的特征何在，我们眼光浅近，实看不出，所谓在帝国主义之下的恋爱，就具有以丰富的物质为条件的性质，在社会主义之下的恋爱，就具有不以财产为条件的性质，在革命时代的恋爱，就具有共同革命为条件的性质，呵呵；如果愤花君这样解释，则亚猫与亚狗的交媾，亦可谓之具时代性了。我试问在这种帝国主义，社会主义，及革命时代之下的人们，是否均各向其主义以奋励？除了恋爱的人们以外，是否仍有人向其主义以努力？如果如愤花君所云恋爱而做革命的人，可名之为革命的恋爱；则革命者的吃饭饮茶，亦可谓吃饭饮茶为有革命性么？可知革命为普遍的名词，革命而恋爱，不过在革命全圈里占一小点，安能以革命加于恋爱之上？所以依我们上文所得恋爱之断论来说，两性的恋爱，只为解决性欲的要求，除了性欲要求之外，并无谓恋爱之发生，即或因为革命主义的信仰，革命主义的努力程度的两性观念而发生恋爱，也不过为两方——男女发生感情的一种手段，亦即为发生恋爱的一种手段，如果更可以因某种手段而发生恋爱而可名之为某种的恋爱，则恋爱名词当可刊之成一巨册，由是知社会制度虽变幻莫定，而于其制度下所有的恋爱的方式，依然如故，不会生一毫变迁，因为他自有他真义存在的缘故。

末了，我们对于愤花君下文所举出恋爱对于革命的两点益处——（一）因革命受挫折时得对方的安慰，（二）因起竞争心而加努力革命，我们亦不能不承认为是，因革命是牺牲者，是预备居失败地位者。不幸而暂时失败，不特不足以挫吾们之志，益足以励吾们之奋斗，而且我们既决心加入革命战线上，断断不以外物的故而始加生奋励，所以既不须人之加以安慰，亦不因竞争心始努力，青年们：如果你们为解决你们性欲的要求，可向前去做你的恋爱，切莫再要回头来计较得着什么安慰加起竞争心啊！

十五年，五月，于留□第四宿舍

——载《广州民国日报·新时代·恋爱与革命问题专号五》1926 年 6 月 16 日

恋爱是革命成功的母

萧宜林[*]

恋爱和革命这个问题，各位已经有了充量的发挥：也有主张革命是不应该去恋爱的，也有主张恋爱和革命可以同时并行的，各有各的理由，各有各的说法。

但是，我们要了解恋爱是什么一回事，革命又是什么一回事。这两个问题，能够了解得透彻，才可以下一个断语，究竟恋爱好不好和革命并行？或是革命该不该去恋爱？

我今先把恋爱两个字解释一下：照字面看起来，恋爱两个字，像是单一的名词；其实不然，这两个字，是各自独立而联合起来的，若是把他们分开，也能够保持它原有的面目。这句话就是说，恋有恋的意义，爱有爱的意义，恋的意义是依恋，爱的意义是友爱。

人们的性情，是很易冲动的，有一种的接触，就有一种的感想。譬喻，我们平时接触一件意外的事物，一经接触之后，对于这些事物，也会发生一种的感想，一种的痕迹，在我们脑海里头，心坎里头。

试想一想，这些事物，经我们接触之后，还值得我们的感想？况且异性的人，和我们接触，这种的感想，可以免得么？异性间的感情，最易发生——除非他们有极大的怨恨，不解的仇雠，但有时因为感情的魔力大，也会把怨恨，仇雠的痕迹，完全消灭，而完成他俩美满的结果。在历史上，可以给我们引证的，许多许多；杨宗宝之与樊梨花［穆桂英］就是最好的模范。闲话休提，再说恋爱罢。

我们异性间的感情，既然是这么容易发生，所以爱恋这件事，自然

---

* 萧宜林，生平不详。

免不得的。孟子说："食色，性也。"这么说，就是恋爱是我们的本能，是我们的天性，不是被动的，是原动的，是与生俱来的，是自然而然的。韩愈的《原性》说："其所以为情者七：曰喜，曰怒，曰哀，曰惧，曰爱，曰恶，曰欲。"古人又有说："太上忘情，其次不及情，情之所钟，正在吾辈。"……那么，爱情是我们所应有的了。既有爱情就有恋爱，因为先有爱才有恋的价值，有了恋才有爱的结果。恋爱作用，互相因果，直到达于最高的程度的时候，就是孟子所谓"色"，和韩愈所谓"欲"，实现的时期了。

因爱而生恋，因恋而实现其性的行为，当经过这历程时，其中的滋味，有许多不可思议的，除非经过恋爱的人们，就是把字典里所有的形容词去形容，也形容不出万分之一，这也可以说，恋爱是一件很奥妙的〔事〕了！

说到革命第一层，却是一件有兴趣的事。人们那一个不是偷生怕死？那一个不是好乐恶苦？但是，一到某种程度，和某种情形时，却不惜赴汤蹈火，百折不挠的，拼命去死里求生，苦中讨乐，这都是，因为不满足我们的欲望，所以有这种的行为，这种的行为，就叫做革命。

革命事业，从前看作一件危险的事，不但没有人敢去做，而且敢说一句革命的人也没有。又因为还不了解革命的意义，就有人敢去做，人们又要赠些徽号给他，不是乱党，就是暴徒。呀！难道革命的行为，只有破坏，只有捣乱不成？他们却不管三七二十一，只晓得一味攻击，一味排除，所以若没有忍耐精神，坚持态度的革命家，也许或者被他们恐吓，制止着，不敢去做革命的生活了。然而，孙先生和先死的烈士们，却不因为他们的攻击，排除，就变了革命的意志，并且更努力着，连家庭和一切的关系，都断绝了，用全副精神，全副力量，去尽革命的责任，所以才有三月十九日的广州起义，和十月十日的武昌起义……照这样看起来，凡是革命的人们，就不应该有许多的牵累，致阻止了革命的雄心。

主张革命不应该恋爱的人们，就拈着这个大题目，他们的理由自是很充足，因为，恋爱完全是感情的作用，人们作事，往往不能跳出感情范围之外，因感情作用而成功的虽也不少，但是，因感情作用而致失败的却也很多。这里说的感情作用，不单指异性的，是泛指人们说的。至说到异性的感情作用，他的魔力，那就更大了。

古人说："英雄难过美人关。"是的，美人真是一个最大的牵累，自古以来，东西各国的大英雄，大豪杰，为着异性的感情作用，而致失败的，何止一二？天生英雄，豪杰，原只为国家建功立业，怎晓得，又偏偏生得这么的多情，使他失败？贾宝玉说："男子是土，女子是水。"这样的说法，譬喻得很透澈，说男子的性情是和土一般，女子的性情是和水一般，土见水，必受溶化，所以男子近了女子，好似土见了水一般，任尔是一个拔山盖世的英世〔雄〕，顶天立地的好汉，都会和毒蛇遇硫磺一般，软得一身骨节都松了，没有振作没有能为，还说什么功业！

自古以来，女子的破坏性，我们晓得的很多很多，如褒姒呀，吕后呀，武后呀，这都是极明著的。当时的君主，因为中了他们爱情的魔力，弄得天下大乱。这么说，可见得人们的恋爱，是建设的唯一妨碍力，所以我们革命的人，就不应该去恋爱。对于这些言论，我们要解释一下，革命的目的，固然是要建设；而在革命的时期的当中，真正的革命家，也未必为了恋爱，就变了心，不去革命；有时候还会因受爱人的鼓励，更加奋兴起来，增进我们成功的要素，如果我们的对方——爱人——是富有革命性的。

或者有人驳我：古人说士为知己者死，女为悦己者容，如果我们革命的人，不恋爱则已，要是有了恋爱，我们的一切，都可以牺牲在他的身；那末，倘若革命还没成功，我们先为了知己的——爱人——死了，这还不算是妨碍革命吗？至若女子的性情，是格外懦弱的，若是他的爱人去做革命的生活，他一定要把丝线般的柔情，将爱人缚住，不肯放松他去革命。若说去找对方是富有革命性的人，来和我恋爱，这又是谈何容易哪！而且，我眼见有许多革命家，为了恋爱就灰心了，不肯继续努力着去革命的呢！这没说，恋爱岂不是破坏革命进行的魔物么？

——载《广州民国日报·新时代·恋爱与革命问题专号五》1926年6月16日

再论恋爱与革命

——答炮兵君

童炳荣[*]

我在"新时代""恋爱与革命问题专号"第三号上作了一篇《我的恋爱观》，末尾一句说："谨以这个口号（要站稳革命的观点去恋爱）贡献于一般男女有情人。"现在居然有炮兵君来与我表同情，这是我何等欢跃不过的事！

现在我谨以挚诚的态度答炮兵君几句。我的原文说："……一对恋爱者是不是有觉悟的，是不是他们俩都能站稳革命的观点，如果能够这样，我相信一定不会妨碍革命工作，就有也不过是些少不要紧的'无妨'，而不致消极自杀，自己也不觉得是反革命，而客观上已经做成反革命了。革命的观点是什么？就是以革命工作为前提，以恋爱为后提，换言之，以革命工作为基础，以恋爱为上层建筑……"

在我答复炮兵君以前，先将炮兵君怀疑我的一段话写下：

"炳荣君的大作：引《共产党宣言》证明资本主义社会的两性关系，只有金钱，而没有真正的恋爱，全篇大意我都极表赞同，不过里面有一句说：'……而不致消极自杀……'我未免怀疑了。炳荣君并未详细发挥，我也无从于理论上讨论；但炳荣君大概也看过"中国青年"第六十七期里面有一篇《介绍共产党员的恋爱观》完全不主张革命青年革命未成功以前去恋爱。中间引出一个事实就是一个共产主义青年因失恋自杀，他于遗书上表明自己不敢认是一个共产党员，并勖同志努力，可见他先前并不是不站稳革命的观点上，中间也并不是没有'团体的纪律去相督责'（咸君吾［宜君］的话），但实际上自杀了。炳荣君又怎样解释，使这件事实不同你

---

[*] 童炳荣，广东大埔人，国立中山大学学生及团委书记、中共党员。1926 年 3 月中国共产主义青年团广东区委改组后，曾代理组织部部长。广州国民党清党后，被国立中山大学开除。

的理论冲突?"我的原文不是说"一对恋爱者是不是有觉悟的,是不是都能站稳革命的观点","以革命工作为前提,以恋爱为后提,换言之,以革命工作为基础,以恋爱为上层建筑"吗?我真不明白炮兵君为什么疑我这句"……而不致消极自杀……"。"中国青年"第六十七期里面的一篇《介绍共产党员的恋爱观》我是曾经看过的,炮兵君引这一个因失恋而自杀的共产主义青年的事实说:"……可见他先前并不是不站稳革命的观点上,中间也并不是没有'团体的纪律去相督责',但实际上已自杀了。"这可见炮兵君仍未能了解我说的"革命的观点是什么?"这一句话。我们要晓得:一个革命家(不论他是信仰何种主义)之所以成为一个革命家,是要看他能否站稳革命的观点,换言之,是要看他(能否)在思想上,实际行动上,是不是革命的,一个革命家(能站稳革命观点的),不是容易做的,不是空口高谈革命便可成为一个革命家(有人今天可以做革命,而明天可以反革命的)。这一位因失恋而自杀的青年可以说是没有站稳革命的观点,这就是说没有在思想上,实际行动上表现他是革命的,因为他没有站稳革命的观点,并且不了解革命的观点是什么,所以他便把革命的观点——倒转过来,就是以恋爱工作为前提,以革命为后提,换言之,以恋爱为基础,以革命为上层建筑。可以表列如下:

革命(基础)——恋爱(上层建筑)

恋爱(基础)——革命(上层建筑)

这样开倒车式的革命观点,那得不妨碍革命的工作?革命的观点,莫说站稳,而且还没有认清楚的恋爱者,那得不因失恋爱而消极自杀?中间虽然就有"团体的纪律去相督责",但是革命的基础已没有确定,又那得不将错就错,自己不觉得是反革命,而客观上已经做成反革命呢?这种事实与我的理论又有何冲突呢?

本来恋爱这种东西是妙不可言的,如果我们不自觉的站稳革命的观点,这定与革命工作很有妨碍的。希望一般青年男女有情人都能表同情于我的意见。质之炮兵君又以为怎样?

——载《广州民国日报·新时代·恋爱与革命问题专号五》1926 年 6 月 16 日

恋爱与革命

李迪功[*]

在耶稣生蛋［圣诞］的那一天，我由黄埔坐电船到广州，去拜访我的两个要好的朋友——一对新婚的夫妇。他俩在广州结婚只有半个多月，就要搬到乡里去，所以我专为请假送行。因为事前没有通知，我到他们家里时，他们已经出去。这个小家庭组织很简单，只有一间寝室，一间厨房，一间书房——也可以就说是会客厅，老嬷子就让我在书房里坐。我在有意无意之间，在书架上拿了一本革命问题讨论集，随意翻阅，忽然从书里翻出两封信来。在理，我本不应该看人家的私信，但是好奇心使我的眼睛直看下去。看完之后，觉得他俩对于"恋爱"，"革命"两个问题，都有精确的见解，所以我就把两信装到袋子里去，等他俩回来时，也不征求他们的同意，把原信放在这里发表，贡献于现在一班谈恋爱谈革命的青年。亲爱的光赤，灿华两同志呵！你俩大概要骂我"岂有此理"罢？

一九二六，十二，卅

编者补志于广州黄埔

亲爱的华妹：

我们从认识到现在，已经有四年了。两年前，我因为你带了充分的资产阶级性和小姐派，同时你又进了教会的学校，天天吃牧师们的麻醉药，所以我不敢爱你，只把你当作一个异性的朋友。自从五卅惨案发生，你目击南京路的死尸，认清楚了基督教的假面，你就马上枪毙了你心中的上帝，跳进本党来做革命工作。你这种勇于改过的精神，令我非常钦佩！

---

* 李迪功，生平不详。

同在青春时期的我们，又加以志同道合，板起面孔来做老诚的少年，事实上自难办到，我觉我们中间，实在有一个说不出来的东西，硬拉着我们向恋爱的路上走！

有人说："要革命的不能谈恋爱，因为恋爱是要妨害革命的。"这话我绝对反对，所谓恋爱，并不是要抛弃一切，天天躲在房里和爱人拥抱；所谓革命，并不是终日不吃饭去打倒帝国主义，不睡卧去打倒军阀。我认为恋爱是和吃饭睡卧一样的事情，是没有妨害革命的可能，况且革命决不是生米煮熟饭那么很容易很简单的事，必定要经过很困难和很悠久的期间。若革命党牺牲了，小革命党继续起来。要制造许多很勇敢的小革命党，除了后天的革命教育之外，当然非讲先天的恋爱的优生学不可了。

我希望我们同志，除了勇力革命之外，还要实行恋爱，一对一对的小组织联合起来，一方面去打倒现在的敌人，一方面培养很勇猛的小革命党，去革未来的不能代表大多数的利益的阶级命！

最后，我要求你和我实行这种主张，你愿意吗？

爱你的光赤

光赤同志：

来信写得太滑稽了，令人怪不好意思的；但这也是青年男女自然的要求，我也不作娇痴，向你很明白地表示意见。

我们同志站在国民革命的观点上，努力去做革命的工作，这是尽忠于我们的党，适合乎中国现在所需要的！不过我默察中国未来的情势，德谟克拉西虽然不知道建筑在什么东西上面，但因现今封建式教育结果的推测：资产阶级的知识经验，远胜于无产阶级，至少要造成美国式的，中国是产业落后的国家，自然要由国民革命进而造成社会革命，我们以此身有限之岁月，逐悠久的革命生涯，我确认现在站在国民革命观点上的革命青年，实在有讲恋爱的优生学去制造小革命党的必要，因为要打倒中国将来美国式的民主政治，是那些勇敢的小革命党的重大使命！

我还感觉到本党缺乏真正做农民运动和妇女运动的同志，右派的先生们，对农工政策有一种曲解——是手段而不是目的，那当然值不得批评，就是所谓左倾的同志，几个有决心直到民间？至于妇女运动，那更不用谈了。

你和我的见解相同，你的希望也就是我的希望，我十二分诚恳地接受你的要求，去担负本党的使命。我今后的工作，是决计去做妇女运动，解放那在黑暗势力之下的可怜的女同胞。不过我还有一点要求——请你到民间去，以农民的利益为中心，勿羡虚荣，勿慕物质，去做真正的农民运动！你如允许我的要求，我们就可以联合起来，弥补本党的缺乏，去找我们恋爱的归宿！

你的爱妹华

——载《汉口民国日报·国民之友》1927年1月16日、17日

黄埔学生的恋爱与革命问题

楚 女[*]

　　一年以来，"恋爱与革命"这个问题，在《民国日报》，《国民新闻》以及其他刊物上，可以说闹得昏天黑地，不亦乐乎了！我因为我已是过了三十岁的人，一来怕人家说我不知趣（这是一个青年人的问题），二来自己也着实感不到什么兴趣——而且我这个人虽然被人家呼为"好人"，却是"缺点"太多，也不配讲恋爱——所以只好让青年们去"各言尔志"，我自己只是"默尔而息"！

　　但现在却听见好多革命的青年，向我说，黄埔同学（现役的学生以及一般见习官），也居然有若干人沉湎于这个问题中，甚至弄得神魂不定，寝食不安——在校的无心上课，上操；出外的香气扑鼻，发光鉴人。浸假而使此辈日夕腐心于"谋差事"，望着什么"尉"的"校"的官阶而流涎；举蒋校长，廖党代表，汪党代表平昔的一切教训勉励，通通抛之于九霄云外；心目中不复记得"筑城"，"地形"诸学，"放哨"，"守卫"之苦——一步一趋，只幻想着"杨柳之腰"，"樱桃之口"，百炼的精钢，竟已化作绕指柔矣！呜呼！总理有灵，不将眦裂发指，对此等不肖同志而长叹痛哭乎？东征，南讨，北伐诸役中的阵亡同学，"两个眼睛像灯盏"，永不瞑目矣！

　　自然，"饮食男女，人之大欲"；一个人到了"知慕少艾"之年，自然忍不住是要拿眼睛去瞟女人的（我在街上走，便常常看女人，而且还要看好看的女人）。我们若说一个人绝对的不应该有男女之思，婚姻之想，那

　　* 楚女（1893～1927），即萧楚女，湖北汉阳人，1922年加入中国共产党，1924年初任《中国青年》编辑。1926年初到广州，任国民党中央宣传部干事、中央农民运动讲习所教员、黄埔军校政治教官等。1927年4月被国民党杀害。

367

是不近人情。孔夫子十足正经，但他也还和他的那黄脸老婆，生下了鲤也。对于青年，禁止他的性的本能的要求，那是等于杀人（我反对寡妇守节，反对女人不嫁，反对男子迟婚，反对标榜独身主义——因为这通通只是手淫主义）；那是违反自然。我反对黄埔同学讲恋爱，但我却不反对黄埔同学去找一个女人结婚。

这个道理可从三方面去说明。

一，恋爱这东西，在今天（在私有财产和阶级尚未完全铲绝，一切还以买卖的观念与金钱而行之之时），根本上只是一个小资产阶级的"消闲品"。有产阶级富有金钱，老婆是洗脚水，泼了一盆又一盆，用钱买了来"玩"就是，十个八个姨太太，可以"汗牛充栋"，无所谓恋爱；而且也用不着它。无产阶级，衣不蔽体，食不果腹，死且不暇；更何有于所谓恋爱？故恋爱这东西，只是一般有钱不富，无财不穷，介乎上下之间，小有饔飨之储，而无饥寒之忧，茶余酒后，长昼无事，今天写封信去呼曰"亲爱的妹妹"，明天回封信来报以"知心的哥哥"——恋爱，恋爱，只当打麻将，打扑克，逛花园一样，视为一种感情上的刺激品，消遣，消遣——你若没有这种小资产阶级的公子少爷，小姐式的闲功夫，你便无从领略这种像嗅鼻烟一模的味道。嗅一口，喷一嚏，或魂飘而魄荡，或心伤而泪落，时紧一着，时松一下——好像秀才站在学宫门口望榜，着实惶恐万状，以冀博得女子嫣然之一顾——实则是把自己作为一种玩具，进贡于彼美人兮之前，听他玩弄于股掌之上。恋爱既是这样的一种东西（老实说，只是一种客气一点有进退揖让之仪式的性交；比之戏台上的《小放牛》《小寡妇上坟》……不过稍有一点文学的修词而已），试问我们黄埔同学，在"生活"有没有功夫去讲；勉强去讲它，是不是根本与自己的生活矛盾冲突？

二，我们黄埔同学，不但是青年，而且是革命的青年。不但是革命的青年，而且是武装的革命青年。不但是武装的革命青年，而且是接近民众的武装革命青年。朋友们！这个光荣的称呼——接近民众的武装革命青年——该有多重的责任？国民政府在广东（现在兼及湖南北江西福建）人民身上不啻用了钢刀一样，刮了钱来教养我们；我们每日三餐吃的是人民的血和肉，我们却去讲恋爱，把自己做成一个女子裙边之下的俘虏。姑且不说那"大敌当前，要为国珍重"的话，姑且不说那"匈奴未灭，何以家为"的话——只说我们自私自利，该当怎样惭愧！我们每逢星期一做纪念周，读总理遗嘱："革命尚未成功，同志仍须努力。"我们天天喊口号要将武力变成民众的武力，但我们却把我们变成一个女子的俘虏，在女人的怀抱里去"仍须努力"！朋友！这样的两重人格，天下尚有何事比此更为可耻？我们今天颠倒于女人的色笑之下，他日必不免在散兵线上也萦心于此种色笑——敌弹飞来，我们却想起了"她"，想起了"妹妹"，两手一软，两腿开跑；万里长堤，溃于一蚁之穴——我们自己被敌打死或擒获倒不要紧，只可怜害了许多真心革命，勇于献身的好兄弟，好同志，只可惜使我们的大功败于垂成，在客观上帮助了敌人，加紧了四万万乃至十二万万五千万人头上的压迫！朋友！你不要以为你和一个女子 Kiss 一下是一件小事——自然，在浪漫的旧式小说中也写着许多英雄美人的佳话——有恋爱的军人，也未必就个个临阵脱逃，而且有时还更勇敢的去冲锋陷阵。不过人各有性，事难一律，十个因恋爱而勇敢的固能壮我声威，然一个因恋爱而怯懦的亦可使我成为败绩。世传吴起杀妻求将，虽然是封建伦理上不合人情的话，但在我们今天负这样大责的时候，虽不必杀妻，却要不为妻绊倒才好。不为妻绊倒的恋爱，自然是可以讲的——或者不但不绊倒，而且更能使我们加强革命工作之力的恋爱，则尤应当去讲。譬如廖仲恺之与何香凝——我便应该出来做媒人。然而使恋爱而能如廖仲恺何香凝之恋爱，则亦必不致成为迁延日月，不痛不痒的嗅鼻烟式了——也不致于要我们朝夕不安，魂梦颠倒；要我们穿好西装，油光头发了！因为廖何式的恋爱，只有一个条件——便是共同革命，决无丝毫个人生活的打算参杂其间。所以不但廖先生不必以升官发财，媚其夫人，不致有因恋爱而不革命，或反革命的危险；而且何先生还做了革命阵头上的领导者。只可畏的是廖何式少，而嗅鼻烟式的多——女子之对男子，必以官阶上升和漂亮有钱为标准；男子对于女子，也无非是猎其色。所以结果自然不免危险而妨碍革命。大家自问，如果是廖何式，当然可以去进行，当然不在本文所说对象之内；如非廖何式，则请迷途未远，及早回头——革命的人，只可讲革命式的恋爱；非革命式的普通恋爱，则当斩然断绝而不稍回顾。

三，我们既来革命，便是决定了来牺牲的。恋爱本为人生生活中一个重要的事情，但我身既已决定牺牲，则尚何有于此一事？我们现在站在黄埔画成何画，应当以革命为圆心定点；故恋爱亦在牺牲之列。我们切不可错了，以恋爱为圆心而向外画弧，把革命去做恋爱的牺牲。如果以恋爱为定点而在黄埔，则你并非是来革命，乃是来预备做"军官"的，你将来必不至做到军阀不止。你的根本动机如此，你又何时不可出卖革命而投降于敌人？然则居黄埔而以恋爱为中心生活者，是不但不应该，而且是应该被驱逐，应被我们认为隐然未来的敌人——所谓"害群之马"了！

综上三层，所以我断定"黄埔同学绝对不应讲恋爱"。甚至将此语扩而大之，凡一切在革命工作中的人，都不应讲恋爱。这不是说"人"不应讲恋爱，乃是说"革命的人"，应当牺牲恋爱生活。但我却又不是叫一般革命同志都去做和尚吃斋，完全不要性的生活，而去暗地手淫。我是说我们当性的冲动来时，可以随便去找个女人（自然也不是乱嫖）解决它；不应当把它当一件比革命还重要的事，天天去像一般公子小姐们哥哥妹妹的讲什么恋爱。有了黄脸婆的，可以不必以不满意而去另找；没有的，可以找一个黄脸婆"交易而退，各得其所"。什么新式，旧式，合不合性情，漂不漂亮，有没有学问，都不是我们现在所应细求的——只有革命才是我们的唯一大事。

最后，我还听见一般讲恋爱的同学说："我们革命的人，不知何时死；所以要讲恋爱，好传下我们的革命后代，免致断绝。"肉麻哉！此话也！人是有理性的动物，人是不做无理由的事的——张作霖，陈炯明，乃至娼妓盗贼，何尝不都有他们自己的理由？如果革命的后代要靠革命者讲恋爱去传下来，则今日之革命者又从何来；而尧生丹朱，禹生启，以及犁牛之子骍且角，则又何解？假使革命者不生子，则此世界只好永远黑暗，因为再也没有人革命了！而且我们的革命要终宇宙而不间断了，因为张作霖等反革命者之传代也是不间断的。有是理乎？哈哈！

我这篇文要算是一篇客观的文。那笼统的反对恋爱的人，必定是因为没有人爱他或他正在失恋中；那笼统的主张恋爱的人，必是他正在找爱人，或已经被人爱了——都是主观的独断。

一九二七，一，二四

——载《黄埔日刊》1927 年 1 月 29 日

读了《黄埔学生的革命与恋爱问题》以后

董树林[*]

"自由恋爱!""自由恋爱!"只应该让给那些多财豪富的少爷小姐们去享受,我们是革命的军人,既然担起了武装革命底责任,恋爱二字,早已不是我们生活中所应有的了!萧教官底那篇文章,引起我不少的感慨。我看了那篇文章以后,想到了正在前方努力革命工作底校长,怎样的在希望我们发奋勉励?已经为中国的自由平等而死去了的同学,又在怎样希望我们继续他们未了的工作?醉心恋爱的同志们未免太堕落了吧?只管终日里卿卿我我,已经忘却了黄埔是中国四万万民众所托命的唯一机关!

亲爱底同志们!人类是感情的动物,爱美的观念,当然也谁也不能没有的,但不要忘了我们是革命的军人,已经担起了伟大底时代的使命——国民革命。全世界被压迫的人们,正在殷殷属望着黄埔的学生。我们要怎样的努力呢?

一个人如果让情欲蒙蔽了性灵,还能致力于正当的工作吗?一个人遏制不住自己的兽欲,还能有大的作为吗?我希望误入歧途的同志,赶快痛改前非,共同努力,以期实现总理的遗嘱。

> 楚女按:我前日的那篇文,仍偏重于一般已毕业的同学,现在已任军事或政治工作者而言。所以主张他们去随便找个女人结婚(即不以恋爱条件为标准,意思是说这样去找女人,要比讲恋爱容易些,免得因讲恋爱而荒费[废]时间,替乱心志)。在校未毕业的学生,当然是并此"随便找女人",也不能做的——因为"军纪"所在,无容

---

[*] 董树林,山西介休人,黄埔五期生。

许此等事的道理；而且在地位上，也绝无干此等事的可能。董同志此文，似乎在主张"非礼勿视"的禁欲主义，则又未免矫枉过正。或者董同志之言，却正与我相反，乃偏重于在校同学而言的吧？

——载《黄埔日刊》1927 年 2 月 15 日

该死的张竞生

惜[*]

所谓性学博士的张竞生，自从出了性史之后，早已扬名海内，有一次还跑到广州中山大学讲什么革命与恋爱。现在更愈弄愈凶出新文化杂志，连篇累牍说什么裸体美，丹田。传到来广州之后，一般青年几人手一编，国民党宣传的效力，不及这一本坏东西能迎合一般意志薄弱青年的心理。你查一查学生宿舍"新文化"的藏书和畅谈性史的空气，会使你"出乎意表之外"，骂一声该死的张竞生！

——载《广州民国日报·现代青年》1927 年
3 月 25 日

---

[*] 惜，生平不详。

再谈恋爱问题

慎 予[*]

我并不是故意想把恋爱问题提出来讲以博读者的一笑，因为确有似乎较重要的话，非讲不可似的在心头缠绕。

有位先生说"你须知恋爱不是生命的根本要求……"，这些话固然是一般热心于革命的青年所公认而接纳的话；其实更用不着我来断章取义，闭着眼睛讲话。可是愚浅的我，既然有了异议，不妨写出来请各位批评，或者对于我有些好处——长进一点知识。

我以为恋爱的确是生命的根本要求，尤其是青年。

维持人类横面的充实，是吃饭问题；维持人类纵线的绵延，我总觉得就是恋爱问题；求食的满足，求爱的满足，这是人生整个的问题，也是我们革命的根本问题。如果为革命而不吃饭，这叫做丧忘记棺材，也是办不到的事体。如果为革命而抛弃恋爱，这也是人类最残酷的事情，因为他或她不啻杀了自己生命一部，而且毁灭了生命之花，惨杀那爱的果子——新国民。

厨川白村说："有人说：'恋爱是资本阶级的闲事业，对于困于今天的贫乏者没有甚么用处。'这是误解。恋爱是一个'人'的问题，要是为食的生活，否定爱的生活，那没［么］人类就算与下等动物无异了。"再说："食的生命是有限的，爱的生命是无限的。……为食欲而劳动，为性欲而恋爱。……爱的生活是创造的生活，补食的生活之不足。"的确恋爱是生活的原动力，幸福的原泉，这并不是好听的话。

比方我们没有饭吃，我们的躯体，就不能维持它的生存；帝国主义者

---

* 慎予，浙江丽水人，浙江省立第一师范二部毕业，后考入华北大学，因参加学生运动遭通缉，1925 年夏潜逃到广州，先后到中央党部军人部、虎门要塞司令部工作。

剥削我们的膏汗，抢夺我们的面包，我们为我们的生活计，所以我们在求饭吃的时候，同时要打倒帝国主义。恋爱也是这样：如果我们抛开恋爱，我们（兼包男女两性）的精神就觉着枯燥，由枯燥而至于烦恼（性的烦恼），由烦恼而至于绝灭，或者简直自杀——自杀那永久的生命，而旧礼教的拥护者，偏偏要桎梏我们性的颤动，禁止我们"人"的觉悟——"充实自我"；我们为"完成人生"计，为'创造人生'计，所以我们在进行恋爱的时候，同时要划除旧礼教，扑灭害人的婚姻制度。

打倒帝国主义与划除旧礼教，这就是解决"人生"的根本问题，也是我们革命的使命。

当然，我们所谓恋爱，是真正的恋爱，不是"行街看剧"式的金钱的恋爱，不是卖淫强奸式的皮肉的恋爱，更不是禽兽的恋爱，"这些其实统不能叫它为恋爱"；是融洽在一块而做"人"的工作的恋爱，是两性团结起来共同打倒障碍生命的前途的恶魔——帝国主义与旧礼教——的恋爱，是完成"整个的人生"的恋爱。否则，如因人们往往兽爱遂并恋爱而丢去；是则，就是枯燥的人生，单调的人生，不是"整个的人生"。

若说："唉！一般同志，何尝不可排难解纷，一定要爱人后能解除痛苦呢？"啊！啊！这恐怕是误解了，我忍不住又要噜苏一番。

据生物学家说，动物的绵延生命，繁殖种族，虽有如变形虫，和单虫之类，以分裂为繁殖的唯一方法；然高等动物以两性抱合而生殖。单就人类方面而论，惟爱就是人生一切的原泉；亦即爱伦凯，嘉本特等所主张恋爱为最高之道德，也是这个意思；所以厨川白村在他著的《恋爱论》中说："总之无男女的结合，不能生出人类，所以两性爱比甚么爱的力量还大，这并不是可怪的事；乃是一定不易之理。有夫妇爱而后有亲子爱，有人类爱——人类之社会生活，道德生活，于是完成。"所以我以为人生是半个半个的，当它每半个长成到青春期，生理心理各方面将要成熟的时候，就生出一种新的要求，这种要求，是创造的，是永久的，是艺术的，甚么力量都不能压制的，如果勉强把它压制下去，就失掉人的价值，等于杀他一样。这种要求是甚么？就是将他——两性在内——发达的剩余，去创造他永久的生命。简单的说，即"要实行恋爱生活"。

因为现在资本制度下的社会，旧礼教，死道德，还遗流［留］在一般遗老遗少的脑筋里，真正的恋爱，当然不容易达到；因恋爱不能达到目的，所以生出一种"性的苦闷"，决非自己所能排难解纷，一定要真正的恋人，才能澈底解除苦闷。所以我们唯一的办法：要分释问题的内容，再定我们努力步骤。照我现在的愚见：似乎应取前后夹攻的战略。也可以说有消极，积极两方面：消极方面，努力于打倒帝国主义，扑灭资本制度，划除万恶的旧礼教及揭去一切阻碍恋爱的幕帐；积极方面，努力的实行恋爱生活，完成了整个的人生，合力向敌人进攻，到那人生美满之域。

至于革命青年应否恋爱，有位先生说是一个绝大的问题，眼光管样大的我，反觉得一些不成问题。若说："事实上，恋爱成功后，往往使革命性渐次消失（恋爱成功后，而反使革命性强烈的，是绝少数，不在此例）。"那，我更觉得和我的意思不同了。我以为假使所说的"恋爱"两字，是指"滥爱"或"金钱爱"而言，那非但革命青年不应该，即时普通青年也不应该。如果"恋爱"两字指真正的恋爱而言，那是凡青年所必要的需求，根本不能讲应该不应该。如果恋爱成功之后，往往使革命性渐次消失，那，所谓消失者的人，其□恋爱以前的革命性，一定是假的。如果是真革命的青年，当然与真革命的恋人结合，断不肯与〔反〕革命或不革命的人去发生真恋爱。两个人既然是大家富有革命性而发生真恋爱，那么一定可以互相鼓励，互相督责，使革命的精神，发扬光大。

还有一层，男女之爱，是爱万物的根源：由母子之爱而爱社会，因社会的败坏而从事革命，这是爱的扩大的表现，如果将他或她爱的幼苗，连根拔去，"博爱"之心，叫他或她，对于社会的爱，何所从而产生呢？

固然，各位之所以不很赞成革命青年实行恋爱生活，大半是受了现代一般游子荡妇的影响，而引起反感，从反感里映照出来的话，如"恋爱不是生命的根本要（自）求"咧，"所谓恋爱是生活的原动力，是幸福的原〔泉〕，这都是好听的说话咧"，……这都是危言泉。可是，我以为与其说恋爱的缺点，不如说"反对淫娃荡女！""严资本主义下的金钱结合的男女！""划除（防）旧礼教！"等等较好。

最后，我历读各位作者的文章，似乎把"恋爱"一桩事体，霸为男子所独有的样子；例如：一提起"安慰"两字，就说"以女子为安慰品了"。其实女子固然能够使男子得到"安慰"，可是男子也可以使女子得到"安慰"；大家得到安慰，是一种自然的结果，我以为大可不必用"当安慰品的式样"，如果一方面硬要当对方为"品"，那，就无异买卖式，掠夺式……的"爱",根本不能说它是"恋"。

然而,这恐怕是各位作者因本身是男性,故意填浓"男性"的色彩,也未可知。

再:我根本不好"做"文章,连自己要说的话,都不能尽量的写出来;有讲错的地方,请各位予以严格的评击,幸甚!

——载《广州民国日报·现代青年》1927 年 6 月 11 日、13 日、14 日

读《再谈恋爱问题》后

——对慎予君讲几句话

炜　权[*]

慎予君：

真是兀突得很，我与你并无半面的相识，而蓦然通讯起来；虽然，我读了你的大作《再谈恋爱问题》后，又怎能不令我对你讲几句话呢？横竖那个问题——恋爱，是现代一般青年所欲得到一个正当指示的（自然我亦在内），那么，我现在有些疑问，又何妨请教于你，同时我亦有一点向你解释的地方。

在未讲话之前，我要声明一句，我并不是一个固执己见，只凭主观讲话的人，如果有人给我一个正确的解释，是欢喜不过的，现在写这封信给你，也无什么别样意思于其间，请你认清楚才好。

在你那篇大作——《再谈恋爱问题》里头，是引用许多在"现代青年"他人讲过的说话，来做你驳论的对象的，别的不管，其中有两句是我在《读现代青年的呼声后》一文中所讲过，亦即我现在要对你讲话的地方。你说"……的确恋爱，是生活的原动力，幸福的源泉，这并不是好听的话。"及"若说，'唉！一般同志，何尝不可调难解纷，一定要爱人然后能解除痛苦吗？'呵！呵！这恐怕是误解了！……"等话，不错，我从前的确说过："一般人所谓恋爱是生活的原动力，幸福的源泉，这不过是好听的话，不容易实现的。"这几句，及你话我误解的那几句，哈，哈！慎予君！我对于恋爱二字，自信绝无误解，我恐怕你以辞害意，反误解我的意思了！不信，请查一查当日我所讲的话，是对那篇文字而发的，尤其是

---

* 炜权，原名陈炜权，其他不详。

378

要看清楚文中上下句连接的地方；不然，戴上茶晶眼镜来看人的文字，甚至把文中语句分崩离析，那就不难蹈"失之毫厘，谬以千里"的弊病了！

本来恋爱这个问题，谁也不能否认不是现代青年所欲早日解决的；同时在这个二十世纪的时候，除了冬烘的头脑，食古不化的人们，骂恋爱为桑间濮上外，虽无厨川白村的恋爱论，爱伦凯、嘉本特的恋爱为最高道德说，谁也知道真正的恋爱是正当的，纯洁的，坦白的，艺术的，恋爱的本身是良好，这我并不是不知道，我不是一个所谓独身主义者，又不是一个禁欲的清教徒，断不致反对恋爱的，我之所以有上面那几句说话，是完全根据 GF 君那篇通讯及在客观上所看到的事实而言。现在且把我的意思表白出来，看看是我的误解，还是你的误解。

大凡讨论一件事情，我们必须根据社会上客观的环境事实，有许多事物本身是好的，能完成人生幸福的，但往往因为环境恶劣，而生出许多荆棘来，我们如想提起阔斧大刀，把那些荆棘除去，又往往不能同时享受那理想的幸福，恋爱这个问题，又能逃出例外吗？我话所谓恋爱是生活的原动力，幸福的源泉，不过是好听的话，不容易实现的。这些说话，一望可以知道，不是谓恋爱根本不是生活的原动力，幸福的源泉，不过谓它不能容易实现罢了，呵！慎予君！看你的伟论，似乎以恋爱的幸福，太容易享受了！无论何人，如果眼睛不是生了口膜，耳鼓不是有了裂痕，现在许多青年所呼出的凄凉失恋之歌，所写出的幽恨失恋之文，有谁不看见呢？有谁不听闻呢？慎予君！如果恋爱的幸福，是容易实现如你所言的，为什么载在报章，散于杂志的青年作品，又少讴歌恋爱的欢声，而多咀咒恋爱的怨语？我谓恋爱的美满结果，不容易实现，错谬与否，于此就可以明白了。

金钱，旧道德，名誉……等等，都是实现恋爱幸福的途中的荆棘，澄清碧澈，像明镜般的爱河，每因它而波涛澎湃，雅隽清优，像月殿般爱园，每因它而走石飞沙，青年以不堪此波涛沙石之重大打击，而没顶亡身，焦头烂额者不知几许了！慎予君！处在现在社会的环境底下，生活的原动力，幸福的源泉的真正恋爱的确不容易实现的呵！不然，何以你也要因恋爱而流了许多眼泪，醒了几通长夜呢？请明以教我！

讲到"解除痛苦，一定要爱人然后能够吗"这句说话，我又以为绝无误解，因为受着重重压迫的现在青年，面包问题未解决的不知凡几，这种痛苦，比不能恋爱的痛苦为何如？苟这些比较恋爱更重要的问题尚未解决，而遽行恋爱，事实上能不能？而在你的大作中，引了许多什么人类以抱合而生殖等生物学说，来证明恋爱之不可少，我以为这不过是恋爱自然的结果，苟专为性欲而恋爱，就失了真正恋爱的真义，现在许多青年，经济未能完全独立，职业问题犹在渺茫之中，不思奋发为雄，积极奋斗，反想找爱人以慰其无聊（为 GF 君），这样，实际上能不能解除痛苦（自然不是如你所谓性的痛苦）？恐怕原有痛苦未减丝毫，而新的烦闷又纷至沓来了！

慎予君！我讲那几句话的意思，你已经明白了吗？现在再把我对于你的大作中的疑问，请你解释一下。

你说："……求食的满足，求爱的满足，就是人生整个问题，也是我们革命的根本问题，如果为革命而不吃饭，这叫做出丧忘记棺材，如果为革命而抛弃恋爱，这也是人类最残酷的事情，因为他或她不啻杀了自己生命之一部……惨杀那爱的种子——新国民。"我以为人生整个问题，不止"食"与"爱"，民生主义中的"衣""住""行"可以不要么？的确，因革命而不能恋爱——不是抛弃，是人生之缺点；但我们不能因自己人生有了缺点，就要无论如何，填之使满，"事实上有不能"。如果时常想自己享受美满人生的人，就不是真正革命者，慎予君！现在在平沙无垠的战场上的革命青年战士，冲锋陷阵，鲜血洒泥涂，肝脑润野草，一生的幸福，尚毅然抛弃之而不惜，宝贵的头颅，决然牺牲之而不顾，他们可谓极革命了！他们不是呆蠢的"猪噜"，又不是老态龙钟的"老坑"，为什么不一面做壮烈的革命工作，一面进行那温馨的恋爱呢？如果他们不知道，就须鞠三七二十一个躬来拜谢你的指导，若事势上有不能，则我没说话再讲了！慎予君！除了"出丧忘记棺材"那句话，你何不加他们一个"出街忘记穿衣服"的名辞呢？苟以食饭与恋爱相比，我不禁又要摇头晃脑而言曰："吾闻革命而可以缺少恋爱者，禾［何］闻革命而可以不食饭者也"的八股文句了，不食饭即死，不恋爱亦即死么？且革命者牺牲本身亦不以为意，那里顾得将来的新国民的产生，你以为有革命的父亲，就有革命的子吗？我请问一句，你是一个革命者，令尊翁是不是一个革命者呢？慎予君！上面的疑问，请明白以教我！

你说："……是融洽在一块而做'人'的工作的恋爱，是两性团结起来共同打倒障碍生命前途的恶魔——帝国主义与旧礼教——的恋爱，是完成'整个人生'的恋爱——为因人们往往兽爱遂并恋爱而丢去……"不错，人们因这样而抛丢恋爱的，也有许多，不过我以为两性团结起来共同做打倒帝国主义及旧礼教的工作，这是很难的（不是绝对）。慎予君！我看了你的《自述三大问题之经过》后，就知道你与你的爱人是真正的恋爱，是超出金钱……等的恋爱，你们何以不能融洽在一块来打倒帝国主义及旧礼教呢？又要一个在天之涯，仰天长叹，一个在地之角，饮泣深闺呢？呵！呵！你的主张，我以为是从经验中得来的，不□与你自己的事实相离很远，这又怎能不令我请你解释？

你又说"……因恋爱不能达到目的，所以生出一种'性的苦闷'，绝非自己所能排难解纷，一定要真正的恋人，才能澈底解除苦闷。"慎予君呵！你未免视得现在青年的痛苦太少了！青年的痛苦之多，虽董狐之笔，也书写不尽，难道以"性的苦闷"四字，就可以代表青年的痛苦吗？且发生性的关系，是真正恋爱自然的结果，如果专为解除"性的苦闷"而找爱人，那就亵渎恋爱，失掉恋爱的真缔〔谛〕，因恋爱的纯洁精神，是超乎肉体上的呵！慎予君，你以为是不是？

——载《广州民国日报·现代青年》1927 年 6月 28 日、29 日

读了《读再谈恋爱问题后》书后

——答炜权先生

慎 予*

炜权先生：

不错，"我与你并没有半面的相识"，然而相识又何必一定要相见呢？

文人相轻，大概是一个极普遍而又平常的习惯。然而炜权先生都客气得很，至于"请教"两字，浅学如我，敬将回赠先生！

大凡讨论一个问题，如双方都有误解的地方，我以为最好各方面自己承认自己的错处，那末所讨论的问题，或者可以比较的精确一点，同时还须将问题的焦点认得清清楚楚。

现在我们所讨论的焦点，是恋爱，是"真的恋爱"。

先生所谓客观的事实，大概就是"现在许多青年所呼出的凄凉之歌，所写出的幽恨失恋之文……"（柏桢同志的通讯也在其内），然则，这些客观的事实，究竟还是旧礼教，恶势力的原故呢，还是恋爱本身不好的原故呢？然而先生也承认"恋爱的本身是良好的，纯洁坦白的"；可是先生又说："但往往因为环境恶劣，而生出许多荆棘，我们如想提起阔斧大刀，把那些荆棘除去，又往往不能同时享受那理想的幸福，恋爱问题，又能逃出例外吗？"不错，恋爱问题是例内的。但是我们既承认他——恋爱问题——本身是良好的，纯洁坦白的，是否应"因同时不能享受那理想的幸福"而灰心？我认为我们既是革命战线上的一员，宜除荆斩棘，勇往直前，认定一个"良好"的目标，失败是有所不顾的，才好。其他，所谓"实际上□□□除的痛苦"，而连想到恋爱问题的；这大概就是性的苦痛，

* 慎予，浙江丽水人，浙江省立第一师范二部毕业，后考入华北大学，因参加学生运动遭通缉，1925 年夏潜逃到广州，先后到中央党部军人部、虎门要塞司令部工作。

□□□□□大地主的压迫，八月半租钱交不出，这种明明受着资本主义□□□苦痛，那时贫农的脑筋里所连想到的，大抵是金钱之类，总□□□想求一个爱人去排难解纷，如果那贫农不是素有色狂症的人。

所以，欲排难解纷而连想到恋爱问题者，是性的痛苦呢。

清澄爱河——打倒游子荡女及金钱爱等……——是青年的责任，我之所以"流了许多眼泪，醒了几通长夜"正如枕戈待旦，清澄爱河的□□呵！我也明知其走石飞沙，甚于沙面之弹；可是，我们不能因此而自馁，还须再接再厉，奋斗牺牲，达到人生美满的境域！

炜权先生，真正的恋爱，是的确不容易实现，我奋斗了十多年，现在还没有直捣黄龙呵！然而，我觉得我们既站在革命的立场上，就应该以革命的精神，去打倒恋爱道上的障碍物，同时绝不能与障碍物妥洽。至于讲到恋爱道上的障碍物，其实就是我们革命的对象；如建筑在资本制度上面的一切旧的势力——旧礼教，死道德，及遗老遗少之流，我们要澈底的打倒它，绝对不肯妥洽，尤其不肯投降。在进攻的当儿，我们还要实行恋爱生活，贡献我们的主张。

其次，我以为面包问题与恋爱问题，在人生正义的天平上面，是没有轻重的分别的。因为食欲是维持人生横面的充实，性欲是维持人生的纵系的绵延；如果为性的生命而牺牲食的生命，这叫做"缘木求鱼"；如果为食的生命，而牺牲性的生命，这无异腰斩人生的大流，杀它永久的生命。

恰巧，接读先生的伟论的时候，我的《站在革命的立场上三谈恋爱问题》一文，刚刚脱稿，现在一同送到"现代青年"编辑室里，可不知编辑先生是否肯借我宝贵的"现代青年"一角，让我同各位作公开的讨论呢？

抱病走墨，谬误殊多，尚祈高明指正，借资南针！

六，二八，于蛛网结顶的小房子里

——载《广州民国日报·现代青年》1927 年 6 月 30 日

站在革命的立场上来谈谈恋爱问题

慎　予[*]

有些人说："恋爱问题，在现在资本制度之下社会里去研究，终成幻梦。试问一般谈恋爱的青年，有几个不叹'情伤莫补，恨海难填'呢？不因富贵而移其心，不以貌美而移其志者，恐绝无仅有，这是现社会的矛盾现象。所以我们近来主张，如不能得着真正纯挚的爱人，倒不如盲目为妙；今你的结合，虽不是性之结合的最高形式，但你俩总算满意，将来努力培养，定可造成美满的婚姻，设使你要谈甚么自由恋爱恋爱自由，能否达到目的固成问题，而在种种繁冗的爱的过程中，一定会妨碍很多革命的工作。若能成功尚有代价，如果失败则成无谓的牺牲；以个人方面则抱恨终身，在革命方的立场，则妨碍工作！试问何等可惜！……"照这样看来，似乎我以下的话，可以不必讲，因为现在是所谓革命的社会，恋爱是一定要妨碍很多革命的工作；况乎妨碍之上有了"一定"两个字，妨碍之下还有"很多"两个字呢！如果我偏偏要谈恋爱，而且把革命与恋爱拉在一气，这是何等的背谬！何等的犯了大不韪！人家恐怕要说我"反革命"吧！

然而我总觉得"恋爱"是"革命之原"，而且是"宇宙之原"，似乎大有非谈不可的样子。记得吴老先生稚晖也曾经谈过生小孩子的人生观；何况简陋如我，不妨一谈。在未谈以前，我要申明的：我并不是想与吴老先生并驾。因为"爱神"对于我，实在太照顾了。仿佛甚么问题都叫我归纳到"爱的园地"里去，"革命问题"当然不能例外，恐怕还是主要的亲生儿子哩。其次还要请"有些人"平心静气的原谅我，我并不敢讥笑你

　　*　慎予，浙江丽水人，浙江省立第一师范二部毕业，后考入华北大学，因参加学生运动遭通缉，1925 年夏潜逃到广州，先后到中央党部军人部、虎门要塞司令部工作。

们；不过上面所录的一段话，似乎的确从小名流的口里说出来的，绝不是假托而造出来的。在我看起来，总觉得太武断一点，或者罗□先生没有到他的脑筋里吧。

闲话少说，有些人讲有些人的，吴稚晖讲吴稚晖的，我讲我的。

一个人如果是革命的，是真的革命的，对于尽善尽美，天覆地载，万世不灭的恋爱至上论，恐怕不至于反对吧。我们不要说别的，单说英日帝国主义者惨杀我们中国人，我们为甚么举国若狂，群起反对？这是因为爱国，爱同胞，大一点说爱人类的缘故吧！但是这个"爱"字，是怎样发生的呢？说起来便是话长，简单的说，不论其是爱社会，爱人类，统通根源于"两性之爱"，也可以说："恋爱的扩大。"再讲得通俗一点，一只母豕带领了一般小豕，在豕栏里睡觉，我们偷偷的去拿它的小豕，那时，母豕为甚么要来咬我们呢？这也是爱的扩大——它的爱，是爱那从两性之爱里所结成的果子吧，也可以说它是"爱的绵延"。

再讲得宽泛一点，矿物的结晶，是爱的结合；植物的繁殖，是爱的扩张；动物的绵延，是爱的遗传：茫茫宇宙，无非是爱的表演，爱的颤动。据化学家说：一切电子，都有阴阳两性。据哲学家说：一切现象，都是两性的结合。所以日月流行，星辰运转，是爱的表现；电光闪烁，雷霆霹雳，是爱的颤动，那爱的实体，就是宇宙的实体；爱的现相，就是宇宙的现相；宇宙的实体是真理，宇宙的现相是革命，真理与革命，就是爱的两面；拿着真理去革命就是爱的整个。

当夫恒河沙数的千千万万年之前，漆黑一团的老祖爷爷，无所谓宇宙，只是囫囵的爱；到了分出一个一个的太阳系——从太阳□裂出许多星辰，那才因爱的颤动爱的扩大而为宇宙，才能各自颤动，各自运转，或为水星，或为火星，或为地球，或为月亮，或为……又为爱的力量维持其平衡。所以宇宙的意志，即爱的意志；宇宙的行动，即爱之行动；宇宙的目的，即爱的目的；宇宙的价值即爱的价值；宇宙的一切一切，即爱的一切一切；故宇宙是爱的身体，爱是宇宙的精神；宇宙秉爱的精神而发育万物，宇宙本爱的意志而绵延万物，故万物莫不以爱为中心。而一切一切的爱，复发源于两性之爱；两性之爱，就是恋爱；故恋爱是万物的中心，人类当然也在其内。

我以为人类是爱的骄子，有眼睛，爱看宇宙间一切色相；有耳朵，爱听宇宙间一切声音；有鼻子，爱闻宇宙间一切气味；有舌头，爱尝宇宙间一切味道；有手和足，爱与宇宙间一切东西相接触；有脑子，爱探宇宙间一切真理，包容了宇宙间无限的爱——欲望——随着宇宙以演进；有生殖的本能，以继续其爱的生命，绵延于无穷。自生至死，无非是爱的活动，爱的前进——这种活动与前进，就是革命。从前师旷爱听可爱的声音，所以他的耳朵特别亮；离朱爱看可爱的物件，所以他的眼睛特别明；俞儿爱辨一切可爱的味道，所以他的舌头特别灵。这里虽然是畸形的爱，可是爱的真义，确乎已被他们窥见了；然而，他们，及世界上一切一切的人，都有爱的本能，爱其所爱的恋人，以结爱的果子，而绵延其爱的生命。如爱而无继续的果子，则其所爱，便无生命之可言，无生命之爱，人生便无意义无价值了。

假使人类抛弃了恋爱，则其眼，耳，鼻，舌，四肢百体，意志思想所接之爱的对象，便没有生命了。假使为革命而丢开恋爱，则所谓革命，纵然不是假革命，便是不革命；或者不能说他是革命，因为他脑筋里没有革命的根源——恋爱。

孔老先生说，亲亲而仁民，仁民而爱物。我接着说：亲亲之道，造端乎夫妇之爱，用老八股的头脑来讲，革命是归在"仁民"一项的，恋爱是"夫妇之爱"；所以仁民是从夫妇之爱里发生出来的，亦即革命是恋爱的扩大。

我们现在站在革命的人生观上面，来谈恋爱问题，固然是一桩极不容易的事情；但是，我们假如能够把"恋爱"两字看得清清楚楚，不而将卖淫或买淫，苟合或盲婚以及种种似恋爱，非恋爱硬的拉来，勉强当做恋爱，那，真的恋爱，总可以灼然显露出来的；但是也要人们不可自暴自弃，须有忍耐的态度，奋斗的精神，去探求他——恋爱，他就在你的眼前，并不是"忽焉在先，忽焉在后"的东西。

我看现在一般所谓革命青年（？）（当然兼包男女两性）往往在文字上，口子里，不承认恋爱问题是革命的源泉。（当然，他的话是否是从心里发出来的，我不能知道；或者是讲讲她所好听的，或者是投机文章，也未可知。）有的说："恋爱不是生命的根本要求。"有的说："恋爱不是人生的根本问题。"这种话，绝对不是我假造出来的，是在报纸上副刊里看来的，是小名流辈亲口所说，亲笔所写的。我看到，听到之后，心里觉得很危险，很为革命前途担忧，因为讲的写的人，是一般人所公认的"所谓革命青年"。我研究他们荒谬的地方，有很重要的两点。

一，是认不到真正的恋爱，乱七八糟拿了许多非恋爱（如兽爱，金钱爱等）当作恋爱。这是好像一个瞎子拿着铜盘或蜡烛之类当做太阳而诅咒太阳，非笑太阳一样。

二，是认识真的恋爱，因为一时达不到目的，或途中小有阻碍，就把恋爱抛开，甚至于诅咒恋爱，非议恋爱。这是好像中国小孩子读英文，读了片刻还没有读熟，遂将英文书撕破，大骂其英文教师一样。

前者是不懂恋爱的缘故，后者是没有毅力的缘故。不懂恋爱的人去革命，革命是不会澈底的——因为革命是恋爱的扩大；没有毅力的人去革命，革命是不会成功的——因为革命是要有毅力才能成功的，如果对于恋爱没有毅力，对于革命更没有毅力了。至于他们——所谓革命青年——所说的"恋爱一定会妨碍很多革命的工作"（原文）（这些话前面已经引用过），其所犯的毛病和荒谬的地方是关于第一点的错误，自己不认识恋爱是甚么东西，乱讲恋爱要妨碍革命工作，在我看起来，似乎无批驳的必要，因为只[至]少可以说他没有革命的诚意，假使他幸而认识恋爱的话。如果他是真革命的人，则其所真爱的恋人，一定也是革命战线上的志士；一对革命的男女，互相恋爱，共同研究革命的理论，讨论革命的策略，将两性的爱力，扩充到社会里去，互相鼓励，互相督责，使革命性日益强烈，决不是例外的事。因为他没有革命的诚意，所以他所爱的恋人，也是一个假革命，一经恋爱生活，即将爱力缩小，甚至于渐渐的绝灭，自然不能扩充其爱力，以从事于革命。

话愈讲愈远，快些讲回来。

然则所谓站在革命的人生观上面讲恋爱问题，究竟是怎样的呢？我们要谈恋爱问题，必须要了解恋爱与人生的精义，然后再讨论恋爱与社会，恋爱与革命，究竟若何关系，方才澈底。兹特分条述之于后。

一，恋爱是人生的根本问题。厨川白村在他的《恋爱论》中说："……两性之爱比甚么爱的力量还大，这并不是可怪的事；乃是一定不易之理。有夫妇之爱而后有亲子之爱，有人类之爱——人类之社会生活，道德生活，于是完成。"所以我以为恋爱是人类的根本问题，世界上一切艺术家文学家哲学家大诗人以及大革命家，无不直接或间接受恋爱的影响，或刺激，只［至］少是受了它的暗示，此所以爱伦凯，嘉本特一般学者，主张恋爱为最高之道德，为人类一切幸福的源泉。这决不是好听的话，乃是谁也不能否认的定理，假使他没有疯癫，或身心不健全的病症。

提倡人格主义者，李布斯说："男子是一个独立的人格，可是因为生得男体，算是没有完成一个完全的人的本性。女子也是一个独立的人格，可是因为生得女体，也没有完成完全的人的本性。两性相合，才达到自己完成之域了。"

所以我们如果有"人"的觉悟，——充实自我，绵延自我，完成人生，创造人生，就不能抛弃恋爱。反转来说：我们为充实自我计，为绵延自我计，为完成人生计，为创造人生计，就应该积极的实行恋爱生活；在实行恋爱生活的过程中，努力的扑灭阻碍恋爱的旧礼教，割除杀人的婚姻制度。

我常常说：人生是半个半个的，半个是女，半个是男；当每半个长成到青春时期，生理心理各方面已有相当的充实；但是那长成的力量，还是照常的前进，于是从生理心理成熟后的进程中，就生出一种剩余的生命，新的要求，这剩余生命的新要求，是创造的，是绵延的，是艺术的，是自然的，什么力量都不能压制它的。那没［么］，究竟他所要求的是甚么？简单的说，他所要求的，就是他以外的半个，要与他以外的半个调和，合并，融化，以完成他的整个，以绵延他的生命，以创造他们——兼男女两性——永久的生命。——这种就叫做恋爱生活。

假使当他们要开首实行恋爱的时候，外面有一种暴力勉强的把他们压制下去，那还是用刀去杀他们倒反慈善得多，因为阻止恋爱，就是斩断人的生命，永久的生命。天下甚么事体没有比它更悲惨更残忍的了，如果人们自己抛弃恋爱生活，反对恋爱生活，那无异诅咒人生，与拿着刀子自刎一样，这是人的变态，不是人的根本问题。

唯有恋爱的人生，才是美满的人生。当一对青年男女在恋爱生活时候，他们的肉体虽则判然两个，而他们的精神却已经合成一块，一块"整个的精神"，才是"人的精神"，有了"人的精神"才有人的事业；种种人生问题，才能从此而产出，从此而完整！故曰美满的人生，故曰：恋爱问题是人生的根本问题。

二，从人生纵系的绵延讲到恋爱革命，维持人类横面的充实，是吃饭问题，维持人类纵系的绵延，是恋爱问题；求食欲的满足，求性欲的满足，使些小、短促的人生扩大、延长，随着广宇悠宙的大实在演进，这是人生整个的问题，是社会整个的问题，也是革命的根本问题。

虽然生命的绵延，种族的繁殖，也有以分裂身体为唯一的方法——如变形虫及条虫等下等动物，以分裂本身为传种的方法，然而我们人类是用脑用手的所谓高等动物，雌雄两性，分开生存；其生命之绵延，全靠两性的抱合而繁殖，不是雌雄同体的下等动物可以比拟。所以人生既为宇宙大潮流中之一滴，如只为宇宙历史的产物，不为宇宙将来的创造，就失掉人生的意义与价值，等于人生的自杀。据科学家说：生存是一种义务。那没〔么〕恋爱也是一种义务了；人而不尽人的义务——人应尽的义务，这是人生的蟊贼。又可以说：人既幸而为人，则此短促的人生，维〔惟〕有恋爱可以补救短促的缺憾，使生命延长于无穷；故恋爱也可以说人生的权利，人而不享人生应享的权利，这是自弃的人生，无谓的人生。总括起来说，人在滔滔不绝的人生大流中，为继往开来的一员；"继往"即人的自我，"开来"即人的创造。使人而不创造，则无异腰斩人生的大流，比甚么罪恶还大。

两性抱合而创造永久的人生，这是恋爱的结晶。现在一般蠢蟊的孽种，所指缙绅先生及遗老遗少之流，不懂恋爱的真义，腰斩永久的生命；拥护旧礼教，桎梏人生——提倡屁道德，束缚人生；讲性交是兽性的冲动，以恋爱为淫荡的行为；侮辱天地间至高至大的道德，毁灭人伦中悠也久也的生命。这种杀人不见血的论调，罪恶滔天，可恶已极！作者至此，墨水与热泪齐下，脑浆与心血俱滚，对于穷凶万恶的旧礼教，屁道德，誓死不共戴天！

还有，资本帝国主义者及其走狗，视恋爱问题如洪水猛兽，而自己却拥姬抱妾，大过其禽兽生活，对于真正的恋爱，反努力排斥，尽量压制，使社会人生，沦于毁灭，狼凶蝎毒，莫此为甚。

如果我们要继续生命，创造生命，我们的出路，是抗争，是革命，努力的恢复那美满的人生，恋爱的人生。

打倒帝国主义是——为吃饭问题而革命，也是——为恋爱问题而革命——打倒旧礼教，屁道德，是——为恋爱问题而革命，打倒帝国主义并旧礼教屁道德，是——为人生问题而革命，为人生永久的生命而革命。革命、革命！努力前进！打倒那拥护旧礼教，屁道德及反对恋爱者的反革命！而演进我们永久的生命！实现我们整个的生命——绵延于无尽！

三，革命是恋爱横面的扩大。孟老夫子讲："老吾老以及人之老，幼吾幼以及人之幼。"我接下去讲："爱吾爱，以及人之爱。"这话并不是开玩笑的话，我以为是真理，是人情。这是我要郑重申说的。

"吾老"大概是父母，或者指其他直系尊属而言；"吾幼"大概是子女，或者指其他直系卑属而言。是与不是，我不能武断的代为注解，因为我没有研究过孟子。可是，我所说的"吾爱"，我敢负责任的说：就是"我的恋人"。

我的话，就是说，我爱了我自己所爱的恋人以后，才能爱人家的恋人，扩而大之，才能爱一切人类，万物。归根结底，还逃不出厨川白村的话——"有夫妇之爱，而后有亲子之爱，有人类之爱——人类之社会生活，道德生活，于是完成。"这大概对［等］于一加一等于二的至理名言，凡世界上的大思想家，总是同一腔调的。

反转来讲：凡是一个近乎人情的人，假使他没有毛病，到了青春时期，心理生理完全发达到极点的时候，如果他找不到相当的爱人，或者受到失恋的苦痛，那，他那枯燥单调的生涯，终日在苦闷的园地里彷徨，所感触到的，只是悲哀与沉寂，那里还有心思去管别人家的事；即使他脑筋里满载了革命的精神，到那时也将消影匿迹，一转而为颓唐凄凉的情绪了。比方自己要饿死的时候，看人家没有饭吃，决不肯费自己的力量，去解决人家的生活问题；就是有力量，也要先解决自身再去援助他人。这是一定不易的道理。所以叫别人丢开恋爱去革命的人，是没有心肝的人，自己蒙闭了自己的心灵，站到人的队伍之外，去讲那些投机式的风凉话；试一考察他的本性，则复栖栖皇皇，奔走于花国柳林之间，去找寻他（男或女）那所爱的人，毕竟是逃不出天覆地载，万世不灭去恋爱的圈套。

本身的爱有了着落，完成了整个的人生；然后扩大其范围，而从事于革命，以爱世界上的一切人类。那样，才是正当的途径。否则，参错颠倒，既非人情之常，也是办不到的事情。

厨川白村说："食的生命是有限的，爱的生命是无限的。"的确，食的生命，有时间空间的限制，爱的生命无时间空间的限制。打破时间的限制，即爱的绵延；打破空间的限制，即爱的扩大。而绵延与扩大之间，夫妇之爱，实为之中心。就纵的方面来讲，有夫妇之爱，然后有永久的生命。从横的方面讲，有夫妇之爱，然后有广阔的生命，广阔的生命，即视他人之生命若我自己之生命；墨子主"兼爱"就是这个意思。现在国际帝国主义并吞弱小民族，资本主义者压迫劳动阶级，残杀同类，草菅人命；终身从事于革命的我们，亟应扩大其爱力，出人群于水火；夫妇之爱，固为一切爱力之中心，但我们须扩大其外范，勿为狭隘的恋爱所束缚。患难与共安乐同享的男女两性，共同研究革命的理论，共同讨论革命的策略，全力向帝国主义进攻，完成现在的我，使我的爱力，充满人寰，跻人类之大同之境。那样，才叫做恋爱的扩大，恋爱的扩大观，就是革命的人生观。

四，革命与恋爱。一般人以为革命与恋爱是冲突的，是不能两全的，这是由于无革命的热诚及不了解恋爱的真义所致，我上面已经讲过。殊不知革命与恋爱，互相辅佐，互相表里，互相促进的，岂但一点没有冲突，而且有因果的关系。恋爱为因，革命为果；恋爱是革命的源泉，革命是恋爱的果子；抛弃恋爱而革命，革命便没有意义，不识革命的恋爱，恋爱就不能完整；恋爱与革命，革命与恋爱，切切相关，是一对顷刻不能分离的情人。

"有人说：'恋爱是资本阶级的闲事业，对于困于今天的食之贫乏者，没有甚么用处。'这是误解。恋爱是一个'人'的问题，要是为'食'的生活，否定爱的生活，那人类就变与下等动物无异了。"上面一段话，也是厨川白村说的，他以为如果困于今天的食物的贫乏者，抛开爱的生活去求食的满足——与资本主义抗争，人类就失掉人的意义与价值。所以他接着又说："有产无产，我们是要做一个'人'。"因为人的最低条件，有"爱"与"食"两种，合爱与食而生出人的颤动，人的价值。所以他又说："人类的两性，决不是像电气的阴阳，应该为经济生活，物质生活所利用所牺牲的。"这几句话，就是说人类的所以为人类，因为他有任何势力不能破灭的爱力，因人类的性爱，扩大之则塞乎上下四方，延长之则亘乎往古来今；所以我们应有的革命生活，决非只图衣食住行……及种种物质条件之满足，须知物质条件之外，还有自我充实的觉悟，自我完成的要求，就是爱的满足，爱的绵延，爱的扩大，以达人类最完全最美满的生活。此所以总理之民族主义与民权民生相鼎立呢。

我们因美满的恋爱生活的扩大而爱人类，而从事革命，如因革命而忘了恋爱，是叫做出丧忘记棺材，如因革命而反对恋爱，是叫做行孝道而残杀父母。因为恋爱是人生的本体，革命是人生的现相；两者决不冲突，交相促进，才是人生的真谛。反过来讲：如因恋爱而忘记革命，这是死的恋爱，狭隘的恋爱，不懂人生的恋爱，不是革命人生观上应有的恋爱；假使人而不革命，则人生已等于顽石，根本不配列入人的队伍里，纵使有夫妇之爱，也不过是两块阴阳不同的东西，互相吸引罢了，并没有恋爱的价值。所以革命与恋爱，两者相依为命，不能离弃其一，在天演大舞台上，共同演进，共同飞转，才是革命者应有的态度。

现在拿事实来讲：譬如一对真正革命的恋人，在革命的队伍里，互相督责，互相探讨，一定可以使革命性益发强烈，因为他们的革命，就是爱的使命。天下一切规诫，没有比爱人的规诫更有力量；所以即使他或她有疏懈的时候，听了爱人的规诫，即刻可以奋起精神，共同奋斗。天下一切鼓励，没有比爱人的鼓励更有效力；纵然他或她有堕落的行为，一经爱人的鼓励，就可以毅勇向前，合力与彼帝国主义拼命。我所以说：真恋爱与真革命是一对形影不离的情人。

如果有人说我的话太理想了，是不切实际的；那，我只有不去回答他，因为这是抱革命的人生观者应有的觉悟，不能因事实上的困难而灰心。总理革命四十年，失败十余次，他在《建国方略》里曾说："予身当百难之冲，为举世所非笑唾骂……"当这个时候，一般人，社会上，还讳言革命二字，证之当时的实际，革命也似乎太理想了。然而总理虽经一败再败，卒坚忍耐烦，劳怨不避，乃有现在青天白日底下的中华民国。所以，如果一定要我回答，我还是十二万分诚挚恳切的劝他——说我太理想的人——加速率的努力，奋斗，前进！

最后，我还要十二万分诚挚恳切的说一声："革命与恋爱，是绝对没有冲突的，是相依为命的，请革命战线上的同志，加速率的努力，奋斗，前进！实行恋爱革命，革命恋爱，以求人类最大的幸福！"

上述四项，详释恋爱与人生的意义及恋爱与革命的关系，我们可以澈底了解革命人生观与恋爱问题的意义。尤望革命队伍里的同志，勿因真的恋爱不容易办到而灰心，以至于放弃恋爱；更望革命战线上的同志，勿因假的恋爱——兽爱，金钱爱等——妨碍革命而诅咒恋爱。前者有毅勇奋斗的精神，就可以战胜旧社会的恶势力；后者努力打倒花花公子，娼妓制度，卖淫或买淫习惯（即买卖婚姻）及一切建筑在资本主义下的宗法社会婚姻制度，就可实现真的恋爱。总之，我们要有革命的精神去打倒恋爱的障碍，要有恋爱的精神去努力实行革命工作，使革命与恋爱，相依为命，像一对情人一样。

——载《广州民国日报·现代青年》1927年7月1日、4日、5日、6日

后 记

    本书是我主持完成的国家社科基金项目成果之一，先后参与这项工作的学生大多已毕业，卢婉静、宋欣然、郑美霞、赵怿、安璐、殷怡、杨伟平、陆怡彤、罗莹钰等，都曾先后进行部分史料的收集及整理。在本书出版之际，吴尧博士后又帮助收集整理了"民间剧社"史料，并完成本书的编辑、校对工作。在此，向她们表示由衷感谢与美好祝福！

王　烨

2020 年 8 月 20 日

图书在版编目（CIP）数据

国民革命时期广州革命文学史料选编 / 王烨编. --
北京：社会科学文献出版社，2022.3
ISBN 978 - 7 - 5201 - 9830 - 1

Ⅰ.①国… Ⅱ.①王… Ⅲ.①中国文学 - 现代文学 -
史料 - 汇编 - 广州 - 1924 - 1928 Ⅳ.①I206.6

中国版本图书馆 CIP 数据核字（2022）第 039866 号

国民革命时期广州革命文学史料选编

编　　者 / 王　烨

出 版 人 / 王利民
责任编辑 / 高　雁
文稿编辑 / 程丽霞
责任印制 / 王京美

出　　版 / 社会科学文献出版社（010）59367226
　　　　　　地址：北京市北三环中路甲 29 号院华龙大厦　邮编：100029
　　　　　　网址：www.ssap.com.cn
发　　行 / 社会科学文献出版社（010）59367028
印　　装 / 三河市尚艺印装有限公司

规　　格 / 开本：787mm × 1092mm　1/16
　　　　　　印 张：25.25　字 数：403 千字
版　　次 / 2022 年 3 月第 1 版　2022 年 3 月第 1 次印刷
书　　号 / ISBN 978 - 7 - 5201 - 9830 - 1
定　　价 / 168.00 元

读者服务电话：4008918866